흔해빠진 직업으로

ARIFURETA SHOKUGYOU DE SEKAISAIKYOU

세계최강

#1

시라코메 료 지음

타카야Ki 일러스트

김덕진 옮김

어둠 속에서 급속도로 작아지는 빛. 무의식중에 손을 뻗어 보아도 잡힐 리 없다. 나구모 하지메는 터무니없이 낙하하는 느낌에 오금이 저리면서도 공포에 질린 표정으로 사라져가는 빛을 응시했다.

지금 하지메는 나락이 연상되는 깊은 절벽을 낙하하는 도중이다. 눈에 보이는 빛은 지상의 빛. 던전을 탐색하는 도중 거대한 대지의 갈라진 틈새로 떨어진 하지메는, 결국 빛이 닿지 않는 깊은 곳까지 떨어져 시커먼 어둠 속에서 바람 소리만을 들으며 주마등을 봤다.

일본에서 태어난 자신이, 판타지라는 꿈과 희망이 담긴 말로 표현하기엔 지나치게 힘든 세계로 떨어져 수많은 불합리한 일을 겪었고 지금도 계속해서 불합리한 일을 당하고 있는 불운한 경위를…….

월요일. 그건 한 주가 시작되는 가장 우울한 날. 분명 수많은 사람이 앞으로 있을 일주일에 한숨을 쉬고 어제까지의 천국을 그리워하리라.

그리고 나구모 하지메도 예외가 아니었다. 단, 하지메의 경우 단순히 귀찮다는 뜻이 아니라 학교라는 장소가 무척이나 거북했다.

하지메는 평소처럼 수업 시작종이 울리기 전 아슬아슬하게 등교해, 밤을 새서 휘청거리는 몸으로 간신히 교실 문을 열었다.

그 순간 교실의 남학생 대부분이 혀를 차거나 노려봤다. 여학생도 우호적인 표정을 하는 사람이 없었다. 관심이 없으면 나은 편이었고 노골적으로 경멸의 표정을 보내는 사람도 있었다.

하지메는 의식하지 않도록 자신의 자리로 갔지만 매번 그렇듯 시비를 거는 사람이 있었다.

"야, 오타쿠! 또 밤새서 게임했냐? 에로 게임이나 했겠지?"

"우와, 진짜 기분 나쁘다. 에로 게임으로 밤을 새다니."

대체 뭐가 재밌는지 껄껄 웃는 남학생들. 말을 건 사람은 히야마 다이스케라는 인물로 매일같이 질리지도 않고 하지메에게 시비를 거는 학생들의 우두머리였다. 가까이서 큰 소리로 웃는 사람은 사이토 요시키, 콘도 레이치, 나카노 신지. 대부분 이 네 사람이 하지메에게 시비를 건다.

히야마의 말대로 하지메는 오타쿠다. 하지만 기분 나쁘다고 매도될 정도로 행동과 말투가 이상한 것도 아니고 머리는 짧게 잘라 정돈했으며 잠자다 뻗친 곳도 없었다. 적극성이 없긴 해도 대화에 지장이 있는 것도 아니고 대답은 확실하게 한다. 어른스럽지만 음험함은 없었다. 단순히 창작물, 만화나 소설, 게임이나 영화 같은 것을 좋아할 뿐이다.

오타쿠에 대한 일반적인 인식이 그다지 좋지 않은 건 사실이지만 비웃는 정도라면 몰라도 이렇게까지 적개심을 갖는 일은 없다. 그럼 어째서 남학생 전원이 적개심을 갖고 비난하는 것일까.

그 대답은 바로 그녀였다.

"나구모, 안녕! 오늘도 아슬아슬하네. 조금 더 빨리 와야지."

여학생 한 명이 생글생글 웃으며 하지메에게 다가왔다. 이반에서, 아니 학교에서도 하지메에게 친근하게 대해주는 몇 안 되는 사람이자 이 사태를 일으킨 원인이기도 하다.

그녀의 이름은 시라사키 카오리. 학교에서 2대 여신으로 불리며 남녀 불문하고 많은 인기를 자랑하는 미소녀였다. 허리까지 오는 길고 매끄러운 검은 머리, 살짝 처진 느낌의 커다란 눈동자는 무척이나 자상한 인상을 준다. 곧게 뻗은 콧등에 작은 콧방울, 그리고 옅은 분홍색 입술이 완벽한 배치로 놓여 있었다.

미소가 끊이질 않는 그녀는 타인을 상당히 잘 돌봐주며 책임감도 강하기 때문에 학년을 불문하고 자주 부탁을 받았다. 그것을 싫은 표정 하나 없이 진지하게 받아들이는 걸 보면 고등학생이라고는 생각되지 않을 정도로 강한 포용력이 있었다.

그런 카오리가 어째서인지 하지메에게 자주 말을 걸었다. 밤을 시새워 수업 중 자주 조는 하지메는 착실하지 못한 학생이라서(성적은 평균을 유지한다) 원래부터 남을 잘 돌보는 카오리가 신경 써주는 거라고 여겨지고 있다.

그것으로 하지메의 수업 태도가 개선되거나 혹은 잘생겼더라면 카오리가 신경 써주는 것도 받아들일 수 있을지 모르지만, 안타깝게도 하지메의 용모는 지극히 평범했으며 『인생보다 취미』가 좌우명이기 때문에 태도가 바뀌지도 않는다. 그런 하지메가 카오리와 친하게 지내는 것은 다른 평범한 남학생들에겐 참을 수 없는 일이었다. 「어째서 저 녀석만!」 하고…….

여학생들은 단순하게 카오리를 성가시게 한다는 점과 그러면서도 개선하려 하지 않는 점을 불쾌하게 여겼다.

"아, 응. 안녕, 시라사키."

그 순간 이것이 살기인가?! 싶은 눈빛을 받은 하지메는 경직된 표정으로 인사했다.

그것에 기쁜 표정으로 답한 카오리. 어째서 그런 표정을 하는 거야? 하지메는 자신을 찌를 듯한 시선에 식은땀을 흘렸다. 그는 알 수 없었다. 어째서 학교에서 제일 가는 미소녀인 카오리가 자신에게 이렇게까지 신경 써주는 건가. 하지메는 카오리의 성격 외에도 무언가가 있다고 생각할 수밖에 없었다.

하지만 설마 자신에게 연애 감정을 품고 있을 거라는 자만은 조금도 하지 않는다. 하지메는 자신이 취미를 위해 많은 것을 버렸다는 것을 알고 있었다. 얼굴과 성적과 운동 능력도 평범하다. 그녀의 주변에는 자신과는 비교가 안 될 정도로 좋은 남자가 잔뜩 있었고 따라서 그녀의 태도를 이해할 수 없었다.

그보다 이 살기가 담긴 시선이 폭풍처럼 몰아치는 것 좀 알아차려 주세요! 하고 내심 애원했다. 하지만 입 밖에는 낼 수 없었다. 그랬다간 분명 체육관 뒤로 강제 연행될 테니…….

하지메가 대화를 끊을 타이밍을 엿보고 있을 때 세 남녀가 다가왔다. 그중에는 당연히 그 『좋은 남자』도 포함돼 있었다.

"나구모, 안녕. 매일같이 힘들겠어."

"카오리, 또 얠 신경 쓰는 거야? 카오리는 정말 자상하다니까."

"그러게. 이렇게 의욕이 없는 녀석에겐 뭐라고 말해도 소용없을 텐데."

세 사람 중에서 유일하게 아침 인사를 한 여학생의 이름은 야에가시 시즈쿠. 포니테일로 묶은 길고 검은 머리가 특징인 카오리의 친구다. 옆으로 긴 눈매는 날카롭지만 그 안에는 부드러움이 있어서 차갑다기보다 멋있다는 인상을 줬다.

여자치곤 큰 170센티미터의 신장과 다부진 몸, 늠름한 분위기는 사무라이를 방불케 했다. 실제로 그녀의 집안은 야에가시류라는 검술 도장을 운영하고 있으며, 시즈쿠도 초등학생 시절부터 검도 대회에서 패배한 적이 없는 강자다. 현대에 나타난 미소녀 검사로 소개되며 잡지 취재를 받는 일도 자주 있었고 열광적인 팬이 많았다. 후배 여학생들로부터 열기가 담긴 눈동자로 「언니」라고 불려 경직된 표정을 보이는 광경도 자주 목격됐다.

그다음 조금 촌스러운 대사로 카오리에게 말을 건 것은 아마노가와 코우키. 정말이지 용사에게나 붙일만한 반짝이는 이름#1을 가진 그는 용모 단정, 성적 우수, 스포츠 만능의 완벽 초인이었다.

찰랑거리는 갈색 머리와 자상한 눈동자, 180센티미터에 가

#1 반짝이는 이름 코우키는 빛 광(光)에 빛날 휘(輝)를 사용한다.

까운 큰 키와 마르지만 다부진 몸. 누구에게나 자상하고 정의
감도 (맹목적이지만) 강하다. 초등학교 시절부터 야에가시 도
장에 다니는 문하생으로 시즈쿠와 마찬가지로 전국 수준의
강자였다. 시즈쿠와는 소꿉친구 사이. 그에게 반한 여학생이
산더미처럼 많은 모양이지만 항상 함께 다니는 시즈쿠와 카오
리에게 밀려 고백을 하지 못한 아이가 많다고 한다. 그래도
한 달에 두 번 이상은 학교에 상관없이 고백을 받는다고 하니
누구나가 인정하는 인기남이라 할 수 있다.

마지막에 적당히 말을 던진 남학생은 사카가미 류타로라는
코우키의 친구였다. 짧게 잘라 올린 머리에 날카로움과 밝음
이 섞인 눈동자. 190센티미터의 신장에 곰처럼 거대한 체격으
로, 보이는 것처럼 세세한 일은 신경 쓰지 않는 뇌까지 근육
일 듯한 타입이다.

류타로는 노력이라든가 열혈이라든가 근성이라는 것을 매
우 좋아하는 인간이라, 하지메처럼 학교에 와도 잠만 잘 뿐인
의욕이 없는 사람은 싫어했다. 실제로 지금도 하지메를 얼핏
본 후 코웃음 치며 무시하고 있었다.

"안녕, 야에가시, 아마노가와, 사카가미. 하하, 자업자득이
니 어쩔 수 없지."

시즈쿠 일행에게 인사하며 쓴웃음을 짓는 하지메. 「이 자
식, 뭘 멋대로 야에가시와 이야기하는 거야, 엉?!」이라는 말보
다 명확한 시선이 날카롭게 찔렸다. 시즈쿠도 카오리에게 지
지 않을 정도로 인기가 많았다.

"그걸 알고 있으면 고쳐야 하지 않겠어? 그렇게 계속 카오리의 배려에 기대고만 있으면 안 되지. 카오리도 너만 감쌀 수는 없으니까."

코우키가 하지메에게 충고했다. 역시 코우키의 눈에도 하지메는 카오리의 친절을 무시하는 불성실한 학생으로 보이는 모양이다. 하지메 입장에서는 「기대고 있던 적 없어! 오히려 내버려 뒀으면 한다고!」라며 강력히 반론하고 싶지만 그런 짓을 했다간 강제로 화장실에 끌려갈 것이다. 코우키가 맹목적인 부분이 있어서 반론해봐야 소용없다는 점도 그가 입을 다문 원인 중 하나였다.

그리고 하지메는 「고쳐라」는 말을 들어도 취미를 인생의 중심에 두는 것을 주저하지 않았다. 무엇보다 아버지는 게임 개발자이며 어머니는 소녀 만화가이기 때문에 장래를 대비해 아버지 회사나 어머니 작업 현장에서 아르바이트를 할 정도였다.

게다가 그 기량은 즉시 전력이 될 정도로 취미 중심의 장래 설계도 완벽했다. 하지메로서는 착실하게 인생을 보내고 있기 때문에 다른 사람에게 무슨 말을 듣든 지금 생활 방식을 바꿀 필요성을 느끼지 못했다. 카오리가 하지메를 신경 쓰지 않았다면 처음부터 조용하고 눈에 띄지 않는 일반 학생으로 끝날 이야기였다.

"아하하……."

그래서 하지메는 웃으며 넘기려 했다. 하지만 오늘도 여전히 우리의 여신님은 자각 없이 폭탄을 던졌다.

"응? 코우키, 무슨 말이야? 난 나구모와 이야기하고 싶어서 말을 걸었을 뿐인걸?"

교실 안이 술렁거리기 시작했다. 남학생들은 뿌득 이를 갈며 저주로 죽이겠다는 것마냥 하지메를 노려보았고, 히야마 일행은 점심시간에 하지메를 데리고 갈 곳을 검토하기 시작했다.

"어? ……아, 정말 카오리는 자상하다니까."

코우키는 카오리의 발언을 하지메를 배려한 것이라고 해석했다. 그는 완벽 초인이지만 그 탓에 자신의 올바름을 의심하지 않는 결점이 있다. 하지메는 그 점이 성가시다고 생각하며 현실에서 도피하려는 것처럼 교실 창문을 통해 푸른 하늘을 바라봤다.

"……미안. 두 사람 다 나쁜 뜻은 없는데……."

여기서 가장 인간관계와 각자의 심정을 잘 파악하고 있는 시즈쿠가 하지메에게 살짝 사과했다. 하지메는 역시 어쩔 수 없다며 어깨를 으쓱이고는 쓴웃음을 지을 뿐이었다.

그러는 사이에 시작종이 울리고 선생님이 교실로 들어왔다. 선생님은 교실의 이상한 분위기에 익숙해진 모양인지 별일 없다는 것처럼 아침 연락 사항을 알렸다. 그리고 평소처럼 하지메가 꿈의 세계로 여행을 떠났을 무렵, 당연한 듯 수업이 시작됐다.

그런 하지메를 본 카오리는 미소 지었고 시즈쿠는 어떤 의미로 거물이라고 생각하면서 질린 표정을 했으며, 남학생들은 혀를 차고 여학생들은 경멸의 시선을 보냈다.

얼마 후 교실이 시끄러워지기 시작했다. 낮잠 상습범이라 일어나야 할 타이밍을 잘 알고 있는 하지메. 그 분위기로 볼 때 아무래도 점심시간이 시작된 모양이다.

하지메는 엎드렸던 몸을 일으켜 10초 만에 흡수할 수 있는 젤리 타입 드링크를 꺼냈다. 별생각 없이 교실을 둘러보니 매점을 이용하는 학생들은 이미 밖으로 나가서 사람 수가 줄어 있었다. 그래도 하지메가 소속한 반은 도시락을 준비해오는 학생이 많은 관계로 3분의 2 정도의 학생이 남아 있었고, 4교시 수업을 가르친 사회 담당인 하타야마 아이코 선생님(올해로 스물다섯)이 교탁에서 몇 명의 학생들과 이야기를 나누고 있었다.

……쥬르르릅, 쭉!

오후의 에너지를 10초 만에 충전한 하지메는 다시 자기 위해 책상에 엎드리려 했다. 하지만 그렇게 두지 않겠다는 것처럼 우리의 여신님께서(하지메에겐 어떤 의미론 악마이지만) 생글생글 웃는 얼굴로 하지메에게 다가왔다.

하지메는 내심 아차 싶었다. 월요일이라는 점도 있어 잠에서 조금 덜 깼던 걸까. 평소라면 카오리 일행과 엮이기 전에 교실에서 나가, 눈에 띄지 않는 곳에서 다시 자는 것이 보통이지만 이틀이나 밤을 새운 건 역시 피곤했던 모양이다.

"나구모, 교실에 있다니 별일이네. 괜찮으면 도시락 같이 먹을래?"

다시 불온한 분위기가 교실에 퍼지기 시작하자 하지메는 내심 비명을 질렀다. 아니, 증말로 우째 이렇게 신경 쓰는겨? 하는 의미 불명의 사투리가 자신도 모르게 튀어나올 것 같았다.

하지메는 저항을 시도했다.

"아, 그렇게 말해줘서 고마워. 하지만 난 벌써 다 먹었으니 다른 애들이랑 같이 먹는 게 어때?"

그렇게 말하며 미라처럼 내용물을 빨린 젤리 껍질을 흔들어 보였다. 거절하는 것도 「건방진 놈!」 소리를 들을 것 같지만 점심시간 도중 계속 바늘방석 위에 앉는 것보다는 나을 것 같았다.

하지만 여신은 그 정도 저항은 의미 없다는 것처럼 추격타를 넣었다.

"뭐? 점심을 그것밖에 안 먹어? 그럼 안 돼, 잘 먹어야지! 내 도시락을 나눠줄게!"

'이제 좀 봐주세요! 알아달라고요! 주변 분위기를 알아달라고요!'

시시각각 늘어만 가는 압력에 하지메가 식은땀을 흘리고 있을 때 구세주가 등장했다. 코우키와 류타로였다.

"카오리, 여기서 같이 먹자. 나구모는 아직 잠이 부족한 모양이잖아. 모처럼 카오리가 직접 만든 맛있는 음식을 잠에서 덜 깬 상태로 먹는 건 내가 용서할 수 없다고."

산뜻하게 웃으며 거슬리는 대사를 읊은 코우키에게 깜짝 놀란 카오리. 조금 둔감하달까 천연덕스러운 그녀에게는 코우키의 미남 스마일이나 대사가 통하지 않았다.

"어? 왜 코우키의 허락이 필요한 건데?"

카오리가 순수하게 되묻자 시즈쿠가 품 하고 뿜었다. 코우키는 곤란한 표정으로 웃으며 이래저래 말을 걸었지만, 결국 하지메의 자리에 학교에서 제일 유명한 네 사람이 모인 사실은 변함이 없었고 시선의 압력은 조금도 약해지지 않았다.

하지메는 깊은 한숨을 쉬며 내심 투덜거렸다.

'차라리 이 녀석들, 이세계로 소환되면 안 될까? 아무리 봐도 이 네 사람은 무슨 일에 말려들만한 분위기가 있잖아. ……어떤 세계의 신이나 공주나 무녀나 아무나 좋으니까 소환해주시면 안 될까요~?'

현실도피를 위해 이세계에 전파를 보낸 하지메. 평소처럼 쓴웃음을 지으며 마실 거라도 사러 일어서려던 참에…… 얼어붙었다.

—하지메의 눈앞, 코우키의 발밑에 백은으로 빛나는 원형과 기하학적 문양이 나타났다.

그 이상 사태를 곧바로 주변 학생들도 깨달았다. 모두 얼어붙은 것처럼 멍하니 서서 빛나는 문양, 흔히 말하는 마법진 같은 것을 주시했다.

그 마법진은 점점 빛을 더해가 단번에 교실 전체를 감쌀 정도로 확대됐다. 자신의 발밑까지 이상한 상황이 다가온 것을 깨닫고서야 경직이 풀린 학생들은 비명을 질러댔다. 아직까지 교실에 남았던 아이코 선생님이 서둘러 「다들 교실에서 나가!」라고 외친 것과, 마법진의 빛이 폭발한 것처럼 환하게 빛

난 것은 동시였다.

몇 초인지, 몇 분인지. 빛으로 새하얗게 칠해진 교실이 다시 원래의 색을 되찾았을 무렵, 그곳에선 이미 그 누구의 모습도 찾아볼 수 없었다. 쓰러진 의자에 먹다 남은 도시락, 널브러진 젓가락과 페트병. 교실 비품은 그대로였지만 그곳에 있던 사람만이 모습을 감췄다.

이 사건은 한낮의 고등학교에서 일어난 집단 실종 사건으로 세상을 떠들썩하게 했지만 그것은 또 다른 이야기이다.

제1장 ◆ 이세계 소환과 흔해빠진 천직

두 손으로 얼굴을 감싸고 눈을 꼭 감았던 하지메는 술렁거리는 수많은 기척을 느끼고 천천히 눈을 떴다. 그리고 멍하니 주변을 둘러보았다.

가장 먼저 눈에 들어온 것은 거대한 벽화였다. 가로세로 10미터는 될법한 그 벽화에는 후광을 등에 업고 긴 금발을 펄럭이며 아련한 미소를 짓는 중성적 외모의 인물이 그려져 있었다. 배경에는 초원과 호수, 산들이 그려져 있었고 그것들을 감싸듯 그 인물이 두 팔을 벌리고 있는 아름다운 벽화였다. 하지만 하지메는 어째서인지 어렴풋한 한기를 느끼고 자신도 모르게 시선을 돌렸다.

주변을 자세히 살펴보니 자신들은 거대한 방에 있다는 것을 알 수 있었다. 소재는 대리석일까. 아름다운 광택을 내는 매끄러운 흰 돌로 만들어진 건축물로, 아름다운 조각이 새겨진 거대한 기둥이 돔 형태의 천장을 지탱하고 있었다. 대성당이라는 말이 자연스럽게 떠오르는 장엄한 분위기의 방이었다.

하지메 일행은 그곳의 가장 안쪽에 있는 단상 같은 곳 위에 있어서 주변을 내려다볼 수 있었다. 주위에는 하지메와 마찬가지로 멍하니 주위를 둘러보는 반 아이들이 있었다. 아무래도 그때 교실에 있던 학생은 모두 이 상황에 말려든 모양이었다.

하지메는 살짝 뒤를 돌아보았다. 그곳엔 멍한 표정으로 주저앉은 카오리의 모습이 있었다. 다친 곳은 없는 모양이라 하지메는 가슴을 쓸어내렸다.

그리고 아마 이 상황을 설명해 줄, 단상을 둘러싼 사람들을 관찰하기 시작했다. 그렇다. 이 방에 있는 건 하지메 일행뿐만이 아니었다. 적어도 서른 명에 가까운 인원이 하지메 일행이 있는 단상 앞에 있었다. 마치 기도를 바치는 것처럼 무릎을 꿇고 두 손을 가슴 앞에 모은 모습으로……

그들은 모두 하얀 바탕에 금색 자수를 넣은 법의 같은 것을 입고서 곁에 석장과 같은 물건을 두고 있었다. 그 석장의 끝은 부채 모양으로 펼쳐 있었고 둥근 쇠고리 대신 원반이 몇 개 달려 있었다.

그중에 한 사람, 법의 집단 중에서도 특히나 화려하고 반짝이는 의상을 두르고 세세한 장식으로 치장한 채, 높이가 30센티미터는 될법한 모자를 쓴 70대 가량의 노인이 앞으로 나왔다. 하지만 노인이라 표현하기엔 그의 몸에서 강한 패기가 느껴졌다. 얼굴에 새겨진 주름과 원숙한 눈이 없었더라면 50대라 말해도 믿을 정도였다.

그런 그는 손에 들었던 석장으로 철컹철컹 소리를 내며 외모와 잘 어울리는 깊고 침착한 음색으로 하지메 일행에게 말을 걸었다.

"토터스에 잘 오셨습니다. 용사님, 그리고 그 동료 여러분. 환영하겠습니다. 전 성교(聖敎) 교회에서 교황의 지위에 있는 이슈타르 랑고바르드라고 합니다. 앞으로 잘 부탁합니다."

그렇게 말하며 이슈타르라고 밝힌 노인은 너그러운 미소를 보였다. 그리고 이런 곳에선 침착할 수 없을 거라며 아직 혼란스러워하는 학생들을 재촉해 긴 테이블과 의자가 놓인 조용한 방으로 안내했다.

안내받은 그 방도 마찬가지로 화려하게 치장되어 있었다. 초보자가 보기에도 조각품과 벽에 걸린 그림, 벽지들이 장인의 기술로 만들어졌다는 것을 알 수 있었다. 아마도 만찬회 등을 여는 곳이 아닐까. 상석에 가까운 곳에 하타야마 아이코 선생님과 코우키 일행 네 사람이 앉았고 그 뒤로는 친한 아이들이 적당히 앉았다. 하지메는 가장 뒤였다.

이곳으로 안내될 때까지 아무도 소란피우지 않은 것은 아직 인식이 현실을 따라잡지 못한 탓일 것이다. 또한 이슈타르가 사정을 설명한다고 알린 것과 카리스마 레벨 MAX의 코우키가 달래준 것도 이유이리라. 교사보다도 교사답게 학생들을 모으는 걸 본 아이코 선생님은 울상을 지었지만…….

모두가 자리에 앉자 절묘한 타이밍에 카트를 밀고 메이드들이 들어왔다. 그렇다, 진짜 메이드였다! 지구의 모 성지에 있는 가짜 메이드나 외국의 뚱뚱한 아주머니 메이드가 아니다. 진짜로 남자의 꿈을 구현화한 미녀, 미소녀 메이드였다!

이런 상황에서도 사춘기 남자의 끊이지 않는 탐구심과 욕망은 건재한 모양인지 같은 반 남자들의 대부분이 메이드를 응시했다. 애초에 그걸 본 여자들의 시선은 빙하기도 우스울 정도로 싸늘했지만…….

하지메도 곁으로 다가와 마실 것을 따르는 메이드를 자신도 모르게 응시……하려다 어째서인지 등줄기에 오한을 느끼고 서둘러 정면으로 시선을 고정했다. 힐끔 오한이 느껴지는 쪽으로 시선을 돌리니 환한 미소를 띤 카오리가 하지메를 보고 있었다. 하지메는 보지 못한 것으로 여겼다.

모두에게 마실 것이 주어진 것을 확인한 이슈타르가 말을 꺼냈다.

"당신들이 처한 상황에 상당히 혼란스러울 거라 생각합니다. 처음부터 설명할 터이니 우선 제 이야기를 끝까지 들어주시지요."

그렇게 시작된 이슈타르의 이야기는 실로 판타지한 흐름이자 정말이지 제멋대로인 것이었다.

요약하자면 이렇다.

먼저 이 세계는 토터스라고 불린다. 그리고 토터스에는 크게 나뉘어 세 종류의 종족이 있었다. 인간족, 마인족, 아인족이다. 인간족은 북쪽 일대를, 마인족은 남쪽 일대를 지배하고 있으며 아인족은 동쪽의 거대한 수해 안에서 조용히 살고 있다.

그중에서 인간족과 마인족은 몇백 년이나 전쟁을 지속하고 있다. 마인족의 수는 인간보다 적지만 개인이 가진 힘이 크고, 인간족은 그 힘의 차이를 숫자로 대항하고 있었다. 상황이 쌩쌩히 낮물려 대규모 선생은 요 몇십 년 동안 일어나지 않은 모양이지만 최근 들어 이상한 일이 다발했다고 한다. 그건 바로 마인족이 마물을 사역한 것이다.

마물이란 통상적인 야생 동물이 마력을 흡수해 변질된 이형이라고 했다. 이 세계의 사람들도 마물의 정확한 생체는 모르는 모양이었다. 저마다 강력한 종족 고유의 마법을 쓸 수 있어서 성가시고 흉악한 짐승이라고 한다.

지금까지 본능대로 활동하던 그들을 사역할 수 있는 자는 거의 없었고 사역할 수 있다 해도 고작해야 한두 마리 정도였다고 한다. 그런 상식이 뒤집힌 것이다. 이것이 의미하는 것은 인간족 측이 가진 「수」라는 장점이 무너졌다는 것. 즉, 인간족은 멸망하게 될 위기에 놓였다는 것이다.

"당신들을 소환한 것은 『에히트 님』입니다. 우리 인간족이 모시는 수호신, 성교 교회의 유일신이자 이 세계를 만드신 지고의 신. 아마도 에히트 님은 알고 계셨겠지요. 이대로 가다간 인간족이 멸망할 거라고. 그런 사태를 피하고자 당신들을 소환하셨습니다. 이 세계보다 상위 세계의 인간인 당신들은 이 세계의 인간보다 뛰어난 힘을 갖고 있습니다."

거기서 한번 말을 끊은 이슈타르는 신탁으로 들은 이야기라며 표정을 바꾸지 않고서 다시 말을 이었다.

"당신들께서 부디 그 힘을 발휘해 『에히트 님』의 뜻을 따라 마인족을 쓰러뜨리고 우리 인간족을 구해주셨으면 합니다."

이슈타르는 어딘가 황홀한 표정을 지었다. 아마도 신탁을 들었을 때를 떠올리고 있겠지. 이슈타르의 말에 따르면 인간족의 90퍼센트 이상이 창세신 에히트를 숭배하는 성교 교회의 신도라고 했다. 그래서 이따금 내려오는 신탁을 들은 사람은 예외 없이 성교 교회의 고위직에 오른다고 한다.

하지매가 『신의 의지』를 의심하지 않고 오히려 기쁘게 따르는 이 세계의 일그러짐에 말로 표현할 수 없는 위기감을 느끼고 있을 때, 갑자기 벌떡 일어나 맹렬하게 항의하는 사람이 나타났다.

아이코 선생님이었다.

"말도 안 돼요! 결국 이 아이들에게 전쟁을 시키려는 거잖아요! 그건 허락할 수 없습니다! 네, 이 선생님은 절대 허락하지 않아요! 저희를 빨리 돌려보내 주세요! 분명 이 아이들의 가족들도 걱정하고 있을 거예요! 당신들이 한 짓은 그저 유괴라고요!"

잔뜩 화를 낸 아이코 선생님. 그녀는 올해 스물다섯 살이 되는 사회 교사로 학생들에게서 상당히 인기가 많았다. 140센티미터 정도의 낮은 키에 동안, 보브컷 머리카락을 찰랑거리며 학생들을 위해 열심히 돌아다니는 모습은 어딘가 흐뭇했다. 하지만 항상 열심히 노력하는 모습과 대부분 실수로 끝난다는 안타까운 모습의 차이에 보호 욕구를 일으키는 학생이 적지 않았다.

학생들은 『아이』라는 애칭으로 부르며 친근하게 대하지만 본인은 그렇게 불리면 곧바로 화낸다. 듣자니 위엄이 있는 교사를 꿈꾸고 있다고…….

이번에도 불합리한 소환 이유에 발끈해 벌떡 일어난 것이다. 이슈타르에게 항의하는 아이코 선생님을 바라보던 학생들은 「또 아이가 애쓰고 있네……」라며 온화한 마음으로 지켜봤지만 다음에 이슈타르가 한 말을 듣고서 얼어붙었다.

"심정은 이해합니다. 하지만…… 당신들을 돌려보내는 건 지금 상황에선 불가능합니다."

실내에 정적이 감돌았다. 무겁고 차가운 공기가 온몸을 감싸는 것 같았다. 그곳에 있던 모두가 무슨 말을 들었는지 이해할 수 없다는 표정으로 이슈타르를 보았다.

"부, 불가능하다니…… 무, 무슨 뜻이죠?! 불렀다면 돌려보낼 수도 있어야 하잖아요?!"

아이코 선생님이 외쳤다.

"아까 말했던 것처럼 당신들을 소환한 것은 에히트 님이십니다. 우리가 그곳에 있던 것은 단순히 용사님 일행을 마중하기 위한 것과 에히트 님에게 기도를 드리기 위해. 인간은 이 세계에 간섭할 수 있는 마법을 쓸 수 없으니 당신들을 돌려보낼 수 있는 것도 에히트 님의 뜻에 달렸지요."

"그, 그런……."

아이코 선생님이 맥없이 의자에 털썩 주저앉았다. 주변 학생들도 저마다 수군대기 시작했다.

"거짓말이지? 돌아갈 수 없다는 게 말이나 돼?!"

"싫어! 아무래도 좋으니까 돌려보내 줘요!"

"전쟁 따윈 말도 안 된다고! 웃기지 마!"

"어째서, 어째서 이런 일이……."

패닉에 빠진 학생들. 하지메도 태연하게 있을 수 없었다. 하지만 오타쿠이기 때문인지 이런 전개의 창작물은 몇 번이고 읽었다. 그래서 예상하던 몇 가지의 패턴 중에서 최악의 패턴이 아니라는 사실에 다른 학생들보다는 평정심을 유지하고 있었다. 참고로 최악인 것은 소환된 사람을 노예로 부리는 패턴이다.

모두가 당황하고 있을 때, 이슈타르는 딱히 끼어들지 않고 조용히 그 모습을 바라보고 있었다. 하지만 하지메는 어쩐지 그 눈 안쪽에 모멸하는 감정이 담긴 것처럼 느껴졌다. 지금까지의 언동에서 생각해볼 때 「신에게 선택받았는데 어째서 기뻐하지 않느냐」라고 생각할지도 모른다.

계속해서 패닉 상태가 수그러들지 않자 코우키가 자리에서 일어나 테이블을 쳤다. 그 소리에 깜짝 놀란 학생들이 그쪽을 주목했다. 코우키는 모두의 시선이 모인 것을 확인한 뒤 천천히 말하기 시작했다.

"애들아, 여기서 이슈타르 씨에게 항의해봤자 의미가 없어. 그도 어찌할 방법이 없으니까. ……난, 나는 싸울까 해. 이 세계의 사람들이 멸망하게 될 위기에 처한 건 사실이야. 난 그걸 알고도 내버려둘 수는 없어. 그리고 인간을 구하기 위해 소환됐다면 구하는 게 끝난 뒤 돌아가게 될지도 몰라. ……이슈타르 씨, 제 말이 틀렸나요?"

"그렇군요. 에히트 님도 구세주의 바람을 무시하시지는 않을 겁니다."

"우리에겐 커다란 힘이 있다고 했죠? 여기에 오고 나서 이상하게 힘이 솟는 것 같은 기분이 들어요."

"네, 그렇습니다. 아마도 이 세계 사람들과 비교해서 몇 배에서 몇십 배의 힘을 가졌을 거라고 생각해도 될 겁니다."

"응, 그럼 괜찮아. 난 싸울 거야. 사람들을 구하고 집으로 돌아갈 수 있도록. 내가 세계와 모두를 구하겠어!"

주먹을 꽉 쥐며 그렇게 선언한 코우키. 쓸데없이 이가 반짝거렸다.

동시에 그의 카리스마는 유감없이 효과를 발휘했다. 절망하는 표정이었던 학생들이 활기와 냉정을 되찾기 시작했다. 코우키를 보는 시선이 반짝이는 것이, 마치 희망을 찾아냈다는 표정이었다. 여학생들의 절반 이상은 열기가 담긴 시선을 보내고 있었다.

"하아, 너라면 그렇게 말할 거라 생각했다. 너 혼자선 걱정된다고. ……나도 함께하지."

"류타로."

"지금은 그 방법밖에 없겠네. ……마음에 들진 않지만…… 나도 할래."

"시즈쿠……."

"저, 저기. 시즈쿠가 한다면 나도 열심히 할게!"

"카오리……."

평소 멤버가 코우키의 말에 찬성했다. 나머진 당연한 흐름처럼 반 아이들이 찬성하기 시작했다. 아이코 선생님은 어찌할 바 모른 채 울상이 되어 안 된다고 말렸지만 코우키가 만든 흐름 앞에선 무력했다.

결국 모두가 전쟁에 참가하게 됐다. 아마도 반 아이들은 진정한 의미로 전쟁을 한다는 것이 어떤 일인지 이해하지 않았을 것이다. 무너질 것 같은 정신을 지키기 위한 일종의 현실도 피였다.

그런 생각을 한 하지메는 남몰래 이슈타르를 관찰했다. 그는 만족한 표정으로 미소를 떠올렸다.

하지메는 알고 있었다. 이슈타르가 사정을 설명하는 동안 은근히 코우키를 관찰하며 어떤 단어와 이야기에 반응하는지 확인했다는 것을……. 정의감이 강한 코우키가 인간족의 비극을 들었을 때의 반응은 실로 알기 쉬웠다. 그 후는 새삼스레 마인족의 냉혹하고 비정함과 잔혹함만을 강조해 이야기했다. 아마도 이슈타르는 알고 있었을 것이다. 이 집단에서 누가 제일 영향력이 있는지를…….

세계적인 종교의 우두머리라면 당연하겠지만 방심할 수 없는 인물이라고 생각한 하지메는 머릿속에서 요주의 인물 리스트에 이슈타르를 추가했다.

전쟁 참가의 뜻을 정한 이상, 하지메 일행은 싸우는 방법을 익혀야만 했다. 아무리 잠재적으로 상식을 벗어난 힘을 지녔다 해도 원래는 평화에 익숙해진 일본의 고등학생이었다. 갑자기 마물이나 마인과 싸우는 건 불가능하다.

하지만 그런 사정은 이미 예상했던 모양인지 이슈타르가 말하길 이 성교 교회 본산이 있는 【신산(神山)】의 기슭에 있는 【하일리히 왕국】에서 받아들일 준비를 해둔 모양이었다.

왕국은 성교 교회와 밀접한 관계가 있어 성교 교회가 숭배하는 창세신 에히트의 권속인 샤름 번이라는 인물이 건국한 가장 전통 있는 나라라고 한다. 나라의 뒤에 교회가 있으니 그 연결이 얼마나 강한지는 쉽게 알 수 있었다.

하지메 일행은 성교 교회의 정문으로 갔다. 산에서 내려가 하일리히 왕국으로 가기 위해서였다. 성교 교회는 【신산】의 정상에 있는지 개선문을 떠올리게 하는 장엄한 문을 지나자 운해가 펼쳐졌다. 높은 산 특유의 답답함이 느껴지지 않기 때문에 이렇게 높은 산일 줄은 몰랐다. 아마도 마법으로 생활환경을 조정하고 있는 것이겠지. 하지메 일행은 태양 빛을 받아 반짝이는 운해와 비칠 듯한 창공이 펼쳐진 웅대한 경치를 넋놓고 바라보았다.

어딘가 자랑스러워 보이는 이슈타르의 재촉에 앞으로 나가니, 울타리로 둘러싸인 원형의 커다란 하얀 단상이 보였다. 대성당에서 본 것과 같은 소재로 만든 아름다운 회랑을 지나 그대로 그 단상 위에 올라갔다.

단상에는 거대한 마법진이 새겨져 있었고 울타리 너머는 운해가 펼쳐져 있기 때문에 학생 대부분이 단상의 중앙으로 몸을 밀착했다. 그래도 흥미가 솟는 건 멈출 수 없었는지 주변을 두리번두리번 둘러보았다. 그때 이슈타르가 무언가 읊기 시작했다.

"그에게 이르는 길, 신앙과 함께 열리어라, 『천도』."

그 순간 발밑 마법진이 환하게 빛났다. 그리고 마치 로프웨이처럼 단상이 움직이기 시작하더니 지상을 향해 비스듬하게 아래로 내려갔다. 아무래도 방금 『영창』으로 단상에 새겨둔 마법진을 기동한 모양이었다. 이 단상은 말 그대로 로프웨이일 것이다. 학생들은 어떤 의미론 처음 보는 『마법』에 깍깍 떠들기 시작했고 운해로 돌입할 때에는 야단법석을 떨었다.

그렇게 운해를 빠져나와 지상이 보이기 시작했다. 아래로는 커다란 마을, 아니 나라가 보였다. 산의 표면에 튀어나오듯 건축된 거대한 성과 방사형으로 펼쳐진 마을. 하일리히 왕국의 왕도였다. 단상의 로프웨이는 왕궁과 공중회랑으로 이어진 높은 탑의 옥상으로 이어져 있었다.

하지메는 내심 훌륭한 연출이라며 비꼬는 미소를 지었다. 운해를 빠져나와 하늘에서 내려오는 『신의 사자』라는 구도 그 자체였다. 하지메 일행뿐만 아니라 성교 신자가 교회 관계자를 신성시하는 것도 무리가 아니다.

하지메는 전쟁 전의 일본을 떠올렸다. 정치와 종교가 밀접하게 이어졌던 시대를……. 그것은 후에 다양한 비극을 가져왔었다. 하지만 이 세계는 그보다 더 일그러졌을지도 모른다. 무엇보다 이 세계에는 이세계에 간섭할 수 있을 정도의 힘을 가진 초월적인 존재가 존재하고 있으며, 문자 그대로인 『신의 의지』를 중심으로 세계가 돌아가기 때문이다.

자신들이 예전 세계로 돌아갈 가능성과 마찬가지로 세계의 운명은 신의 뜻에 달린 것이다. 조금씩 선명해진 왕도를 내려다본 하지메는 말로 표현할 수 없는 불안감이 가슴 속에서 소용돌이치는 것을 필사적으로 억눌렀다. 그리고 할 수 있는 일을 해나갈 수밖에 없다며 마음을 다잡았다.

왕궁에 도착한 하지메 일행은 곧바로 옥좌가 있는 곳에 안내됐다. 교회에 뒤지지 않을 정도의 화려한 실내 장식으로 꾸민 복도를 걸었다. 도중에 기사로 보이는 장비를 입은 사람과 문관으로 보이는 사람, 메이드 등의 하인과 지나쳤는데 다들 한결같이 기대에 차거나 경외로운 감정이 담긴 눈빛을 보냈다. 하지메 일행이 누구인지 어느 정도 알고 있는 모양이었다.

하지메는 불편한 듯 가장 뒤에서 조심스레 따라갔다.

아름다운 장식으로 꾸민 거대한 문 앞에 도착하자, 그 문의 양옆에서 직립 부동 자세였던 병사 둘이 이슈타르와 용사 일행이 왔다는 사실을 큰 목소리로 알린 뒤 대답을 기다리지 않고 문을 열었다.

이슈타르는 그것이 당연한 것처럼 태연하게 문을 지났다. 코우키 일행을 포함한 일부를 제외한 학생들은 조심스러운 태도로 문을 지났다.

문을 지난 곳에는 똑바로 깔린 레드카펫과 그 안쪽 중앙으로 화려한 옥좌가 있었다. 옥좌 앞에는 패기와 위엄을 두른 초로의 남성이 **일어서서** 기다리고 있었다.

그 옆에는 왕비로 보이는 여성, 그녀의 옆에는 열 살 전후의 금발과 파란 눈을 지닌 미소년과 열네다섯 살 정도의 마찬가지로 금발 파란 눈의 미소녀가 있었다. 그리고 레드카펫의 왼쪽에는 갑주와 군복으로 보이는 의상을 입은 자가, 오른쪽에는 문관으로 보이는 자들이 서른 명 이상 줄지어 있었다.

옥좌의 앞에 도착하자 이슈타르가 학생들을 기다리게 한 뒤 자신은 국왕의 옆으로 나아갔다.

그리고 천천히 손을 내밀자 국왕은 공손히 그 손을 잡고 손등에 가볍게 닿을 정도로 입을 맞췄다. 아무래도 입장은 교황이 더 위인 모양이다. 이걸로 나라를 움직이는 게 『신』이라는 것이 확실해졌다고 생각한 하지메는 내심 한숨을 쉬었다.

그 이후론 평범한 자기소개가 시작됐다. 국왕의 이름은 에리히드 S.B. 하일리히이며 왕비의 이름은 루루아리아라고 한다. 금발 미소년은 란델 왕자, 왕녀는 릴리아나라고 소개했다.

나머진 기사단장과 재상들, 높은 지위에 있는 자들이 소개됐다. 참고로 도중에 미소년의 눈이 카오리에게 빨려들 듯 힐끔힐끔 향하는 걸 보면 카오리의 매력은 이세계에서도 통했다.

그 뒤에 만찬회가 열려 이세계 요리를 맛보게 됐다. 보기엔 지구의 양식과 별반 다르지 않았고 가끔 분홍색 소스와 무지개색으로 빛나는 음료가 나왔지만 상당히 맛있었다.

란델 전하가 빈번히 카오리에게 말을 거는 모습을 본 남학생들이 질투심어린 시선으로 보는 상황도 있었다. 하지메는 남학생들의 화살이 전하에게 향하지 않을까 조금 기대했다. 하긴 열 살밖에 안 된 아이한테 그러지 않겠지만……

왕궁에선 하지메 일행의 의식주가 보장된다는 소식과 함께 훈련에 필요한 교관들도 소개됐다. 교관들은 현역 기사단과 궁정마법사 중에서 선발됐다고 한다. 언젠가 다가올 전쟁에 대비해 친목을 다져두라는 뜻일 것이다.

만찬이 끝나자 각자에게 주어진 방으로 안내됐는데 개인이 방 하나를 쓸 수 있었다. 캐노피가 달린 침대에 깜짝 놀란 것은 하지메만이 아니었으리라. 하지메는 지나치게 화려한 방이 영 불편했지만 그래도 노도와 같은 하루였기 때문에, 쌓였던 피로가 밀려드는 기분이 들어 침대로 뛰어든 즉시 의식이 멀어졌다.

다음 날부터 빠르게 훈련과 강좌가 시작됐다.

먼저 학생들은 12센티미터×7센티미터 정도의 은색 플레이트를 받았다. 학생들이 자신들에게 주어진 플레이트를 신기하게 바라보자 기사단장 멜드 로긴스가 직접 설명을 시작했다.

하지메는 기사단장이 훈련을 도와줘도 괜찮은 건가 생각했지만 대외적이나 대내적으로도 『용사님 일행』을 어중간한 사람에게 맡길 수는 없는 모양이었다.

멜드 단장 본인도 「오히려 성가신 잡무를 부단장에게 떠넘길 이유가 생겨 다행이지!」라고 호쾌하게 웃을 정도이니 괜찮을 것이다. 물론 부단장이라는 분은 괜찮지 않을지도 모르지만……

"좋아, 모두 받았겠지? 이 플레이트는 스테이터스 플레이트라고 불린다. 문자 그대로 자신의 객관적인 스테이터스를 수치로 나타내주지. 가장 신뢰할 수 있는 신분증명서이기도 하다. 이게 있다면 길을 잃더라도 괜찮을 테니 절대 잃어버리지 마라.”

상당히 편한 태도로 말하는 멜드 단장. 그는 호탕한 성격이라「앞으로 전우가 될 사인데 언제까지 남처럼 서먹하게 말할 수야 없지!」라며 다른 기사단원들에게도 평범하게 대하라고 충고할 정도였다.

하지메 일행도 그러는 편이 편했다. 자신들보다 훨씬 연상인 사람들이 겸손한 태도를 보이는 건 불편해서 참기 힘들었다.

“플레이트의 한 면에 마법진이 새겨진 게 보이나? 거기에 함께 건네준 바늘로 손가락을 찔러 피를 한 방울 떨어뜨려라. 그걸로 소유자가 등록되지.「스테이터스 오픈」이라고 말하면 곁에 자신의 스테이터스가 표시될 거다. 아, 원리는 묻지 마. 나도 몰라. 신화시대의 아티팩트니까.”

“아티팩트?”

아티팩트라는 단어가 생소했던 코우키가 질문했다.

“아티팩트라는 건 지금으론 재현할 수 없는 강력한 능력을 가진 마법 도구를 말한다. 아직 신과 그 권속들이 지상에 있던 신화시대에 만들어졌다고 알려져 있지. 그 스테이터스 플레이트도 그중 하나라서 예부터 이 세계에 보급된 유일한 아티팩트다. 보통 아티팩트란 국보가 될 만한 존재지만 이건 일반시민도 갖고 있지. 신분을 증명할 때 편리하니까.”

참고로 이 스테이터스 플레이트를 제작하는 아티팩트가 존재해서 매년 교회의 엄중한 관리로 필요한 만큼 제작되어 배포된다고 한다.

그런 설명을 듣고서 고개를 끄덕인 학생들은 얼굴을 찡그리며 손끝을 바늘로 살짝 찔러 나온 피를 마법진에 발랐다. 그러자 마법진이 옅은 빛을 냈다. 하지메도 마찬가지로 피를 발랐다.

그러자 하지메의 스테이터스 플레이트도 옅은 빛을 내기 시작하더니 그 직후에 잉크가 번지는 것처럼 하늘색으로 바뀌었다. 그것을 본 하지메는 자신도 모르게 깜짝 놀랐다. 다른 학생들도 마찬가지였다.

그런 학생들에게 멜드 단장이 설명을 덧붙였다. 그의 말에 따르면 마력이라는 건 사람마다 다른 색을 갖고 있으며 플레이트에 자신의 정보를 등록하면 소유자의 마력이 가진 색을 따라 물든다고 한다. 즉, 그 플레이트의 색과 본인의 마력이 가진 색이 일치하는 것을 확인해서 신분을 증명한다는 것이다.

'내 마력은 물색. 아니 하늘색이라고 해야 하나? 제법 예쁜 색인데…….'

내심 시커먼 색이 나오지 않아 다행이라고 생각한 하지메가 시선을 돌려보니 다른 학생들도 자신의 색을 멀뚱멀뚱 바라보고 있는 참이었다.

참고로 코우키는 용사답게 순백. 류타로는 짙은 녹색이며 카오리는 연보라. 시즈쿠는 청자색이었다.

"신기한 건 알겠다만 내용도 잘 확인해봐라."

멜드 단장이 쓴웃음을 지으며 확인해볼 것은 재촉했다. 그 목소리를 들은 학생들은 곧바로 고개를 들고 내용을 확인하기 시작했다.

하지메도 자신의 스테이터스 플레이트로 시선을 돌렸다. 거기엔…….

나구모 하지메　17세　남자　레벨: 1

천직: 연성사

근력: 10

체력: 10

내성: 10

민첩: 10

마력: 10

마력 내성: 10

기능: 연성, 언어 이해

이렇게 표시됐다.

마치 게임 캐릭터라도 된 것 같은 기분이 든 하지메는 자신의 스테이터스를 바라봤다. 다른 학생들도 자신의 스테이터스를 가만히 들여다보고 있었다.

멜드 단장에게서 스테이터스의 설명이 이어졌다.

"모두 봤나? 그럼 설명하지. 먼저 가장 위에 『레벨』이라는 게 있지? 그건 각 스테이터스의 상승과 함께 오른다. 상한은 100으로 그게 인간의 한계를 나타낸다. 즉, 레벨이라는 건 인간이 도달할 수 있는 영역의 현재 수치를 나타내는 거지. 레벨 100이라는 건 자신의 잠재능력을 전부 발휘한 극한의 상태라는 거니 말이야. 그런 녀석은 그리 많지 않아."

게임처럼 레벨이 올라 스테이터스가 오르는 건 아닌가 보다.

"스테이터스는 나날이 훈련하면 당연히 오르고, 마법이나 마법구로 올리는 것도 가능하다. 또한 마력이 높은 사람은 자연스럽게 다른 스테이터스도 높아진다. 자세한 건 모르지만 마력이 체내의 스펙을 무의식중에 보완한다는 이야기도 있지. 그리고 나중에 너희에게 장비를 골라줄 테니 기대하라고. 누가 뭐래도 구국의 용사님 일행이잖아. 나라의 보물창고를 탈탈 털었다!"

멜드 단장의 말에서 추측하건데 마물을 쓰러뜨리는 것만으로 스테이터스가 단번에 오르는 일은 없으리라. 착실하게 실력을 쌓아야 하는 것 같다.

"다음으로 『천직』이라는 게 있지? 그건 말하자면 『재능』이다. 끝에 있는 『기능』과 연동하여 그 천직의 범위 안에서 놀라운 재능을 발휘한다. 천직을 가진 사람은 많지 않아. 전투계 천직과 비전투계 천직으로 나뉘는데 전투계는 천 명에 한 사람, 경우에 따라선 만 명에 한 사람 있는 정도다. 비전투계도 적다고 하면 적지만…… 백 명에 한 사람 정도는 있지. 종류에 따라 열 명에 한 사람 정도인 것도 있다. 생산직은 가지고 있는 녀석이 제법 많지."

하지메는 자신의 스테이터스를 봤다. 분명 천직 란에 『연성사』라고 적혀 있었다. 아무래도 『연성』이라는 재능이 있는 모양이다.

이슈타르는 하지메 일행이 상위 세계의 인간이기 때문에 토터스 사람들보다 스펙이 높다고 말했다. 그러니 당연한 일이라고 생각한 하지메는 입가가 씩 올라갔다. 역시 자신에게 어떠한 재능이 있다는 말을 들으면 기쁜 법이다.

하지만 멜드 단장이 다음에 한 말을 듣고서 기쁨이 날아가 버리고 식은땀이 흐르기 시작했다.

"나머진…… 각 스테이터스는 보는 것 그대로다. 레벨 1의 대략적인 평균은 10 정도겠지. 뭐, 너희라면 그 몇 배에서 몇십 배는 높겠지! 정말이지 부럽군! 아, 스테이터스 플레이트의 내용은 보고해다오. 훈련 내용에 참고해야 하니까."

이 세계의 레벨 1의 평균은 10이라고 한다. 하지메의 스테이터스는 10이 깔끔하게 늘어서 있었다. 하지메는 식은땀을 닦으며 내심 고개를 갸웃했다.

'어라? 아무리 봐도 평균인데…… 정말이지 깔끔한 평균인데? 사기적인 능력 아니었어? 무지 강한 거 아니었어? ……다, 다른 사람은? 역시 처음엔 이 정도인 건가…….'

하지메는 약간의 희망을 품고 주변을 둘러보았다. 다들 얼굴을 반짝이고 있었다. 하지메처럼 식은땀을 흘리는 사람은 없었다.

멜드 단장의 부름에 코우키가 스테이터스를 보고하러 앞으로 나섰다. 그 스테이터스는…….

아마노가와 코우키　17세　남자　레벨: 1

천직: 용사

근력: 100

체력: 100

내성: 100

민첩: 100

마력: 100

마력 내성: 100

기능: 모든 속성 적성, 모든 속성 내성, 물리 내성, 복합 마법, 검술, 완력, 축지, 예측, 고속 마력 회복, 기적 감지, 마력 감지, 한계 돌파, 언어 이해

말 그대로 사기적인 능력이었다.

"호오, 역시나 용사님이로군. 레벨 1에 벌써 세 자리라니……. 기능도 일반적으론 두세 개가 보통인데…… 말도 안 되는 녀석이로군! 정말이지 듬직할 따름이야!"

"아하하……."

멜드 단장의 칭찬에 멋쩍게 머리를 긁적인 코우키. 참고로 멜드 단장의 레벨은 62로 스테이터스 평균은 300전후. 이 세계에서 최고 수준의 강함이었다. 하지만 코우키는 레벨 1부터 이미 3분의 1에 육박했다. 성장하기에 따라선 쉽게 제칠 것이다.

참고로 기능이 곧 재능이고 선천적인 것이기 때문에 늘어나는 일은 없다고 했다. 유일한 예외가 『파생 기능』이다.

이건 하나의 기능을 오랫동안 연마하면 이른바 『벽 넘기』에 이른 자가 얻을 수 있는 후천적 기능이었다. 간단히 말하자면 지금까지 할 수 없었던 일이, 어느 날 갑자기 방법을 터득해 맹렬한 기세로 숙련도를 늘린다는 것이다.

코우키만이 특별하나 싶었지만 다른 아이들도 코우키 정도는 아니더라도 충분히 사기적인 능력이었다. 게다가 다들 전투계 천직뿐…….

하지메는 자신의 스테이터스 란에 있는 『연성사』라는 글자를 보았다. 어감으로 볼 때 아무리 머리를 쥐어짜내도 전투에 어울리는 이미지가 떠오르지 않는다. 기능도 두 가지뿐. 게다가 하나는 이세계인이라면 기본적인 기술인 『언어 이해』다. 즉, 실질적으론 한 가지밖에 없었다. 점점 메마른 미소가 나오기 시작한 하지메. 보고할 순서가 된 하지메는 멜드 단장에게 플레이트를 보였다.

지금까지 상식을 뛰어넘는 스테이터스만 확인했던 멜드 단장은 싱글벙글한 표정을 유지했었다. 강력한 전우의 수많은 탄생을 기뻐하고 있었으리라. 그 멜드 단장의 표정이 알 수 없다는 것처럼 미소인 채로 굳어버렸다. 다음에 그가 한 행동은 어딘가 잘못됐나 싶은지 플레이트를 콩콩 쳐보거나 빛에 비춰보기도 했다. 그리고 가만히 응시한 뒤에 무척 미묘한 표정으로 플레이트를 하지메에게 돌려주었다.

"아, 그, 뭐냐. 연성사라는 건 말하자면 대장장이 일이지. 대장 일을 할 때 편리하다고 할까……."

어딘가 서먹하게 하지메의 천직을 설명한 멜드 단장.

하지메를 잡아먹지 못해 안달이었던 남학생들이 그 모습을 놓칠 리 없다. 대장장이라는 건 분명 비전투계 천직이다. 전투계 천직을 가진 반 아이들이 전투를 벌여야 하는 상황에서 도움이 안 될 가능성이 컸다.

히야마 다이스케가 히죽거리며 큰 목소리로 말했다.

"야, 나구모. 혹시 너 비전투계야? 대장장이가 어떻게 싸울 거야? 멜드 씨, 그 연성사라는 건 귀중한 건가요?"

"……아니, 연성사는 열 사람 중에 한 명은 갖고 있지. 나라에 소속한 장인은 모두 갖고 있을 거다."

"야, 나구모~. 너 그런 걸로 싸울 수나 있겠냐?"

히야마가 짜증 나는 투로 하지메와 어깨동무했다. 둘러보면 주변 학생들, 특히 남학생은 히죽거리며 비웃고 있었다.

"글쎄, 해보지 않으면 모르겠지."

"그럼 잠깐 스테이터스 좀 보여줘 봐. 천직이 별 볼 일 없으니 스테이터스는 높겠지~?"

멜드 단장의 표정에서 내용을 추측했는지 일부러 집요하게 묻는 히야마. 정말로 성격 한 번 나쁘다. 그의 친구 세 사람도 함께 놀리기 시작했다. 강한 사람에겐 비굴하고 약한 사람에겐 강하게 나오는 전형적인 잔챙이의 행동이었다. 실제로 카오리와 미오 등은 불쾌한 표정을 짓고 미간을 찌푸렸다.

카오리에게 반했으면서 왜 그걸 모르는 걸까. 하지메는 그런 생각을 하며 자포자기 심정으로 플레이트를 넘겼다.

하지메의 플레이트 내용을 본 히야마는 폭소하고 자신 주위에 있던 사이토 일행에게 던져주었다. 그것을 본 다른 학생들도 크게 웃거나 비웃었다.

"푸하하하하~! 뭐야, 이게! 완전 평범하잖아!"

"오히려 평균이 10이니까 경우에 따라선 근처 꼬맹이보다 약할지도 모르겠네~."

"으하하하~, 무리라고! 이 녀석 금방 죽어버릴걸? 방패로도 못 쓰겠다!"

학생들의 웃음이 그치질 않자 불쾌한 표정을 한 카오리가 움직였다. 하지만 그 전에 크게 화내는 사람이 있었다. 아이코 선생님이었다.

"거기! 뭘 웃고 있나요! 친구를 비웃으면 용서하지 않을 거예요! 네, 선생님은 절대로 용서하지 않아요! 빨리 플레이트를 나구모에게 돌려주세요!"

작은 몸으로 열심히 분노를 표현하는 아이코 선생님. 그 모습에 독기가 빠졌는지 플레이트가 하지메에게 돌아왔다.

아이코 선생님은 하지메를 보며 격려하듯 어깨를 두드렸다.

"나구모, 신경 쓸 것 없어요! 선생님도 비전투계 천직인 데다 스테이터스도 거의 평균이에요. 나구모는 혼자가 아니라고요!"

그렇게 말한 아이코 선생님은 하지메에게 분홍색으로 물든 자신의 스테이터스 플레이트를 보여주었다.

하타야마 아이코　25세　여자　레벨: 1

천직: 작농사

근력: 5

체력: 10

내성: 10

민첩: 5

마력: 100

마력 내성: 10

기능: 토양 관리, 토양 회복, 범위 경작, 성장 촉진, 품종 개량, 식물계 감정, 비료 생성, 혼재 육성, 자동 수확, 발효 조작, 범위 온도 조정, 농장 결계, 풍작 단비, 언어 이해

하지메는 썩은 동태눈으로 먼 곳을 바라보았다.

"어? 왜 그래요?! 나구모!"

하지메의 몸을 흔드는 아이코 선생님. 분명 전체적인 스테

이터스가 낮고 비전투계 천직이라는 건 한눈에 알 수 있지만…… 마력만큼은 용사에게도 필적하며 기능 수는 용사보다 많았다. 식량에 대한 문제는 전쟁에 빠질 수 없는 것. 하지메처럼 우수한 능력을 가진 사람으로 얼마든지 교체할 수 있는 직업이 아니었다. 즉, 아이코 선생님도 충분히 사기적인 능력이었다.

혼자가 아니라고 기대했던 하지메는 큰 대미지를 받았다.

"에고, 아이가 결정타를 날렸네……."

"나, 나구모! 괜찮아?!"

반응이 없어진 하지메를 본 시즈쿠가 쓴웃음을 지었고 카오리가 걱정스러운 표정으로 달려왔다. 아이코 선생님은 알 수 없다는 표정으로 고개를 갸웃했다. 여전히 열심히 노력하지만 헛돌고 마는 아이코 선생님을 본 학생들은 어딘가 훈훈한 기분이 들었다.

결과적으로 하지메를 비웃는 걸 막는다는 그녀의 목적 자체는 달성했지만 하지메를 달래주려다 더욱 우울하게 만들고 만 것이다. 아이코 선생님의 눈물겨운 배려와 앞으로 있을 다사다난을 생각한 하지메는 메마른 웃음을 지을 수밖에 없었다.

하지메가 자신의 약하고 도움이 안 되는 능력을 알게 된 날부터 2주가 흘렀다.

지금 하지메는 훈련의 휴식 시간을 이용해 왕립 도서관에서 조사를 하고 있었다. 그 손에는 『북방 대륙 마물 대사전』

이라는, 제목이 모든 것을 설명하고 있는 거대한 도감이 들려 있었다.

어째서 그런 책을 읽고 있는가. 그것은 2주간의 훈련으로 성장하기보다 자신의 무력함이 더욱 확연해졌기 때문이다. 힘이 없는 만큼 지식과 지혜로 커버하기 위해 훈련하는 틈틈이 공부를 시작했다.

그렇게 하지메는 한동안 도감을 바라보고 있었지만…… 갑자기 한숨을 쉬며 책상 위로 도감을 던졌다. 쿵 하는 무거운 소리가 들리자 우연히 지나가던 사서가 무서운 얼굴로 하지메를 노려보았다.

움찔 놀란 하지메는 서둘러 사과했다. 사서는 마치 『또 그랬다간 죽는다!』라는 무언의 표정으로 노려본 뒤 넘어가 주었다. 하지메는 자신을 향해 뭐하는 거냐며 투덜거리면서 다시 한숨을 쉬었다.

하지메는 천천히 스테이터스 플레이트를 꺼내 턱을 괸 자세로 바라보았다.

나구모 하지메　17세　남자　레벨: 2

천직: 연성사

근력: 12

체력: 12

내성: 12

민첩: 12

마력: 12

마력 내성: 12

기능: 연성, 언어 이해

===

이것이 2주간 열심히 훈련한 하지메의 성과였다. 너무 느리다며 내심 한탄했던 것은 말할 것도 없다. 참고로 코우키는 이렇다.

===

아마노가와 코우키 17세　남자　레벨: 10

천직: 용사

근력: 200

체력: 200

내성: 200

민첩: 200

마력: 200

마력 내성: 200

기능: 모든 속성 적성, 모든 속성 내성, 물리 내성, 복합 마법, 검술, 완력, 축지, 예측, 고속 마력 회복, 기적 감지, 마력 감지, 한계 돌파, 언어 이해

===

대략 하지메보다 다섯 배는 성장했다.

게다가 하지메에겐 마법 적성이 없다는 사실이 밝혀졌다.

마법 적성이 없다는 게 무엇을 의미하는가 하면. 그건 이 세계의 마법 개념과 관계가 있다.

토터스에서 마법이란 체내의 마력을 영창을 통해 마법진에 쏟으면 마법진에 새겨둔 술식의 마법이 발동한다. 마력을 직접 다룰 수 없기 때문에 어떤 효과를 가진 마법을 쓸지에 따라 올바른 마법진을 구축해야 했다.

그리고 영창의 길이에 비례해 흘려보낼 수 있는 마력이 많아지며 마력량에 비례해 위력과 효과가 오른다. 또한 효과의 복잡함과 규모에 비례해 마법진에 새겨야 하는 술식도 많아진다. 그럼 필연적으로 마법진 자체가 커진다.

예를 들어 RPG 등에서 자주 나오는『화구(火球)』을 직선으로 쏘는 것만으로도 직경 10센티미터 정도의 마법진이 필요하다. 기본은 속성, 위력, 사정거리, 범위, 마력 흡수(체내에서 마력을 흡수)하는 술식이 필요하며 나머진 유도성이나 지속 시간 등 부가 요소가 더해질 때마다 마법진이 커진다.

하지만 그 원리에도 예외가 있었다. 그것이 바로 적성이다.

적성이란, 말하자면 체질에 따라 술식을 어느 정도 생략할 수 있다는 것이었다. 예를 들어 불 속성의 적성이 있다면 술식에 속성을 넣을 필요가 없으며 그만큼 술식을 작게 만들 수 있었다. 이 생략은 이미지로 보완된다. 술식을 새길 필요가 없는 대신, 영창을 할 때 불을 떠올리는 것으로 마법에 불

속성이 부가되는 것이다.

　대부분의 인간은 어떠한 적성을 갖고 있기 때문에 앞서 말했던 직경 10센티미터가 평균이지만, 하지메의 경우 적성이 전혀 없기 때문에 기본적인 다섯 가지의 술식에 속도와 탄도, 확산률, 집속률 등을 자세하게 새길 필요가 있었다. 따라서 『화구』 한 발을 쏘기 위해 직경 2미터에 가까운 마법진을 필요로 했고 실전에선 전혀 쓸 수 없다는 뜻이었다.

　참고로 마법진은 특수한 종이를 사용해서 쓰고 버리는 타입과 광물에 새기는 타입 두 가지가 있다. 전자는 종류가 다양하지만 한 번밖에 사용할 수 없는 데다 위력도 약하다. 후자는 부피가 커서 많이 들고 다닐 수 없지만 몇 번이든 사용할 수 있으며 위력도 상당하다는 특징이 있다. 이슈타르를 비롯한 신관이 갖고 있던 석장은 후자에 속한다.

　그렇게 근접 전투는 스테이터스를 볼 때 무리, 마법은 적성이 없어서 무리, 기대할 수 있는 천직과 기능인 『연성』은 광물의 형태를 바꾸거나 붙이는 등 가공할 수 있을 뿐 도움이 안 된다. 연성에 도움이 되는 아티팩트도 없다는 말을 들었으며 연성 마법진을 새겨둔 장갑을 받았을 뿐이었다.

　일단은 열심히 노력해서 지면 위로 함정(?)과 장애물(?)을 만들 수 있게 됐으며 그 규모도 조금씩 커지고는 있지만…… 대상에 직접 손을 대지 않으면 효과를 발휘할 수 없는 이상, 적의 눈앞에서 쭈그리고 앉아 지면에 손을 대는 자살행위를 해야만 한다. 결국 전투에서 도움이 안 된다는 건 변하지 않았다.

2주 동안 반 아이들에게서 무능이라는 딱지가 붙어버린 하지메. 어쩔 수 없이 지식을 파고들어 봤지만…… 도무지 돌파구가 보이지 않아 요즘엔 한숨만 늘었다.

도서관 창문 밖 푸른 하늘을 멍하니 바라보다 자포자기 심정으로 차라리 여행을 떠나버릴까 생각했다. 하지메는 요 2주간 누구보다 열심히 얻은 지식을 머릿속에서 전개하며 떠난다면 어디로 떠날지 골똘히 생각해봤다.

'역시 아인의 나라로 가보고 싶네. 짐승의 귀를 가진 사람을 보지 않고서야 이세계를 여행했다고 말할 수 없잖아? …… 하지만 수해 깊은 곳에 있잖아. 차별받는 종족이기 때문에 노예 외에는 밖에서 찾아볼 수 없다고 할 정도니.'

하지메의 지식처럼 아인족은 차별을 받는 종족으로 보통 대륙 동쪽에 남북으로 펼쳐진 【하르치나 수해】의 깊은 곳에 숨어 있었다. 그들이 차별받는 이유는 마력을 일절 갖고 있지 않기 때문이다.

신화시대에서 에히트를 포함한 신들은 신대 마법으로 이 세계를 만들었다고 알려져 있다. 그리고 지금 사용되는 마법은 그 열화판이라고 인식되어 왔다. 그래서 마법은 신들에게서 받은 것이라는 가치관이 강했다. 물론 성교 교회가 그렇게 가르치고 있는 거지만…….

그런 사정 때문에 마력을 일절 갖지 못하고 마법을 쓸 수 없는 종족인 아인족은 신에게서 버림받은 악한 종족이라고 여겨지는 것이다.

그럼 마물은 뭔데? 라고 생각할 수 있지만 마물은 어디까지 나 자연재해와 같은 존재로 인식되어 있으며 신의 은혜를 받 은 것이 아니라고 여겨진다. 평범하게 위험한 짐승이라는 것 이다. 정말이지 자기 입맛대로 해석한다고 생각한 하지메는 어이가 없었다.

게다가 마인족은 성교 교회의 『에히트 님』과는 다른 신을 모시는 모양이지만 아인에 대한 생각은 기본적으로 같다고 한다.

마인족은 전원이 높은 마법 적성을 갖고 있어서 인간족보다 훨씬 짧은 영창과 작은 마법진으로 강력한 마법을 사용할 수 있다고 했다. 수는 적지만 남방 대륙 중앙에 있는 마인의 왕 국【가란드】에선 어린아이까지 상당히 강력한 공격 마법을 사 용할 수 있으므로 어떤 의미론 국민이 모두 전사인 나라라고 할 수 있다.

인간족은 모시는 신이 다르다는 이유로 마인족을 숙적으로 정하고(성교 교회의 가르침), 신에게 사랑받지 못한 아인족을 차별한다. 마인족도 마찬가지다. 아인족은 차라리 내버려달라 는 느낌이랄까? 어느 종족이든 실로 배타적이다.

'음~, 수해가 무리라면 서쪽 바다로 가볼까? 아마【에리센】 이라는 바다 위의 마을이 있다고 했지. 짐승 귀는 무리더라도 머메이드는 보고 싶어. 남자의 꿈이잖아. 그리고 바다의 신선 한 요리가 먹고 싶기도 하고.'

【바다 위 마을 에리센】은 해인족이라 불리는 아인족의 마을로 서쪽 앞 바다에 있다. 아인족 중에서 유일하게 왕국이 보호하고 있는 종족이다. 그 이유는 북방 대륙에 공급되는 해산물의 80퍼센트가 이 마을에서 공급되고 있기 때문이다. 정말이지 제멋대로인 이유다. 거창하게 차별하던 이유는 어딜 간 거야? 그 이야기를 들었던 하지메는 내심 그렇게 야유했다.

참고로 서쪽 바다에 나가기 위해선 그 직전에 있는 【그류엔 대사막】을 건너야 한다. 이 사막에는 수송의 중계점으로 중요한 오아시스 역할을 하는 【앙카지 공국】과 【그류엔 대화산】이 있다. 이 【그류엔 대화산】은 7대 미궁 중 하나였다.

7대 미궁이라는 건 이 세계에서 몇 없는 위험 지대를 말한다. 하일리리 왕국의 남서쪽, 그류엔 대사막과의 사이에 있는 【오르크스 대미궁】과 아까 언급했던 【하르치나 수해】도 여기에 포함된다. 7대 미궁이면서 세 개밖에 없는 이유는, 다른 것들은 옛 문헌 등에서 그 존재는 알려져 있어도 자세한 위치를 알 수 없어 확인되지 않았기 때문이다.

일단 심작되는 곳으로 대륙을 남북으로 분단하는 【라이센 대협곡】이나 남방 대륙 【슈네 설원】의 안쪽에 있는 【빙설 동굴】이 그렇지 않을까 하는 이야기가 있다.

'역시 사막은 무리겠지……. 그렇다면 차라리 제국으로 가서 노예를 볼 수밖에 없겠지만…… 노예 취급당하는 짐승 귀를 보고서 태연히 있을 자신이 없어.'

제국이란 【헤르샤 제국】을 말한다. 이 나라는 대략 300년

전 마인족과 대규모 전쟁을 벌일 때 어떤 용병단이 일으킨 신흥 나라로, 강력한 용병과 모험가가 잔뜩 모이는 군사 국가라고 한다. 실력지상주의를 내걸고 있어 상당히 어두운 나라라고 했다.

이 나라에는 아인족이든 뭐든 이용할 수 있는 건 이용한다는 사상이 있어서 아인족을 다루는 노예상인이 많이 존재한다.

제국은 왕국 동쪽에 【중립 상업도시 휴렌】을 끼고 존재한다. 【휴렌】은 문자 그대로 어느 나라에도 기대지 않는 중립 상업도시였다. 경제력이라는 국가 운영과는 떼려야 뗄 수 없는 힘을 최대한으로 사용해 중립을 유지한다. 갖고 싶은 것이 있다면 이 도시에 가면 손에 넣을 수 있다는 말이 있을 정도로 상업 중심의 도시이다.

'하아. 결국 돌아가려면 도망칠 수는 없겠지. 이런, 훈련 시간이잖아!'

결국 그저 현실도피에 불과하다며 고개를 젓고는, 훈련 시간이 다가왔다는 사실을 깨닫고 서둘러 도서관을 나왔다. 왕궁까지는 바로 코앞이지만 그 길목에서도 사람들이 사는 소리가 들린다. 노점 주인이 호객하는 소리와 뛰노는 어린아이의 목소리, 짓궂은 어린아이를 혼내는 목소리 등은 실로 일상적이며 평화롭다.

'역시 전쟁도 없는 것 같은데 그냥 돌려보내 주면 안 되려나.'

하지메는 지금부터 시작될 우울한 시간에서 도피하고 싶은 나머지 그런 있을 수 없는 일을 원했다.

훈련 시설에 도착하자 이미 몇 명의 학생이 대화를 나누거나 스스로 훈련을 하고 있었다. 아무래도 생각보다 일찍 도착한 모양이다. 하지메는 훈련이나 하며 기다릴까 싶어 지급된 서양풍의 가느다란 검을 꺼냈다.

바로 그때 갑자기 뒤에서 충격을 받은 하지메는 앞으로 휘청거렸다. 어떻게든 넘어지는 것은 면했지만 뽑았던 칼날을 보고서 식은땀이 흘렀다. 얼굴을 찡그리며 뒤를 돌아본 하지메는 예상했던 인물들을 확인하고서 정말로 짜증 난다는 표정을 지었다.

거기에 있던 건 히야마 다이스케가 이끄는 소악당 4인조(하지메 작명)였다. 훈련이 시작된 이후로 일일이 하지메에게 시비를 걸어왔다. 하지메가 훈련을 우울하게 생각하는 이유의 절반이기도 하다(나머지 절반은 자신의 무능력함).

"야, 나구모. 뭐하냐? 네가 검을 들어봤자 소용없잖아. 진짜 무능하니까~."

"야, 히야마. 니무히잖아! 아무리 사실이라 해도 말이야~. 캬하하하하!"

"왜 매번 훈련에 나오는 거야? 나라면 창피해서라도 못하겠다!"

"야, 다이스케. 이 녀석 말인데 진짜 불쌍한데, 우리가 훈련시켜줄까?"

대체 뭐가 그렇게 재밌는지 히죽히죽 웃는 히야마 일행.

"뭐? 야, 신지. 너 진짜 너무 착한 거 아니냐? 하긴 나도 자상하니까. 훈련시켜줄게~."

"오, 좋네. 우리 너무 착하잖아. 무능한 녀석을 위해 시간을 써주겠다니. 나구모~ 고마워해라?"

그런 말로 친한 척 어깨동무하고는 하지메를 인적이 드문 곳으로 데리고 가려 하는 히야마 일행. 반 아이들은 그걸 알아차린 모양이지만 보지 못한 시늉을 했다.

"아니, 혼자서 충분해. 내버려둬도 괜찮아."

하지메는 일단 부드럽게 거절해봤다.

"뭐? 우리가 일부러 무능한 널 단련시켜주겠다는데 무슨 말이야? 웃기고 있네. 넌 그냥 고맙습니다, 하고 따르면 된다고!"

그렇게 말하며 옆구리를 때리는 히야마. 하지메는 통증으로 얼굴을 찡그리며 신음했다. 히야마 일행은 점점 주저하지 않고 폭력을 사용하게 됐다. 사춘기 남자가 갑자기 커다란 힘을 얻으면 거기에 빠져드는 것도 어쩔 수 없는 일이라고는 하나 그 표적이 되는 건 참을 수 없었다. 그렇다고 저항할 수 있을 만한 힘도 없다. 하지메는 이를 악물고 견딜 수밖에 없었다.

결국 훈련 시설에서 보이지 않는 인기척이 없는 곳으로 도착하자 히야마가 하지메를 밀쳤다.

"빨리 일어서. 즐거운 훈련 시간이잖아?"

히야마, 나카노, 사이토, 콘도 네 사람이 하지메를 둘러쌌다. 하지메는 분해서 입술을 깨물며 일어났다.

"큭?!"

그 순간 뒤에서 등을 강하게 맞았다. 콘도가 칼집으로 때린 것이다. 비명을 지르며 앞으로 고꾸라진 하지메에게 계속해서 공격이 가해졌다.

"야, 뭘 자빠지고 있어? 그러다 타버린다~. 여기에 불꽃 공격을 바란다. 『화구』."

나카노가 불 속성 마법 『화구』를 쏘았다. 넘어진 직후라는 것과 등의 통증으로 곧바로 일어설 수 없었던 하지메는 데굴데굴 필사적으로 몸을 굴려 간신히 피했다. 하지만 그것을 기다렸다는 것처럼 이번엔 사이토가 마법을 쏘았다.

"여기에 바람 공격을 바란다. 『풍구(風球)』."

바람의 덩어리가 자리에서 일어나려던 하지메의 복부에 직격했다. 하지메는 몸을 앞으로 굽힌 채 뒤로 날아간 뒤 위액을 토하며 주저앉았다.

마법 자체는 한 구절인 하급 마법이다. 그래도 프로 복서에게 맞은 것 정도의 위력이었다. 그것은 그들의 높은 적성과 마법진이 새겨진 매체가 나라에서 지급된 아티팩트인 것이 원인이있다.

"야, 진짜 너무 약한 거 아냐? 나구모~ 할 생각은 있냐?"

히야마는 그렇게 말하며 웅크린 하지메의 배를 걷어찼다. 하지메는 목구멍까지 치민 토사물을 참는 게 고작이었다.

그 뒤로도 한동안 훈련이라는 명목의 구타가 이어졌다. 하지메는 통증을 견디며 어째서 자신만 이렇게 약한 건지 분해하며 입술을 깨물었다. 원래라면 당해내지 못하더라도 반격

정도는 해야 했다.

하지만 어렸을 때부터 남과 다투거나 누군가에게 적의와 악의를 갖는 것이 도무지 불편했던 하지메는 누군가와 싸우게 됐을 땐 항상 자신이 참았다. 자신이 참으면 그걸로 끝. 싸우는 것보다 훨씬 좋다고 생각했다.

그런 하지메를 자상하다고 말하는 사람도 있지만 단순한 얼간이라 말하는 사람도 있었다. 하지메 자신도 어느 쪽인지 알 수 없었다.

슬슬 통증을 견디기 힘들어졌을 무렵, 갑자기 분노에 찬 여자아이의 목소리가 울렸다.

"뭐하는 거야?!"

그 목소리를 들은 히야마 일행은 일 났다는 표정을 했다. 그야 그렇겠지. 그 여자아이는 히야마 일행이 좋아하는 카오리였으니까. 카오리뿐만 아니라 시즈쿠와 코우키, 류타로도 있었다.

"아니, 오해하지 않았으면 좋겠는데, 우린 나구모의 특훈에 어울려주고 있을 뿐이라……."

"나구모!"

카오리는 히야마의 변명을 무시한 채 주저앉고서 쿨럭쿨럭 기침하는 하지메에게 달려갔다. 하지메의 모습을 본 순간 히야마 일행은 머리에서 지워진 모양이었다.

"특훈이라. 그런 것치고는 상당히 일방적인 것 같은데?"

"아니, 그건……."

"변명은 됐어. 아무리 나구모가 전투에 익숙하지 않다고 해도 같은 반 친구야. 두 번 다시 이러지 마."

"쓸데없는 짓을 할 시간에 자신을 단련하라고."

세 사람이 저마다 말하자 히야마 일행은 멋쩍은 미소를 지으며 서둘러 떠났다. 카오리의 치유 마법으로 하지메가 서서히 회복됐다.

"고, 고마워, 시라사키. 덕분에 살았어."

하지메가 쓴웃음을 짓자 카오리는 울 것 같은 얼굴로 고개를 저었다.

"항상 이런 일을 당했던 거야? 그럼 내가……."

카오리가 잔뜩 화난 얼굴로 히야마 일행이 떠난 방향을 노려보자 하지메는 다급히 말렸다.

"아니, 항상 그런 건 아니야! 정말 괜찮으니까 신경 쓰지 마!"

"하지만……."

하지메는 그래도 이해할 수 없어 하는 카오리에게 재차 괜찮다며 미소를 보였다. 카오리도 떨떠름한 표정으로 물러났다.

"나구모, 무슨 일 있으면 사양하지 말고 말해. 그래야 카오리도 받아들일 수 있을 테니까."

떫은 표정을 한 카오리를 본 시즈쿠가 쓴웃음을 지으며 말했다. 하지메는 그녀에게도 고맙다고 말했다. 하지만 거기서 찬물을 끼얹는 용사님.

"하지만 나구모도 더 노력해야 해. 약하다고 변명하고 있으면 강해질 수 없잖아? 듣자니 훈련이 없을 땐 도서관에서 책을 읽는다고 하잖아. 나라면 조금이라도 강해지기 위해 빈 시간에도 훈련할 거야. 너도 조금 더 진지해져야지. 히야마도 네 그런 성격을 어떻게 해주려 하는 걸지도 모르잖아?"

무엇을 어떻게 해석하면 그렇게 될까. 하지메는 반쯤 얼빠진 상태로, 아마노카와는 성선설로 사람의 행동을 해석하는 녀석이라는 것을 깨닫고 쓴웃음 지었다.

코우키의 사고 패턴은 「기본적으로 인간은 그렇게 나쁘지 않다. 그렇게 보이는 행동을 했다면 그럴만한 이유가 있을 것이다. 어쩌면 상대에게 원인이 있을지도 모른다!」라는 과정을 거쳤을 것이다.

게다가 코우키의 말에는 정말로 악의가 없었다. 진지하게 하지메를 배려해 충고한 것이다. 하지메는 이미 오해를 풀 기력이 없었다. 지금까지 자신의 생각과 정의감에 의문을 품어본 적이 없는 인간에게 무슨 말을 해도 소용이 없을 거라고 생각했다.

시즈쿠는 그것을 이해했는지 손으로 얼굴을 가리고 한숨을 쉬며 하지메에게 작은 목소리로 사과했다.

"미안. 코우키도 나쁜 생각이 있는 건 아니야."

"하하. 응, 알고 있으니까 괜찮아."

마찬가지로 미소를 지으며 괜찮다는 대답을 한 하지메는 더러워진 옷을 털고 자리에서 일어났다.

"이제 훈련이 시작되겠다. 가자."

하지메가 그렇게 말하자 일행은 훈련 시설로 돌아갔다. 카오리는 계속 걱정스러운 표정이었지만 하지메는 보지 못한 척했다. 역시 남자로서 동급생인 여자아이에게 기대는 건 어딘가 꺼려졌다.

하지메는 훈련 시설로 돌아가며 오늘 몇 번째인지도 알 수 없는 깊은 한숨을 쉬었다. 정말로 다사다난하다.

훈련이 끝난 뒤, 평소라면 저녁 식사 시간까지 자유시간이 시작되지만 오늘은 멜드 단장이 전할 말이 있다고 했다. 학생들이 무슨 말인가 싶어 주목하자 멜드 단장은 두꺼운 목소리로 말했다.

"내일부터 실전 훈련의 일환으로 【오르크스 대미궁】에 원정을 간다. 필요한 건 이쪽에서 준비해뒀지만 지금까지 왕도 밖에서 마물과 실전 훈련을 한 것과는 전혀 다르다고 생각해둬라! 뭐, 쉽게 말해 기합을 넣어두라는 거지! 오늘은 편히 쉬어라! 그럼 해산!"

그렇게 전달 사항만을 말하고 떠나갔다. 하지메는 술렁이는 학생들의 가장 뒤에서 하늘을 올려다보았다.

'……징말로 다사다난하다니까.'

【오르크스 대미궁】.

그곳은 모두 100계층에 이른다는 대미궁이다. 7대 미궁 중 하나로 계층이 깊어질수록 강력한 마물이 나타난다. 그럼에도 이 미궁은 모험가와 용병, 신병의 훈련으로 상당한 인기가 있었다. 그것은 계층으로 되어 있어서 마물의 강함을 파악하기 쉽다는 점과, 출현하는 마물은 지상의 마물에 비해 훨씬 좋은 품질의 마석을 체내에 품고 있기 때문이다.

마석이란 마물을 마물답게 만드는 힘의 핵을 말한다. 강력한 마물일수록 질이 좋고 커다란 마석을 품고 있으며 이 마석은 마법진을 작성할 때의 원료가 된다. 마법진은 그저 그리기만 해도 발동하지만 마석을 가루로 만들이 새겨 넣거나 염료로 사용한 경우와 비교하면 그 효과는 세 배까지 차이가 난다.

즉, 마석을 사용하는 편이 마력이 더 효과적으로 통한다는 것이다. 그 외에도 일상생활용 마법 도구 등에는 마석이 원동력으로 사용된다. 마석은 군 관련뿐만 아니라 일상생활에도 필요해서 수요가 상당히 많은 물건이었다.

참고로 양질의 마석을 가진 마물일수록 강력한 고유 마법을 사용한다. 고유 마법이란 마력은 있어도 영창이나 마법진을 사용하지 않기 때문에 다채로운 마법을 사용할 수 없는 마물이 사용하는 유일한 마법이다. 한 종류밖에 사용할 수 없는 대신 영창이나 마법진 없이 사용할 수 있다. 마물을 얕볼 수 없는 최대의 이유였다.

하지메 일행은 멜드 단장이 이끄는 기사단원 몇 명과 함께 【오르크스 대미궁】에 도전하는 모험가를 위한 여관 마을 【호르아드】에 도착했다. 신병 훈련에 자주 이용되는 모양인지 왕국 직영의 여관이 있어 거기에 묵기로 했다.

오랜만에 평범한 방을 본 기분이 든 하지메는 침대에 뛰어들어 후우~ 하고 한숨 쉬며 긴장을 풀었다. 다들 못해도 2인실을 썼지만 하지메만 1인실이었다.

"뭐, 편해서 좋지."

그렇게 억지스럽게 중얼거린 하지메. 쓸쓸하지 않다면 거짓말일 것이다.

내일부턴 미궁에 도전하고 이번에는 20계층까지 가는 모양이다. 그 정도라면 하지메처럼 약한 사람이 있어도 충분히 커버할 수 있다고 멜드 단장이 직접 알려주었다. 하지메로서는 귀찮게 해서 죄송하다고 말할 수밖에 없었다. 차라리 왕도에 내버려두고 가도 좋았을 텐데……. 하지만 얼간이 하지메는 분위기 탓에 그런 말을 꺼내지 못했다.

잠시 빌려온 미궁의 낮은 층에 나타나는 마물 도감을 읽었지만 조금이라도 몸을 쉬어두기 위해 빨리 잠들기로 했다. 학교생활로 단련된 낮잠 스킬은 이세계에서도 충분히 발휘됐다.

하지만 하지메가 꾸벅꾸벅 졸기 시작했을 때 수면을 방해하려는 것처럼 누군가가 문을 두드렸다. 조금 이르다고는 하나 그건 일본에서 밤샘이 일상이었던 하지메에게 해당하는 일이지 토터스에선 심야에 해당하는 시간이었다. 수상한 심야의 방문객이 히야마 녀석들인가 싶었던 나구모는 긴장된 표정을 지었다.

하지만 그 걱정은 뒤에 들린 목소리로 기우에 그쳤다.

"나구모, 일어나 있어? 시라사키야. 잠깐 괜찮을까?"

뭐? 잠시 경직됐던 하지메는 다급히 문으로 향했다. 자물쇠를 열고 문을 열자 거기엔 순백의 네글리제에 카디건을 걸친 카오리가 서 있었다.

"……이게 뭐꼬."

"어?"

어떤 의미론 충격적인 광경에 자신도 모르게 사투리로 말하고 말았다. 카오리는 잘 들리지 않았는지 놀란 표정이었다.

하지메는 다급히 마음을 다잡고 될 수 있으면 카오리를 보지 않도록 신경 쓰며 용건을 물었다. 아무리 현실에 흥미가 적다고는 하나 하지메도 어엿한 사춘기 남자. 카오리의 지금 모습은 지나치게 자극이 강했다.

"아니, 아무것도 아니야. 저, 무슨 일이야? 무슨 연락사항?"

"아니. 저기, 나구모하고 이야기를 조금 나누고 싶어서……. 역시 방해가 됐어?"

"…………들어와."

가장 있을 법한 용건을 예상하고 물어봤지만 카오리는 간단히 부정하고 직구를 날렸다. 게다가 살짝 위를 올려다보는 폭탄을 포함해서. 효과는 굉장했! 정신이 들고 보니 문을 열고 방 안으로 초대하고 있었다.

"응!"

카오리는 아무런 경계심도 없이 기쁜 표정으로 들어와 창가 테이블 의자에 앉았다.

하지메는 약간 혼란스러워하면서도 무의식중에 차를 준비했다. 그래 봐야 평범한 물통에 티백과 비슷한 것으로 우려낸 싸구려 홍차였지만, 카오리와 자신의 것을 준비해 그녀에게

건넨 뒤 맞은편 자리에 앉았다.

"고마워."

역시 기쁜 표정으로 싸구려 홍차를 받아들고 입으로 가져간 카오리. 창문에서 달빛이 들어와 순백의 그녀를 비췄다. 검은 머리에 엔젤 링이 떠올라 마치 진짜 천사인 것 같았다.

하지메는 신비롭게 비친 카오리를 욕망 어린 시선이 아닌 순수한 시선으로 보았다. 카오리가 컵을 두고 달그락 소리가 나서야 정신을 차리고선, 마음을 진정시키기 위해 자신의 싸구려 홍차를 단번에 들이켰다. 그러다 그것이 목구멍에 걸려 헛기침을 하고 말았다. 부끄럽잖아…….

카오리가 그 모습을 보고서 쿡쿡 웃었다. 하지메는 부끄러움을 감추려는 것처럼 조금 빠른 말투로 물었다.

"그래서 하고 싶은 말이라는 게 뭐야? 내일 일?"

"응."

하지메의 질문에 고개를 끄덕인 카오리는 아까까지의 미소가 거짓말인 것처럼 고민에 찬 표정을 지었다.

"내일 미궁 말인데……. 나구모는 마을에서 기다려줬으면 해. 교관님이나 반 아이들은 내가 꼭 설득할게. 그러니까 부탁이야!"

말하는 동안 흥분했는지 몸을 내밀며 애원하는 카오리. 하지메는 당황스러웠다. 자신이 걸리적거리기 때문이라고 하기엔 지나치게 필사적인 느낌이었다.

"그게…… 분명 난 방해가 될 거라고 생각하는데…… 여기까지 오고서 기다리겠다고 하는 걸 허락해줄 리가……."

"그게 아니야! 방해된다든가 그런 뜻이 아니야!"

카오리는 하지메의 오해에 당황해 변명했다. 스스로도 지나치게 성급하다고 생각했는지 가슴에 손을 얹고 심호흡했다. 조금 진정되어 미안하다고 사과하며 조용히 말을 꺼냈다.

"저기, 어쩐지 무척 나쁜 예감이 들어. 아까 잠깐 잠들었는데…… 꿈에서 나구모가 나왔어. 말을 걸어도 전혀 알아주지 않고…… 달려가도 전혀 따라잡을 수 없었어……. 그리고 끝내……."

카오리는 그 뒷이야기를 꺼내는 것을 두려워하는 것처럼 입을 다물었다. 하지메는 침착한 마음으로 물었다.

"끝내?"

카오리는 입술을 꾹 깨물며 당장에라도 울음을 터뜨릴 것 같은 표정으로 고개를 들었다.

"……사라져버려."

"……그래."

잠시 정적이 흘렀나.

하지메는 다시 고개를 숙인 카오리를 바라봤다. 확실히 불길한 꿈이다. 하지만 어차피 꿈에 불과하다. 그런 이유로 대기를 허락받을 것 같지 않고 허락된다 하더라도 반 아이들에게서 비난의 폭풍이 일 것이다. 어느 쪽이든 있을 곳이 사라지기 때문에 하지메에게 가지 않는다는 선택지는 없었다.

하지메는 카오리를 안심시킬 수 있도록 되도록 자상한 목소리로 말을 걸었다.

"시라사키, 꿈은 꿈이야. 이번엔 멜드 단장이 이끄는 베테랑 기사단원이 함께 있고 아마노가와처럼 강한 녀석도 많아. 오히려 우리 반 전원이 사기적인 능력이니까 적이 불쌍하게 느껴질 정도지. 난 약하고 실제로 약한 모습을 많이 보였으니까 그런 꿈을 본 게 아닐까?"

카오리는 하지메의 말에 귀를 기울이면서도 불안한 표정으로 그의 얼굴을 보았다.

"그래도…… 그래도 불안이 가시질 않는다면……."

"……않는다면?"

하지메는 조금 부끄러운 것처럼, 하지만 똑바로 카오리와 눈을 마주쳤다.

"지켜줄래?"

"응?"

자신이 하는 말이 남자로서 상당히 부끄러운 것이라는 자각은 있는 모양인지 하지메는 수치심에 얼굴이 새빨개졌다. 달빛으로 실내가 환했기 때문에 카오리도 그 모습을 잘 알 수 있었다.

"시라사키는 『치유사』잖아. 치유계 마법에 천성의 재능을 가진 천직. 무슨 일이 있어도…… 설령 내가 크게 다치는 일이 있더라도 시라사키라면 치료해줄 수 있어. 그 힘으로 지켜주겠어? 그럼 난 분명 괜찮을 거야."

카오리는 한동안 멍하니 하지메를 보았다. 여기는 눈을 피해선 안 될 때라고 생각한 하지메는 수치심에 몸부림치면서 필사적으로 견뎠다.

하지메는 사람이 불안을 느끼는 최대의 원인은 알 수 없는 일에서 온다는 말을 어디선가 들은 적이 있었다. 카오리는 지금 하지메에게 엄습할지도 모르는 알 수 없는 일에 불안해하는 것이다. 그렇다면 위안에 불과하지만 어떤 알 수 없는 일이 닥친다 해도 자신에겐 그것에 대처할 수 있는 방법이 있다고 믿게 하고 싶었다.

카오리와 하지메는 잠시 서로 마주 보았지만 침묵은 카오리의 미소와 함께 깨졌다.

"나구모는 변하지 않네."

"응?"

카오리의 말에 영문을 알 수 없다는 표정을 한 하지메. 그 모습을 본 카오리는 쿡쿡 웃었다.

"나구모는 나하고 처음 만난 건 고등학교에 들어온 뒤라고 생각하지? 하지만 난 중학교 2학년 때부터 알고 있었어."

의외의 고백에 하지메는 눈을 동그랗게 떴다. 필사적으로 기억을 더듬었지만 전혀 떠오르지 않았다. 하지메가 음~ 하고 신음하자 카오리가 다시 미소를 지었다.

"내가 일방적으로 알고 있었을 뿐이야. ……내가 널 처음 봤을 때 무릎 꿇고 사과하고 있었으니까 날 보지 못했을 테고."

하지메는 꼴사나운 장면을 보였다고 생각하며 아까와는 다른 의미로 몸부림쳤다. 그리고 사람들 보는 데서 무릎을 꿇었다니 언제였지?! 하고 필사적으로 기억을 더듬었다. 혼자서 이리저리 표정을 바꾸는 하지메를 본 카오리가 말을 이었다.

"응. 불량한 사람들에게 둘러싸여 무릎 꿇고 있었어. 그 사람들이 침을 뱉고 음료수 뿌려도…… 밟히면서도 그만두지 않았어. 그러다 그 불량한 사람들도 질렸는지 돌아갔고."

"그, 그건 또 참 꼴사나운 모습을……."

하지메는 가볍게 죽고 싶은 기분이었다. 중2병을 알고 있던 시절의 흑역사와 맞먹을 정도로 최악의 장면을 보였던 것이다. 다시 메마른 웃음밖에 나오지 않았다. 숨겨뒀던 성인 동인지를 어머니께서 깔끔하게 정리해 책장에 꽂아놨을 때와 비슷한 웃음이었다.

하지만 카오리는 자상한 눈빛이었고 그 표정에는 경멸이나 비웃음도 없었다.

"아니야. 꼴사납지 않아. 오히려 난 그걸 보고 나구모를 굉장히 강하고 자상한 사람이라고 생각했어."

"……응?"

하지메는 귀를 의심했다. 그런 장면을 보고서 품을 감상이 아니었다. 혹시 시라카기에겐 특수한 취향이?! 하고 무척이나 실례가 되는 상상을 했다.

"하지만 넌 어린 남자아이와 할머니를 위해서 무릎을 꿇었으니까."

하지메는 그 말을 듣고서야 떠올렸다. 확실히 중학생 때 그런 일이 있었다.

남자아이가 불량배에게 부딪혔을 때 들고 있던 타코야키를 옷에 묻히고 말았다. 크게 화를 내는 불량배의 모습에 남자아이가 엉엉 울기 시작했고 겁에 질린 할머니는 잔뜩 움츠러들어 제법 큰일이 됐다.

　우연히 지나가던 하지메는 그냥 지나갈 생각이었다. 하지만 할머니가 세탁비를 위해 지폐를 꺼내 몇 장 건네주어도 그것을 받은 불량배들은 계속 윽박지르며 지갑까지 빼앗은 시점에서 자신도 모르게 몸이 움직이고 말았다.

　하지만 싸움과는 관계가 없던 그였고 중2병 필살기는 집 안에서만 사용할 수 있었다. 어쩔 수 없이 상대가 물러날 때까지 무릎을 꿇었다. 공공연한 곳에서 무릎을 꿇고 사과하는 건 하는 쪽도 당연하지만 당하는 쪽도 의외로 부끄러운 법이다. 아니, 오히려 참을 수 없으리라. 그리고 예상대로 불량배들은 돌아갔다.

　"강한 사람이 폭력으로 해결하는 건 간단하잖아. 코우키도 자주 문제가 생기면 뛰어들어 상대를 쓰러뜨리기도 하고…….하지만 약해도 상대와 맞서거나 남을 위해 고개를 숙이는 사람은 그리 많지 않을 거라고 생각해. ……실제로 난 그때 무서워서…… 난 시즈쿠처럼 강하지 않다고 변명하며 누가 좀 도와달라고 생각할 뿐 아무것도 할 수 없었어."

　"시라사키……."

　"그래서 내 안에서 제일 강한 사람은 나구모야. 고등학교에 들어가고 나구모를 봤을 때 무척 기뻤어. ……나구모처럼 되고 싶어서, 더 많이 알고 싶어서 계속 말을 걸기도 했어. 하지만 금방 잠들어버리고⋯⋯."

"하하, 미안."

카오리가 자신에게 말을 거는 이유를 알게 된 하지메는 상상도 못 했던 카오리의 높은 평가에 부끄럽고 멋쩍어 쓴웃음을 떠올렸다.

"불안해진 건 그래서일지도 몰라. 미궁에서 나구모가 무언가 무리를 하지 않을까 하고. 불량한 사람들에게 맞섰을 때처럼. ⋯⋯하지만, 응."

카오리는 결연한 눈빛으로 하지메를 보았다.

"내가 나구모를 지킬게."

하지메는 그 결의를 받아들였다. 그 역시 똑바로 바라보며 고개를 끄덕였다.

"고마워."

하지메는 그 말을 한 뒤 곧바로 다시 쓴웃음을 지었다. 이래선 마치 남녀 역할이 뒤바뀐 것 같다. 오늘 밤의 멋진 남자 대상은 분명 카오리일 것이다. 그렇다면 자신은 분명 히로인이겠지. 남자로서 받아들이기 어려운 상황에 웃음이 나왔다.

그 뒤로 한동안 잡담을 나눈 뒤 카오리는 자신의 방으로 돌아갔고 하지메는 침대에 누워 생각에 잠겼다. 어떻게 해서든 자신이 할 수 있는 일을 찾아내 무능하다는 오명을 씻어야 한다. 계속해서 히로인 위치에 있는 건 받아들일 수 없다. 하지메는 새로운 결의를 다지며 잠을 청했다.

—카오리는 하지메의 방에서 나와 자신의 방으로 돌아갔다. 그 뒷모습을 달빛 그림자에 숨어 조용히 지켜보던 사람이 있었다. 그 사람의 표정이 추하게 일그러진 것을 아는 사람은…… 아무도 없었다.

　다음 날 아침, 아직 해가 뜨고 얼마 되지 않았을 때 하지메 일행은 【오르크스 대미궁】의 정면 입구가 있는 광장에 모였다.

　누구나 약간의 긴장과 호기심이 표정에 떠올라 있었다. 그중에서 하지메만이 조금 복잡한 표정이었다. 하지메 또한 다른 사람들과 마찬가지로 긴장과 기대를 품고 있었지만 【오르크스 대미궁】의 입구를 보고서 흥이 깨진 기분이었다.

　하지메는 어둡고 기분 나쁜 동굴 입구를 상상하고 있었지만 실제로 거기에 있던 건 마치 박물관 입장 게이트처럼 잘 꾸며졌고 접수창구까지 있는 모습이었다. 게다가 제복을 입은 여성이 미소로 미궁 출입을 체크하고 있었다. 듣자니 여기서 스테이터스 플레이트를 확인해 출입을 기록하는 것으로 사망자를 정확하게 파악한다고 했다. 전쟁을 대비한 시기에 많은 사망자를 내지 않기 위한 조치일 것이다.

　입구 부근 광장에는 노점도 빽빽이 늘어서 있었고 각각의 점주들이 경쟁하듯 호객행위를 하고 있으니 축제라도 벌어진 것 같았다.

　얕은 계층의 미궁은 돈을 벌기 좋은 곳으로 인기가 있는 모양이라 자연스럽게 사람이 모인다. 지나치게 들뜬 이가 기세를 몰아 미궁에 도전하다 목숨을 잃거나, 뒷골목 대신 미궁을 범죄의 거점으로 삼은 인간도 많다고 했다. 덕분에 전쟁을 앞두고 문제를 품고 싶지 않은 왕국은 모험가 길드와 협력해 이곳을 설립했다고 한다. 입장 게이트 옆 창구에서도 소재를 매입하기 때문에 미궁에 들어가는 사람들에게 요긴하게 사용되었다.

하지메는 마음을 다잡기 위해 머리를 긁적인 뒤 다른 학생들과 마찬가지로 신출내기 티를 내듯 주위를 두리번거리며 멜드 단장의 뒤를 오리 새끼처럼 따랐다.

미궁의 안은 시끌벅적한 바깥 풍경과는 거리가 멀었다. 가로세로 5미터 이상의 통로는 빛도 없으면서 옅은 빛을 냈기 때문에 횃불이나 빛을 내는 마법 도구가 없어도 어느 정도 앞을 내다볼 수 있었다. 녹광석(綠光石)이라는 특수한 광석이 많이 묻혀있으며 【오르크스 대미궁】은 이 거대한 녹광석 광맥을 파서 만들어졌다고 한다.

일행은 대열을 이뤄 줄줄이 들어갔다. 한동안 아무 일 없이 걷다 보니 넓은 방이 나왔다. 돔 형태의 커다란 곳으로 천장의 높이는 7, 8미터 정도는 될 법했다.

바로 그때 신기한 표정으로 주변을 둘러보던 일행 앞의 벽틈에서 회색 털 뭉치가 솟아났다.

"좋아, 코우키 일행이 앞으로 나와라. 나머진 물러서! 교대로 앞으로 나갈 테니 준비해둬라! 저건 랫맨이라는 마물이지. 날쌔지만 대단한 녀석은 아니야. 냉정하게 상대해라!"

그의 말대로 랫맨이라 불린 마물이 제법 빠르게 날아들었다.

회색 털에 검붉은 눈이 기분 나쁘게 빛났다. 랫맨이라는 명칭에 어울리게 쥐처럼 생겼지만…… 이족보행으로 상반신이 우락부락하게 발달했다. 여덟 개로 갈라진 복근과 부푼 가슴 근육의 부분만 털이 없었다. 마치 보여주려는 것처럼…….

정면으로 맞선 코우키 일행. 특히 전방에 선 시즈쿠의 뺨이 경련했다. 역시 기분 나쁜 모양이다.

간격에 들어온 랫맨을 코우키, 시즈쿠, 류타로 세 사람이 공격했다. 그 사이에 카오리가 자신과 친한 여학생 둘, 안경을 쓴 나카무라 에리와 어려보이고 활발한 타니구치 스즈와 함께 영창을 개시하여 마법을 발동할 준비에 들어갔다. 훈련을 통한 견실한 대형이었다.

코우키는 순백으로 빛나는 버스터 소드를 눈에 보이지 않을 정도의 속도로 휘둘러 여러 마리를 한꺼번에 처리했다.

그가 든 그 검은 하일리히 왕국이 관리하는 아티팩트 중 하나로, 그 명칭도 기대에 어긋나지 않는 『성검』이라고 한다. 빛 속성의 성질이 부여되어 있어 광원에 들어온 적은 약하게 만들고 자신의 신체 능력을 자동으로 강화한다는, 『성스럽다』고 하기엔 무척이나 밉상인 성능을 자랑했다.

류타로는 가라테부답게 천직이 『권사』이기 때문에 손과 정강이에 보호대를 부착했다. 이것도 아티팩트로 충격파를 낼 수 있는 데다 결코 부서지지 않는다고 한다. 류타로는 단단히 자세를 잡고 주먹과 다리를 이용해 적이 지나가는 것을 허락하지 않았다. 손에는 아무것도 들고 있지 않았지만 그 모습은 방패를 든 중전사와 같았다.

시즈쿠는 사무라이 소녀답게 『검사』의 천직을 가졌다. 일본도와 샴쉬르의 중간 형태 검을 발도술 요령으로 뽑아 순식간에 적을 베었다. 그 깔끔한 움직임은 기사단원조차 감탄할 정도였다.

학생들이 코우키 일행이 싸우는 모습을 넋 놓고 보고 있을 때 영창이 울렸다.

"""어두운 불꽃이 소용돌이쳐, 적을 모조리 불태우리, 재가 되어 대지로 돌아가라, 『라염(螺炎)』."""

세 사람이 동시에 발동한 불꽃이 나선형으로 소용돌이쳐 랫맨 일행을 빨아들이듯 집어삼켜 불태웠다. 랫맨은 단말마 비명을 지르며 산산이 흩날리는 재가 되어 절명했다.

정신이 들고 보니 방 안의 랫맨이 전멸해서 다른 학생이 나설 일이 없었다. 아무래도 코우키 일행의 실력에 비해 1계층의 적은 지나치게 약했다.

"아, 응, 잘했다! 다음은 너희도 해야 하니까 긴장을 풀면 안 된다!"

학생의 우수함에 쓴웃음을 지으면서도 긴장을 풀지 않도록 주의하는 멜드 단장. 하지만 미궁에서의 첫 마물 토벌에 마음이 들뜨는 걸 막을 수 없었다. 학생들의 표정이 풀어지자 멜드 단장은 어쩔 수 없다며 어깨를 으쓱였다.

"그리고…… 이번엔 훈련이니까 괜찮지만, 마석을 회수하는 것도 염두에 둬라. 아무리 봐도 오버 킬이잖아?"

멜드 단장의 말에 카오리를 포함한 마법 지원팀은 자신들이 지나쳤다는 것을 자각하고서 뺨을 붉혔다.

그 뒤로 딱히 문제도 없이 교대하며 전투를 되풀이하고 순조롭게 계층을 내려갔다.

그리고 일류 모험가인지 아닌지를 구분할 수 있다고 알려진 20계층에 도착했다. 현재 미궁 최고 도달 계층은 65계층인 모양이지만, 그건 백 년도 더 된 모험가가 남긴 위업이라고 했다. 지금은 40계층을 넘으면 초일류, 20계층을 넘으면 충분히 일류로 불린다고 한다.

코우키를 필두로 학생들은 전투 경험은 적지만 모두가 사기적인 능력을 갖고 있기 때문에 생각보다 쉽게 내려올 수 있었다.

하지만 미궁에서 가장 조심해야 할 것은 함정이다. 경우에 따라선 죽음에 이르는 함정도 많이 존재한다.

그런 점에서 함정 대책으로 페어 스코프라는 것이 존재했다. 이것은 마력의 흐름을 감지해 함정을 발견할 수 있는 놀라운 물건으로, 미궁의 함정은 대부분 마법을 응용한 것이라 80퍼센트 이상은 페어 스코프로 발견할 수 있었다. 단, 색적 범위가 상당히 좁기 때문에 원활하게 진행하려면 사용자의 경험으로 색적 범위를 선별하는 게 필요했다.

따라서 하지메 일행이 빠르게 계층을 내려갈 수 있었던 것은 전적으로 기사단원들의 유도가 있었기 때문이라고 할 수 있다. 멜드 단장도 함정을 확인하지 않은 곳으로는 멋대로 다가가선 안 된다고 강하게 말했다.

"좋아. 여기서부턴 한 종류의 마물만이 아닌 여러 종류의 마물이 혼재하거나 연계를 갖춰 공격한다. 지금까지 쉽게 이겼다고 해서 방심하지 마라! 오늘은 이 20계층에서 훈련한 뒤 종료한다! 기합을 넣어라!"

멜드 단장의 목소리가 크게 울렸다.

여기까지 하지메는 딱히 아무것도 하지 않았다. 일단은 기사단원이 힘을 뺀 마물을 상대로 훈련을 하거나, 지면을 연성해 함정을 빠뜨려 꼬챙이에 찔리게 하거나, 개처럼 생긴 한 마리의 마물을 쓰러뜨렸지만 그것뿐이었다.

기본적으로 어떤 파티에도 들어가지 못해 기사단원의 보호를 받으며 후방에서 대기하고 있었을 뿐이다. 정말이지 한심할 따름이다. 그래도 실전을 통해 많은 연성을 하는 것으로 마력이 오르니까 의미가 없는 건 아니었다. 마력의 상승으로 레벨도 2 정도 올랐으니 실전 훈련이 도움되는 건 확실했다.

'하지만 이래서야 완전히 기생형 플레이어잖아. 하아~.'

기사단원이 다시 약하게 만든 마물을 하지메 쪽으로 보냈다. 그는 한숨을 쉬며 접근해 손을 딛고 지면을 연성. 만에 하나라도 움직일 수 없도록 한 뒤 마물의 복부를 향해 검을 찔렀다.

'하긴 연성의 정확도도 조금씩 오르는 것 같으니……. 서두르지 말고 노력하자.'

하지메는 마력 회복약을 입에 넣으며 이마의 땀을 닦았다.

기사단원들이 감탄한 표정으로 자신을 보고 있다는 사실은 깨닫지 못했다.

사실대로 말하자면 기사단원들도 하지메에겐 전혀 기대하지 않았다. 하지만 전투에 여유가 있어서 따분해 보이는 하지메를 골려주기 위해 마물을 보내봤을 뿐이다. 물론 '약하게 만들어서⋯⋯.

기사단원들은 하지메가 제대로 다루지도 못하는 검으로 싸울 거라고 생각했다. 하지만 실제론 연성을 이용해 움직임을 막은 뒤 확실하게 숨통을 끊었다. 그것은 기사단원들도 본 적이 없는 전법이었다. 연성사는 대장장이와 동일시되어 있었고, 따라서 연성사가 실전에서 연성을 이용한다는 것은 있을 수 없는 일이었다.

하지메는 아무것도 없는 자신의 유일한 무기가 연성밖에 없다고 생각했다. 광물을 다룰 수 있다면 지면도 다룰 수 있을 거라고 생각해 연성해본 결과였던 것이다. 주변이 지나치게 강한 나머지 한 마리를 상대하는 게 고작인 자신은 역시 무능하다고 생각할 수밖에 없었다.

참고로 이것은 이번 실전에서 처음으로 사용해본 것이다. 왕도 외곽의 실전 훈련에서 잔뜩 한심한 꼴을 보인 뒤에 생각해낸 전법이었다.

잠시 휴식에 들어간 하지메는 문득 앞을 보고서 카오리와 눈이 마주쳤다. 그녀는 하지메 쪽을 보며 미소 지었다. 어제 했던 「지킨다」는 선언대로 지켜보고 있었다. 하지메는 어쩐지 부끄러운 기분이 들어 시선을 피했고 카오리가 살짝 토라진 표정을 지었다. 그것을 곁눈질로 보던 시즈쿠가 웃음을 참으며 작은 목소리로 말을 걸었다.

"카오리, 왜 나구모하고 시선을 교환하는 거야? 미궁 안에서 러브 코미디라니 너무 여유로운 거 아니야?"

시즈쿠가 놀리는 말투로 그렇게 말하자 카오리는 자신도 모르게 얼굴을 붉혔다. 그리고는 화난 것처럼 시즈쿠에게 반론했다.

"정말! 이상한 말 하지 마! 난 그저 나구모가 괜찮을까 싶어서, 그것뿐이라고!"

시즈쿠는 그게 러브 코미디를 찍는 거잖아? 하고 생각했지만 그 이상으로 말했다간 진심으로 토라질 것 같았기에 입을 다물었다. 하지만 눈이 웃고 있는 건 감출 수 없었기 때문에 그것을 본 카오리가 투덜거리며 고개를 돌렸다.

그런 모습을 살짝 지켜본 하지메는 문득 시선을 느끼고 자신도 모르게 등줄기를 폈다. 끈적한, 나쁜 감정이 잔뜩 담긴 불쾌한 시선이었다. 지금까지도 교실 등에서 느꼈던 종류의 시선이지만 그것과는 비교할 수 없을 정도로 깊고 무거웠다.

그 시선은 처음이 아니라 오늘 아침부터 이따금 느꼈었다. 시선의 주인을 찾으려 고개를 돌리면 갑자기 사라졌다. 하지메는 그런 일이 아침부터 몇 번이고 반복되니 슬슬 짜증 나던 참이었다.

'뭐야……. 내가 무슨 짓을 했나? 오히려 무능한 나름대로

노력하고 있다고 생각하는데. ……혹시 그게 원인인 건가? 나 대지 말라는 식으로? ……하아~.'

하지메는 깊은 한숨을 쉬었다. 카오리가 말한 나쁜 예감이 라는 것을 하지메도 느끼기 시작했다.

일행은 20계층을 탐색했다.

미궁의 각 계층은 수 제곱 킬로미터에 이르며, 아직 가지 않은 계층에서 모든 것을 탐색하고 지도를 만들기엔 수십 명 규모로 보름에서 1개월은 걸리는 게 보통이다.

하지만 지금은 47계층까지 완벽하게 지도를 만들었기 때문에 길을 잃을 일이 없었다. 함정에 걸릴 위험도 없을 터다.

20계층의 가장 안쪽 방은 벽면이 마치 종유동처럼 고드름 모양으로 튀어나오거나 녹아내린 듯한 복잡한 지형이었다. 이앞으로 나가면 21계층으로 이어지는 계단이 있다고 한다.

거기까지 가면 오늘 실전 훈련은 끝이었다. 신화시대의 마법 중 하나인 전이 마법처럼 편리한 것은 없기 때문에 다시 길을 따라 돌아가야 한다. 일행은 약간 풀어진 분위기 속에서 튀어나온 벽 때문에 종렬로 나아갔다.

그러자 선두를 걷던 코우키 일행과 멜드 단장이 자리에 멈췄다. 의아해하는 반 아이들을 흘겨본 뒤 전투 준비에 들어갔다. 아무래도 마물이 나타난 모양이다.

"의태하고 있다! 주변을 경계해라!"

멜드 단장의 충고가 날아들었다.

그 직후, 전방에서 튀어나온 벽이 갑자기 색을 바꾸고 움직이기 시작했다. 벽과 동화했던 몸이 갈색으로 변했고 두 다리로 일어서 가슴을 두드렸다. 카멜레온처럼 의태 능력을 가진 고릴라 같은 마물이었다.

"록마운트다! 두 개의 팔에 주의해! 강하다!"

멜드 단장의 목소리가 울렸다. 코우키 일행이 상대하는 모양이었다. 날아든 록마운트의 팔을 류타로가 주먹으로 튕겨냈고 코우키와 시즈쿠가 포위하려 했지만 종유동처럼 복잡한 지형 때문에 발 디딜 곳이 나빠 생각대로 포위할 수 없었다.

록마운트는 류타로의 벽을 빠져나갈 수 없다고 생각했는지 뒤로 물러나 몸을 뒤로 젖히며 숨을 크게 들이마셨다.

그 직후.

"쿠가아아아아아아아아아아—!"

방 전체를 울리는 강렬한 포효를 뿜었다.

"큭?!"

"우왓?!"

"꺄악?!"

충격 자체는 없었지만 몸이 저릿하게 울려 경직되고 말았다. 록마운트의 고유 마법 『위압의 포효』였다. 마력을 실은 포효로 상대를 잠시 동안 마비시키는 마법이었다.

정통으로 받아버린 코우키 일행이 순간 경직되고 말았다.

록마운트는 그 틈을 노려 돌격하나 싶더니 사이드 스텝으로 옆에 있던 바위를 들어 카오리가 있는 후방을 향해 던졌다. 그것도 훌륭한 투포환 자세로! 움직일 수 없는 전방의 머리 위를 지난 바위가 카오리 일행에게 육박했다.

카오리 일행은 준비하던 마법으로 요격하기 위해 마법진이 새겨진 지팡이를 들었다. 피할 공간이 마땅치 않았기 때문이다.

하지만 마법이 발동하려는 순간, 카오리 일행은 충격적인 광경에 자신도 모르게 경직되고 말았다.

무려 던져진 바위도 록마운트였던 것이다. 공중에서 깔끔하게 한 바퀴 돈 다음 두 팔을 활짝 벌려 카오리 일행에게 다가갔다. 그 모습은 흡사 루○ 다이브[2]였다. 흡사 카오리를 부르는 목소리가 들릴 것만 같았다. 게다가 이상하게 눈에 핏발이 서 있고 콧바람은 거칠었다. 그 모습을 본 카오리와 에리와 스즈는 깜짝 놀라 비명을 지르며 마법 발동을 멈추고 말았다.

"이봐, 전투 중에 뭐 하고 있나?!"

멜드 단장이 서둘러 뛰어드는 록마운트를 베었다.

"죄, 죄송합니다!"

카오리는 그렇게 사과하면서도 상당히 충격을 받았는지 아직 얼굴이 새파랗게 질려 있었다. 그런 모습을 보고 화가 난 젊은이가 한 명. 정의감과 착각의 결정체, 우리의 용사 아마노가와 코우키였다.

"이 자식…… 잘도…… 용서할 수 없어!"

아무래도 기분 나빠 창백해진 얼굴을 보고 죽음의 공포를 느낀 탓이라고 착각한 것이리라. 세 사람에게 겁을 주다니! 그

#2 루○ 다이브 루팡 다이브. 루팡 3세의 주인공 루팡이 불순한 마음으로 미녀를 향해 뛰어드는 자세.

렇게 미묘하게 틀어진 시점으로 분노를 드러낸 코우키. 순백의 마력이 솟구쳐 그에 호응하듯 성검이 빛났다.

"날개를 펼치고 하늘에 이르러라, 『천상섬』!"

"앗, 이 바보가!"

멜드 단장의 목소리를 무시한 코우키는 위로 높게 치켜든 성검을 단번에 내리쳤다.

그 순간, 영창으로 두른 성검의 강렬한 빛 자체가 참격이 되어 쏘아졌다. 도망칠 곳은 없었다. 곡선을 그리는 두꺼운 빛이 약간의 저항도 용서하지 않고 록마운트를 가른 뒤 안쪽 벽을 파괴하고서야 간신히 멈췄다.

벽에서 파편이 후드득 떨어졌다. 후우 숨을 내쉬며 미남 스마일로 카오리 일행을 돌아본 코우키. 카오리 일행을 겁먹게 한 마물은 자신이 쓰러뜨렸다, 이제 괜찮아! 하고 말을 걸려는 순간 푸른 핏줄이 솟은 채 웃는 얼굴로 다가온 멜드 단장의 꿀밤을 맞았다.

"으헉?!"

"이 바보가. 마음은 알겠지만 이렇게 좁은 곳에서 쓸 기술이 아니잖아! 천장이 무너지면 어쩌려는 거야!"

"윽."

멜드 단장의 질타에 말문이 막힌 코우키는 멋쩍게 사과했다. 카오리 일행이 다가와 쓴웃음을 떠올리며 위로해주었다.

그때 카오리가 무너진 벽 쪽으로 시선을 보냈다.

"……어, 뭐지? 반짝거려……."

그 말에 모두는 카오리가 가리킨 쪽으로 눈을 돌렸다.

거기엔 차가운 빛을 내는 광물이 꽃을 피운 것처럼 벽에서 나와 있었다. 마치 인디고라이트가 내포된 수정 같았다. 카오리를 포함한 여자들은 꿈을 꾸는 것처럼 그 아름다운 모습에 황홀한 표정을 지었다.

"호~, 저건 그란츠 광석이군. 크기도 제법이야. 별일이군."

그란츠 광석이란 보석의 원석 같은 것이다. 무언가 특별한 효능이 있는 건 아니지만 시원하고 화려한 빛이 귀족 부인과 아가씨에게 큰 인기가 있어 가공해서 반지나 귀걸이, 펜던트 등으로 만들어 선물하면 상당히 기뻐한다고 했다. 프러포즈할 때 선택되는 보석으로도 선호된다고…….

"예쁘다……."

카오리가 멜드 단장의 간단한 설명을 듣고서 더욱 황홀한 표정으로 뺨을 물들였다. 그리고 누구에게도 들키지 않을 정도로 살짝 하지메에게 시선을 보냈다. 시즈쿠와 또 다른 한 사람에겐 들킨 모양이지만…….

"그럼 우리가 가져가자!"

그렇게 말하며 갑자기 움직인 사람은 히야마였다. 그란츠 광석을 향해 폴짝폴짝 무너진 벽을 올랐다. 그것을 본 멜드 단장은 다급히 외쳤다.

"거기! 멋대로 굴지 마! 아직 안전을 확인하지도 않았다!"

하지만 히야마는 듣지 않은 척 광석이 있는 곳까지 도착했다.

멜드 단장은 말리기 위해 히야마를 따라갔다. 동시에 기사단원 한 사람이 페어 스코프로 광석 주변을 확인했다. 그리고 단번에 표정이 창백해졌다.

"단장님! 함정입니다!"

"큭?!"

하지만 멜드 단장도 기사단원의 경고도 한발 늦었다.

히야마가 그란츠 광석을 건드린 순간 광석을 중심으로 마법진이 펼쳐졌다. 그란츠 광석의 빛에 매료되어 섣불리 건드리면 발동하는 함정이었다. 솔깃한 이야기엔 이면이 있는 것은 세상의 상식이다.

마법진은 순식간에 방 전체로 펼쳐지며 더욱 빛을 냈다. 마치 소환됐던 그 날이 재현되는 것 같았다.

"큭, 철수한다! 서둘러 이 방에서 나가!"

멜드 단장의 말에 학생들이 서둘러 방의 밖으로 이동했지만…… 너무 늦었다.

방 안에 빛이 차오르고 하지메 일행의 시야가 하얗게 물들었다. 그와 동시에 몸이 떠오르는 느낌이 들었다.

하지메 일행은 분위기가 바뀐 것을 느꼈다. 뒤이어 쿵 하는 소리와 함께 지면으로 떨어졌다.

하지메는 얼얼한 엉덩이에 신음하며 주위를 둘러보았다. 반 아이들의 대부분은 하지메와 마찬가지로 엉덩방아를 찧었지만 멜드 단장이나 기사단원들, 코우키 일행 등 일부의 전방을 맡은 학생은 이미 자리에서 일어나 주위를 경계하고 있었다.

아무래도 아까 마법진은 전이시키는 용도였던 모양이다. 현대의 마법사에겐 불가능한 일을 태연하게 할 수 있으니 신대의 마법은 각별하다.

하지메 일행이 전이한 곳은 거대한 석조 다리 위였다. 길이는 대략 100미터는 될 것 같았고 천장도 20미터는 될 것이다. 다리의 밑은 강 같은 것이 아닌, 아무것도 보이지 않는 심연과도 같은 어둠이 펼쳐져 있었다. 말 그대로 나락의 구렁텅이로 보였다.

다리의 가로 폭은 10미터 정도 될 것 같았지만 난간은커녕 끄트머리로 살짝 튀어나온 부분도 없어서 미끄러지면 붙잡을 것도 없이 곧바로 고꾸라질 것이다. 하지메 일행은 그 거대한 다리의 중앙에 있었다. 다리의 양 사이드에는 각각 안쪽으로 이어지는 통로와 위로 올라가는 계단이 보였다.

그것을 확인한 멜드 단장이 험악한 표정으로 지시를 내렸다.

"너흰 바로 일어나서 저 계단이 있는 곳까지 가라. 서둘러!"

우레와 같은 호령에 학생들이 우왕좌왕 움직이기 시작했다.

하지만 미궁의 함정이 이 정도로 끝날 리 없었다.

철수하기도 전에 갑자기 다리의 양쪽에 검붉은 마력 분류와 함께 마법진이 나타났다. 통로 쪽 마법진은 10미터 가까이 됐고 계단 쪽 마법진은 1미터 정도의 크기였지만 그 수는 엄청났다.

검붉은, 피처럼 보이는 기분 나쁜 마법진은 한 번 꿈틀 맥을 뛰더니 한 박자 뒤에 대량의 마물을 토해냈다.

계단 쪽의 작지만 무수히 많은 마법진에서는 골격만 남은 몸에 검을 든 마물인 트라움솔저가 넘치듯 나타났다. 텅 빈 눈구멍에선 마법진과 같은 검붉은 빛이 번쩍이며 눈알처럼 두리번두리번 주위를 살폈다. 그 수는 고작 몇 초 만에 백 마리 가깝게 나타났으며 계속해서 늘어났다.

하지만 하지메는 수백 마리의 해골 전사보다 반대쪽 통로 쪽이 더 위험하다고 느꼈다.

10미터 정도의 마법진에서 다른 마물과는 확연히 다른 마물이 나타났다. 몸길이 10미터 정도에 다리가 네 개였고 투구와 같은 것을 쓴 모습이었다.

알고 있는 생물 중에 가장 가까운 것을 거론하자면 트리케라톱스일까. 다만 눈동자는 검붉은 빛을 내고 날카로운 발톱과 이빨을 울리며, 머리의 투구에 자란 뿔에서 불을 뿜고 있다는 요소를 더해야겠지만······.

모두가 발을 멈추고 멍하니 바라보던 중에 멜드 단장이 신음하듯 중얼거리는 소리만이 명확하게 울렸다.

"설마······ 베헤모스······인가······."

항상 여유롭고 학생들에게 버팀목처럼 안도감을 주던 멜드가 식은땀을 흘리며 초조함을 드러냈다.

그것을 본 코우키는 멜드 단장에게 역시 위험한 녀석인지 상세히 물어보려 했다.

하지만 왕국 최고의 기사를 전율시키는 마물, 베헤모스는 느긋하게 기다려주지 않았다. 천천히 크게 숨을 들이마시더니 개전의 신호인 것처럼 엄청난 소리로 포효했다.

"그르아아아아아아아아아아!"

"큭?!"

그 포효에 제정신을 차렸는지 멜드 단장이 쏜살같이 지시를 내렸다.

"알란! 학생들을 이끌고 트라움솔저를 돌파해라! 카일, 이반, 베일은 전력으로 장벽을 펼쳐! 녀석을 막아라! 코우키, 넌 서둘러 계단으로 이동해!"

"멜드 씨, 기다려주세요! 저희도 싸우겠습니다! 저 공룡 같은 녀석이 제일 위험하잖아요! 우리도……!"

"이 멍청이가! 저게 정말로 베헤모스라면 지금의 너희론 무리다! 녀석은 65계층의 마물. 과거 『최강』이라 불리던 모험가도 상대할 수 없었던 괴물이야! 빨리 가! 난 너희를 죽게 놔둘 수 없다!"

멜드 단장의 험악한 표정에 잠시 주춤했지만 버리고 갈 수 없다며 고집을 부리는 코우키. 멜드 단장이 어떻게든 퇴각시키려고 코우키에게 말하려 한 순간 베헤모스가 포효하며 돌진했다. 이대론 퇴각 중인 학생들을 모두가 돌진해오는 그 거구에 압살될 것이다.

그렇게 놔두지 않겠다고 하일리히 왕국 최고 전력이 온 힘을 다해 다중 장벽을 폈다.

"""모든 적의와 악의를 거절하는, 신의 아이들에게 절대적인 수호를, 이곳은 성역이 되어 신의 적을 보내지 않으리, 『성절(聖絕)』!"""

2미터 평방의 최고급 종이에 그려진 마법진과 네 구절의 영창, 그리고 세 사람이 동시에 발동. 단 한 번, 1분만 방어할 수 있지만 누구든 부술 수 없는 절대 방어가 나타났다. 찬란하게 빛나는 반원 모양의 장벽이 베헤모스의 돌진을 막았다!

　충돌한 순간 엄청난 충격파가 발생하며 베헤모스의 발밑이 무너졌다. 다리 전체가 돌로 만들어졌음에도 크게 흔들릴 정도였다. 퇴각하던 학생들에게서 비명이 나오고 쓰러지는 사람이 잇따랐다.

　트라움솔저는 38계층에서 나타나는 마물로 지금까지의 마물과는 전혀 다른 전투 능력을 갖고 있었다. 전방을 가로막는 불길한 해골 마물과 뒤에서 다가오는 무서운 기척에 학생들은 반쯤 패닉 상태였다.

　대열을 무시하고 나살려라 계단을 향해 무턱대고 달렸다. 기사단원 중 한 사람, 알란이 필사적으로 패닉을 막으려 했지만 눈앞에 다가온 공포 때문에 그의 말에 귀를 기울이는 사람은 없었다.

　그중에 한 여학생이 뒤에서 떠밀려 넘어지고 말았다. 윽, 신음하며 고개를 드니 눈앞에 트라움솔저 한 마리가 검을 드는 모습이 있었다.

　"아."

　그 한 마디와 동시에 그녀의 머리를 향해 검이 휘둘려졌다.

　죽는다. 여학생이 그렇게 느낀 다음 순간, 트라움솔저의 발밑이 갑자기 솟아났다.

중심을 잃은 트라움솔저의 검은 그녀에게서 벗어나 캉 하는 소리와 함께 지면을 치고 끝났다. 지면의 융기는 몇 마리의 트라움솔저를 말려들고 다리의 끝을 향해 물결치듯 나아가 나락으로 떨어뜨리는 데 성공했다.

다리 끝에서 2미터 정도 앞에는 주저앉아 거친 숨을 몰아쉬는 하지메의 모습이 있었다.

하지메는 연속으로 지면을 연성해 미끄럼틀의 원리를 사용하여 마물들을 다리 바깥으로 미끄러뜨린 것이다. 연성 숙련도가 올라가 연속으로 연성할 수 있게 된 덕분이었다. 연성 범위도 조금 넓어졌다.

다만 연성은 닿은 곳에서 일정 범위에만 효과가 발동되기 때문에 트라움솔저의 검의 간격에서 지면에 주저앉지 않으면 안된다. 덕분에 하지메는 긴장과 공포로 내심 조마조마했었다.

마력 회복약을 마시며 쓰러진 여학생에게 달려간 하지메. 연성용 마법진이 새겨진 장갑을 통해 여학생의 손을 당겨 일으켜 세웠다. 하지메는 멍하니 자신을 따르는 그녀에게 미소로 말을 걸었다.

"빨리 앞으로 가. 괜찮아, 냉정해지면 저런 해골은 아무것도 아니야. 우리 반은 나를 제외하곤 다들 사기적인 능력이니까!"

여학생은 자신만만하게 등을 탁 때리는 하지메를 멀뚱멀뚱 바라보았지만, 이내 「응! 고마워!」라고 기운차게 대답한 뒤 달렸다.

하지메는 주변에 있는 트라움솔저의 발밑을 부순 뒤 고정시켜 움직임을 멈추게 하고 주위를 둘러보았다.

다들 혼란에 빠졌는지 엉망으로 무기를 휘두르고 마법을 난사하고 있었다. 이대론 언젠가 사망자가 나올 가능성이 크다. 기사 알란이 필사적으로 수습하려 했지만 잘 풀리지 않았다. 이러는 사이에도 마법진을 통해 계속해서 적의 증원이 보내졌다.

"어떻게든 해야 하는데……. 필요한 건 강력한 리더…… 길을 열 화력…… 아마노가와!"

하지메는 달렸다. 코우키 일행이 있는 베헤모스 쪽을 향해서…….

베헤모스는 태연히 장벽을 향해 돌진하기를 반복했다. 장벽에 충돌할 때마다 엄청난 충격파가 주변으로 퍼지며 석조 다리가 비명을 질렀다. 장벽도 전체적으로 균열이 생겨 부서지는 건 시간문제였다. 이미 멜드 단장도 장벽 전개에 가담하고 있지만 언 발에 오줌 누기일 뿐이다.

"에잇, 제길! 이제 버티지 못해! 코우키, 빨리 물러나라! 너희도 빨리 가!"

"싫습니다! 멜드 씨를 두고 갈 수 없어요! 반드시 모두 함께 살아남아야 합니다!"

"큭, 이럴 때 고집부리긴……."

멜드 단장을 벌레 씹은 표정을 지었다. 이 한정된 공간에서 베헤모스의 돌진을 피하는 건 어렵다. 따라서 도망치기 위해선 장벽을 펼치고 뒤로 물러나며 퇴각하는 것이 최선이다. 하지만 그 미묘한 조절은 전투의 베테랑이기에 가능한 것이지, 지금의 코우키 일행에겐 어려운 주문이었다.

그런 사정을 간략히 설명해 퇴각을 재촉했지만 코우키는 「두고 간다」는 것을 도무지 받아들일 수 없는 모양이었다. 게다가 자신이라면 베헤모스를 어떻게든 할 수 있다고 생각하는 건지 눈빛이 확연하게 공격적인 빛을 띠고 있었다.

아직 젊기 때문에 어쩔 수 없다고는 하나 자신의 힘을 과신하고 있었다. 전투에 대해서 초보자인 코우키 일행에게 자신을 주기 위해 칭찬하며 가르친 방침이 발목을 잡은 것이리라.

"코우키! 단장님 말대로 퇴각하자!"

시즈쿠는 상황을 파악한 듯 코우키의 팔을 붙들고 충고했다.

"헷, 코우키가 이러는 게 어디 한두 번이냐? 같이 해줄게, 코우키!"

"류타로……. 고맙다."

하지만 류타로의 말에 더욱 의욕을 보인 코우키. 그것을 본 시즈쿠가 혀를 찼다.

"분위기에 휩쓸리지 말라고! 이 바보들아!"

"시즈쿠……."

화를 낸 시즈쿠를 걱정스러운 표정으로 바라본 카오리. 그때 한 남자가 코우키의 앞으로 뛰어들었다.

"아마노가와!"

"나, 나구모?!"

"나구모?!"

일동이 놀라자 하지메는 필사적인 모습으로 외쳤다.

"빨리 퇴각해! 아이들이 있는 곳으로! 네가 없으면! 빨리!"

"갑자기 뭐야? 그보다 어째서 이런 곳에 있지?! 여긴 네가 있을 곳이 아니야! 여긴 우리에게 맡기고……."

"그런 말 하고 있을 때가 아니잖아!"

하지메는 자신에게 전력이 안 된다고 말하면서 물러나라며 재촉한 코우키의 말을 가로막고 지금까지 보이지 않았던 난폭한 말투로 소리쳤다. 언제든 쓴웃음 지으며 무슨 일이든 흘려넘겼던 얌전한 이미지와는 상당히 달라 코우키는 자신도 모르게 경직됐다.

"저게 안 보여?! 다들 혼란스러워 하잖아! 리더가 없기 때문이야!"

하지메는 코우키의 멱살을 잡으며 손가락으로 가리켰다.

그 방향에는 트라움솔저에게 포위되어 우왕좌왕하는 반 아이들이 있었다. 다들 훈련했던 것들을 모두 잊은 것처럼 엉망으로 싸우고 있었다. 효율적으로 쓰러뜨리지 못하기 때문에 계속해서 증원해오는 적을 돌파할 수 없는 것이다. 높은 능력이 목숨을 지키고는 있지만 그것도 시간문제일 것이다.

"단숨에 돌파할 힘이 필요해! 모두의 공포를 날려버릴 힘이! 그걸 할 수 있는 건 리더인 아마노가와뿐이잖아! 앞만 보지 말고 뒤도 제대로 봐!"

혼란에 빠져 노성과 비명을 지르는 반 아이들을 멍하니 바라본 코우키는 고개를 붕붕 저으며 하지메에게 끄덕여 보였다.

"그래, 알았어. 곧바로 갈게! 멜드 씨! 죄송—."

"물러나!"

코우키가 죄송합니다, 먼저 퇴각하겠습니다, 하고 말하기 위해 멜드 단장을 돌아본 순간, 그 단장의 비명에 가까운 경고와 함께 장벽이 부서졌다.

폭풍처럼 거친 충격파가 하지메 일행을 습격했다. 순간 하지메가 앞으로 나가 연성으로 돌벽을 만들었지만 간단히 부서져 날아가 버렸다. 약간은 위력을 줄였을 테지만…… 하늘로 떠오른 먼지가 베헤모스의 포효로 날아갔다.

거기엔 쓰러져 신음하는 멜드 단장과 기사 세 사람이 있었다. 충격파의 영향으로 움직일 수 없는 모양이다. 코우키 일행도 쓰러졌지만 곧바로 자리에서 일어났다. 멜드 단장들의 뒤에 있던 것과 하지메의 돌벽 덕분이었다.

"큭……. 류타로, 시즈쿠, 시간을 벌 수 있겠어?"

코우키가 물었다. 그 말에 힘들지만 확실한 발걸음으로 앞에 나온 두 사람. 멜드 단장 일행이 쓰러진 이상 자신들이 어떻게든 할 수밖에 없었다.

"할 수밖에 없잖아!"

"……어떻게든 해야지!"

두 사람이 베헤모스에게 돌진했다.

"카오리는 멜드 씨 일행을 치료해줘!"

"응!"

코우키의 지시로 카오리가 달렸다. 하지메는 이미 멜드 단장이 있는 곳이었다. 싸움의 여파가 닿지 않도록 돌벽을 만들었다. 미력하지만 없는 것보다 나을 것이다.

코우키는 지금의 자신이 할 수 있는 최대의 기술을 사용하기 위해 영창을 시작했다.

"신의 뜻이여! 모든 사악을 없애는 빛을 주소서! 신의 숨결이여! 모든 먹구름을 날리고 이 세계를 신의 정화로 채워주소서! 신의 자비여! 이 일격으로 모든 죄를 용서해주소서! 『신위(神威)』!"

영창과 함께 똑바로 내민 성검에서 오로라가 나왔다. 아까 사용했던 『천상섬』과 같은 계열이지만 위력은 전혀 다르다. 다리를 진동시키고 돌판을 날리며 베헤모스을 향해 직진했다.

류타로와 시즈쿠는 영창이 끝남과 동시에 이미 이탈한 뒤였다. 아슬아슬했던 모양인지 두 사람 모두 형색이 엉망이었다. 이 짧은 시간만에 상당한 대미지를 받은 모양이었다.

쏘아진 빛 속성 포격은 굉음과 함께 베헤모스에게 직격했고 빛이 주변을 채워 하얗게 칠했다. 심하게 떨린 다리에 커다란 균열이 났다.

"이거라면…… 하아, 하아."

"하아, 하아. 아무리 그래도 쓰러뜨렸겠지?"

"그랬으면 좋겠는데……."

류타로와 시즈쿠가 코우키의 곁으로 돌아왔다. 코우키는 막대한 마력을 사용한 모양인지 어깨로 숨을 몰아쉬었다. 아까까지의 공격은 문자 그대로 코우키가 가진 비장의 수단이었기 때문에 남은 마력의 대부분을 사용했다. 뒤에는 치료가 끝났는지 멜드 단장이 일어나려 하고 있었다.

그러던 도중 서서히 빛이 잦아들고 먼지가 날아갔다.

거기엔……

상처 하나 없는 베헤모스가 있었다.

낮은 소리로 으르렁거리고 마물 특유의 검붉은 마력을 뿜으며 코우키를 죽이겠다는 것처럼 노려보았다. 그리고 그 직후 베헤모스가 슥 머리를 들었다. 머리의 뿔이 끼익 하고 높은 소리를 내며 새빨갛게 변했다. 그리고 드디어 머리의 투구 전체가 마그마처럼 불타올랐다.

"멍하니 있지 마! 도망쳐라!"

멜드 단장의 외침에 이제야 상처를 입히지 못한 충격에서 제정신을 차린 코우키 일행이 자세를 잡은 순간 베헤모스가 돌진하기 시작했다. 그리고 코우키 일행의 상당히 앞쪽에서 도약해 붉게 타오르는 머리를 아래로 숙여 운석처럼 떨어졌다.

코우키 일행은 순식간에 옆으로 몸을 날려 공격을 피했지만 착탄할 때의 충격파를 그대로 받고 날아갔다. 데굴데굴 지면을 구르다 간신히 멈췄을 땐 만신창이가 된 후였다.

어떻게든 움직일 수 있게 된 멜드 단장이 달려왔다. 다른 기사단원은 아직 카오리가 치료하는 도중이었다. 베헤모스는 땅에 박힌 머리를 뽑아내려 다리에 힘을 주었다.

"다들 움직일 수 있나!"

멜드 단장이 외치듯 묻자 신음이 돌아왔다. 아까의 멜드 단

장과 마찬가지로 충격파 때문에 몸이 마비된 모양이었다. 내
장에 받은 대미지도 상당했다.

멜드 단장이 카오리를 부르려 돌아보았다. 그 시야에 달려
오는 하지메의 모습이 들어왔다.

"애송이! 코우키를 업고 카오리와 함께 도망쳐라!"

하지메에게 그렇게 지시한 멜드 단장.

코우키를, 코우키만을 업고 물러나라. 그 지시는 이제 한
사람 정도밖에 도망칠 수 없다는 뜻이리라. 멜드 단장은 입술
을 찢어질 정도로 강하게 깨물며 방패를 들었다. 여기를 죽을
곳으로 정하고 목숨을 걸어서라도 막아낼 생각이었다.

그런 멜드 단장에게 하지메는 필사적인 모습으로 어떤 제안
을 했다. 그것은 이곳에 있는 모두가 살아날지도 모르는 유일
한 방법. 그러나 너무나도 말도 안 되는 데다 성공할 가능성도
낮았다. 그리고 무엇보다 하지메가 제일 위험한 방법이었다.

멜드 단장은 잠시 주저했지만 베헤모스가 이미 전투태세에
들어가고 있었다. 아까처럼 머리의 투구가 붉게 타오르기 시
작한 모습이었다. 시간이 없었다.

"……할 수 있겠나?"

"하겠습니다."

멜드 단장은 결연한 눈빛으로 자신을 똑바로 바라보는 하지
메를 보고서 웃음을 떠올렸다.

"설마 네게 목숨을 맡기게 될 줄이야. ……반드시 구해주마.
그러니…… 부탁한다!"

"네!"

멜드 단장은 베헤모스의 앞으로 나섰다. 그리고 간단한 마법을 쏴 도발했다. 베헤모스는 아까 코우키를 노렸던 것처럼 자신을 공격한 사람을 표적으로 삼는 습성이 있었다. 그 시선이 확실하게 멜드 단장을 향했다.

그리고 붉게 타오른 투구를 들고서 돌격한 뒤 도약했다. 멜드 단장은 아슬아슬할 때까지 끌어들일 생각인지 눈을 부릅 뜨고 자세를 잡았다. 그리고 작게 읊었다.

"날려라, 『풍벽』."

영창과 함께 백스텝으로 물러났다.

그 직후, 베헤모스의 머리가 방금까지 멜드 단장이 있던 곳으로 떨어졌다. 충격파가 발생하고 돌멩이가 튀었지만 『풍벽』으로 어떻게든 막아냈다. 대범한 공격이라 피하는 것뿐이라면 어떻게든 가능했다. 쓰러진 코우키 일행을 지키면서 싸웠더라면 전멸했을 것이다.

다시 머리가 지면에 박힌 베헤모스를 향해 하지메가 달려들었다. 붉게 타오른 영향이 남아 있어 하지메의 살갗을 태웠다. 하지메는 그런 통증 따윈 무시하고 하늘색 마력을 내뿜으며 영창을 시작했다. 이름뿐인 영창. 가장 간단한, 유일한 마법.

"『연성』!"

돌 안에 박힌 머리를 뽑으려던 베헤모스의 움직임이 멈췄다. 주변 돌을 부수고 머리를 뽑으려 해도 하지메가 연성으로 돌을 고쳤기 때문이다.

베헤모스는 발을 딛고 힘을 주어 머리를 뽑으려 했지만 이번엔 그 다리 부근이 연성되어 1미터 가량 깊숙이 잠겨버렸다. 하지메는 만약을 위해 그 잠긴 발밑을 연성해 굳혔다.

　베헤모스의 힘은 굉장해서 방심했다간 곧바로 주변 돌판에 균열이 일어났지만, 그때마다 연성으로 수복해 빠져나갈 수 없도록 했다. 베헤모스는 머리를 지면에 박은 채 발버둥 쳤다. 제법 우스운 꼴이었다.

　그 사이에 멜드 단장은 회복한 기사단원과 카오리를 불러 코우키 일행을 업고 이탈하려 했다. 아무래도 트라움솔저 쪽은 몇 명의 학생이 냉정함을 되찾은 모양이라 주위에 말을 걸며 연계를 맺고 대응하기 시작했다. 사실 그들이 냉정함을 되찾은 원인은 아까 하지메가 구해준 여학생 덕분이었다. 하지메는 작게나마 아군을 돕고 있었던 것이다.

　"기다려주세요! 아직 나구모가!"

　카오리가 퇴각을 재촉하는 멜드 단장을 향해 거칠게 항의했다.

　"애송이의 작전이다! 솔저들을 돌파해 안전지대를 만들면 마법으로 한 번에 공격한다! 물론 애송이가 어느 정도 이탈한 뒤에 말이다! 마법으로 적들의 발을 묶은 사이에 애송이가 귀환하면 위층으로 퇴각한다!"

　"그럼 저도 남겠어요!"

　"안 돼! 넌 퇴각하며 코우키를 치료해야 한다!"

　"하지만!"

점점 더 격앙된 카오리에게 멜드 단장의 노성이 울렸다.

"애송이의 마음을 헛되이 할 셈인가!"

"아……."

멜드 단장을 포함해 멤버 중에서 가장 강한 공격력을 가진 건 분명 코우키다. 조금이라도 빨리 치료 마법을 사용해 회복하지 않으면 베헤모스의 발을 묶어두기엔 화력이 부족할지도 모른다. 그런 사태를 피하기 위해선 카오리가 이동하며 코우키를 회복시킬 필요가 있었다. 베헤모스는 하지메의 마력이 다해 연성할 수 없게 된 시점에 움직일 것이다.

"하늘의 숨결, 가득 차올라, 성스러운 정화와 치유를 가져오기를, 『천혜』."

카오리는 울음을 터뜨릴 것 같은 얼굴을 하면서도 제대로 영창을 읊었다. 카오리가 가진 아티팩트인 희고 긴 지팡이가 호응하며 옅은 빛이 코우키를 감쌌다. 몸의 상처와 동시에 마력도 회복하는 치유 마법이다.

멜드 단장은 카오리의 어깨를 꾹 잡으며 고개를 끄덕였다. 카오리도 끄덕인 뒤 다시 한 번 필사적으로 연성을 반복하는 하지메를 돌아보았다. 그리고 코우키를 들쳐 업은 멜드 단장과 시즈쿠, 류타로를 들쳐 업은 기사단원들과 함께 퇴각을 시작했다.

트라움솔저는 계속해서 증가했다. 이미 그 수는 2백 마리를 넘을 것이다. 계단 쪽으로 이어지는 다리까지 가득 메우고 있었다.

하지만 어떤 의미론 그러는 편이 나은 걸지도 모른다. 만약 더 빈틈이 있었더라면 돌파하려던 학생이 포위당해 비참하게 살해당했을 것이다. 실제로 처음에 백 마리 정도였을 때 궁지에 몰렸던 학생이 제법 됐다.

그래도 아직 사망자가 나오지 않은 것은 모두 기사단원들 덕분일 것이다. 그들의 필사적인 도움이 학생들을 살렸다 해도 과언이 아니다. 그 덕분에 이미 그들은 만신창이였지만……

기사단원들의 서포트가 없어지고 계속해서 늘어나는 마물들에 패닉을 일으켜 마법을 사용하지도 못하고 검과 창을 휘두르는 게 고작인 학생이 대부분이었다. 이런 상황이면 몇 분도 버티지 못하고 완전히 와해될 것이다.

학생들도 어렴풋이 그것을 알고 있었는지 표정에는 절망감이 감돌았다. 아까까지 하지메가 구해준 여학생의 외침으로 조금이지만 연계를 갖추고 분전하던 아이들도 한계가 가까워져서 울상이었다.

그곳에 있는 모두가 이제 틀렸다고 생각했을 때였다.

"『천상섬』!"

순백의 참격이 트라움솔저들을 가르고 날리며 작렬했다.

다리의 양옆 끝에 있던 트라움솔저들도 옆으로 떠밀려 나락으로 떨어졌다. 참격이 지나간 뒤에 곧장 물 밀리듯 몰려든 트라움솔저로 다시 채워졌지만, 학생들은 순식간에 생긴 공간을 통해 위층으로 향하는 계단을 똑똑히 보았다. 지금까지 갈망하고 아무리 검을 휘둘러도 보이지 않았던 희망이 보인 것이다.

"다들! 포기하지 마! 길은 내가 열겠어!"

그런 말과 함께 다시 『천상섬』이 적을 갈랐다. 코우키의 카리스마에 학생들이 활기를 찾았다.

"이놈들! 지금까지 뭐 하고 있었나! 훈련을 떠올려라! 빨리 연계를 갖추지 못할까! 이 멍청이들이!"

모두가 따르는 멜드 단장이 『천상섬』에 뒤떨어지지 않는 공격을 날려 적을 계속해서 쓰러뜨렸다. 평소처럼 듬직한 목소리가 들리자 침울했던 마음이 부활했다. 손발에 힘이 솟구치고 머리가 선명해졌다. 실은 카오리의 마법 효과 덕분이기도 했다. 정신을 맑게 하는 마법이었다. 진정시키는 정도의 마법이지만 코우키 일행의 활약에 어울려 뛰어난 효과를 냈다.

치유 마법에 적성이 있는 사람이 부상자를 치유하고 마법 적성이 높은 자가 후방으로 물러나 강력한 마법 영창을 개시한다. 전방에 선 사람들은 전열을 가다듬고 적을 쓰러뜨리는 것보다 후방을 지키는 것을 중시한 견고한 움직임을 명심한다.

치유가 끝나 부활한 기사단원들도 더해지자 반격의 봉화가 올랐다. 사기적으로 강력한 마법과 기술의 파상공격이 노도처럼 적을 쓰러뜨렸다. 엄청난 속도로 적을 섬멸했고 그 속도는 마법진이 마물을 소환하는 속도를 넘어섰다.

그리고 계단으로 통하는 길이 열렸다.

"다들 따라와! 계단 앞을 확보한다!"

코우키는 그렇게 외친 동시에 달렸다.

어느 정도 회복한 류타로와 시즈쿠가 뒤를 따르자 버터를 자르듯 트라움솔저의 포위망을 갈라나갔다.

그리고 드디어 전원이 포위망을 돌파했다. 뒤에선 다시 다리와의 통로가 해골의 벽으로 막히려 했지만 코우키가 그렇게 두지 않겠다는 것처럼 마법을 쏘아 적을 날려버렸다.

반 아이들이 의아한 표정을 했다. 그야 그렇다. 눈앞에 계단이 있으니 서둘러 안전한 곳으로 가고 싶다고 생각하는 게 당연하다.

"잠깐만! 나구모를 구해야 해! 나구모가 혼자서 저 괴물을 막고 있어!"

카오리의 말이 무슨 뜻인지 알 수 없다는 표정을 한 아이들. 그렇게 생각하는 것도 무리가 아니었다. 무엇보다 하지메는 『무능』이라 불리고 있었다.

하지만 당황한 반 아이들이 수가 줄어든 트라움솔저 너머 다리 쪽을 보자 거기엔 분명 하지메의 모습이 있었다.

"뭐야, 저거. 뭐하는 거야?"

"저 마물, 상반신이 땅에 묻힌 거야?"

계속해서 의문의 목소리를 내는 학생들에게 멜드 단장이 지시를 내렸다.

"그래! 애송이가 혼자서 저 괴물을 막고 있었기 때문에 여기까지 올 수 있었다! 전방! 솔저들을 막아라! 후방은 원거리 마법을 준비! 이제 곧 애송이의 마력이 다한다. 저 녀석이 이탈하면 일제히 공격해서 저 괴물의 발을 묶어라!"

저릿하게 뱃속까지 울리는 목소리에 다시 긴장하기 시작한 학생들. 개중에는 미련에 찬 표정으로 계단을 바라보는 사람도 있었다. 무리도 아니었다. 바로 방금까지 죽을 뻔했으니 말이다. 1초라도 빨리 안전을 확보하고 싶다고 생각하는 게 당연했다. 하지만 멜드 단장의 빨리하라는 노성에 미련을 끊고 전장으로 돌아왔다.

　그 중엔 히야마 다이스케도 있었다. 자신이 벌인 일이라고는 하나 진짜로 공포를 느낀 히야마는 당장에라도 그곳에서 도망치고 싶었다.

　하지만 문득 뇌리에 어느 날의 광경이 떠올랐다.

　그것은 미궁에 들어오기 전날, 호르아드 마을에서 숙박하던 때였다. 긴장한 탓에 쉽사리 잠들지 못하던 히야마는 화장실에 다녀온 김에 바깥바람을 쐬러 나갔다. 선선한 바람에 마음이 진정되어 방으로 돌아가려 했지만 그 중간에 네글리제 차림의 카오리를 발견했다. 처음 보는 카오리의 모습에 자신도 모르게 그늘 뒤로 숨어 숨을 죽이고 있자 카오리는 히야마를 발견하지 못하고 그대로 지나쳐갔다. 신경이 쓰여 뒤를 따라가니 카오리는 어떤 방 앞에 멈춰 노크했다. 그 문에서 나온 사람은…… 하지메였다.

　히야마는 머리가 새하얘졌다. 그는 카오리에게 호의를 품고 있었지만 자신과는 어울리지 않는다고 생각했다. 코우키 같은 상대라면 어차피 사는 세계가 다르다고 포기할 수 있었다.

　하지만 하지메는 다르다. 자신보다 열등한 존재(히야마는 그렇게 생각했다)가 카오리의 곁에 있는 건 이상하다. 그럴 바에야 자신이어도 괜찮지 않은가. 옆에서 들으면 제정신이냐는 질문을 받을 만한 생각을 진심으로 갖고 있었다.

그렇지 않아도 쌓였던 불만은 드디어 증오로 부풀어 올랐다. 카오리가 황홀하게 바라보던 그란츠 광석을 손에 넣으려 한 것도 그런 조바심 때문이었으리라.

그때를 떠올린 히야마는 혼자서 베헤모스를 막고 있는 하지메를 보고, 지금도 기도하듯 하지메를 걱정하는 카오리를 보며…… 시커먼 미소를 지었다.

그 무렵, 하지메는 이제 곧 자신의 마력이 다한다는 것을 깨달았다. 이미 회복약은 떨어졌고 살짝 뒤를 보니 아무래도 모두 퇴각에 성공한 모양이었다. 대열을 가다듬어 영창 준비에 들어간 것을 알 수 있었다.

베헤모스는 여전히 발버둥치고 있었지만 이 상태라면 연성을 멈춰도 몇 초는 시간을 벌 수 있을 것이다. 그 사이에 조금이라도 거리를 벌려둬야 한다. 이마의 땀이 눈에 들어갔다. 극도의 긴장 때문에 심장이 지금까지 들어본 적이 없을 정도로 큰 소리를 내고 있는 것을 알 수 있었다.

하지메는 타이밍을 노렸다. 그리고 열 몇 번째의 균열이 가는 것과 동시에 마지막 연성으로 베헤모스를 구속했다. 그리고 단번에 내달렸다.

하지메가 맹렬하게 도망치기 시작한 뒤 5초가량 지나자 지면이 파열하듯 갈라지고 몸을 일으킨 베헤모스가 포효했다.

그 눈에 분노의 색이 깃든 것은 착각이 아닐 것이다. 날카로운 눈빛이 자신을 무참한 꼴로 만든 적을 찾다가…… 하지메를 포착했다. 다시 분노의 포효를 지른 베헤모스. 하지메를 쫓기 위해 사지에 힘을 주었다.

하지만 다음 순간, 다양한 속성의 공격 마법이 쇄도했다.

밤하늘을 가르는 유성처럼 형형색색의 마법이 베헤모스를 때렸다. 역시 대미지는 없는 모양이었지만 발을 묶어두는 데 성공했다.

할 수 있다! 그렇게 확신한 하지메는 넘어지지 않도록 주의하며 머리를 낮추고 전력으로 달렸다. 머리 바로 위를 치명적인 마법이 계속해서 지나가는 상황은 솔직히 살아도 산 게 아닌 것 같았지만 사기적인 능력을 갖춘 집단이 실수할 리 없다고 믿으며 달렸다. 베헤모스와의 거리는 이미 30미터 가량 벌어졌다.

자신도 모르게 얼굴이 풀어졌다.

하지만 그 직후, 하지메의 표정이 굳었다.

하늘을 가르던 많은 마법 중에서 화구 하나가 궤도를 살짝 틀었다. ……하지메를 향해서. 분명 하지메를 노리고 발사된 것이다.

'어째서?!'

의문과 당혹, 경악이 순식간에 머리를 감돌았다.

재빨리 발걸음을 멈춘 하지메의 눈앞에 그 불덩이가 떨어졌다. 착탄의 충격파를 그대로 받아서 왔던 길을 되돌아가듯 뒤로 날아갔다. 직격을 피해서 내장 등에도 대미지는 없는 듯했지만 반고리관을 당해 균형 감각이 없었다.

하지메는 비틀거리면서 조금이라도 앞으로 나아가기 위해 일어섰지만……

베헤모스도 언제든 일방적으로 당하지만은 않았다. 하지메가 일어선 직후, 뒤에서 포효가 울렸다. 자신도 모르게 뒤를 돌아보니 검붉은 마력을 뿜으며 재차 머리를 붉게 태운 베헤모스의 눈빛이 하지메를 포착하고 있었다.

그리고 붉게 타오른 머리를 방패처럼 내밀고 하지메를 향해 돌진했다!

핑핑 도는 머리, 뿌옇게 흐려진 시야, 다가오는 베헤모스, 멀리서 초조한 표정으로 비명과 노성을 지르는 반 아이들.

하지메는 없는 힘을 쥐어짜 필사적으로 뛰어 그 자리를 벗어났다. 직후, 분노에 모든 것을 모은 열렬한 충격이 다리 전체를 엄습했다. 베헤모스의 공격으로 다리 전체가 뒤흔들렸고 착탄 지점으로부터 엄청난 기세로 균열이 생겼다. 다리가 빠드득 비명을 질렀다.

그리고 결국 다리가 무너지기 시작했다.

거듭된 강력한 공격을 받았던 다리가 드디어 한계를 넘은 것이다.

"크아아아아아아?!"

베헤모스는 비명을 지르며 무너져 기울어진 돌을 손톱으로 긁었다. 하지만 간신히 붙든 발판조차 무너지자 저항도 허무하게 나락으로 사라졌다. 베헤모스의 단말마가 메아리쳤다.

하지메도 어떻게든 탈출하려고 기어올랐지만 잡는 곳마다 계속해서 무너져갔다.

'아, 안 되겠어……'

자연스럽게 포기하는 말을 가슴 속으로 중얼거린 하지메가 문득 건너편 반 아이들이 있는 곳을 바라보자 시즈쿠와 코우키가 당장에라도 뛰쳐나가려는 카오리를 붙든 모습이 보였다. 다른 아이들은 새파랗게 질린 얼굴로 눈이나 입가를 손으로 가리고 있었다. 멜드 단장을 포함한 기사단 인원들도 분한 표정으로 하지메를 보았다.

그리고 발판이 모두 무너지자 하지메는 위를 올려다본 자세로 나락을 향해 떨어졌다. 서서히 작아지는 빛을 거머쥐려 하며…….

울려 퍼지며 점점 작아진 베헤모스의 단말마. 굉음과 함께 무너진 돌다리. 그리고…… 부스러기와 함께 나락으로 빨려들 듯 사라져가는 하지메.

그 광경을 마치 슬로모션처럼 느릿해진 시간 속에서 그저 바라볼 수밖에 없었던 카오리는 절망에 빠졌다.

카오리의 머릿속에는 어젯밤 광경이 계속해서 떠올랐다.

달빛이 드는 방 안에서 하지메가 끓여줬지만 빈말에라도 맛있다고 할 수 없었던 싸구려 홍차를 마시며 둘이서 이야기를 나눴다. 그렇게 천천히 이야기를 나눈 건 처음이었다.

나쁜 꿈에 불안해져 갑자기 찾아온 자신을 보고 상당히 놀랐던 하지메. 그래도 진지하게 이야기를 들어주었고, 깨닫고 보니 불안은 온데간데없이 사라진 채 추억 얘기에 꽃을 피우고 있었다.

들뜬 마음으로 방으로 돌아가 이번엔 자신이 상당히 대담한 차림이었다는 것을 떠올리고 수치심에 몸부림쳤다. 그와 동시에 아무런 반응도 보이지 않았던 하지메를 떠올리고선 자신에게 매력이 없는 걸까 침울해하기도 했다. 같은 방을 쓰게 된 시즈쿠가 혼자서 이래저래 표정을 바꾸는 카오리를 보고 어이없다는 표정을 한 것도 흑역사일 것이다.

그리고 그날 밤 가장 중요한 것은 카오리가 약속을 나눈 일이다.

『하지메를 지킨다』는 약속. 하지메가 카오리의 불안을 달래주기 위해 제안한, 카오리만을 위한 약속이었다. 나락으로 사라진 하지메를 바라보며 그때의 기억이 몇 번이고 몇 번이고 뇌리에 떠올랐다.

어딘가 멀리서 들리던 비명이 실은 자신의 것이라는 것을 깨달은 카오리는 급속도로 제정신을 차리고 얼굴을 찡그렸다.

"놔줘! 나구모한테 가야 해! 약속했어! 내가, 내가 지켜주겠다고! 이거 놔줘!"

달려 나가려는 카오리를 시즈쿠와 코우키가 필사적으로 붙들었다. 카오리는 가녀린 몸의 어디서 그런 힘이 나오는지 알 수 없을 정도로 상당한 힘을 발휘해 벗어나려 했다.

이대론 카오리의 몸이 상할지도 모른다. 하지만 그렇다고 놔줄 수는 없다. 지금 카오리를 놔줬다간 그대로 절벽으로 뛰어내릴 것이다. 그 정도로 평소의 온화함이 거짓말인 것처럼 필사적인 모습이었다. 아니, 비통한 모습이라고 해야 할지도 모른다.

"카오리, 안 돼! 카오리!"

시즈쿠는 카오리의 마음을 알고 있었기 때문에 무어라 말해주어야 할지 알 수 없었다. 그저 필사적으로 이름을 부를 수밖에 없었다.

"카오리! 너마저 죽을 생각이야?! 나구모는 이제 무리야! 침착해! 이대론 네 몸까지 상한다고!"

그건 코우키 나름대로 열심히 **카오리**를 배려한 말이었다. 하지만 지금 이곳에서 착란 상태에 빠진 카오리에게 해선 안 될 말이었다.

"무리라니 무슨 말이야! 나구모는 죽지 않았어! 빨리 가지 않으면 안 돼! 분명 도움을 요청하고 있을 거야!"

아무리 생각해봐도 하지메는 살 수 없을 것이다. 나락의 구렁텅이 같은 절벽으로 떨어졌으니 말이다.

하지만 지금의 카오리에겐 그 현실을 받아들일 수 있는 마음의 여유가 없었다. 말해주면 반발하고 더욱 무리를 거듭할 뿐이다. 류타로와 주변 학생들도 어떻게 해야 할지 알 수 없어 당황할 뿐이었다.

그때 멜드 단장이 성큼성큼 다가와 말도 없이 카오리의 목덜미에 손날을 떨어뜨렸다. 순간 움찔 몸을 경련하며 그대로 의식을 잃은 카오리. 힘없이 늘어진 카오리의 몸을 안은 코우키가 날카롭게 멜드 단장을 노려보았다. 무어라 말하려던 순간 시즈쿠가 가로막듯 먼저 멜드 단장에게 고개를 숙였다.

"죄송해요. 고맙습니다."

"고맙다니…… 그만둬라. 이젠 한 사람도 죽게 할 순 없다. 전력으로 미궁을 탈출한다. ……그녀를 부탁하지."

"물론이죠."

멀어져가는 멜드 단장을 바라보며 말을 꺼내지 못해 뚱한 표정을 한 코우키에게서 카오리를 받아든 시즈쿠는 코우키에게 알렸다.

"우리가 막지 못하니까 단장님이 막아주신 거야. 알고 있지? 지금은 시간이 없어. 카오리의 외침이 다른 아이들의 마음에 충격을 주기 전에, 무엇보다 카오리가 망가지기 전에 막을 필요가 있었어. ……자, 네가 길을 열어야지. 우리가 모두 탈출할 때까지. ……나구모도 그렇게 말했잖아?"

시즈쿠의 말에 코우키는 고개를 끄덕였다.

"그랬지. 서두르자."

눈앞에서 같은 반 아이가 한 명 죽었다. 반 아이들의 정신에도 막대한 충격이 새겨졌을 것이다. 누구나 망연자실한 표정으로 돌다리가 있던 쪽을 멍하니 바라보고 있었다. 그중엔 이젠 싫다며 주저 앉은 아이도 있었다.

하지메가 코우키에게 외쳤듯 지금 그들에겐 리더가 필요하다.

코우키가 반 아이들을 향해 외쳤다.

"다들! 지금은 살아남는 것만을 생각해! 철수하자!"

그 말에 반 아이들이 느릿느릿 움직이기 시작했다. 트라움 솔저의 마법진은 아직 건재해서 계속 그 수가 늘어나고 있었다. 지금의 정신 상태로 싸우는 건 무모한 짓이며 싸울 필요도 없었다. 코우키는 필사적으로 외치며 반 아이들에게 탈출을 재촉했다. 멜드 단장과 기사단원들도 학생들을 격려했다. 그리고 간신히 모두가 계단을 통해 탈출하는 데 성공했다.

위로 통하는 계단은 길었다. 앞이 까마득해 보이지 않을 정도로 이어져 있었고 느낌으론 이미 30층 이상을 올라온 것 같았다. 마법으로 몸을 강화했지만 슬슬 피로를 느끼기 시작했고 조금 전 전투에서 받은 대미지도 있었다. 어둡고 긴 계단은 그것만으로 기력을 떨어뜨린다.

멜드 단장은 슬슬 휴식에 들어가야 하나 고민하던 참에, 드디어 마법진이 그려진 커다란 벽이 나타났다.

반 아이들의 얼굴에 생기가 돌아오기 시작했다. 멜드 단장은 문으로 달려가 자세하게 조사하기 시작했다. 페어스코프를 사용하는 것도 잊지 않았다.

그 결과 아무래도 함정의 가능성은 없다는 것을 알게 됐다. 마법진에 새겨진 술식은 눈앞의 벽을 움직이게 하는 것이었고 멜드 단장은 마법진에 새겨진 술식대로 한마디 영창을 읊으며 마력을 흘려보냈다. 그러자 마치 닌자 저택의 숨겨진 문처럼 문이 빙글 회전해 안쪽 방으로 통하는 길이 열렸다.

문을 지나자 그곳은 원래 있었던 20계층의 방이었다.

"돌아온 거야?"

"돌아왔구나!"

"돌아왔어…… 돌아온 거야……."

반 아이들이 계속해서 안도의 한숨을 쉬었다. 개중에는 울음을 터뜨린 아이와 주저앉은 학생도 있었다. 코우키 일행도 벽에 몸을 기대고 당장에라도 주저앉을 것 같았다.

하지만 여긴 아직 미궁의 안이다. 낮은 레벨이라곤 하나 언제 어디서 마물이 나타날지 알 수 없다. 완전히 긴장의 끈이 풀리기 전에 미궁에서 탈출해야만 한다.

멜드 단장은 쉬게 해주고 싶다는 마음을 억누르고 독하게 학생들을 일으켰다.

"너희들! 주저앉지 마라! 여기서 마음이 풀리면 돌아갈 수 없게 된다! 마물과의 전투는 가능한 피하며 최단 거리로 탈출한다! 자, 이제 얼마 남지 않았다. 조금만 더 버텨라!"

학생들은 말없이 조금만 쉬게 해달라는 표정으로 호소했지만 멜드 단장은 눈꼬리를 치켜뜨며 묵살해버렸다. 도중에 나타난 적은 기사단원을 중심으로 최소만 쓰러뜨리며 단번에 지상을 향해 돌진했다.

그리고 드디어 1층 정면 문과 어쩐지 그리운 느낌마저 드는 접수처가 보였다. 미궁에 들어가고 하루도 지나지 않았건만 여기를 지난 게 상당히 옛날인 기분이 든 사람은 적지 않을 것이다.

이번에야말로 안도의 표정을 하며 밖에 나온 학생들. 정문 광장에서 대자로 누운 학생도 있었다. 다들 살아남을 것을 기뻐하는 모양이었다.

하지만 일부의 학생, 아직 눈을 뜨지 않은 카오리를 업은 시즈쿠와 코우키, 그 모습을 지켜보는 류타로, 에리, 스즈, 그리고 하지메가 구해준 여학생 등은 어두운 표정이었다.

그런 학생들을 곁눈으로 확인한 멜드 단장은 접수처에 보고하러 갔다.

20계층에서 발견한 새로운 함정은 지나치게 위험하다. 돌다리가 무너졌기 때문에 아직 함정으로서 기능하는지는 몰라도 보고할 필요가 있었다. 그리고 하지메의 사망 보고도 해야 한다. 멜드 단장은 우울한 기분이 얼굴에 드러나지 않도록 노력하면서도 한숨을 쉬지 않을 수 없었다.

호르아드 마을로 돌아온 일행은 무언가를 할 기력도 없이 숙소의 방으로 들어갔다. 몇몇 학생은 서로 이야기를 나누는 모양이지만 대부분 곧바로 침대에 올라 그대로 깊은 잠에 빠졌다.

그런 도중 히야마 다이스케는 혼자서 여관을 나와 마을 모퉁이에 있는 눈에 띄지 않는 곳에서 무릎을 안고 주저앉았다. 얼굴을 무릎에 묻고 미동도 하지 않았다. 만약 반 아이가 그의 이 모습을 본다면 무척이나 침울해 있다고 생각할 것이다.

하지만 실제론―

"히, 히히히. 그, 그 녀석이 나쁘다고. 졸개 주제에……. 이제 엮이지 않아도 돼……. 난 아무런 잘못 없다고……. 히, 히히."

어두운 웃음과 탁한 눈동자로 자신을 변호하고 있을 뿐이었다.

그렇다. 그때 궤도를 틀어 마치 유도된 것처럼 하지메를 공격한 불은 히야마가 쏜 것이었다.

계단으로 탈출하는 것과 하지메의 구출. 그것을 천칭에 쟀을 때 하지메를 바라보는 카오리가 시야에 들어온 순간 히야마의 마음속 악마가 속삭였다. 지금이라면 죽여도 아무도 모를 거라고……

그리고 히야마는 악마에게 영혼을 팔았다.

들키지 않도록 절묘한 타이밍을 노려 유도성을 가진 불 마법으로 하지메를 맞췄다. 유성처럼 마법이 날아드는 그 상황에서 누가 쏜 마법인지 알아내기는 어려울 것이다. 하물며 히야마의 마법 속성은 바람이다. 증거도 없는 데다 알 방법도 없다.

그렇게 자신을 타이르며 어두운 미소를 떠올린 히야마.

그때 갑자기 뒤에서 누군가가 말을 걸었다.

"흠~, 역시 너였구나. 이세계 최초의 살인이 같은 반 아이라…… 제법인데?"

"큭?! 누, 누구야?!"

히야마는 다급히 돌아보았다. 거기에 있던 건 친숙한 반 아이 중 한 사람이었다.

"너, 네가 왜 여기에……."

"그거야 아무렴 어때. 그보다…… 살인자 양반? 지금 심정이 어때? 혼잡한 틈을 노려 연적을 죽이는 건 어떤 기분이야?"

그 인물은 큭큭 웃으며 마치 희극이라도 보는 것처럼 즐거운 표정을 떠올렸다. 히야마 자신이 한 일이라곤 하나 반 아이가 한 사람 죽었는데 그 인물은 전혀 개의치 않았다. 방금까지 다른 반 아이들과 마찬가지로 무척이나 지치고 충격을 받은 모습이었는데 그런 그림자는 온데간데없었다.

"……그게 네 본성이냐?"

히야마는 멍하니 중얼거렸다.

그 인물은 그 말을 듣고서 놀리는 것처럼 내려다보는 태도로 비웃었다.

"본성? 그런 거창한 게 아니야. 누구든 한두 개쯤 본성을 숨기는 게 보통이잖아. 그보다…… 이걸 누구한테 말해버리면 어떻게 될까? 특히…… 걔가 듣는다면…….

"큭?! 그, 그런 말을…… 믿을 리가…… 증거도…….

"없다고? 하지만 내가 말하면 믿지 않을까? 그런 상황을 일으킨 네 말이 무슨 설득력이 있겠어."

히야마는 내몰렸다. 마치 힘이 빠진 쥐를 가지고 노는 것 같은 말투. 설마 이런 녀석이라고는 아무도 상상할 수 없을 것이다. 이중인격이라 하는 편이 더 믿음이 갔다. 눈앞에서 잔학한 표정으로 자신을 내려다보는 인물에게 온몸으로 오한을 느끼며 떨었다.

"어, 어쩌라는 거야?!"

"응? 왜 그래. 마치 내가 협박하는 거 같잖아? 후후, 딱히 지금 당장 어떻게 하려는 건 아니야. 뭐, 우선 내 손발이 돼서 따라주면 돼."

"그, 그건……."

실질적인 노예 선언이나 마찬가지다. 히야마는 역시나 주저할 수밖에 없었다. 당연히 거절하고 싶지만 그랬다간 눈앞의 인물은 가차 없이 하지메를 죽인 건 히야마라고 떠들어댈 것이다.

갈등하던 히야마는 차라리 이 녀석도 처리할까 라는 어두운 생각에 사로잡히기 시작했다. 하지만 그 인물은 그것도 알아차렸는지 악마의 유혹을 했다.

"시라사키 카오리, 갖고 싶지 않아?"

"윽?! 무, 무슨 말을……."

어두운 생각이 단번에 사라진 히야마는 경악하며 눈을 크게 뜨고 그 인물을 응시했다. 그런 히야마의 모습을 히죽거리면서 내려다본 그 인물은 유혹의 말을 이었다.

"나를 따르면…… 언젠가 그녀를 손에 넣을 수 있어. 사실은 이런 이야긴 나구모한테 하려고 했는데…… 네가 죽여버렸잖아. 그 녀석보다 네가 더 적임인 것 같으니 괜찮겠지?"

"……목적이 뭐야. 넌 뭘 하고 싶은 거야?!"

너무나도 영문을 알 수 없는 상황에 히야마는 거친 목소리를 냈다.

"후후, 너하곤 상관없는 일이야. 뭐, 갖고 싶은 게 있다고만 말해둘게. ……그래서 답변은?"

히야마는 어디까지나 우습게 보는 태도를 무너뜨리지 않는 그 인물에게 짜증이 났지만 그 이상으로 너무나도 큰 변모에 강한 공포를 느꼈다. 결국 어느 쪽이든 자신에게 선택지가 없다고 생각한 그는 포기한 표정으로 끄덕였다.

"……따를게."

"아하하하하하, 그거 잘 됐네! 나도 같은 반 친구를 고발하고 싶지 않았으니까. 그럼 사이좋게 지내자, 살인자 양반. 아하하하하하!"

즐겁게 웃으며 뒤를 돌아 숙소 쪽으로 떠나가는 그 인물의 뒷모습을 본 히야마는 「제길……」 하고 작게 중얼거렸다.

히야마의 뇌리엔 잊고 싶어도, 부정하고 싶어도 절대로 지워지지 않는 광경이 달라붙어 있었다. 하지메가 나락으로 떨어질 때 보았던 카오리의 표정. 어떤 말보다 정확하게 그녀의 마음을 이야기해주고 있었다.

지금은 피곤해서 죽은 듯이 잠든 반 아이들도 침착해지면 하지메의 죽음을 실감하고 카오리의 마음을 깨달을 것이다. 카오리가 결코 선의만으로 하지메에게 마음을 쓴 것이 아니라는 것을…….

그리고 초췌한 카오리를 보고서 그 원인으로 의식을 돌릴 것이다. 부주의한 행동으로 자신들을 위험에 처하게 한 히야마를…….

잘 풀어나가야 한다. 자신이 있을 곳을 확보하기 위해서라도. 히야마는 이미 일선을 넘고 말았다. 이제 와서 멈출 수 없다. 그 인물을 따른다면 사라졌다고 생각했던 가능성, 카오리를 자신의 것으로 삼을 가능성조차 있었다.

"히히, 괘, 괜찮아. 잘 될 거야. 난 잘못하지 않았어……."

다시 무릎에 얼굴을 묻고서 중얼거리기 시작한 히야마.

이번에는 아무도 방해하지 않았다.

쏴, 하고 물이 흐르는 소리가 들렸다. 차가운 미풍이 뺨을 스치자 잔뜩 차가워진 몸이 떨렸다. 하지메는 뺨에 닿은 딱딱한 감촉과 하반신의 찌를 듯한 차가운 감촉에 신음하며 눈을 떴다.

멍한 머리, 욱신욱신한 온몸에 미간을 찌푸리며 두 팔에 힘을 주어 상체를 일으켰다.

"아파라~. 여긴…… 난 분명……."

불안정한 머리를 한 손으로 누르고 기억을 더듬으며 주변을 둘러보았다.

주변은 어스름하지만 빛을 내는 녹광석 덕분에 아무것도 보이지 않을 정도는 아니었다. 눈앞에 폭이 5미터 정도 되는 냇물이 있었고 하지메의 하반신이 잠겨 있었다. 냇가의 튀어나온 바위에 상반신이 걸려 물 위로 나온 모양이었다.

"그래……. 분명 다리가 무너져서 떨어졌었지. ……그래서……."

안개 낀 것 같았던 머리가 회전하기 시작했다.

하지메가 나락으로 떨어졌으면서도 살아남을 수 있었던 것은 순전히 행운이었다.

떨어지는 도중 절벽에 구멍이 나 있었는데 그곳에서 물이 쏟아지고 있었다. 작은 폭포라고 할 수 있는 것이 잔뜩 있어 몇 번이고 그 폭포에 휩쓸리며 점점 벽 쪽으로 떠밀리다, 결국엔 벽에서 돌출된 구멍을 통해 워터 슬라이더처럼 떠내려간 것이다. 말도 안 되는 기적이었다.

하지만 구멍에서 튀어나왔을 때 몸을 강하게 부딪쳐 정신을 잃었던 하지메는 자신에게 일어난 기적을 알지 못했다.

"기억은 잘 안 나지만 어쨌든 살았네. ……에취! 추, 추워라."

온도가 낮은 지하수에 계속 몸을 담그고 있었기 때문에 몸이 싸늘하게 식어버렸다. 이대로 가다간 저체온증에 걸릴 것 같아서 서둘러 물 밖으로 나왔다. 바들바들 떨며 옷을 벗어 물을 짜냈다.

그리고 팬티 한 장만 입고서 연성 마법을 사용하여 단단한 돌바닥인 지면에 마법진을 새겼다.

"크, 추워서 지, 집중하기 어렵네……."

바라는 것은 『불씨』의 마법이다. 동네 어린아이라도 10센티미터 정도의 마법진으로 만들 수 있는 간단한 마법이었다.

하지만 지금 여기엔 마법 행사의 효율을 올려주는 마석이 없는데다 하지메는 마법 적성이 제로다. 단 하나의 불씨를 일으키는 데 1미터 이상의 커다랗고 복잡한 술식을 적어야만 한다.

10분 가까이 걸려 간신히 완성한 마법진에 영창으로 마력을 보내 기동시켰다.

"바라는 건 불, 그것은 힘을 가진 빛, 나타나라, 『불꽃』. ……으~, 그냥 불을 피우는 것만 해도 이렇게 거창한 영창이 필요하다니. 너무 부끄럽다고. 하아~."

최근 버릇이 되고 있는 한숨을 깊숙이 내쉰 다음, 방금 일으킨 주먹만 한 불꽃을 쬐면서 곁에 옷을 놓아 말렸다.

"여긴 어디지? ……상당히 떨어졌을 텐데…… 돌아갈 수 있으려나……."

따뜻한 불의 온기를 받으며 마음이 진정되기 시작하자 가슴 속에 점점 불안감이 채워졌다.

몹시 울고 싶어져 눈가에 눈물이 맺히기 시작했지만 지금 울어버리면 마음이 꺾일 것 같아서 꾹 참았다. 눈가에 고인 눈물을 슥슥 닦은 하지메는 두 손으로 뺨을 탁 때렸다.

"할 수밖에 없어. 어떻게든 지상으로 돌아가자. 괜찮아, 분명 괜찮을 거야."

자신을 그렇게 타이르듯 중얼거리고선 숙였던 얼굴을 들어 결연한 표정으로 불꽃을 보았다.

20분정도 불을 쬐니 옷도 거의 말랐기에 출발하기로 했다. 어느 계층에 있는지는 모르지만 미궁 안이라는 건 분명한 이상 어딘가에 마물이 숨어 있어도 이상하지 않았다. 하지메는 신중히 안쪽으로 이어진 거대한 통로를 걸었다.

하지메가 걷는 통로는 자연적인 동굴인 것 같았다.

낮은 계층의 네모난 통로가 아니라 바위와 벽이 여기저기 튀어나온 데다 통로 자체도 복잡하게 꼬여 있었다. 20계층의 마지막 방과 비슷했다.

다만 크기는 비교가 안 됐다. 복잡하고 장해물이 많긴 해도 통로의 폭이 가볍게 20미터는 됐다. 좁은 곳도 10미터는 될 정도니 상당한 크기였다. 걷기 불편하긴 해도 숨을 수 있는 곳도 많아 몸을 숨기며 나아갔다.

그렇게 얼마나 걸었을까.

하지메가 슬슬 피곤해지기 시작한 무렵, 드디어 처음으로 갈림길에 도착했다. 거대한 네 갈래 길이었다. 그는 바위 뒤에 숨어 이느 길로 가야할지 망설였다.

잠시 생각에 잠기고 있자니 시야 끄트머리에서 무언가가 움직인 기분이 들어 다급히 바위 뒤에 몸을 숨겼다.

살짝 얼굴만 내밀어 살피니 하지메가 있는 통로에서 정면 방향의 길에 하얀 털 뭉치가 폴짝폴짝 뛰는 것이 보였다. 긴 귀도 달린 것이 생김새는 토끼 그대로였다. 다만 크기는 중형 견 정도는 됐고 뒷다리가 유난히 크게 발달했다. 그리고 무엇보다 몸 위로 검붉은 선 몇 개가 혈관처럼 불거져 심장처럼 맥을 뛰고 있었다. 무척이나 기분 나빴다.

분명 위험할 것 같은 마물이라 정면은 피하고 오른쪽이나 왼쪽 길로 가기로 정했다. 토끼의 위치로 볼 때 오른쪽 통로에 들어가는 편이 들키지 않을 것 같았다.

하지메는 숨을 죽이고 기회를 엿봤다. 그리고 토끼가 뒤를 돌아 지면에 코를 대고 킁킁 냄새를 맡기 시작했을 때 이때다 싶어 밖으로 뛰어나가려 했다.

그 순간, 토끼가 움찔 반응하더니 등을 슥 피며 일어섰다. 경계하는 것처럼 바쁘게 귀를 이리저리 움직이고 있었다.

'이런! 드, 들킨 건가? 괜찮겠지?'

하지메는 바위 뒤에 달라붙듯 몸을 숨기며 두근거리는 심장을 필사적으로 억눌렀다. 저 예민해 보이는 귀에 자신의 고동 소리가 들릴 것만 같아 식은땀이 줄줄 흘렀다.

하지만 토끼가 경계한 것은 다른 이유였던 모양이다.

"크르아아!"

짐승 소리와 함께 마찬가지로 하얀 털 늑대와 비슷한 마물이 토끼를 향해 바위 뒤에서 튀어나왔다.

그 하얀 늑대는 대형견정도 크기로 꼬리가 두 개 달렸고 토끼처럼 검붉은 선이 몸에서 나와 맥을 뛰고 있었다. 대체 어디에서 나타났는지 한 마리가 튀어나온 순간, 다른 바위 뒤에서 두 마리의 늑대가 튀어나왔다.

하지메는 다시 바위 뒤에서 얼굴을 내밀고 상태를 관찰했다. 아무리 봐도 늑대가 토끼(토끼라고 하기엔 귀엽지 않지만)를 포식하려는 순간이다. 하지메는 이 순간을 노려 이동하기 위해 허리를 들었다.

하지만─.

"큐우!"

토끼가 귀여운 소리로 우는가 싶더니 그 자리에서 뛰어올라 공중에서 몸을 한 바퀴 돈 후, 그 두껍고 긴 다리로 첫 번째 나타났던 늑대에게 돌려차기를 날렸다.

투곽!

발차기 소리라고는 믿기지 않을 정도의 소리를 내며 토끼의 발이 늑대의 머리에 정확히 꽂혔다.

그러자—.

으직!

내서는 안 될 소리를 낸 늑대의 머리가 있을 수 없는 방향으로 비틀렸다.

하지메는 허리를 든 채 경직했다.

그러는 사이에도 토끼는 돌려차기의 원심력을 이용해 공중에서 회전한 뒤, 머리가 아래인 상태로 **공중을 밟아** 지상을 향해 운석처럼 떨어졌다. 그리고 착지 직전에 세로로 회전하여 착지점에 있던 늑대에게 강력한 내려차기를 날렸다.

빠긱!

비명조차 지르지 못한 채 머리가 부서진 두 번째 늑대.

그땐 이미 두 마리의 늑대가 더 나타나 착지하는 토끼에게 달려들었다.

이번에야말로 토끼의 패배인가 싶은 순간, 토끼는 무려 자신의 귀로 물구나무를 서더니 브레이크 댄스처럼 다리를 벌리고 고속으로 회전했다. 달려들던 늑대 두 마리가 소용돌이와 같은 회전 발차기를 맞고 날아가 벽에 부딪혔다. 찰싹하는 소리와 함께 피가 벽으로 튀고 늑대의 몸은 그대로 질질 미끄러지더니 움직이지 않게 됐다.

마지막 한 마리가 으르렁거리며 꼬리를 거꾸로 세웠다. 그러자 그 꼬리가 파지직 하고 방전을 시작했다. 아무래도 꼬리가 두 개 달린 늑대의 고유 마법이리라.

"크르아아!"

포효와 함께 토끼를 향해 수많은 번개가 뻗었다.

하지만 토끼는 고속으로 날아온 번개를 화려한 발재간을 이용해 좌우로 피했다. 그리고 전기 공격이 끊어진 순간, 단번에 거리를 좁혀 늑대의 턱에 섬머솔트 킥을 꽂았다. 늑대는 뒤로 날아가며 철퍼덕 소리를 내고 지면으로 쓰러졌다. 늑대의 목은 다른 녀석들과 마찬가지로 부러진 모양이었다.

"뀨!"

발차기 토끼는 그렇게 승리의 외침을 울리며 앞다리로 귀를 쓸었다.

'……거짓말이라 해줘요…….'

하지메는 메마른 웃음을 떠올리며 아직까지 경직을 풀지 못하고 있었다. 위험한 정도가 아니다. 하지메 일행이 잔뜩 고생했던 트라움솔저가 마치 장난감으로 보일 지경이다. 어쩌면 단순하고 단조로운 공격만 해온 베헤모스보다 강할지도 모른다.

하지메는 들키면 죽는다는 생각에 초조한 표정으로 뒷걸음질 쳤다.

그것이 실수였다.

딸각.

그 소리는 동굴 안에서 유난히 크게 울렸다.

물러서며 발밑의 작은 돌을 차버린 것이다. 너무나도 뻔하고 뼈아픈 실수였다. 하지메의 이마에서 식은땀이 솟구쳤다. 작을 돌을 바라보던 얼굴을 기름칠 하지 않은 기계처럼 뻣뻣하게 돌려 발차기 토끼를 확인했다.

발차기 토끼는 똑바로 하지메를 보고 있었다.

검붉은 루비와 같은 눈동자가 하지메를 포착해 가늘어졌다. 하지메는 뱀 앞에 놓인 개구리처럼 경직됐다. 영혼이 전력으로 도망치라는 경종을 열심히 울렸지만 몸은 신경이 끊긴 것처럼 움직이지 않았다.

그렇게 고개만을 돌렸던 발차기 토끼의 몸이 하지메 쪽을 향하더니 다리를 굽히고 힘을 주었다.

'온다!'

하지메가 본능적으로 깨달은 순간 발차기 토끼의 발밑이 폭발했고 뒤에 잔상을 남기며 말도 안 되는 속도로 돌격해왔다.

깨닫고 나니 하지메는 무의식중에 전력을 다해 옆으로 뛰었다.

그 직후 방금 전까지 하지메가 있던 곳에 포탄과 같은 발차기가 꽂혀 지면이 폭발한 것처럼 파였고 하지메는 단단한 지면을 데굴데굴 구르며 엉덩방아를 찧는 형태로 멈췄다. 자신이 있던 곳의 지면이 함몰된 모습을 본 그는 얼굴이 새파래져 뒤로 물러났다.

발차기 토끼는 여유로운 태도로 천천히 일어나 다시 지면을 폭발시키며 하지메에게 돌격했다. 하지메는 서둘러 지면을 연성해 돌벽을 세웠지만 토끼의 발차기는 그 돌벽을 가볍게 뚫고 하지메에게 작렬했다.

순간적으로 왼팔을 든 것은 본능 때문이었을까. 얼굴이 분쇄되지는 않았지만 충격으로 날아가 다시 지면을 굴렀다. 멈췄을 땐 왼팔에 격렬한 통증이 일었다.

"크으으!"

고개를 내리니 왼팔이 이상한 방향으로 꺾여 덜렁이고 있었다. 완전히 부서진 모양이다. 통증 탓에 몸을 웅크린 채 필사적으로 발차기 토끼를 보니 이번엔 맹렬한 돌진이 아니라 여유로운 태도로 천천히 걸어오고 있었다. 하지메의 기분 탓이 아니라면 발차기 토끼의 눈에는 깔보는, 혹은 비웃는 기색이 보였다. 완전히 가지고 놀았다.

하지메는 주저앉은 자세로 물러난다는 비참한 선택밖에 할 수 없었다.

결국 발차기 토끼가 하지메의 눈앞에서 멈췄다. 땅을 기는 벌레를 보는 것처럼 내려다보는 토끼. 그리고 보여주려는 것처럼 한쪽 발을 크게 들었다.

'……여기서 끝인가…….'

절망이 하지메를 엄습했다. 포기가 담긴 눈동자로 멍하니 발차기 토끼가 들어 올린 발을 보았다. 그리고 강한 풍압과 함께 치명적인 발차기가 시작되는 모습이 눈에 들어왔다.

하지메는 공포로 눈을 질끈 감았다.

"……."

하지만 아무리 지나도 예상하던 충격이 오지 않았다.

하지메가 조심조심 눈을 뜨니 눈앞에 발차기 토끼의 발이 있었다. 발을 내리던 도중 그대로 멈춘 것이다. 설마 아직도 가지고 놀 생각인가 싶어 더욱 절망적인 기분이 들었다. 하지만 그때 이상한 점을 깨달았다. 자세히 보니 발차기 토끼가 부들부들 떨고 있었다.

'뭐, 뭐지? 왜 떨고 있지……? 이건 마치 겁을 먹고 있는 것 같은데…….'

발차기 토끼는 『마치』가 아니라 실제로 겁을 먹고 있었다. 하지메가 도망치려던 오른쪽 통로에서 나타난 새로운 마물의 존재를 보고서…….

그 마물은 몸집이 컸다. 2미터는 되어 보이는 거구에 하얀 모피, 그리고 역시 몸 위로 검붉은 선이 많이 있었다. 그 모습은 비유하자면 곰이었다. 단, 발끝까지 뻗은 두껍고 긴 팔에 30센티미터 정도 될법한 날카로운 발톱 3개가 자란 모습이지만…….

그 발톱 곰은 어느 틈엔가 접근해 발차기 토끼와 하지메를 흘겨봤고 주변에 정숙이 감돌았다. 하지메는 물론 발차기 토끼 또한 경직된 채 움직이지 않았다. 아니, 움직일 수 없는 거 겠지. 마치 아까의 하지메와 같이 발톱 곰을 응시한 채 얼어붙은 모습이었다.

"……그르르르."

발톱 곰은 갑자기 이 상황에 질렸다는 것처럼 으르렁댔다.

"큥?!"

순간 발차기 토끼는 꿈에서 깨어난 것처럼 움찔 몸을 떨고 몸을 돌려 재빠르게 도망가기 시작했다. 지금까지 적을 물리 치려고 사용했던 도약을 도주를 위해 사용한 것이다.

그러나 그 시도는 실패했다.

발톱 곰이 거구에 어울리지 않는 속도로 발차기 토끼를 따라가 긴 팔을 사용해 날카로운 발톱을 휘둘렀기 때문이다. 발차기 토끼는 자신이 가진 민첩함으로 몸을 비틀어 곰의 풍압을 동반한 강렬한 공격을 피했다.

하지메의 눈에도 발톱 곰의 발톱이 스치지 않고 발차기 토끼가 피한 것처럼 보였다.

하지만—.

땅으로 착지한 발차기 토끼의 몸이 비스듬하게 갈라지더니 분수처럼 피를 뿜으며 각각 다른 방향으로 쓰러졌다.

하지메는 경악했다. 그렇게 압도적인 강함을 자랑하던 발차기 토끼가 손 쓸 방법도 없이 간단히 살해당했다. 발차기 토끼가 겁먹고 도망친 이유를 잘 알 수 있었다. 저 발톱 곰은 격이 다르다. 마치 카포에라의 달인과 같은 발차기 토끼의 기술도 전혀 통하지 않는 괴물이다.

발톱 곰은 느긋하게 발차기 토끼의 시체로 다가가 그 날카로운 발톱으로 시체를 찔러 으직으직 소리를 내며 먹었다.

하지메는 움직일 수 없었다. 너무나도 연달은 공포에, 그리고 발차기 토끼였던 것을 씹으면서도 날카로운 눈동자로 하지메를 보는 발톱 곰의 시선에 얼어붙어서……

발톱 곰은 세 입 정도에 발차기 토끼를 뱃속으로 집어넣고는 으르렁거리며 하지메 쪽으로 몸을 돌렸다. 그 시선이 모든 것을 말하고 있었다. 다음 먹잇감은 너라고……

하지메는 포식자의 시선을 받고 공황에 빠졌다.

"으아아아아아—!"

의미도 없이 소리를 지르며 부러진 왼팔도 잊은 채 필사적으로 일어나 발톱 곰과는 반대 방향으로 도망쳤다.

하지만 그 발차기 토끼조차 도망칠 수 없었던 상대에게서 하지메가 도망친다는 건 있을 수 없는 일이다. 휭 바람을 가르는 소리와 함께 강렬한 충격이 하지메의 왼쪽 얼굴을 덮쳤다. 그리고 그대로 벽에 내동댕이쳐졌다.

"크헉!"

충격으로 폐의 공기가 빠져나가 연달아 콜록거린 하지메는 그대로 질질 벽을 미끄러져 떨어졌다. 떨리는 시야를 어떻게든 상대 쪽으로 돌리니 발톱 곰은 무언가를 씹고 있었다.

하지만 대체 무엇을 씹고 있는 걸까. 발차기 토끼는 아까 모두 먹었을 터였다. 그리고 어째서 먹고 있는 저것을 본 적이 있는 걸까. 하지메는 이해할 수 없는 사태를 맞이하여 혼란에 빠져서 어째서인지 훌쩍 가벼워진 왼팔을 보았다. 정확하게는 왼팔이 있던 곳을……

"어, 어라?"

하지메는 경련하는 얼굴을 갸웃했다. 어째서 팔이 없지? 어째서 피가 솟구치지? 뇌와 마음이 이해하는 것을 거부했으리라. 하지만 그런 현실도피가 계속 이어질 리 없었다. 하지메의 뇌가 꿈에서 깨어나라는 것처럼 통증과 함께 현실을 알려주었다.

"아, 아, 으아아아아아아아—!"

하지메의 절규가 미궁 안에 메아리쳤다. 그의 왼팔은 팔꿈치에서 끝까지 절단됐다.

발톱 곰의 고유 마법이 원인이었다. 저 세 개의 발톱은 바람의 칼날을 이용해 최대 30센티미터 떨어진 상대를 절단할 수 있었다. 그것을 생각한다면 오히려 팔 하나로 끝난 것이 요행이었다. 발톱 곰이 장난을 치는 건지 단순히 하지메의 운이 좋았던 건지는 몰라도 원래라면 발차기 토끼처럼 몸이 두 동강 나도 이상하지 않았다.

하지메의 팔을 모두 씹은 발톱 곰이 의연하게 하지메에게 다가왔다. 그 눈에는 발차기 토끼처럼 깔보는 기색이 없이 그저 식량이라는 인식밖에 없는 것처럼 보였다.

눈앞으로 다가온 발톱 곰이 천천히 하지메에게 앞발을 뻗었다. 그 발톱으로 베지 않는 것은 산 채로 잡아먹을 생각일지도 모른다.

"아, 아, 크으으, 여, 『연성』!"

너무나도 큰 통증에 눈물과 콧물, 침으로 얼굴이 범벅이 된 하지메는 오른팔을 등 뒤의 벽으로 가져가 연성했다. 거의 무의식중에 한 행동이었다.

무능하다고 놀림 받으며 마법 적성과 신체 스펙도 낮았던 하지메의 유일한 힘. 원래는 칼이나 창, 방어구를 가공하기 위한 마법. 그 천직을 가진 자는 예외 없이 대장장이가 된다. 따라서 전투엔 도움이 되지 않는다는 말을 들었음에도 이세계인만이 가능한 발상으로 기사단원 조차 놀라게 한 방법을 떠올리고 같은 반 아이들을 구할 수 있었던 힘. 그렇기 때문에 죽음의 절벽에서 하지메는 무의식중에 그것을 사용했고, 덕분에 활로가 열렸다.

하늘색 빛이 번쩍인 직후 등 뒤의 벽에 작은 구멍이 생겼다. 하지메는 발톱 곰의 앞발이 닿기 직전에 데굴데굴 굴러 구멍 안으로 몸을 넣었다.

눈앞에서 사냥감을 놓친 것에 분노를 표출하는 발톱 곰.

"크르아아아아!"

포효를 지르며 고유 마법을 발동해 하지메가 들어간 구멍을 향해서 발톱을 휘둘렀다. 엄청난 소리를 울리며 벽이 깎여나 갔다.

"아아아아! 『연성』! 『연성』! 『연서엉』!"

발톱 곰의 포효와 벽이 깎이는 소리에 반쯤 패닉에 빠지면서도 저 괴물로부터 조금이라도 떨어지기 위해 연속으로 연성을 시도하여 계속해서 안쪽으로 들어갔다.

뒤는 돌아보지 않았다. 무턱대고 연성을 반복했다. 지면을 포복 요령으로 기었다. 이미 왼팔의 통증은 머리에서 지워졌다. 생존 본능이 시키는 대로 유일한 힘을 연거푸 사용했다.

그렇게 얼마나 나아갔을까.

하지메는 알 수 없었지만 무서운 소리는 이제 들리지 않았다. 하지만 실제론 그다지 나아가지 않았을 것이다. 한 번 연성할 수 있는 효과 범위는 2미터 정도(이것도 처음에 비교하면 두 배 가까이 늘어났다)에 무엇보다 왼팔의 출혈이 심했다. 그리 오래 움직일 수 있는 상태가 아니었다.

실제로 하지메의 의식은 출혈과다로 희미해져 있었다. 그래도 발버둥치듯 앞으로 나가려 했다.

하지만······.

"『연성』······ 『연성』······ 『연성』······ 『연서엉』······."

몇 번 연성해도 눈앞의 벽에 변화는 없었다. 의식보다 먼저 마력이 다한 것이다. 벽을 짚었던 손이 힘이 다한 것처럼 스르륵 떨어졌다.

하지메는 몽롱한 상황에서도 끊어질 것 같은 의식을 어떻게든 붙들며 위를 올려다보도록 몸을 돌렸다. 멍하니 새카만 천장을 바라보았다. 이 부근은 녹광석이 없는지 불빛도 없었다.

언제부턴가 하지메는 옛일을 떠올렸다. 주마등이라는 건지도 모른다. 유치원 시절에서 초등학생, 중학생, 그리고 고교 시절. 다양한 추억이 떠올랐지만 마지막 추억은······ 달빛이 드는 창가에서 카오리와 보냈던 시간. 약속을 나눴을 때 그녀가 보여준 미소.

그 아름다운 광경을 끝으로 하지메의 의식은 어둠에 빠져들었다. 의식이 완전히 끊어지기 직전, 뺨 위로 떨어지는 물방울을 느꼈다.

그건 마치 누군가가 흘리는 눈물 같았다.

뚝······ 뚝······.

하지메는 뺨으로 물방울이 떨어져 입 안으로 들어오는 감촉에 서서히 의식을 되찾았다. 그것을 신기하게 여기면서도 천천히 눈을 떴다.

'······살아 있다? ······살아난 건가?'

의아해하면서 몸을 일으키려다 낮은 천장에 이마를 강하게 부딪혔다.

"아윽?!"

자신이 만든 구멍은 높이가 50센티미터 정도밖에 안 됐다는 것을 이제야 떠올리고서 연성으로 공간을 넓히기 위해 천장으로 손을 뻗으려 했다. 하지만 시야에 들어온 팔이 하나밖에 없다는 사실을 깨닫고 동요했다.

잠시 멍하니 있던 하지메는 자신이 왼팔 팔꿈치부터 아래까지를 잃었다는 것을 떠올렸다. 그 순간 이미 없어진 왼팔에 엄청난 통증을 느꼈다. 환상통이라는 것이었다. 그리고 얼굴을 찡그리며 반사적으로 왼팔을 억누르고서야 깨달았다. 절단된 단면으로 살점이 올라 상처가 아물었다는 사실을······.

"어, 어째서? ······그리고 피도 잔뜩······."

어두워 보이지 않았지만 불빛이 있었다면 주변이 피바다라는 것을 알았을 것이다. 평범하게 생각해보면 절대로 살아날 수 없는 출혈량이었다.

하지메가 오른손으로 주위를 더듬으니 끈적한 감촉이 돌아왔다. 아직 흘렸던 피가 마르지 않은 것이다. 역시 대량 출혈한 것은 꿈이 아니었다. 피가 마르지 않은 걸 보면 정신을 잃고서 얼마 지나지 않은 모양이었다.

그럼에도 상처가 아물었다는 사실에 의아해하고 있을 때 다시 이마와 입가에 물방울이 떨어졌다. 그것이 입에 들어온 순간 조금이지만 몸에 활력이 돌아온 기분이 들었다.

"……설마 이게?"

하지메는 환상통과 빈혈로 인한 나른함을 견디며 오른손을 물방울이 흐른 쪽으로 내밀어 연성했다.

그렇게 비틀거리면서도 다시 연성으로 안쪽 깊은 곳을 향해 나아갔다. 신기하게도 바위틈으로 나온 액체를 마시니 마력도 회복하는 모양이라 아무리 연성해도 마력이 떨어지지 않았다. 하지메는 쉬지 않고 무언가에 홀린 것처럼 수원(水原)을 찾아 연성을 반복했다.

이윽고 의문의 액체가 뚝뚝 떨어지는 수준에서 줄줄 떨어지기 시작한 무렵, 조금 더 앞으로 나아간 하지메는 드디어 수원에 도착했다.

"이건……."

거기엔 푸르스름하게 빛나는 농구공 정도 크기의 광석이 있었다.

그 광석은 주변과 동화한 것처럼 파묻혀 아래를 향해 물방울을 떨어뜨렸다. 신비하고 아름다운 돌이었다. 아쿠아마린의 푸른색보다 더욱 진하고 빛이 나는 느낌이라 표현하는 게 가장 정확할 것이다.

하지메는 순간 환상통도 잊은 채 넋 놓고 바라보았다.

그리고 매달리듯, 혹은 매료되듯 그 돌을 향해 손을 뻗어 직접 입을 가져갔다.

그러자 몸 안에서 느껴지던 날카로운 통증과 안개 낀 것처럼 뿌옇던 머리가 말끔해지더니 권태감도 사라졌다. 역시 하지메가 살아남은 것은 이 돌에서 흐른 액체 때문인 듯했다. 아마도 치유 작용이 있는 액체로 보였다. 환상통도 사라지지 않았고 잃어버린 피가 돌아온 것도 아니었지만 다른 상처와 마력 등은 순식간에 회복됐다.

하지메는 몰랐지만 사실 이 돌은 【신결정(神結晶)】이라 불리는 광석이었다. 역사상에서도 최대급 비보로 이미 잃어버렸다고 여겨지는 전설의 광물인 것이다.

신결정은 대지에 흐르는 마력이 천 년이라는 긴 세월동안 우연히 고여 결정화된 것이다. 직경 30센티미터에서 40센티미터 정도의 크기로 결정이 된 이후에 수 백 년의 세월이 지나면 내포한 마력이 포화상태가 되어 액체 상태로 흘러나온다.

이 액체를 【신수(神水)】라 부르며 이것을 마신 사람은 어떤 상처와 병도 낫는다고 알려져 있었다. 잃은 부분을 재생할만한 힘은 없지만 계속 마신다면 수명이 다할 일도 없다고 알려져 있어 불사의 영약이라고도 불린다. 신화시대의 이야기에 신수를 사용하여 사람들을 치유한 에히트 신의 모습이 그려지기도 했다.

하지메는 이제야 죽음의 구렁텅이에서 살아 돌아왔다는 사실을 실감했는지 그대로 벽에 몸을 기대 주저앉았다. 그리고 죽음의 공포에 떨리는 몸을 안고서 무릎에 얼굴을 묻었다. 이제는 탈출하려는 기력도 없었다. 하지메는 마음이 꺾이고 만 것이다.

적의와 악의라면 맞설 수 있을지도 모른다. 살았다고 기뻐하며 다시 일어섰을 지도 모른다.

하지만 발톱 곰의 그 눈은 그런 차원이 아니었다. 하지메를 먹잇감으로만 보는 포식자의 눈. 약육강식의 정점에 선 인간이 받을 일 없는 눈이었다. 그 눈을 보고, 그리고 실제로 자신의 왼팔을 먹힌 하지메의 마음은 부서지고 말았다.

'누가…… 나 좀 구해줘…….'

여기는 나락의 바닥, 하지메의 말은 누구에게도 닿지 않았다.

얼마나 그러고 있었을까.

하지메는 지금 옆으로 누워 손발을 당겨 마치 태아처럼 몸을 웅크리고 있었다.

하지메가 떨어진 날부터 이미 나흘이 지났다.

그 사이 하지메는 거의 움직이지 않고 떨어지는 신수만을 마시며 살아남았다. 하지만 신수를 마시고 있으면 웬만한 일로 죽지는 않아도 배고픔까지 없애주는 건 아니었다. 하지메는 죽지 않았을 뿐 상당한 배고픔과 환상통으로 괴로워했다.

'어째서 내가 이런 일을?'

요 며칠간 몇 번이고 반복해왔던 의문.

통증과 배고픔으로 편히 잠들지 못한 머리는 신수를 마시면 회복했지만 그 대신 보다 선명하게 통증을 느끼게 했다.

몇 번이고 의식을 잃은 듯 잠들었다가 배고픔과 통증에 눈을 뜨고 다시 고통에서 도망치기 위해 신수를 마시고 또다시 고통의 늪에 빠져들었다.

이미 몇 번이고 그렇게 잠들었다 깨어나길 반복했을까.

언제부턴가 하지메는 신수를 마시는 걸 그만두었다. 무의식 중에 고통을 끝낼 수 있는 가장 빠른 방법을 선택한 것이다.

'이런 고통이 계속 이어질 바에야…… 차라리……'

내심 그렇게 중얼거리며 의식을 어둠으로 빠트렸다.

그렇게 사흘이 더 흘렀다.

한계점을 지났는지 한 번 잠잠해졌던 배고픔이 폭풍전야였던 것처럼 다시 격렬하게 엄습해왔다. 환상통도 변함없이 하지메의 정신을 갉아먹었다. 마치 끝부분부터 조금씩 실톱으로 깎아내리는 듯한 고통.

'아직…… 죽지 못하는 건가……. 아, 빨리, 빨리…… 죽고 싶지 않아…….'

죽음을 바라면서도 무의식중에 살기를 원했다. 모순된 생각이 번갈아 떠올랐다. 하지메는 이미 정상적인 생각을 할 수 없게 됐다. 지리멸렬한 헛소리도 중얼거리게 됐다.

그 뒤로 사흘이 더 지났다.

이미 신수의 효력을 받지 않아서 이대론 이틀도 버티지 못하고 죽을지도 모른다. 식량은커녕 수분도 섭취하지 못했다.

하지만 얼마 전, 여드레째 되는 날부터 하지메의 정신에 이상이 나타나기 시작했다. 그저 죽음과 삶을 교대로 바라면서 지옥과 같은 고통이 지나가기를 기다릴 뿐이었던 하지메의 마음에 무언가 어둡고 탁한 것이 솟아났다.

그것은 진창처럼 공포와 고통으로 갈라진 마음 틈새에 스며들어 조금씩 하지메의 깊은 곳을 침식했다.

'어째서 내가 이렇게 괴로워해야 하지……. 내가 뭘 했다고……'

'어째서 이런 꼴을 당하는 거지……. 이유가 뭐야……'

'신은 불합리하게 유괴했어……'

'같은 반 친구는 날 배신했고……'

'토끼는 날 깔봤지……'

'그 녀석은 날 먹었어……'

점차 하지메의 생각이 어둡게 물들었다. 새하얀 캔버스에 검은 잉크가 떨어진 것처럼 하지메의 안에서 아름다웠던 것들이 슬금슬금 더러워져갔다.

누가 나쁜가, 누가 자신에게 불합리함을 강요했는가, 누가 자신에게 상처를 주었는가……. 무의식중에 적을 찾기 시작했다. 격렬한 통증과 배고픔, 그리고 어두운 밀폐 공간이 하지메의 정신을 갉아먹었다. 어두운 감정이 급속도로 밀려들었다.

'어째서 아무도 도와주지 않지……'

'아무도 도와주지 않는다면 어쩌면 좋지?'

'이 고통을 없애려면 어떡해야 하지?'

아흐렛날, 하지메는 지금 상황을 어떻게 타개해야 하는지 무의식중에 생각하기 시작했다.

괴로운 고통에서 해방되길 바라는 마음에 솟구쳤던 분노와 증오의 감정조차 필요 없는 것이라 잘라내기 시작했다.

분노와 증오에 마음을 물들일 때가 아니다. 아무리 마음을 검게 물들여도 고통은 조금도 줄어들지 않는다. 이 불합리한 상황을 타개하기 위해선, 살아남기 위해선, 쓸데없는 것은 버려야만 한다.

'난 무엇을 원하지?'

'난 삶을 원해.'

'그것을 방해하는 건 누구지?'

'방해하는 건 적이야.'

'적이 뭐지?'

'날 방해하는 것, 불합리를 강요하는 모든 것.'

'그럼 난 뭘 해야 하지?'

'난, 나는……'

열흘날.

하지메의 마음에서 분노와 증오가 사라졌다. 신이 강요한 불합리함도, 같은 반 아이의 배신도, 마물의 적의도, 자신을 지키겠다 말했던 누군가의 미소도…… 전부 아무래도 좋은 일이다.

살기 위해, 생존권을 획득하기 위해 그런 것은 전부 사소한 일이었다. 하지메의 의지는 단 하나로 좁혀졌다. 연마한 칼처럼 날카롭고 강하게, 모든 것을 벨 수 있도록.

그것은 즉…….

'죽인다.'

악의도 적의도 증오도 없다.

그저 살기 위해 필요하니까, 멸살이라고 할 만큼 순수한 살의.

자신의 생존을 위협하는 존재는 모두 적. 그리고 그 적은.

'죽인다, 죽인다.'

이 배고픔에서 도망치기 위해선—

'잡아먹어주겠어.'

지금 이 순간. 자상하고 온화하며 대립으로 성가신 일을 일으키는 것보다 쓴웃음과 사과로 넘기는, 카오리가 강하다 말했던 나구모 하지메는 철저하게 붕괴됐다.

그리고 살기 위해 사악한 존재를 모두 가차 없이 없앤다는 새로운 나구모 하지메가 탄생했다.

부서진 마음은 다시 하나가 됐다. 단, 누더기처럼 엮은 마음이 아니었다. 나락의 밑바닥의 어둠과 절망, 고통과 본능이라는 불꽃으로 다시 제련된 새롭고 강인한 마음이었다.

하지메는 약해질 대로 약해진 몸을 필사적으로 움직여, 요며칠간 지면에 고인 신수를 동물처럼 직접 입을 대고 마셨다. 배고픔도 환상통도 낫지 않았지만 몸에 활력이 돌아왔다.

그리고 하지메는 반짝이는 눈으로 젖은 입가를 난폭하게

닦으며 영악한 웃음을 떠올렸다. 일그러진 입가에서 반짝이는 송곳니가 엿보였다. 말 그래도 변모라는 표현이 어울릴 정도의 변화였다.

하지메는 몸을 일으켜 연성을 시작하며 선언하듯 중얼거렸다.

"죽여주겠어."

미궁의 어느 곳에 두 꼬리 늑대의 무리가 있었다. 두 꼬리 늑대는 넷에서 여섯 마리 정도 무리를 이뤄 이동하는 습성이 있다. 혼자선 이 계층 마물 중에서 가장 약하기 때문에 무리를 이뤄 연계하는 것으로 그것을 보완했다. 이 무리도 마찬가지로 네 마리가 무리를 이루고 있었다.

주위를 경계하며 바위에 숨어 이동해 절호의 사냥터를 찾는다. 두 꼬리 늑대의 기본적인 사냥 방법은 매복이기 때문이다.

잠시 서성이던 두 꼬리 늑대들은 괜찮은 사냥터를 발견했는지 각자 네 모퉁이의 바위 뒤에 숨었다. 나머진 사냥감이 오는 걸 기다릴 뿐이다. 그중 한 마리가 바위와 벽 사이에 몸을 숨기고 기척을 죽였다. 지금부터 찾아올 사냥감에 입맛을 다시고 있자니 어떤 위화감이 들었다.

두 꼬리 늑대는 생존 전략의 핵심이 연계이기 때문에 독자적인 연결고리를 갖고 있었다. 명확하게 의사를 전달할 수 있는 건 아니지만 동료가 어디에서 무엇을 하는지 알 수 있었다.

그 느낌이 이상했다. 자신들은 네 마리의 무리였는데 세 마리의 기척밖에 느껴지지 않는다. 반대쪽 벽에서 대기하던 한 마리가 돌연 사라진 것이다.

어떻게 된 일인지 수상하게 여기면서 숨겼던 몸을 일으키기 위해 힘을 준 순간, 이번엔 동료의 비명이 들렸다. 사라진 동료와 마찬가지로 벽 근처에 숨었던 한 마리에게서 초조함이 전해져왔다. 무언가에 붙잡혀 탈출하려고 발버둥쳤지만 쉽사리 풀려날 수 없는 모양이었다.

구출하기 위해 달려가려고 반대쪽 두 마리가 일어났다. 하지만 그땐 이미 발버둥 치던 한 마리의 기척도 사라졌다.

혼란에 빠진 채 서둘러 반대쪽 벽으로 가 주변을 확인했으나 그곳엔 아무것도 없었다. 남은 두 마리가 당황하면서 사라진 두 마리가 숨었던 곳에 코를 대고 킁킁 냄새를 맡았다.

그 순간 갑자기 지면이 함몰되고 동시에 벽이 두 마리를 덮치듯 튀어나왔다.

서둘러 뛰어 물러나려했지만 그땐 이미 함몰됐던 발밑이 원래대로 돌아와 두 꼬리 늑대의 발을 붙든 뒤였다. 하지만 이 정도는 두 꼬리 늑대라면 간단히 부수고 탈출할 수 있었다. 지금까지 경험해보지 않았던 이상 사태에 혼란스러워하지 않았더라면 붙잡히지도 않았을 것이다.

하지만 두 꼬리 늑대를 습격한 존재는 그 혼란과 순간의 경직도 예상했다. 두 마리를 붙잡기엔 충분한 빈틈이었다.

"크르릉?!"

비명을 지르며 벽에 삼켜진 두 마리. ……그리고 뒤에는 아무것도 남지 않았다.

네 마리의 두 꼬리 늑대를 붙잡은 건 물론 하지메였다. 반격을 결심한 날부터 배고픔과 환상통도 억누른 채 신수를 마시며 살아남았고 마력이 그치지 않는 것을 빌미로 연성 단련에 매진했다. 보다 빠르게, 보다 정확하게, 보다 광범위하게. 이대로 밖으로 나가도 간단히 죽고 말 것이다. 신결정이 있던 방을 거점으로 단련을 거듭해 조금이라도 무기를 갈고 닦아야만 한다. 그 무기란 당연히 연성이다.

억눌렸다 해도 견딜 수 있게 됐을 뿐 고통이 사라진 건 아니었다. 하지만 배고픔과 환상통은 오히려 하지메에게 극한의 집중력을 발휘하게 했다. 그 결과 지금까지보다 몇 배의 속도로 보다 정확하게 3미터 가량의 범위를 연성할 수 있게 됐다. 물론 여전히 흙 속성 마법과 같은 직접적인 공격력은 전혀 없었지만……

그리고 돌을 작게 가공해 용기를 만들어 신수를 넣었다. 연성을 사용하며 미궁을 다니다 표적을 찾았다.

그렇게 발견한 것이 네 마리의 두 꼬리 늑대였다. 잠시 동안 두 꼬리 늑대의 집단을 미행하며 몇 번이고 들킬 것 같았지만 그때마다 연성을 사용해 벽 안으로 숨어들어가 간신히 추적할 수 있었다. 그리고 네 마리가 매복하기 위해 서로 떨어진 순간을 노려 연성을 이용해 안으로 끌어들인 것이다.

"어디, 살아 있을까? 하긴 내 연성에 직접적인 살상력은 거의 없으니까. 돌로 찌르는 것 정도론 위력이나 속도도 부족해서 이곳 마물은 죽을 것 같지 않아."

하지메는 반짝이는 눈동자로 발밑의 작은 구멍을 들여다보았다. 그 안에는 말 그대로 『벽 안』에 갇힌 두 꼬리 늑대들이 조금도 움직이지 못한 채 초조한 듯 신음했다.

실은 전에 발밑에서 돌창을 튀어나오게 하여 마물을 공격한 적이 있었는데, 튀어나오는 위력과 속도가 부족해서 도저히 써먹을 수 없었다. 역시 이런 건 흙 속성 마법만이 할 수 있는 것 같았다. 연성은 어디까지나 광석을 가공하는 마법이라 가공하는 과정에서 살상력을 부가하는 건 무리였다. 그러므로 이렇게 붙잡아두는 게 고작이다.

"질식으로 죽어줬으면 좋겠지만…… 내가 버틸 수 없겠어."

씩 웃는 하지메의 눈은 완전히 포식자의 눈이었다.

하지메는 오른팔을 벽에 대고는 연성 마법을 행사했다. 바위를 가른 뒤 집중해서 명확한 이미지를 바탕으로 조금씩 가공했다. 그러자 나선형의 가느다란 창처럼 생긴 것이 만들어졌다. 여기에 가공해두었던 부품을 붙였다. 그러자 창 손잡이 부근에 핸들 같은 것이 달린 물건이 됐다.

"그럼 파볼까!"

하지메는 지면 아래로 붙잡힌 두 꼬리 늑대들을 향해 그 창을 찔렀다. 딱딱한 모피와 피부의 감촉이 전해지며 창 끝이 튕겼다.

"역시 찔리지 않네. 하지만 이미 예상했어."

어째서 나이프나 검으로 만들지 않았는가. 그건 마물이 강하면 강할수록 딱딱하다는 게 기본이기 때문이다. 물론 종족 특성에 따라 얼마든지 예외가 있을 수 있다. 하지만 자신의 무능함을 보완하기 위해 학문을 중점으로 공부했던 하지메는 이 계층의 마물이라면 평범한 나이프와 검이 통하지 않을 거라고 생각했다.

따라서 하지메는 창에 달린 핸들을 빙글빙글 돌렸다. 그것에 따라 날카로운 창끝이 나선으로 회전하기 시작했다. 그렇다. 이것은 마물의 단단한 피부를 뚫기 위해 고안한 드릴이다.

위에서 체중을 실어 오른손으로 핸들을 필사적으로 돌렸다. 그러자 창끝이 조금씩 두 꼬리 늑대의 피부를 파고들기 시작했다.

"크르아아아?!"

두 꼬리 늑대가 절규했다.

"아프냐? 사과하진 않을 거야. 내가 살기 위해서니까. 너희도 날 먹을 거잖아? 나도 그래."

그렇게 말한 하지메는 더욱 체중을 실어 드릴을 돌렸다. 두 꼬리 늑대가 필사적으로 발버둥 쳤지만, 약간의 빈틈도 없이 파묻혔기 때문에 도망칠 수 없었다.

드디어 드릴이 두 꼬리 늑대의 피부를 뚫었고 몸 안을 가차 없이 파괴했다. 두 꼬리 늑대는 단말마를 질렀다. 그렇게 한동안 소리쳤지만 돌연 움찔움찔 경련하더니 전혀 움직이지 않게 됐다.

"좋았어. 우선 먹을 걸 확보했다."

기쁘게 웃으며 남은 세 마리의 숨통도 끊었다. 모든 두 꼬리 늑대를 죽인 하지메는 연성으로 시체를 꺼내 한 손으로 불편하면서도 모피를 벗겨냈다.

그리고 배고픔에 떠밀린 것처럼 먹어대기 시작했다.

어둠 속에서 녹광석 불빛이 주변을 아련히 비추어 나락의 벽에 그림자를 만들어냈다. 한 마리의 짐승을 앞에 두고 짐승처럼 고기를 뜯고 씹는 하지메의 그림자를……

"아으, 크으으. 맛없잖아, 젠장!"

욕설을 내뱉으면서도 그 입은 멈추지 않았다. 말 그대로 일심불란.

피가 뚝뚝 떨어지는 질긴 고기를 물어뜯고 필사적으로 삼켰다. 거의 2주 만에 맞이하는 식사다. 갑자기 고기를 받아들인 위가 놀랐는지 욱신거리며 항의했다. 하지만 하지메는 알 바 아니라는 것처럼 계속해서 집어삼켰다.

그 모습은 완전히 야만인이었다. 현대 인간이 본다면 무척이나 불쾌한 모습으로 비춰질 것이다.

하지메는 심한 악취와 맛에 눈물을 글썽이면서도 배가 채워지는 느낌에 취했다. 무언가를 먹는다는 것이 이렇게나 행복한 일이었을 줄은 생각지도 못했다. 무언가에 홀린 것처럼 계속 먹어댔다.

그렇게 얼마나 먹었을까. 하지메는 음료수 대신 신수를 아끼지 않고 들이켰다. 그 모습을 성교 교회 관계자가 봤다면 졸도했으리라. 그렇게 배가 부르기 시작할 무렵, 그의 몸에 이변이 일어났다.

"어? —큭?! 으아아아!"

갑자기 온몸에 격렬한 통증이 일었다. 마치 몸의 내부를 무언가에 침식당하는 꺼림칙한 느낌. 이 통증은 시간이 지날수록 더욱 강렬해졌다.

"크으아아아악. 뭐, 뭐야, 크으으윽!"

견디기 힘든 통증. 자신을 침식하는 무언가. 하지메는 지면을 내뒹굴었다. 환상통 따위와는 비교도 할 수 없는 격렬한 통증이었다.

하지메는 떨리는 손으로 품에서 돌로 만든 시험관 모양의 용기를 꺼내고 끝을 이빨로 깨트린 뒤 내용물을 전부 마셨다. 곧바로 신수가 효과를 발해 통증이 멎었지만 잠시 후 다시 격통이 일었다.

"으그으으윽! 어째서…… 낫질 않는, 크아아아!"

하지메의 몸이 통증에 맞춰 맥을 뛰기 시작했다. 쿵쾅쿵쾅 몸 전체가 맥을 뛰었다. 신체 마디마디가 빠직, 뿌득하는 소리마저 들렸다.

하지만 다음 순간에는 체내의 신수가 효과를 발휘해 몸의 이상을 치유했다. 치유가 끝나면 다시 격통. 그리고 다시 치유.

신수의 효과로 기절조차 할 수 없었다. 엄청난 치유 능력이 되려 해가 됐다.

하지메는 절규하며 지면을 굴렀다. 머리를 몇 번이고 벽에 박으며 끝이 보이지 않는 지옥을 계속해서 맛봤다. 차라리 죽여 달라며 들어줄 사람 없는 부탁을 했지만 당연히 이뤄질 리가 없었고 견딜 수밖에 없었다.

그러자 하지메의 몸에 변화가 나타나기 시작했다.

먼저 머리에서 색이 빠졌다. 허용량을 넘은 통증 때문인지, 그게 아니면 다른 이유에선지 일본인 특유의 검은머리가 점점 희게 변했다. 뒤이어 근육과 골격이 서서히 두꺼워지고 몸의 안쪽에 옅지만 검붉은 선이 몇 개인가 떠오르기 시작했다.

초회복이라는 현상이 있다. 근육 트레이닝 등으로 끊어졌던 근육이 회복할 때 조금 더 비대해지며 낫는 현상을 일컫는다. 지금 하지메의 몸에 일어난 이상 현상도 같은 것이었다.

마물의 고기는 인간에겐 맹독이다. 마석이라는 특수한 육체 기관을 가지고 있으며 마력을 직접 몸에 순환시켜 경이적인 신체 능력을 발휘한다. 체내에 순환하며 변질된 마력은 근육과 뼈에도 침투해 튼튼하게 만든다.

그 변질된 마력이 영창과 마법진도 필요 없이 고유 마법을 만들어낸다고 하지만 자세한 것은 밝혀지지 않았다. 어쨌든 이 변질된 마력은 인간에게 치명적이다. 인간의 몸을 침식해 안쪽에서 세포를 파괴하는 것이다.

과거 마물의 고기를 먹은 사람은 모조리 몸이 엉망으로 부서져 사망에 이르렀다. 실은 하지메도 그 지식이 있었지만 배고픔 때문에 떠올릴 겨를이 없었다.

하지메도 그저 마물의 고기를 먹었을 뿐이라면 온몸이 붕괴돼 죽었을 것이다. 하지만 그것을 허락하지 않는 비약이 있다. 그것이 바로 신수이다. 부서지면 곧바로 치유한 결과, 육체가 엄청난 속도로 강인해졌다.

부수고 치유하고 부수고 치유했다. 맥을 뛰며 육체가 변화하는 그 모습은 말 그대로 전생과 같았다. 나약한 인간의 육신을 버리고 새로운 존재로 다시 태어나는 의식. 하지메의 절규는 갓난아기의 울음소리였다.

잠시 후 맥동이 잦아들자 하지메는 맥없이 쓰러졌다. 그 머리카락은 새하얗게 물들었고, 옷 아래 감춰진 부분은 검붉은 선 몇 개가 나 있었다. 마치 발차기 토끼나 두 꼬리 늑대, 그리고 발톱 곰과 같은 모습이었다.

하지메의 오른손이 움찔 움직이고 감았던 눈이 천천히 떠졌다. 초점이 잡히지 않은 눈동자가 멍하니 자신의 오른손을 보았다. 그리고는 지면을 긁는 것처럼 으드득 소리를 내며 주먹을 쥐었다.

하지메는 몇 번 쥐었다 폈다를 반복하면서 자신이 살아있다는 것과 자신의 의사로 손이 움직이는 것을 확인한 뒤 천천히 몸을 일으켰다.

"……그리고 보니 마물은 먹으면 안 되는 거였지. ……나도 참 바보구나. 뭐, 먹지 않을 수도 없었겠지만……."

하지메는 지칠 대로 지친 표정으로 자조적인 미소를 떠올렸다.

배고픔이 사라지고 엄청났던 통증과 환상통까지 날아간 모양이라 오랜만에 아무런 고통도 느끼지 않았다. 오히려 이상하게 몸이 가볍고 온몸에 힘이 넘치는 것만 같았다.

엄청났던 고통으로 정신은 피폐해졌지만 몸 상태는 최고라고 해도 좋았다. 팔과 배를 보니 근육이 선명하게 발달해 있었고 하지메의 예전 키는 165센티미터였지만 지금은 10센티미터 이상 더 커졌다.

"내 몸은 어떻게 된 거지? 어쩐지 이상한 느낌인데……."

몸의 변화뿐만 아니라 체내에도 위화감이 들었다. 따뜻한 것 같기도 하고 차가운 것 같기도 한, 뭐라 말하기 힘든 이상한 느낌. 의식을 집중해서 보니 팔에 검붉은 선이 희미하게 떠올라 있었다.

"으앗, 기, 기분 나쁘잖아. 어쩐지 마물이 된 것 같은 기분이야. ……농담이 아니라고. 그렇지, 스테이터스 플레이트는……."

완전히 잊고 있던 스테이터스 플레이트를 찾아 주머니를 뒤졌다. 아무래도 잃어버리진 않은 모양이었다. 지금 스테이터스를 확인해보면 몸의 이변에 대해 무언가 알 수 있을지도 모른다.

나구모 하지메　17세　남자　레벨: 8

천직: 연성사

근력: 100

체력: 300

내성: 100

민첩: 200

마력: 300

마력 내성: 300

기능: 연성, 마력 조작, 위산 강화, 전기 두르기, 언어 이해

"······이게 뭐꼬."

평소처럼 놀란 나머지 사투리로 중얼거린 하지메. 모든 스테이터스가 급증한데다 기능도 세 개나 늘었다. 그런데다 레벨이 아직 8밖에 안 된다. 레벨은 그 사람의 도달도를 나타낸다는 것을 고려한다면 아무래도 하지메의 성장 한계도 오른 모양이다.

"마력 조작?"

문자 그대로 마력을 조작할 수 있다는 뜻일까.

하지메는 아까부터 느끼던 이상한 느낌이 마력일까 싶어서 의식을 집중해『마력 조작』이라는 걸 시도해봤다.

하지메가 집중하기 시작하자 검붉은 선이 어렴풋이 붉거졌다. 그리고 몸 전체에 느껴지는 느낌을 오른손에 집중했다. 그러자 천천히 어색하면서도 기묘한 느낌, 아니 마력이 이동하기 시작했다.

"오, 오, 오오?"

말로 표현하기 어려운 느낌에 절로 소리를 냈다. 시도해보니 모였던 마력이 오른손 장갑에 그려진 연성 마법진에 담기기 시작했다. 깜짝 놀란 하지메가 연성을 시도하자 곧장 지면이 솟아올랐다.

"진짜? 영창도 필요 없다는 거야? 마력은 직접 다룰 순 없

다는 게 원칙일 텐데. 예외가 있다면 마물. ……역시 마물의 고기를 먹은 탓에 그 특성을 손에 넣은 걸까?"

정답이었다. 하지메는 분명 마물의 특성을 습득했다. 그는 다음에 『전기 두르기』를 시도했다.

"음…… 어떡하면 되는 거지? 『전기 두르기』라는 건 전기를 말하는 거겠지? 그건가? 두 꼬리 늑대의 꼬리……."

이것저것 시도해봤지만 아무런 변화가 없었다. 마력처럼 느껴지는 게 아닌 데다 단서도 없어 어떻게 하면 좋을지 알 수 없었다. 고민하던 하지메는 연성할 때 이미지가 중요하다는 사실을 떠올렸다. 마법진에 많은 술식을 적지 않아도 명확한 이미지가 그대로 가공물에 전해지는 것이다.

하지메는 파직파직 튀는 정전기를 떠올렸다. 그러자 오른손가락 끝에서 붉은 전기가 파지직 튀었다.

"오~, 됐다. ……그렇군, 마물의 고유 마법은 이미지가 중요한 거였어. 그보다 마력의 빛도 빨강…… 아니, 선홍색으로 변했는데."

그 후에도 파지직 방전을 되풀이했다. 하지만 두 꼬리 늑대처럼 날리지는 못했다. 아무래도 『전기 두르기』인만큼 몸에 두르거나 통하게 하는 정도밖에 할 수 없었다. 전류의 양이나 전압을 조절하는 건 연습이 필요했다.

『위산 강화』는 문자 그대로일 것이다. 마물의 고기를 먹고서 다시 그 통증을 느끼는 건 사양하고 싶었다. 하지만 미궁에 먹을 것이 있을 리 없었다. 배고픔을 선택해야 하는가, 고통을 선택해야 하는가. 어쩌면 그 궁극의 선택을 이 기능이 해결해주지 않을까 기대해봤다.

두 꼬리 늑대에게서 살점을 벗겨내 『전기 두르기』로 구웠다. 이제 배고픔이 사라진 뒤라 일부러 날것을 먹을 필요도 없었다. 강렬한 악취가 났지만 참고서 노릇노릇하게 구웠다.

그리고 마음을 굳힌 뒤 입에 넣었다.

10초…… 1분…… 10분……. 아무 일도 일어나지 않았다. 하지메는 계속해서 고기를 구워 다시 먹어보았다. 하지만 별다른 통증은 오지 않았다. 『위산 강화』 덕분인지, 그게 아니면 내성이 생긴 건지. 이유는 알 수 없지만 기뻤다. 이걸로 밥을 먹을 때마다 지옥을 맛보지 않아도 된다.

배불리 고기를 먹은 하지메는 거점으로 돌아가기로 했다. 그 발톱 곰에게 이길 가능성이 생겼으니 잠시 새로운 힘을 연습하는 데 전념하기로 했다.

다른 두 꼬리 늑대에게서 고기를 잘라냈는데 처음에 비하면 상당히 편하게 잘라낼 수 있었다. 돌로 만든 용기에 어느 정도 고기를 담은 하지메는 신중하게 신결정이 있는 거점으로 돌아갔다.

하지메가 거점으로 돌아와 연성과 다른 기능의 단련을 시작하고서 며칠이 지났다.

모든 기능이 순조롭게 성장했다. 그중에서도 연성에 변화가 있었다. 무려 파생 기능이 붙은 것이다. 그건 『광물계 감정』이었다. 왕도의 왕국 직속 대장장이들 중에서도 상위의 인물만 갖고 있다는 기능이다.

일반적으로 감정계 마법은 공격계보다 많은 술식을 적어야 하기 때문에 필연적으로 한정된 시설에서 커다란 마법진을 기동해야만 한다. 하지만 이 기능을 가진 사람은 만지기만 하면 간단한 영창과 마법진만으로 모든 광물을 해석할 수 있었다. 잠재적인 기능이 아니라 오랜 세월 연성에 숙달한 자만이 습득하는 특수한 파생 기능이다.

하지메는 주변 광물을 모조리 조사하기로 했다. 예를 들어 녹광석에 『광물계 감정』을 사용하면 스테이터스 플레이트에 이렇게 표시되었다.

녹광석

마력을 흡수하는 성질을 가진 광석. 마력이 고이면 옅은 녹색 빛을 뿜는다.

또한 마력을 모아둔 상태에서 갈라지면 모았던 만큼의 빛을 단번에 방출한다.

정말이지 간결한 설명이지만 충분히 고마운 정보였다. 하지메는 짓궂은 생각이 떠오른 것처럼 씩 웃었다. 그 뒤로 도움이 될법한 광물을 찾아 돌아다닌 결과, 드디어 하지메의 파트너이자 비장의 카드가 될 무기를 만드는데 필요한 광물을 발견했다.

연소석

가연성 광석. 불을 붙이면 구성 성분을 연료로 연소한다. 연소를 계속하면 점차 작아지며 결국 전부 불타버린다. 밀폐된 곳에서 다량의 연소석을 단번에 불태우면 폭발할 가능성이 있으며 그 위력은 양과 압축률에 따라 상위 불 속성 마법에 필적한다.

하지메는 이 설명을 보고 뇌리에 전류가 흐른 것 같았다.

연소석은 지구에서 말하는 화약의 역할을 할 수 있지 않을까? 그렇다면 공격에 도움이 안 되는 연성으로 최대한의 공격력을 만들 수 있을지도 모른다.

하지메는 흥분했다. 제작하는 건 상당한 노력과 시행착오가 필요하겠지만, 그래도 지금까지 자신을 몇 번이고 구해준 연성에 드디어 공격 수단이 더해질지도 모른다는 사실이 참을 수 없이 기뻤다.

그래서 먹고 자는 것도 잊고서 오로지 연성 숙달에 시간을 들였다. 그렇게 몇 천 번의 실패를 거친 하지메는 드디어 어떤 물건을 만드는 데 성공했다.

음속을 넘는 속도로 최단 거리를 돌파해 엄청난 위력으로 목표를 격파하는 현대 병기.

　길이 약 35센티미터, 이 주변에서 최고의 경도와 인성(靭性)을 가진 타우르 광석을 사용한 육연발 회전식 탄창. 직사각형 모양의 배럴. 탄환도 타우르 광석으로 안에는 분말 형태의 연소석(연소 가루)을 압축해서 넣어뒀다.

　즉, 대형 리볼버식 권총이었다. 게다가 탄환은 연소석의 폭발력뿐만 아니라 하지메의 고유 마법 『전기 두르기』로 전자가속되기 때문에 소형 레일건이나 마찬가지였다. 그 위력은 최대 대전차 라이플을 가볍게 능가하는 수준으로 하지메는 그 총에 돈나라는 이름을 붙였다. 어쩐지 파트너에겐 이름이 필요하다고 여겼기 때문이다.

　"⋯⋯이거면 그 괴물도⋯⋯ 탈출도⋯⋯ 할 수 있어!"

　하지메는 돈나 외에도 현대 무기를 참고하여 만든 병기를 눈앞에 늘어놓고 어슴푸레 웃었다.

　검과 방어구를 잘 만들 뿐인, 그런 흔해빠진 천직 『연성사』의 기능 『연성』이 검과 마법의 세계에 병기를 만들어낸 순간이었다.

━━━━━━━━━

　타우르 광석

　검은색으로 단단한 광석. 경도 8, 인성 8(10단계 평가에서 10이 최고). 충격과 열에 강하지만 냉기엔 약하다. 차가워지면

쉽게 부서지지만 열을 가하면 다시 결합한다.

======

"음, 음…… 토끼 고기도 맛없는 건 똑같구나."

병기를 생산하고 며칠 후. 하지메는 거점에서 토끼 고기를 열심히 먹었다. 그렇다. 발차기 토끼의 고기였다. 과거 자신을 깔보며 비웃던 발차기의 달인은 이제 식량에 불과했다. 토끼라는 점에서 조금은 더 맛있지 않을까 기대했지만 결국 마물의 고기. 평범하게 맛이 없었다.

그래도 한 마리 통째로 전부 먹어치웠다. 『위산 강화』를 손에 넣은 뒤로 먹으려고 한다면 언제든지 먹을 수 있을 것 같았다. 특히 고유 마법을 사용하면 무척이나 배가 고파졌다. 당연히 이 발차기 토끼를 잡았을 때도 사용했기 때문에 수지타산은 영 좋지 않다고 할 수 있다.

신수가 있으면 죽지는 않아도 고유 마법을 지나치게 사용하면 다시 배고파지기 때문에 잘 생각해서 사용해야만 한다.

참고로 발차기 토끼는 함정을 만들어 쓰러뜨렸다. 시작 지점이었던 지하수에서 물을 길어와 발차기 토끼를 유인, 엄청난 속도로 달려오는 발차기 토끼가 미리 뿌려둔 물 위를 지나는 순간 『전기 두르기』의 최대 출력으로 감전시켰다. 예상대로 온몸에서 연기를 뿜으면서도 돌진해 왔기에 『전기 두르기』로 느려진 틈을 노려 정면에서 돈나를 쏘았다.

전자로 가속된 초속 3.2킬로미터의 탄환은 피할 수 없었는지 머리가 산산이 부서져 죽어버렸다. 돈나의 위력은 상상 이상으로 엄청났다.

"그럼 처음으로 발차기 토끼를 먹어봤는데…… 스테이터스는……."

나구모 하지메   17세   남자   레벨: 12

천직: 연성사

근력: 200

체력: 300

내성: 200

민첩: 400

마력: 350

마력 내성: 350

기능: 연성[+광물계 감정][+정밀 연성][+광물계 탐사], 마력 조작, 위산 강화, 전기 두르기, 천보[+공력][+축지], 언어 이해

역시 마물의 고기를 먹으면 스테이터스가 올랐다. 두 꼬리 늑대로는 거의 오르지 않았던 것을 고려하면 먹어본 적이 없는 마물을 먹을수록 크게 상승하는 모양이었다.

서둘러 『천보』라는 것을 조사했다. 먼저 제일 처음에 떠오른 이미지는 발차기 토끼의 그 돌진이었다. 초점 속도가 따라가

지 못해 몸이 어긋나 보일 정도의 속도. 천보 옆에 [+축지]라고 적힌 것이 그 기능이 아닐까 짐작했다. 축지라면 지구에서도 유명한 고속 이동을 말한다.

하지메는 발밑이 폭발하는 이미지를 떠올리며 단번에 파고들어봤다. 몸 안의 마력이 순식간에 발밑에 모였다. 발 디뎠던 곳이 움푹 함몰되더니…… 그대로 날아간 하지메는 벽에 얼굴을 부딪혔다.

"아야?! 조, 조절하기 어렵잖아……."

하지만 성공은 성공이다. 계속 단련한다면 발차기 토끼처럼 움직일 수 있게 될 것이다. 총과 조합하면 더욱 강력한 무기가 되리라.

다음은 [+공력]이다. 하지만 이건 쉽게 발동하지 않았다. 이름만으로는 어떤 기능인지 알기 어려웠다. 이것저것 시도하는 동안 발차기 토끼가 공중을 발판 삼았던 것을 떠올렸다. 하지메는 발을 디딜 공중에 투명한 실드를 떠올린 뒤 앞을 향해 뛰었다.

땅에 얼굴을 부딪혔다.

"크오오오오?!"

오른손으로 얼굴을 잡으며 데굴데굴 지면을 굴렀다. 한동안 몸부림치다 아픔이 가실 때쯤 뚱한 표정으로 신수를 마셨다.

"……뭐, 일단 되긴 됐네……."

앞으로 도약해 얼굴부터 떨어진 원인은 어중간하게 발판이 생긴 탓이었다. 즉 발이 미끄러져 넘어진 것이다. 아무래도 [+

공력]은 공중에 발판을 만드는 고유 마법이 맞는 듯했다. 어쩐지 한 번에 두 개의 고유 마법을 손에 넣은 기분이었지만 사실은 천보라는 고유 마법의 파생 기능이었다.

하지메는 이득을 본 기분으로 단련을 시작했다. 목표는 발톱 곰. 아마도 원거리에서 총을 쏘면 정리할 수 있겠지만 만약을 위해 단련해두기로 했다. 그 괴물보다 강한 마물이 훌쩍 나타날 가능성도 부정할 수 없었다. 미궁에선 방심한 자부터 죽는다. 발톱 곰을 쓰러뜨리면 이 계층에서 탈출할 곳을 찾아야만 한다.

하지메는 다시금 기합을 넣었다.

모습을 숨긴 채 고속으로 미궁 통로를 이동하는 그림자가 있었다.

하지메였다. 『천보』를 완벽하게 마스터한 그는 『축지』로 지면과 벽, 때로는 『공력』으로 발판을 만들어 고속 이동을 되풀이하며 숙적인 발톱 곰을 찾아다녔다.

원래라면 탈출할 곳을 찾는 것이 먼저지만 하지메는 반드시 발톱 곰을 죽이고 싶었다. 자신의 마음을 한번 부쉈던 괴물을 앞에 두고 자신이 제대로 싸울 수 있는지 시도하지 않을 수 없었다.

"크르아아!"

도중에 두 꼬리 늑대의 무리를 만나 한 마리가 뛰어들었다. 하지메는 냉정하게 그 자리에서 공중제비를 돌며 연성으로 만든 철사를 사용해 오른쪽 허벅지에 고정했던 돈나를 뽑아 쏘았다.

투쾅!

연소 가루의 메마른 파열음이 울리며 『전기 두르기』를 이용해 전자 가속시킨 탄환이 처음에 나타난 한 마리의 머리를 터뜨렸다.

그대로 공중에서 『공력』을 사용해 다시 한번 도약하여 달려드는 두 꼬리 늑대를 향해 연속으로 발포했다. 모두 명중하지는 않았지만 어떻게든 모든 탄을 소비하기 전에 전부 처리할 수 있었다.

하지메는 팔꿈치 아래가 없는 왼팔 옆구리에 돈나를 끼고 재빨리 장전했다. 그리고 두 꼬리 늑대의 시체를 거들떠보지도 않고 다시 달리기 시작했다.

한동안 그렇게 만나는 발차기 토끼와 두 꼬리 늑대를 순식간에 처리하고서야 간신히 숙적의 모습을 발견했다.

발톱 곰은 마침 식사중인 모양이었다. 발차기 토끼로 보이는 마물을 뜯고 있었다. 그 모습을 확인한 하지메는 씩 웃으며 침착하게 걸었다.

발톱 곰은 이 계층에선 최강이었다. 주인이라 해도 되리라. 두 꼬리 늑대와 발차기 토끼는 수없이 서식했지만 발톱 곰만큼은 이 한 마리밖에 없었다. 따라서 발톱 곰은 이 계층에서 무적이었다. 그것을 이해하는 다른 마물은 발톱 곰과 조우하지 않도록 각별히 주의하며 조우하게 된 경우엔 재빨리 도망

치는 쪽을 선택했다. 저항조차 하지 않았다. 하물며 스스로
덤빈다는 건 있을 수 없는 일이었다.

하지만 지금 그 있을 수 없는 일이 눈앞에서 벌어졌다. "야,
발톱 곰. 오랜만이네. 내 팔은 맛있었냐?"

발톱 곰은 그 날카로운 눈을 가늘게 떴다. 눈앞의 생물은
뭐지? 어째서 자신을 앞에 두고 등을 돌리지 않지? 어째서
공포로 몸을 움츠리고 그 눈동자에 절망의 빛을 떠올리지 않
지? 발톱 곰은 이전까지 경험해보지 못한 사태에 당황했다.

"복수전이다. 먼저 내가 사냥감이 아니라 적이라는 걸 이해
하게 해주지."

그렇게 말한 하지메는 돈나를 뽑아 발톱 곰을 향해 똑바로
총구를 겨눴다. 하지메는 총을 들며 자신의 마음에 물었다.
「무섭나?」라고. 대답은 「아니」였다. 절망에 눈앞이 캄캄해지는
일도, 공포에 다리가 풀려 덜덜 떨지도 않았다. 지금 있는 것
은 오직 순수한 생존을 향한 갈망과 적에 대한 살의.

하지메의 입가가 자연스럽게 올라가며 사나운 미소를 만들
었다.

"잡아먹어주지."

하지메는 그 선언과 동시에 돈나를 쏘았다. 투쾅! 그렇게 작
렬하는 소리가 나며 초속 3.2킬로미터의 타우르 광석 탄환이
발톱 곰을 향해 날아갔다.

"크르르르?!"

발톱 곰은 넘어지는 것처럼 지면에 몸을 던져 피했다.

탄환을 눈으로 확인하고 피한 것이 아니라, 발포되는 것보다 아주 약간 피하는 것이 먼저였던 것뿐이다. 아마도 하지메의 살기에 반응한 것이리라. 역시나 계층 최강의 주인답게 2미터를 넘는 거구에 어울리지 않는 반응 속도였다.

하지만 완전히 피한 것은 아니었다. 어깨의 일부가 파여 하얀 모피를 선혈로 더럽혔다.

발톱 곰의 눈동자에 분노가 감돌았다. 아무래도 하지메를 『적』으로 인식한 것 같았다.

"크르아아아!"

포효를 지르며 엄청난 속도로 돌진했다. 2미터의 거구가 두껍고 긴 팔을 벌린 채 땅을 울리며 육박하는 모습은 무척이나 박력이 있었다.

"하하! 그래! 난 적이야! 그저 사냥당할 뿐인 먹잇감이 아니라고!"

하지메는 발톱 곰에게 엄청난 압박을 받으면서도 당당한 미소를 잃지 않았다.

여기가 터닝 포인트다. 자신의 왼팔을 먹히고 마음이 무너져 변심하는 계기가 된 마물을 쓰러뜨린다. 지금부터 앞으로 나아가기 위해 필요한 의식. 그럴 수 없다면 분명 자신의 마음은 『타협』하는 것을 인정하고 만다. 하지메는 그렇게 확신했다.

돌진해오는 발톱 곰에게 다시 돈나를 발포했다. 엄청난 속도의 탄환이 발톱 곰의 미간을 향해 날아갔지만 발톱 곰은 돌진하다 옆으로 텀블링해 그것을 피했다. 정말이지 거구에 어울리지 않는 반응 속도였다.

자신의 간격까지 돌진한 발톱 곰은 돌진력을 이용해 그대로 팔을 휘둘렀다. 고유 마법이 발동했는지 세 개의 발톱은 약간 일그러져 보였다.

하지메의 뇌리에 그 발톱을 피했음에도 절단된 발차기 토끼의 모습이 떠올랐다. 하지메는 아슬아슬하게 피하는 게 아니라 전력을 다해 뒤로 뛰었다.

"흡!"

그 순간 방금 전까지 하지메가 있던 곳을 굉장한 바람과 함께 발톱이 지나갔다. 동시에 하지메가 약간의 호흡을 내뱉었다. 내려다보니 가슴 부근이 얕게 긁혀 피가 나오고 있었다. 완전히 피하지 못한 모양이다. 신체 능력이 폭발적으로 올랐어도 아직 반응이 따라가지 못했다.

발톱 곰이 사냥감을 처리하지 못한 것에 짜증난 것처럼 포효를 지르며 쉴 새 없이 다시 공격했다.

"칫, 빠르네!"

자신도 모르게 투덜거린 하지메에게 바람의 칼날이 쇄도했다. 순식간에 『공력』을 사용해 공중으로 도망치며 세 번째 발포를 했지만 발톱 곰은 관성을 무시한 몸놀림으로 붉은 섬광을 피했다. 지면에 깊은 발톱 자국이 남은 걸 보면 아마도 바람의 발톱을 이용해 일반적인 짐승 이상의 민첩성을 발휘하는 모양이었다.

"크르아아아아!"

발톱 곰이 포효함과 동시에 공중에 있던 하지메를 향해 두 팔을 십자로 교차하듯 휘둘렀다. 순간 하지메의 안에서 경종이 시끄럽게 울렸다. 하지메는 그것을 의식할 틈도 없이 서둘러『공력』과『축지』를 동시에 발동해 그 자리에서 물러났다.

그 순간 하지메의 허벅지에 약간의 바람을 느꼈다. 동시에 커다란 파열음과 함께 하지메의 등 뒤의 벽이 여섯 개의 격자 모양으로 갈라졌다.

"큭, 젠장. 그걸 날린 거야?!"

하지메가 신음하며 지면으로 떨어졌다. 제대로 착지할 수 없어 지면 위로 떨어졌지만 곧바로 일어나려 몸을 일으켰다. 하지만 허벅지에 느껴진 통증에 살짝 비틀거렸다. 아무래도 발톱 곰은 바람의 발톱을 날릴 수도 있는 모양이다.

하지메는 표정을 찡그리면서도 서둘러 돈나의 방아쇠를 당겼다. 떨어진 직후엔 이미 발톱 곰이 자신을 향해 달려오고 있었기 때문이다. 두 번 연속으로 격발되는 소리가 울렸지만 머리와 몸을 노리고 쏜 탄환은 치명상을 주지 못했다. 그러나 발톱 곰도 전부 피하지 못했는지 옆구리와 얼굴 옆에 충격을 받아 돌진하던 방향이 틀어졌고 바람의 발톱도 사용하지 못했다.

그래도 커다란 몸이 탄환처럼 돌진해온다는 사실에는 변함이 없었다. 다리에 상처를 입어 움직임이 둔해진 하지메는 발톱 곰의 몸통 박치기를 피하지 못하고 그대로 트럭에 치인 것처럼 뒤로 날아갔다.

"크헉?!"

하지메는 폐 안의 공기를 강제적으로 토해내면서도 입가는 사납게 일그러졌다.

돈나의 장전 수는 여섯 발이며 이미 다섯 발을 사용한 지금은 한 발밖에 남지 않았다. 발톱 곰이 장전할 시간을 줄 리 없고 돈나의 강한 공격력이 없다면 하지메의 능력으로 발톱 곰에게 이길 방법이 없었다. 다섯 번의 총성은 죽음으로의 카운트다운이기도 했다. 하지만 그래도 하지메는 웃었다. 자신의 승리와 발톱 곰의 패배를 뇌리에 그리며……

하지메는 다시 지면으로 떨어지면서도 돈나를 공중으로 던졌다. 그와 동시에 품안에서 무언가를 꺼내 피를 흘리는 발톱 곰에게로 던졌다.

"내가 자랑하는 물건이다. 잘 봐달라고."

하지메의 중얼거림이 들리자 그것을 이해한 것도 아닐 테지만 발톱 곰은 발밑에 달그락 소리를 내며 굴러온 물건으로 시선을 돌렸다. 그곳에 직경 5센티미터 정도되는 진한 녹색의 공 모양을 한 물체가 있었다. 발톱 곰이 그것을 인식한 순간 그 물체에서 강렬한 빛이 쏘아졌다.

하지메가 만든 『섬광 수류탄』이었다.

원리는 단순하다. 녹광석에 마력을 한계까지 담아 빛이 나오지 않도록 표면을 얇게 코팅한다. 그리고 중심에 연소 가루를 압축하여 넣은 뒤 중심에서 표면까지 도화선처럼 연소 가루를 연결한다.

나머진 『전기 두르기』를 사용해 겉으로 나온 연소 가루에 불을 붙이면 압축되지 않은 부분이 천천히 타올라 중심부에 도달하여 폭발. 한계까지 빛을 모았던 녹광석이 부서지며 강렬한 빛을 내는 방식이다. 참고로 불을 붙인 뒤 폭발이 일어날 때까지 3초 정도 걸리도록 조절해뒀다. 고생한 만큼 자랑할 만한 물건이 됐다.

당연히 그런 병기를 모르는 발톱 곰은 그 섬광을 정면에서 보게 되어 일시적으로 시야를 잃었고 두 팔을 엉망으로 휘둘러 발버둥 치며 포효를 질렀다. 아무것도 보이지 않는 이상한 사태에 패닉에 빠진 것이다.

그 틈을 놓칠 하지메가 아니었다. 빙글빙글 돌며 떨어지는 돈나를 잡은 뒤 곧바로 발포했다. 전자 가속을 이용한 엄청난 위력의 탄환이 날뛰는 발톱 곰의 왼쪽 어깨에 명중해 왼팔을 통째로 날려버렸다.

"크르아아아아아아아!"

발톱 곰은 살면서 한 번도 느껴본 적 없는 격렬한 통증에 처참한 비명을 질렀다. 그 어깨에서 대량의 피가 분수처럼 뿜어졌다. 날아가 버린 왼팔이 공중을 빙글빙글 돌다가 힘이 다한 것처럼 땅으로 툭 떨어졌다.

"이거 우연치곤 대단한데."

하지메는 왼팔을 노릴 생각이 없었다. 총을 다루는 실력이 아직은 그렇게 좋지 않았다. 직진으로 돌진해오는 적이나 몇 번이고 상대해본 적 있는 두 꼬리 늑대 등, 그 움직임을 알고 있지 않으면 날뛰는 대상을 정확하게 맞추는 건 무리였다. 그러므로 자신과 똑같이 왼팔을 빼앗은 것은 순전히 우연이었다.

하지메는 고통과 아직까지 회복되지 않은 시야 때문에 날뛰는 발톱 곰을 주시하며 돈나를 왼팔 옆구리에 끼고서 재장전한 뒤 다시 발포했다.

발톱 곰은 혼란스러워하면서도 야생의 감으로 살기에 반응하고 옆으로 뛰어서 피했다. 하지메의 살기야말로 발톱 곰이 지금껏 레일건을 회피할 수 있었던 주요 원인이었다. 그 사실을 알게 된 하지메는 눈을 가늘게 뜨고 『축지』로 발톱 곰을 지나쳐 그 뒤에 떨어진 왼팔까지 다가갔다.

그리고 조금 회복한 건지 강렬한 분노가 깃든 눈동자로 이쪽을 노려보는 발톱 곰에게 보여주려는 것처럼 왼팔을 들어 천천히 물었다. 마물을 먹게 된 이후로 유난히 강해진 턱 힘을 사용해 고기를 뜯고 씹었다. 예전에 발톱 곰이 그랬던 것처럼 눈앞에서 자신의 팔이 먹히는 악몽을 재현했다.

"얌, 우물, 여전히 맛없네. ……그런데 어째서 다른 고기보다 맛있게 느껴지는 거지?"

하지메는 그런 말을 하고 이쪽을 경계하며 웅크린 발톱 곰을 흘겨봤다. 발톱 곰은 움직이지 않았다. 그 눈동자에 공포의 기색은 없었지만 자신의 육체 일부를 먹히는 상황과 완전히 회복되지 않은 시력 때문에 섣불리 움직일 수 없었다.

하지메는 그런 상황을 이용해 식사를 계속했고 마침내 이변이 찾아왔다. 처음으로 마물 고기를 먹었을 때처럼 격렬한 통증과 맥동이 시작된 것이다.

"큭?!"

서둘러 신수를 마신 하지메. 그때만큼 격렬한 통증은 아니었지만 서 있을 수 없어 한쪽 무릎을 꿇고 얼굴을 찡그렸다. 아무래도 발톱 곰이 두 꼬리 늑대나 발차기 토끼보다 각별하기 때문에 받아들이는 힘이 큰 통증을 유발했다.

하지만 그런 사정은 발톱 곰에겐 관계없었다. 기회라고 생각했는지 으르렁대며 돌진했다. 웅크린 하지메는 움직이지 않았고 이대로 발톱 곰에게 유린되어 예전 일이 반복되는가 싶었던 순간, 하지메의 입가가 씩 갈라졌다.

동시에 오른손을 슥 지면에 가져가서 그 손에 전기를 둘렀다. 최대 위력으로 쏘아진 『전기 두르기』는 지면의 액체를 통해 그곳에 발을 디딘 발톱 곰을 덮쳤다.

지면의 액체란 발톱 곰이 흘린 피였다. 분수처럼 쏟아진 피바다. 하지메는 피가 쏟아지는 발톱 곰의 왼팔을 난폭하게 들어 흩뿌린 뒤, 자신이 있는 곳과 피가 고인 곳을 연결해뒀던 것이다.

폼이나 호기심으로 전투 중에 식사를 한 게 아니였다. 발톱 곰을 먹은 후 통증이 올 줄은 몰랐지만 처음부터 함정을 깔아둘 생각이었다. 일부러 눈앞에서 먹는 것으로 분노를 유발해 똑바로 돌진하게 만들기 위해서였다. 다소 예정은 틀어졌지만 결과적으론 잘 풀렸다.

자신이 흘린 피 웅덩이에 발톱 곰이 들어선 순간, 강렬한 전류와 전압이 순식간에 그 육체를 유린했다. 모든 신경 마디마디에 침투해서 살점을 태웠다. 최대 위력이라 해도 하지메가 습득한 고유 마법은 원래 마물이 가진 능력에는 미치지 못했다. 두 꼬리 늑대처럼 전격을 날릴 수도 없고 출력도 절반 정도였지만 그래도 잠시 동안 행동을 못하게 만들기엔 충분했다.

"크르르르르."

발톱 곰은 낮게 신음하고 자신의 피 웅덩이에 털썩 소리를 내며 무릎을 꿇었다. 네 발로 기면서도 그 눈빛은 아직까지 날카로운 살기를 담아 하지메를 노려보았다.

하지메는 똑바로 그 눈동자를 노려보며 통증을 참고 천천히 일어났다. 그리고 발톱 곰에게 다가가서 홀스터에 꽂아뒀던 돈나를 뽑아 그 머리에 총구를 댔다.

"내 식량이 돼라."

그 말과 함께 방아쇠를 당겼다. 쏘아진 탄환은 주인의 의지를 충실히 실행해 발톱 곰의 머리를 분쇄했다.

미궁 안에 총성이 메아리쳤다.

발톱 곰은 끝까지 하지메에게서 눈을 떼지 않았고 하지메 또한 눈을 피하지 않았다.

상상했던 것처럼 기분 좋지 않았지만 허무하지도 않았다. 그저 할 일을 했을 뿐이다. 살기 위해, 이 영역에서 생존 권리를 획득하기 위해.

하지메는 눈을 감고 자신의 마음과 대면했다. 그리고 앞으

로도 이렇게 살아갈 것을 결심했다. 싸움은 좋아하지 않는다. 아픈 것도 피하고 싶다. 배불리 밥을 먹고 싶다.

그리고…… 살고 싶다.

불합리한 것을 없애고 적대하는 자는 용서하지 않겠다. 살아남기 위해서라면—.

그렇게 살아남아…… 그리고…… 고향으로 돌아가고 싶다. 그렇게 마음 깊은 곳이 호소했다.

"그래. 돌아가고 싶어……. 다른 건 아무래도 좋아. 난 내 방식으로 돌아갈 거다. 바라는 바를 이룰 거다. 방해하는 자는 누구든, 그 어떤 존재든……."

눈을 뜬 하지메는 입가를 들어 올리며 대담하게 웃었다.

" 죽여주겠어. "

나구모 하지메   17세   남자   레벨: 17

천직: 연성사

근력: 300

체력: 400

내성: 300

민첩: 450

마력: 400

마력 내성: 400

기능: 연성[+광물계 감정][+정밀 연성][+광물계 탐사], 마력

조작, 위산 강화, 전기 두르기, 천보[+공력][+축지], 바람의 손톱, 언어 이해

시간을 조금 거슬러 올라…….

하일리히 왕국의 궁궐 안. 소환된 사람들에게 주어진 방에서 야에가시 시즈쿠는 어둡고 침울한 표정으로 아직까지 눈을 뜨지 않는 친구를 보았다.

그날 미궁에서 사투와 상실을 맛본 날부터 이미 닷새가 지났다.

그 후 일행은 여관 마을 호르아드에서 하룻밤을 보낸 뒤, 다음 날 아침에 빠른 마차를 타고 왕국으로 돌아왔다. 도저히 미궁 안에서 실전 훈련을 계속할 분위기가 아니었던 데다 무능하다는 취급을 받긴 했어도 용사의 동포가 죽은 이상, 국왕과 교회에 보고할 필요가 있었다.

그리고 엄격하긴 하지만 이런 곳에서 좌절하고 있을 순 없다는 기사단 측의 의도도 있었다. 치명적인 장해가 발생하기 전에 용사 일행을 케어할 필요가 있다고 판단한 것이다.

시즈쿠는 왕국으로 돌아온 뒤의 일을 떠올렸다. 카오리가 빨리 일어났으면 좋겠다고 생각하면서도 동시에 잠들어 있는 편이 좋다고도 생각했다.

학생의 사망이 전해졌을 때, 왕국 측의 인간 모두가 경악했다. 하지만 그것이 『무능』한 하지메라는 것이 알려지자 안도의

한숨을 쉬었다.

국왕과 이슈타르조차 마찬가지였다. 강력한 힘을 가진 용사 일행이 미궁에서 죽는다는 건 있어선 안 될 일. 미궁에서 살아 돌아오지도 못하는 자가 마인족에게 이길 수 있을까, 라는 불안감이 퍼지면 곤란하다. 신의 사도인 용사 일행은 무적이어야만 하기 때문이다.

하지만 국왕과 이슈타르는 분별이 있는 편이었다. 개중에는 하지메를 매도하며 악담을 퍼붓는 자도 있었다.

물론 공적인 자리에서 발언한 것이 아니라 뒤에서 몰래 귀족끼리 세상사를 이야기한 것이긴 했다. 죽은 게 무능이라서 잘 됐다느니, 신의 사도면서 도움이 되지 않으니 죽어 마땅하다느니, 정말이지 제멋대로 헐뜯었다. 마치 죽은 자의 무덤에 침을 뱉는 행위와 같아서 격분한 시즈쿠는 몇 번이고 손이 나갈 것 같았다.

실제로 정의감이 강한 코우키가 먼저 화를 내지 않았더라면 달려들어도 이상하지 않았다. 코우키가 격렬하게 항의하자 국왕과 교회도 나쁜 인상을 심어주어선 안 된다고 판단했는지 하지메를 모욕한 사람들에게 처분을 내렸지만…….

반대로 코우키는 무능한 녀석에게도 마음을 써주는 자상한 용사라는 소문이 돌았다. 결국 코우키의 주가가 오를 뿐 하지메는 용사를 번거롭게 할 뿐인 무능한 녀석이라는 평가였다.

그때 자신들을 구한 것은 용사의 공격이 전혀 통하지 않는 괴물을 혼자서 막아냈던 하지메였는데도……. 그런 그를 죽음으로 몰아넣은 것은 같은 반 아이들 중 누군가가 쏜 **오발**이었는데……

반 아이들은 짜기라도 한 것처럼 그때의 **오폭**에 대한 이야기를 하지 않았다. 자신의 마법은 파악하고 있을 테지만 그때는 무수히 많은 마법을 폭풍처럼 쏟았기 때문에『만에 하나라도 그것이 자신의 마법이면』어쩌나 싶어 도저히 이야기를 꺼낼 수 없었다. 그것은 자신이 살인자가 될 수도 있기 때문이다.

그 결과 현실에서 도피하려는 것처럼 그것은 하지메가 **스스로** 실수를 저지른 탓이라고 생각하게 된 모양이었다. 죽은 자에게 입은 없다. 함부로 범인을 찾는 것보다 하지메의 자업자득으로 삼는 편이 모두가 고민하지 않고 넘어갈 수 있었다. 반 아이들의 의견은 의사소통을 하지 않고서도 일치했다.

멜드 단장은 그때의 경위를 밝히기 위해 학생들의 이야기를 들을 필요가 있다고 생각했다. 학생들처럼 현실에서 도망쳐 단순한 오발 사고로 여기기엔 받아들이기 힘든 점이 있었다. 설령 실수라 하더라도 확실히 밝힌 뒤에 심리적인 치료를 하는 편이 학생들을 위한 길이라고 확신했기 때문이다.

이런 건 어물쩍 넘어갔다간 나중에 문제가 되는 법이고 무엇보다 멜드 단장 자신이 확실히 밝히고 싶었다. 『구해준다』고 말해놓고선 하지메를 구하지 못한 것으로 가슴이 아픈 건 멜드 단장도 마찬가지였기 때문이다.

하지만 멜드 단장이 그것을 행동으로 옮기는 일은 없었다.

이슈타르가 학생들에게 그 일에 대해서 물어보는 것을 금지했기 때문이다. 멜드 단장은 물고 늘어졌지만 국왕마저 금지하고 나섰으니 참을 수밖에 없었다.

"네가 안다면…… 화내겠지?"

시즈쿠는 그날 이후로 한 번도 눈을 뜨지 않는 카오리의 손을 잡고서 그렇게 중얼거렸다.

의사의 진단은 몸에는 이상이 없으며 아마도 정신적인 충격으로부터 마음을 지키기 위한 방어 조치로 깊은 잠에 빠졌을 거라고 했다. 따라서 시간이 지나면 자연스럽게 눈을 뜰 거라고……

시즈쿠는 카오리의 손을 잡으며 부디 이 이상 내 자상한 친구를 힘들게 하지 말아달라며 누군가에게 기도했다.

그때 갑자기 쥐었던 카오리의 손이 움찔 움직였다.

"카오리! 내 목소리 들려?! 카오리!"

시즈쿠가 필사적으로 불렀다. 그러자 닫혔던 카오리의 눈꺼풀이 바들바들 떨리기 시작했다. 시즈쿠는 계속해서 카오리의 이름을 불렀고 그 목소리에 반응한 건지 카오리의 손이 시즈쿠의 손을 꽉 쥐었다.

그리고 카오리는 천천히 눈을 떴다.

"카오리!"

시즈쿠는 침대에 몸을 내밀고 눈가에 눈물이 고인 얼굴로 카오리를 보았다. 카오리는 잠시 멍하니 초점이 잡히지 않은 눈동자로 주변을 둘러봤지만 이내 머리가 활동하기 시작했는지 자신을 바라보는 시즈쿠에 초점을 맞춰 이름을 불렀다.

"……시즈쿠?"

"그래, 맞아. 나야. 카오리, 몸은 어때? 어디 이상한 덴 없어?"

"으, 응. 괜찮아. 조금 나른하지만…… 지금 막 일어나서 그런 것 같고……."

"그러게, 벌써 닷새나 잠들었으니까. ……나른해질 만도 하지."

시즈쿠는 몸을 일으키려는 카오리를 도우며 쓴웃음을 지었다. 그녀에게서 얼마나 잠들었었는지를 전해들은 카오리가 되물었다.

"닷새? 그렇게나……? 어째서…… 난 분명 미궁에 갔다가…… 그러다……."

서서히 초점이 흐려지는 눈동자를 보고 위험하다고 판단한 시즈쿠가 서둘러 화제를 돌리려 했다. 하지만 카오리가 기억을 되찾는 것이 더 빨랐다.

"그래서…… 아………… 나구모는?"

"으, 그건."

시즈쿠는 괴로운 표정으로 어떻게 전해야 할지 고민했다. 그런 시즈쿠의 모습을 본 카오리는 자신의 기억에 있었던 비극이 현실이라는 것을 깨달았다. 하지만 그런 현실을 간단히 받아들일 정도로 카오리는 침착할 수 없었다.

"……거짓말, 이지? 그렇지? 시즈쿠. 내가 기절한 뒤에 나구모도 구해낸 거지? 응, 응? 그렇지? 여긴 성이잖아? 다 함께 돌아온 거지? 나구모는…… 훈련에 나간 거야? 훈련소에 있는 거지? 응……. 잠깐 다녀올게. 나구모한테 고맙다고 말해야지……. 그러니까 놔줘, 시즈쿠."

현실도피하려는 것처럼 계속해서 말을 흘려 하지메를 찾으러 가겠다는 카오리. 시즈쿠는 그런 그녀의 팔을 붙잡고 놓아주지 않았다.

시즈쿠는 비통한 표정을 떠올리면서도 결연하게 카오리를 바라보았다.

"……카오리. 알고 있지? ……여기에 걔는 없어."

"그만둬……."

"카오리가 기억하는 그대로야."

"그만해……."

"걔는, 나구모는……."

"싫어, 그만해…… 그만하라니까!"

"카오리! 걘 죽었어!"

"아니야! 죽지 않았어! 절대 그렇지 않아! 어째서 그런 심한 말을 하는 거야?! 아무리 너라도 용서하지 않을 거야!"

카오리는 고개를 흔들며 시즈쿠의 손에서 벗어나기 위해 날뛰었다. 시즈쿠는 절대로 놓지 않겠다는 듯 꼭 안아주었다. 그렇게 얼어붙은 카오리의 마음을 녹여주려 했다.

"놔줘! 놔달라고! 나구모를 찾으러 거야 해! 부탁이니까…… 분명 살아 있을 테니까…… 이것 좀 놔줘……."

어느새 카오리는 놔달라고 외치며 시즈쿠의 가슴에 얼굴을 묻고 울었다.

애원하듯 매달리며 목이 쉴 때까지 큰 소리로 울었다. 시즈쿠는 그저 자신의 친구를 안아줄 수밖에 없었다. 그렇게 하는 것으로 조금이라도 마음의 상처가 아물기를 바라면서…….

얼마나 시간이 흘렀을까, 창밖으로 보인 하늘이 저녁놀로 붉게 물들었다. 카오리는 코를 훌쩍이며 시즈쿠의 팔 안에서 몸을 살짝 움직였다. 시즈쿠는 걱정스러운 표정으로 카오리를 살폈다.

"카오리……."

"……시즈쿠, 나구모는…… 떨어진 거지? ……여기에 없는 거지?"

속삭이듯, 당장에라도 사라질 듯한 목소리로 카오리가 말했다. 시즈쿠는 속일 수 없었다. 속이고 달콤한 말을 속삭이면 일시적인 위안은 될 것이다. 하지만 그것은 나중에 돌이킬 수 없는 상처가 되어 돌아올 것이다. 이 이상 친구가 상처받는 모습을 보고 싶지 않았다.

"그래."

"그때 나구모는 우리가 쏜 마법에 맞을 뻔 했어. ……누구야?"

"모르겠어. 아무도 그때의 일을 꺼내지 않으려 하니까. 무서운 거지. 만약 자신일지도 모른다고 생각하면……."

"그렇구나."

"원망해?"

"……모르겠어. 만약 누구인지 알게 되면…… 분명 원망할 거야. 하지만 모른다면…… 그러는 편이 나을 거라고 생각해. 분명 참을 수 없을 테니까……."

"그래……."

카오리는 고개를 숙인 채 드문드문 이야기했다. 그렇게 새빨개진 눈을 슥슥 비비며 고개를 들더니 시즈쿠를 보고 단호하게 선언했다.

"시즈쿠. 난 믿지 않을 거야. 나구모는 살아 있어. 죽었다고 믿지 않을 거야."

"카오리, 그건……."

카오리의 말을 들은 시즈쿠는 다시 비통한 표정으로 무언가 말하려 했다. 하지만 카오리는 두 손으로 시즈쿠의 두 뺨을 감싸며 미소와 함께 말을 이었다.

"알고 있어. 거기서 떨어졌는데 살아 있다고 여기는 게 이상하다는 것쯤은. ……하지만 확인한 건 아니야. 가능성은 1퍼센트보다 낮지만, 확인하지 않았으니까 제로는 아니야. ……난 믿고 싶어."

"카오리……."

"난 더 강해질 거야. 그래서 이번엔 그런 상황에서도 지킬수 있도록 강해져서 내 눈으로 확인할 거야. 나구모를. ……시즈쿠."

"왜?"

"힘을 빌려줘."

"……."

시즈쿠는 가만히 자신을 바라보는 카오리와 눈을 마주쳤다. 카오리의 눈에는 광기나 현실도피의 기색은 보이지 않았다. 그저 순수하게 자신이 받아들일 수 있을 때까지 포기하지 않겠다는 의지가 담겨 있었다. 이렇게 된 카오리는 조금도 마음을 바꾸지 않는다. 시즈쿠는 물론 그녀의 가족도 애먹는 고집불통이 되었다.

평범하게 생각한다면 카오리가 말한 가능성은 0퍼센트라고 잘라 말해도 되는 수준이었다. 그 나락에서 떨어지고도 생존을 믿는다는 건 현실도피라는 말을 들어도 어쩔 수 없었다.

아마도 어릴 적부터 친구였던 코우키와 류타로를 포함한 대부분의 사람이 카오리의 생각을 고쳐주려 할 것이다.

그렇기 때문에—.

"물론이지. 네가 받아들일 때까지 도와줄게."

"시즈쿠!"

카오리는 시즈쿠에게 안겨 연신 고맙다고 말했다.

"고맙다는 말은 됐어. 친구잖아?"

정말이지 남자다운 시즈쿠. 현대의 사무라이 걸이라는 칭호는 괜히 붙은 게 아니다.

그때 갑자기 방문이 열렸다.

"시즈쿠! 카오리는 눈……을……."

"안녕, 카오리는 좀 어……때……."

코우키와 류타로였다. 카오리의 상태를 보러 왔는데 훈련을 하고 왔는지 여기저기 더러워져 있었다.

그날 이후 두 사람은 훈련으로 바빴다. 두 사람도 하지메의 죽음을 통해 생각하는 바가 있었으리라. 무엇보다 퇴각을 거부하다 도리어 당하고 거의 죽을 위기에서 구해준 것이 하지메였다. 이제 두 번 다시 그런 추태를 보이지 않겠다고 상당히 기합이 들어가 있었다.

그런 두 사람이 지금 어째서인지 방의 입구에서 굳어 있었다. 시즈쿠가 의아한 표정으로 물었다.

"너희, 왜……."

"미, 미안!"

"바, 방해했네!"

시즈쿠의 질문에 어색하게 말을 가로막고는 봐선 안 될 것을 봤다는 것처럼 다급히 밖으로 나갔다. 그런 두 사람을 보고 카오리도 알 수 없다는 표정을 했다. 하지만 똑똑한 시즈쿠는 그 원인을 깨달았다.

지금 카오리는 시즈쿠의 무릎 위에 앉아 시즈쿠의 두 뺨에 손을 얹고는 당장에라도 키스할 것 같은 위치까지 얼굴을 내밀고 있었다. 시즈쿠도 카오리를 지탱하듯 가는 허리와 어깨에 손을 감아 안고 있는 것처럼 보였다.

즉, 격렬하게 백합스러운 광경이었다. 이곳이 만화 속 세상이라면 배경에 백합이 흐드러지게 폈으리라.

시즈쿠는 깊은 한숨을 쉬고 아직까지 상황을 이해하지 못한 카오리를 곁눈질하며 큰 소리로 외쳤다.

"빨리 다시 돌아와! 이 멍청이들아!"

"제길, 왜 없는 거지……."

발톱 곰을 죽이고서 사흘, 하지메는 위층으로 올라가는 길을 찾아다녔다.

이미 이 계층의 80퍼센트 가량 탐색을 마쳤다. 발톱 곰을 먹고 난 뒤로 스테이터스가 또 올랐기 때문에 지금 이 계층에서 하지메에게 위협적인 존재는 없었고 덕분에 광대한 곳이긴 해도 탐색을 빠르게 진행할 수 있었다. 그럼에도 불구하고 아무리 찾아도 아무것도 발견되지 않았다.

아니, 아무것도 발견되지 않았다는 건 어폐가 있다. 정확하게는 『위층』으로 가는 길은 찾을 수 없었지만 『아래층』으로 가는 길은 이틀 전에 발견했다. 이곳이 미궁이고 계층 형태로 됐다면 위층으로 연결된 길도 반드시 있을 테지만 아무리 찾아도 보이지 않았다.

또한 던전의 상식을 가볍게 무시하고 연성을 사용해 직접 위층으로 통하는 길을 만드는 방법은 이미 시도해봤다.

그 결과 위든 아래든 일정 범위를 나가면 어째서인지 벽이 연성에 반응하지 않았다. 그 계층 안에서라면 얼마든지 연성할 수 있지만 위아래로는 어떤 프로텍트가 걸린 걸지도 모른다. 이 【오르크스 대미궁】은 신화시대에 만들어진 수수께끼가 많은 미궁으로 무슨 일이 있어도 이상하지 않았다.

그래서 착실하게 위층과 연결된 길을 찾고 있었지만 이렇게 까지 찾을 수 없다면 결단을 내려야했다. 이 대미궁의 더욱 깊은 곳으로 들어갈 결단을……

"……막다른 곳이군. 이걸로 분기점은 모두 조사했어. 대체 어떻게 된 거지."

깊은 한숨을 쉰 하지메는 결국 찾을 수 없었던 위층과 연결된 길을 포기했다. 그리고 이틀 전에 발견한 아래층으로 내려가는 계단이 있는 방으로 갔다.

그 계단은 정말이지 조잡한 구조였다.

계단이라기보다 올록볼록한 내리막길이라고 하는 편이 나을지도 모른다. 그리고 그 길목은 녹광석이 없는지 시커먼 어둠으로 감싸여 무척이나 불길한 분위기를 연출하고 있었다. 마치 거대한 괴물의 입처럼 보였다. 한 번 들어가면 두 번 다시 나올 수 없는, 그런 기분이 자연스럽게 떠올랐다.

"헹, 좋다 이거야. 뭐든 간에 방해한다면 잡아먹어주겠어."

하지메는 자신의 그런 생각을 비웃으며 입가를 일그러뜨려 다부지게 웃었다. 그리고 주저하지 않고 어둠 속으로 발을 내디뎠다.

그 계층은 정말이지 어두웠다.

지하 미궁인 이상 그것이 당연하지만 지금까지 들어갔던 계층은 모두 녹광석이 있어서 어둡긴 해도 앞을 볼 수 없는 정도는 아니었다.

하지만 아무래도 이 계층에는 녹광석이 존재하지 않는 듯

했다. 잠시 그 자리에 멈춰 어둠에 익숙해지면 조금이나마 보이지 않을까 기대했지만 아무리 지나도 다를 바 없었다.

어쩔 수 없이 발톱 곰의 모피와 연성한 철사로 만든 즉석 가방에서 녹광석을 꺼내 빛을 비췄다.

사실 마물이 있는 미궁에서 어둡다고 광원을 드는 건 자살 행위에 가까웠다. 하지만 이렇게라도 하지 않으면 앞으로 나아갈 수 없다고 판단했다. 다만 오른손을 비워두지 않으면 안 되기 때문에 팔꿈치 아래가 없는 왼팔에 묶었다.

잠시 걷다보니 통로의 안쪽에서 무언가 반짝인 기분이 들어 경계심을 최대한 끌어올렸다.

되도록 엄폐물 뒤에 숨으며 나아가다보니 갑자기 왼쪽에서 기분 나쁜 기척을 느꼈다. 서둘러 뒤로 뛰어 녹광석을 비추자, 거기엔 몸길이 2미터 정도의 회색 도마뱀이 벽에 붙어서 금빛 눈동자로 하지메를 노려보고 있었다.

그 순간 금빛 눈동자가 빛을 냈다. 다음 순간―.

"큭?!"

하지메의 왼팔이 쩌적 소리를 내며 석화되기 시작했다. 이내 석화가 녹광석까지 퍼졌고 몇 초 지나지 않아 바스락 소리를 내며 부서졌다. 광원을 잃어버리자 주변에 다시 어둠이 찾아왔다. 그러는 사이에도 석화가 진행되어 이미 어깨까지 침식한 뒤였다.

하지메는 혀를 차며 마물의 가죽과 철사로 만든 홀스터에서 신수를 꺼내 단번에 들이켰다. 그러자 기대했던 대로 석화가 멈추고 석화된 부분도 점점 원래대로 돌아왔다.

'이 녀석이 잘도!'

내심 그렇게 욕설을 퍼부으며 허리의 파우치에서 『섬광 수류탄』을 꺼내 금색 눈 도마뱀이 있던 곳으로 던졌다. 그와 동시에 어둠 저편에서 다시 금빛 눈동자가 빛났다. 하지메는 보이지 않음에도 『축지』를 사용하여 순식간에 그 자리에서 이탈했다.

그러자 하지메가 있던 곳의 뒤편에 있는 바위가 색이 변한 뒤 풍화된 것처럼 후드득 부서졌다. 상당히 강력한 석화의 사안(邪眼)을 가지고 있었다. RPG 게임으로 비유하자면 바질리스크에 가까웠다.

하지메는 그런 생각을 하며 돈나를 뽑아서 총신을 눈앞에 들고 방패로 삼아 눈을 감았다.

그 순간 번쩍하고 강렬한 섬광이 주위로 퍼지며 시야를 빛으로 물들였다.

"쿠우아?!"

아마도 지금까지 느껴본 적이 없었을 광량에 당황한 바질리스크의 모습이 어둠 속에서 떠올랐다.

하지메는 그 틈을 놓치지 않고 발포했다. 절대적인 위력을 숨긴 탄환이 바질리스크의 머리에 빨려 들어가 두개골을 부수고 내용물을 유린했다. 탄환은 그대로 바질리스크의 머리를 관통해 뒤쪽 벽 깊숙이 구멍을 뚫고는 바위를 태우는 소리를 냈다. 전자 가속을 이용하기 때문에 맞은 곳에 고온이

나게 된다. 열에 강하고 단단한 타우르 광석이기 때문에 가능한 위력이었다.

하지메는 주위를 경계하며 바질리스크에게 다가가 재빨리 그 고기를 잘라내 그곳을 떠났다. 거의 아무것도 보이지 않는 상황에서 느긋하게 식사를 할 수는 없었다. 하지메는 먼저 탐색을 진행하기로 했다.

그렇게 어둠 속을 계속 걸었고 이미 체감으론 몇 십 시간을 탐색한 것 같았지만 지하로 통하는 계단은 아직 보이지 않았다. 도중에 쓰러뜨린 마물이나 채집한 광석도 많아 슬슬 갖고 다니기도 불편해졌다. 결국 하지메는 먼저 거점을 만들기로 했다.

적당한 장소의 벽에 손을 대고 연성을 시작했다. 문제없이 벽에 구멍이 뚫리고 안쪽으로 이어지는 통로가 생겼다. 하지메는 연속으로 연성해 3평 정도의 공간을 만들었다. 그리고 가방에서 농구공만한 푸른 광석을 꺼내 벽의 파인 곳에 설치했다. 여기까지 가져온 신결정이었다. 그 아래에 떨어지는 물을 받을 수 있는 용기도 잘 준비해뒀다.

참고로 하지메는 신결정을 『포션석』, 신수를 『포션』이라고 불렀다. 게임의 대표적인 회복약이지만 효과는 천지차이다. 그런데도 그저 포션이라고 부르는 건 적당한 성격이 그대로 드러나는 부분이었다.

"자, 그럼 이제 먹어볼까."

하지메는 가방에서 용기(연성으로 제작)에 넣어둔 고기를 꺼냈다. 그리고 『전기 두르기』로 노릇노릇하게 굽기 시작했다. 오늘의 메뉴는 바질리스크 불고기와, 날개를 산탄총처럼 날리는 올빼미의 통구이, 다리가 여섯 개인 고양이 통구이였다. 물론 조미료는 없다.

"잘 먹겠습니다."

우물우물 먹고 있자니 점차 온몸이 아프기 시작했다. 즉, 몸이 강화되고 있다는 뜻이다. 그렇다면 이 마물은 발톱 곰과 동급 이상의 강함을 가졌을 것이다. 분명 어둠이라는 환경과 고유 마법의 조합은 성가셨다. 하긴 돈나로 맞추기만 한다면 다들 산산조각 나기 때문에 실감하긴 어려웠지만…….

하지메는 신수를 마시며 통증을 무시한 채 계속해서 먹었다. 환상통부터 시작된 고통의 연속이다 보니 이제는 통증에 강해졌다.

"음. 후우, 잘 먹었습니다. 어디, 스테이터스는…….."

하지메는 그렇게 말하며 스테이터스 플레이트를 꺼내들었다. 하지메의 지금 상태는…….

나구모 하지메　17세　남자　레벨: 23

천직: 연성사

근력: 450

체력: 550

내성: 350

민첩: 550

마력: 500

마력 내성: 500

기능: 연성[+광물계 감정][+정밀 연성][+광물계 탐사][+광물 분리][+광물 융합], 마력 조작, 위산 강화, 전기 두르기, 천보[+공력][+축지], 바람의 손톱, 밤눈, 기척 감지, 석화 내성, 언어 이해

예상대로 대폭 상승했다. 기능 란도 세 개나 늘어났다. 자세히 보니 분명 아까보다 주변이 훨씬 잘 보였다.

아무래도 이것이 『밤눈』의 효과로 보였다. 나락의 마물치고는 별것 아닌 것 같았지만 이 계층에선 엄청난 이점이었다. 나머진 문자 그대로의 능력일 것이다. 아쉬운 점은 바질리스크의 고유 능력이 어째서 『석화』가 아니라 『석화 내성』인지에 대한 것이었다.

"석화의 사안! 하고 말하면 멋있을 텐데……."

하지메는 그런 식으로 약간 아쉬워했다.

식사가 끝나자 소모품을 보충하기 위해 연성을 시작했다.

탄환 한 발을 만들기 위해선 엄청난 집중력이 필요했다. 무엇보다 초정밀 제품이고 돈나에 새겨둔 강선이 효과를 발휘하도록 크기를 완벽하게 맞출 필요가 있었다. 작약의 압축량도 실수를 허락하지 않았고 한 발을 만드는 데 30분 가까이

걸렸다. 스스로도 이런 걸 잘도 만든다고 생각하며 인간이란 생사가 걸린 일이라면 엄청난 힘을 발휘한다는 말이 맞다고 감탄했다.

하긴 수고스러운 만큼 위력이 상당하고 연성 숙련도까지 쑥쑥 오르니 아무런 불만도 없었다.

덕분에 광물에서 불순물을 제거하거나 성분끼리 나눌 수 있는 것도 간단히 할 수 있게 됐고 반대로 융합하는 것도 쉬워졌다. 실제로 지금 하지메의 연성 기술은 왕국 직속 대장장이와 비교해도 최고 수준이었다.

하지메는 묵묵히 연성을 반복했다. 아직 한 계층밖에 내려가지 않았다. 이 나락이 어디까지 이어졌는지 예상할 수도 없고 연성을 마치면 곧바로 탐색에 나갈 생각이다. 조금이라도 빨리 고향으로 돌아가기 위해 시간을 헛되이 보낼 수 없었다.

탐색을 시작한 하지메는 이따금 소모품 보충을 위해 거점에서 연성할 때를 제외하곤 항상 움직였다. 광대한 미궁 안을 쉬엄쉬엄 탐색했다간 시간이 얼마나 걸릴지 알 수 없었다. 『밤눈』 덕분에 어둠에 대한 걱정도 사라졌고 『기적 감지』로 반경 10미터 이내라면 마물을 감지할 수 있게 됐다. 하지메의 탐색은 급속도로 진행됐다.

그리고 드디어 아래층으로 이어진 계단을 발견했다. 하지메는 주저하지 않고 발을 디뎠다.

그 계층은 모든 지면이 타르처럼 끈끈한 진창과도 같은 곳이어서 발밑이 끈적거려 움직이기 무척 어려웠다. 하지메는 얼굴을 찡그리며 튀어나온 바위를 발판 삼거나 『공력』을 사용하며 탐색을 시작했다. 그러던 도중 『광물계 탐사』 기능으로 제법 흥미로운 광석을 발견했다.

플람 광석

광택이 있는 검은 광석. 열을 가하면 융해하여 타르 상태가 된다. 융해 온도는 섭씨 50도 정도로 타르 형태일 때 섭씨 100도에서 발화한다. 그 열은 섭씨 3000도에 이른다. 연소 시간은 타르 양에 비례.

"……거짓말."

하지메는 뻣뻣한 웃음을 떠올리며 천천히 발을 들었다. 그러자 아까부터 몇 번이고 밟았던 데다 계층 전체에 퍼진 타르 형태의 반액체가 쩍쩍 소리를 내며 하지메의 신발에서 떨어졌다.

"부, 불을 못 쓰잖아……."

발화 온도가 100도라면 그리 간단히 발화하지 않겠지만, 만약 한 번 발화하면 연쇄 반응으로 이 계층 전체가 섭씨 3000도의 고열에 휩싸이게 된다. 아무리 신수를 모아둬도 살아남을 자신이 없었다.

"레일건이나 『전기 두르기』도 사용할 수 없겠어……."

돈나는 강력한 무기다. 전자 가속을 제외한 연소석 작약만으로도 충분히 위력을 발휘한다.

하지만 그건 어디까지나 평범한 마물일 때이다. 예를 들어 트라움솔저 정도라면 전자 가속 없이도 여유롭게 파괴할 수 있었다. 베헤모스라도 나름대로의 대미지를 기대할 수 있을 것이다. 하지만 이 나락의 마물은 정상이 아니었고 위층의 마물이 평범한 짐승으로 보이는 수준이었다. 그러니 과연 작약의 힘만으로 이 계층의 마물을 파괴할 수 있을지······.

그런 불안 요소에도 하지메의 입가가 올라갔다.

"뭐, 됐어. 어쨌든 내가 할 일은 변함이 없으니까. 죽이고 먹어치울 뿐이야."

하지메는 『레일건』과 『전기 두르기』를 봉인한 채 다시 탐색을 시작했다.

한동안 걷다보니 삼거리가 나왔다. 근처 벽에 표식을 새긴 뒤 왼쪽 통로부터 탐색하기 위해 발을 내디뎠다.

그 순간—

탁!

"윽?!"

날카로운 이빨이 늘어선 거대한 턱을 벌린 상어와 같은 마물이 타르 속에서 튀어나왔다. 하지메의 머리를 노렸던 입은 이빨과 이빨을 부딪히며 닫혔다. 하지메는 순식간에 몸을 굽혀 피했지만 전율했다.

'기척 감지가 반응하지 않았어.'

그렇다. 하지메는 『기척 감지』의 기능을 손에 넣은 뒤로 항상 사용하고 있었다. 반경 10미터 이내의 생물은 모조리 감지할 수 있었는데 방금 상어의 공격은 공격 직전까지 전혀 감지할 수 없었다.

하지메를 놓친 상어는 첨벙 소리를 내며 다시 타르 안으로 들어가 보이지 않게 됐다.

'제길, 역시 기척이 느껴지지 않아!'

하지메는 이해할 수 없는 상황에 이를 악물면서도 멈춰 있다간 당한다고 판단해 『공력』을 사용하여 다시 이동했다.

그러자 그것을 노렸다는 것처럼 다시 상어가 튀어나왔다.

"얕보지 마!"

하지메는 공중에서 몸을 틀어 머리가 아래로 내려오게 한 뒤, 자신의 머리 바로 밑을 지나가는 상어를 향해 발포했다. 돈나에서 쏘아진 탄환이 적을 향해 공기를 가르고 날아갔다. 그리고 절묘한 타이밍에 상어의 등에 명중했다.

하지만—.

"칫! 이걸 튕기는 거야?!"

마치 탄환이 고무에 맞은 것처럼 잠시 상어의 피부를 살짝 밀고 들어갔지만 곧바로 튕겨져 나갔다. 아무래도 상어의 표피엔 물리 충격을 완화하는 성질이 있는 모양이다.

"큭!"

그대로 타르를 향해 뛰어든 상어는 그 기세를 몰아 경이적인 몸놀림으로 반전하더니 하지메가 착지한 순간을 노려 뛰어들었다.

하지메는 그것을 몸을 틀어 간신히 피했지만 옆구리를 가볍게 파이고 말았다. 충격으로 타르 안으로 떨어진 하지메. 온몸을 시커멓게 물들이고 서둘러 자리에서 일어나 다시 공중을 향해 뛰었다. 그 직후 상어의 입이 하지메가 있던 곳 바로 아래에서 나타나 덥석 닫혔다.

하지메는 『공력』으로 공중을 뛰어다니며 식은땀을 흘렸다. 하지만 내몰렸음에도 평소처럼 입가에 대담한 미소를 떠올렸다.

"좋다 이거야!"

하지메는 계속해서 『공력』으로 공중을 뛰다가 한 곳에 멈추지 않도록 신경 쓰며 습격 순간을 기다렸다.

연성으로 단련한 집중력을 유감없이 발휘하니 점차 주위 경치가 색이 바래 보였다.

'......기척이 느껴지지 않는 건 문제가 아니야. 원래부터 없었던 기능이니까. 설령 기척을 알 수 없어도 습격할 순간, 녀석은 반드시 거기에 있어.'

하지메가 집중하며 도약할 때 갑자기 발밑이 흔들거려 중심을 잃었다. 상어가 그 틈을 놓칠 리 없었다. 사각인 등 뒤에서 단번에 습격해왔다.

"단순해서 고맙군!"

하지메는 무너진 것처럼 보였던 중심을 곧바로 고친 뒤 공중에서 옆으로 돌아 상어의 습격을 피했다. 그리고 자신의 옆을 지나가는 상어를 향해 돈나를 든 오른손을 휘둘렀다.

상어는 옆구리가 갈라져 핏방울을 뿌리며 타르 위로 떨어졌고 첨벙첨벙 괴로운 듯 발버둥 쳤다.

하지메는 일부러 중심을 잃고서 등 뒤를 드러내는 것으로 공격 타이밍과 장소를 유도한 것이다. 그리고 돈나에 두른 발톱 곰의 고유 마법 『바람의 손톱』으로 베었다.

발버둥 치는 상어에게 다가간 하지메는 그 머리를 향해 돈나를 휘둘렀고 『바람의 손톱』이 상어의 머리를 절단했다. 발톱 곰처럼 세 개까지 만들 수는 없어도 어지간한 명도(名刀)보다 훨씬 날카로웠다. 접근전에선 분명 도움이 되는 고유 마법이다.

"그럼 기척을 느끼지 못했던 이유를 확인해볼까."

하지메는 그렇게 말하며 혀를 날름거렸다.

그 후 상어 고기를 잘라 보관한 뒤 탐색을 계속했고 드디어 아래층으로 이어진 계단을 발견했다.

나구모 하지메　17세　남자　레벨: 24

천직: 연성사

근력: 450

체력: 550

내성: 400

민첩: 550

마력: 500

마력 내성: 500

기능: 연성[+광물계 감정][+정밀 연성][+광물계 탐사][+광물 분리][+광물 융합], 마력 조작, 위산 강화, 전기 두르기, 천보[+공력][+축지], 바람의 손톱, 밤눈, 기척 감지, 기척 차단, 석화 내성, 언어 이해

하지메는 미궁 공략을 계속했다.

타르 상어의 계층에서 이미 50계층은 더 들어갔다. 하지메는 이미 시간 감각이 없었기 때문에 며칠이 지났는지 알 수 없었다. 그래도 경의적인 속도로 진행한 것은 분명했다.

그러는 사이에도 불합리하다고 말할 수밖에 없는 강력한 마물과 몇 번이고 사투를 벌였다.

예를 들어 미궁 전체가 옅은 독안개로 뒤덮인 계층에선 독침을 내뱉는 2미터 크기의 개구리(무지개 색이었다)와 마비 인분(鱗粉)을 뿌리는 나방(모ㅇ라[#3]처럼 생겼다)의 공격을 받았다. 항상 신수를 복용해 그 효과를 보지 않았더라면 탐색하는 것만으로도 죽었을 것이다.

무지개 개구리의 독에 당했을 땐 신경까지 침투되어 처음으로 마물의 고기를 먹었을 때와 비슷한 통증을 받았다. 어금니에 설치해둔 신수가 없었더라면 죽었을 것이다. 참고로 어금니에 설치한 것은 씹어서 부술 수 있을 정도로 얇은 돌을 사용해 만든 작은 용기였다. 긴급할 때를 대비해 만들어둔 것

#3 모ㅇ라 1961년에 공개된 일본의 괴수영화 모스라(mothra)에 등장하는 가공의 괴물 모스라.

이 다행이었다.

당연히 두 마물을 다 먹었다. 나방을 먹는 건 거부감이 있었지만 자신을 강화하기 위해서라고 생각하며 먹었다. 어쩐지 개구리보다 좀 더 맛있다는 게 분했다.

또한 지하 미궁인데도 밀림과 같은 계층이 있었다. 엄청나게 무덥고 울창해서 지금까지 봤던 계층 중에 가장 불쾌한 곳이었다. 이 계층의 마물은 거대한 지네와 나무였다.

밀림을 걷고 있는데 갑자기 거대한 지네가 나무 위에서 내려왔을 땐 역시나 온몸에 닭살이 돋았다. 너무나도 기분 나빴기 때문이다.

게다가 이 지네는 몸의 마디마디가 분리되어 공격해왔다. 한 마리가 있으면 서른 마리가 있다고 생각하라는 부엌의 검은 바퀴벌레 같은 마물이었다.

하지메는 돈나를 연사해 물리치려 했지만 상대의 수가 많아서 장전하는 데 시간이 걸려 『바람의 손톱』으로 베는 방법을 사용했다. 그래도 상대의 수가 너무 많아 익숙하지 않은 발차기도 사용해 필사적으로 싸웠다. 이때 하지메는 재빠르게 장전할 수 있는 기술과 발차기 기술을 연마하기로 결심했다. 분열 지네의 보라색 체액이 온몸을 흠뻑 적시고 있는 불쾌감에 얼굴을 찡그리면서…….

참고로 나무 마물은 RPG에서 말하는 트리언트와 무척이나 닮았었다. 나무뿌리를 땅속에 내리고 찔러 올리거나 나뭇가지를 채찍처럼 휘두르며 공격했다.

하지만 이 유사 트리언트의 최대 특징은 그런 세세한 공격이 아니었다. 이 마물은 위험해지면 머리를 흔들어 붉은 과실을 던졌는데 이것은 전혀 공격력이 없었지만 시범삼아 먹어본 직후 수십 분 이상 경직됐다. 독 같은 건 아니었고 엄청 맛있었다. 달콤하고 싱싱한 그 붉은 과일은 마치 수박 같았다. 사과가 아니라…….

이 계층은 불쾌하다는 생각이 머리에서 싹 날아갔다. 아니, 미궁 공략조차 일시적으로 머리에서 사라질 정도였다. 실로 수십 일 만에 신선한 고기 이외의 먹을 것이었다. 하지메의 눈은 완전히 사냥꾼의 그것이 되어 유사 트리언트를 모조리 사냥하고 다녔다. 간신히 만족하고 미궁 공략을 재개했을 땐 유사 트리언트가 거의 전멸한 뒤였다.

그런 느낌으로 계층을 돌파해 깨닫고 보니 50계층. 아직까지 끝이 보이지 않았다. 참고로 하지메의 현재 스테이터스는 이렇다.

나구모 하지메　17세　남자　레벨: 49
천직: 연성사
근력: 880
체력: 970
내성: 860
민첩: 1040

마력: 760

마력 내성: 760

기능: 연성[+광물계 감정][+정밀 연성][+광물계 탐사][+광물 분리][+광물 융합][+복제 연성], 마력 조작, 위산 강화, 전기 두르기, 천보[+공력][+축지][+호각], 바람의 손톱, 밤눈, 멀리 보기, 기척 감지, 마력 감지, 기척 차단, 독 내성, 마비 내성, 석화 내성, 언어 이해

하지메는 이 50계층에 만든 거점에서 총 기술과 발차기, 연성을 단련하며 조금 제자리걸음하고 있었다. 사실 아래층으로 이어진 계단은 이미 발견했지만 이 50계층에는 확연하게 이상한 곳이 있었다.

그것은 정말이지 기분 나쁜 공간이었다.

샛길의 막다른 곳에 있는 개방된 곳에는 장엄하게 꾸며진 높이 3미터의 문이 있었다. 그 문의 옆에는 한 쌍의 외눈 거인 조각이 반쯤 벽에 파묻혀 정좌하고 있었다.

하지메는 그 공간에 발을 디딘 순간 온몸에 오한을 느끼고 위험하다 판단해 일단 물러났다. 물론 장비를 갖추기 위해서였지 피할 생각은 조금도 없었다. 이제야 나타난 『변화』였다. 조사하지 않을 수 없었다.

하지메는 기대와 나쁜 예감을 동시에 품었다. 저 문을 열면 확실히 무언가 재앙과 마주하게 될 것이다. 하지만 동시에 끝

이 보이지 않는 미궁 공략에 새로운 바람이 불 것 같은 기분이 들었다.

"마치 판도라의 상자로군. ……그럼 어떤 희망이 들었을지."

자신이 지금 소지한 기술과 무기, 그리고 기능. 그것들을 하나하나 확인한 뒤 컨디션을 최고조로 끌어올렸다. 모든 준비를 마친 하지메는 천천히 돈나를 뽑았다.

그리고 살짝 이마에 대고 눈을 감았다. 각오라면 이미 해뒀다. 하지만 다시 되새기는 건 쓸데없는 일이 아닐 것이다. 하지메는 내심 품어왔던 바람을 입으로 꺼내 선언했다.

"난 살아남아 고향으로 돌아갈 거다. 일본으로, 집으로…… 돌아간다. 방해하는 건 적. 적은…… 죽인다!"

눈을 뜬 하지메의 입가엔 대담한 미소가 떠올라 있었다.

문이 있는 방으로 온 하지메는 방심하지 않고 앞으로 나갔다. 딱히 아무 일도 없이 문 앞에 도달했다. 가까이서 보니 정말이지 훌륭한 장식으로 꾸며져 있다는 걸 알 수 있었다. 그리고 중앙에 파인 두 곳에 마법진이 그려진 것이 보였다.

"응? 모르겠네. 제법 공부했다고 생각했는데…… 이런 술식은 본 적이 없어."

하지메는 무능이라고 불렸을 때 자신의 낮은 능력을 보완하기 위해 면학에 열중했다. 물론 모든 학습을 마친 건 아니었지만 그래도 마법진의 술식을 전혀 읽을 수 없다는 건 조금 이상했다.

"상당히 오래됐다는 건가?"

하지메는 그렇게 추측하며 문을 조사했지만 딱히 알아낸 것도 없었다. 정말로 수상했기 때문에 함정을 경계하며 조사해봤지만 지금의 하지메가 가진 지식으로는 해독할 수 없었다.

"어쩔 수 없지. 평소처럼 연성을 해볼까."

일단 벽에 손을 대고 밀거나 당겨봤지만 조금도 움직이지 않아서 평소처럼 연성을 사용해 강제로 길을 만들기로 했다. 하지메는 오른손을 문에 대고 연성을 시작했다.

하지만 그 순간—

파직!

"우왓?!"

문에서 붉은 전기가 감돌며 하지메의 손을 튕겨냈다. 하지메는 자신의 손에서 연기가 피어오르는 걸 확인하고는 욕설과 함께 신수를 마셔 회복했다. 그 직후 이변이 일어났다.

오오오오오오오오오!

갑자기 거친 외침이 방 전체에 울렸다.

하지메는 백스텝으로 문에서 거리를 둔 뒤, 허리를 낮추고 손을 홀스터 옆으로 가져가 언제든 뽑아 쏠 수 있도록 준비했다.

외침이 울리는 동안 드디어 목소리의 주인이 움직였다.

"뭐, 뻔하다고 하면 뻔한 거지."

쓴웃음을 지으며 중얼거린 하지메의 앞에 문의 양옆에 있던 두 개의 외눈 거인이 주변의 벽을 부수고 나타났다. 어느 틈엔가 벽과 동일한 색이던 회색 피부가 암녹색으로 변했다.

외눈 거인의 모습은 마치 판타지에서 자주 등장하는 사이클롭스였다. 손에는 어디서 나온 건지 4미터는 될법한 대검을 들고 있었다. 아직 벽에 묻힌 반신을 억지로 뽑으며 불순한 침입자를 제거하겠다는 것처럼 하지메 쪽으로 시선을 보냈다.

그 순간 엄청난 발포음과 함께 전자 가속된 타우르 광석 탄환이 오른쪽 사이클롭스의 외눈에 박혔다. 그대로 뇌를 엉망으로 휘저은 뒤 후두부를 부수고 관통, 뒤쪽의 벽까지 분쇄했다.

왼쪽 사이클롭스가 멍하니 다른 사이클롭스를 보았다. 총에 맞은 사이클롭스는 움찔움찔 경련한 뒤 앞으로 고꾸라졌다. 거대한 몸이 쓰러진 충격이 방 전체를 울렸고 먼지가 뭉게뭉게 올랐다.

"미안하지만 분위기 잡고 있는 걸 기다려줄 만큼 착한 악역은 아니라서 말이지."

다양한 의미로 심한 공격이었다. 하지메가 경험해온 수라장을 생각하면 당연한 행동이겠지만…… 사이클롭스(오른쪽)이 너무나도 가여웠다.

아마도 이 문을 지키는 가디언으로 봉인됐으리라. 이런 나락의 바닥보다도 바닥인 곳에 찾아올 사람은 거의 없을 것이다.

하지만 이제야 찾아온 임무를 완수할 때. 어쩌면 그(?)의 가슴이 환희로 가득했을지도 모른다. 정말이지 오랜만의 등장이었는데 상대를 보지도 못하고 중요한 외눈과 함께 머리가 날아가 버렸다. 이것을 가엽다고 하지 않고서 무어라 할까.

사이클롭스(왼쪽)이 전율의 표정을 떠올리고서 시선을 돌려 하지메를 보았다. 그 눈은 무슨 짓이냐고 따지는 것 같았다.

하지메는 움직이지 않고 사이클롭스(왼쪽)을 노려봤다. 하지메의 무기인, 총이라는 걸 모르는 사이클롭스는 경계하듯 허리를 낮춰 언제든 움직일 수 있도록 한 뒤 하지메를 노려보았다. 10초, 20초…… 아무리 지나도 하지메가 움직이지 않자 슬슬 짜증이 났는지 사이클롭스(왼쪽)이 소리치며 달렸다.

그 직후 얼굴부터 지면에 고꾸라졌다.

발을 내디딘 순간 풀썩 힘이 빠지더니 그 기세로 넘어지고 말았다. 사이클롭스(왼쪽)은 영문을 모르겠다는 모습으로 일어나려 날뛰었지만 느릿느릿 움직일 뿐 몸에 힘이 들어가지 않았다.

낮게 신음하며 일어나려 애쓰는 사이클롭스(왼쪽)에게 하지메가 천천히 다가갔고 뚜벅뚜벅 발소리가 마치 카운트다운처럼 들렸다. 하지메는 사이클롭스(왼쪽)의 눈앞까지 다가온 뒤 머리에 총구를 가져갔다. 그리고 조금도 주저하지 않고 방아쇠를 당겼다.

타앙!

총성이 방 전체에 메아리쳤다.

하지만 여기서 예상 밖의 일이 일어났다. 사이클롭스(왼쪽)의 몸이 빛나는가 싶더니 그 직후 피부가 직격한 총탄을 튕겨냈다.

"음?"

하지메는 아마도 고유 마법을 썼을 거라 추측했다. 아무래도 사이클롭스의 고유 마법은 방어력을 많이 올리는 모양이다.

쓰러진 사이클롭스(왼쪽)가 비웃는 것처럼 입가를 올렸다.

하지메는 딱히 별 느낌도 받지 않고 총구를 뗀 뒤 사이클롭스(왼쪽)의 머리를 발로 찼다. 『호각』으로 하지메의 발차기는 예전의 발차기 토끼를 떠올리게 하는 아름다운 궤적을 그렸다. 그리고 사이클롭스(왼쪽)을 들어 올려 위를 보도록 뒤집어서 드러난 눈에 다시 돈나를 가져갔다.

어째서인지 사이클롭스(왼쪽)가 기다려달라는 표정을 지었지만 하지메는 신경 쓰지 않고 방아쇠를 당겼다. 역시 눈은 강화하지 못했는지 탄환은 간단히 관통해 사이클롭스(왼쪽)의 머리를 부쉈다.

"흠, 대략 20초인가. 조금 느린데…… 몸집이 큰 탓인가?"

하지메는 실험 결과를 분석하는 것처럼 사이클롭스를 봤다.

어째서 사이클롭스(왼쪽)가 갑자기 쓰러져 움직일 수 없게 됐는가.

그것은 『마비 수류탄』 때문이었다. 이것은 전에 쓰러뜨렸던 나방에게서 채취한 가루를 수류탄 안에 넣고 작은 폭풍으로 흩뿌려 상대를 마비시키는 무기였다. 사이클롭스(왼쪽)이 쓰러진 사이클롭스(오른쪽)에게 주목한 순간에 던져서 가루를 뿌려둔 것이다.

"뭐, 됐어. 고기는 나중에 얻기로 하고……."

하지메는 살짝 문을 보고 잠시 생각에 잠겼다.

그리고 『바람의 손톱』으로 사이클롭스를 베고 몸 안의 마석을 꺼냈다. 피에 젖는 걸 신경 쓰지 않고 주먹 두 개 크기의 마석을 벽 까지 가져가 파여 있는 공간에 넣어봤다.

그것은 정확하게 들어맞았고 그 후 마석에서 검붉은 마력이 일더니, 마법진으로 마력이 흘러들었다. 그리고 무언가가 갈라지는 소리가 난 뒤 빛이 사라졌다. 방 전체에 마력이 흘러들었는지 주변의 벽이 빛을 내고 오랫동안 보지 못했던 불빛으로 가득해졌다.

하지메는 잠시 눈을 끔벅이고 경계하며 조심스럽게 문을 열었다.

문 안쪽은 빛 하나 없이 어두운 공간이 넓게 펼쳐져 있었다. 하지메는 『밤눈』과 방문 밖의 불빛으로 조금씩 전체적인 모습을 볼 수 있었다.

안에는 성교 교회의 대성당에서 본 대리석처럼 매끄러운 돌로 만들어진 두꺼운 기둥이 규칙적으로 안쪽을 향해 두 줄로 세워져 있었다. 그리고 방의 중앙 부근에 거대한 정육면체의 돌이 방으로 들어오는 빛을 반사해 매끈한 광택을 내고 있었다.

그 정육면체에 주목하던 하지메는 그 정면의 중앙 부근에서 무언가 빛나는 물건이 돌출된 것을 발견했다.

가까이서 확인하기 위해 문을 크게 열고 고정하려 했다. 호러 영화처럼 들어온 순간 닫혀버리면 곤란하기 때문이다.

하지만 하지메가 문을 활짝 열고 고정하기 전에 그것이 움직였다.

"……누구야?"

갈라지고 힘없는 여자아이의 목소리였다. 깜짝 놀란 하지메는 서둘러 방의 중앙을 보았다. 그러자 아까 보았던 무언가가 비틀비틀 움직이기 시작했고 방 안으로 비친 빛이 그 정체를 밝혔다.

"사람……인가?"

『돌출된 무언가』는 사람이었다.

목 아래와 양손은 정육면체 안에 묻힌 채 얼굴만 나와 있었고 긴 금발이 모 호러 영화의 여자 유령처럼 늘어져 있었다. 그리고 그 머리 사이로 낮은 고도일 때의 달을 떠올리게 하는 선홍빛 눈동자가 보였다. 나이는 열두세 살 정도일까. 제법 야위고 흘러내린 머리카락 때문에 잘 보이지 않지만 아름답게 생긴 것은 분명했다.

하지메는 예상 밖의 사태에 굳었다. 붉은 눈동자의 여자아이도 어딘가 멍한 얼굴로 하지메를 보고 있었다. 이내 하지메는 천천히 심호흡하며 결연한 표정으로 말했다.

"죄송합니다. 잘못 찾아왔네요."

그렇게 말하며 살짝 문을 닫으려 한 하지메. 그것을 본 붉은 눈의 금발 여자아이가 다급히 말렸다. 그 목소리는 이미 몇 년 동안 내지 않았던 것처럼 갈라져 마치 속삭이는 것처럼 들렸지만─.

필사적인 느낌은 전해졌다.

"자, 잠깐! ……부탁이야! ……구해줘……."

"싫습니다."

그렇게 말하며 계속 문을 닫으려는 하지메. 마치 악마였다.

"어, 어째서……. 뭐든 할게……. 그러니까……."

여자아이는 필사적이었다. 얼굴만 움직일 수 있었지만 그래도 필사적으로 고개를 들어 애원했다.

하지만 하지메는 성가시다는 것처럼 말했다.

"이런 나락의 밑바닥보다 밑바닥인 곳에 봉인된 것으로 보이는 녀석을 풀어줄 리가 없잖아. 분명 위험하다고. 보아하니 봉인 이외엔 아무것도 없는 모양이고…… 탈출하는 데 도움이 될 것 같지도 않아. 그렇게 됐으니……."

정말이지 정론이었다.

하지만 붙잡힌 여자아이의 도와달라는 목소리를 이렇게까지 무시할 수 있는 인간은 그리 많지 않을 것이다. 예전의 자상했던 하지메는 어디론가 사라져버렸다.

매정하게 거절당한 여자아이는 당장에라도 울음을 터뜨릴 것 같은 얼굴을 하고 필사적으로 외쳤다.

"아니야! 콜록…… 난, 나쁘지 않아! ……잠깐! 난……."

알 바 아니라는 태도로 문을 닫아서 거의 다 닫혔을 때, 하지메는 이를 악 물었다. 조금 더 빨리 닫았더라면 그 말을 듣지 않았을 거라고 생각하며…….

"배신당했을 뿐이야!"

이제 거의 닫혔던 문.

하지만 여자아이의 외침에 닫히던 문이 멈췄다. 아주 약간의 빛만이 어두운 방 안으로 가늘게 들었다. 10초, 20초가 흐르고 다시 문이 열렸다. 거기엔 벌레 백 마리쯤 씹은 표정의 하지메가 문을 활짝 열고 서 있었다.

하지메는 무슨 말을 듣든 도울 생각이 없었다. 이런 곳에 봉인된 이상 상당한 이유가 있을 게 분명하기 때문이다. 그것이 위험한 이유가 아니라는 증거가 어디에 있나. 오히려 사악한 존재가 자신을 속이려는 가능성이 더 높으므로 내버려두는 게 당연하다.

'난 뭐하는 거지.'

하지메는 내심 한숨을 쉬었다.

『배신당했다』는 말에 마음이 흔들릴 줄이야. 이미 반 아이들 중 누군가가 쏜 그 마법은 아무래도 좋았을 터였다. 『산다』는, 지금 상황에서 무척이나 어려운 바람을 이루기 위해선 원망이란 쓸데없는 잡념에 불과했다.

그래도 이렇게 마음이 흔들린 건 역시 떨쳐내지 못한 부분이 있었던 걸지도 모른다. 어쩌면 같은 처지일지도 모르는 여자아이에게 동정할 만큼 양심이 남아 있었던 걸지도 모른다.

하지메는 머리를 긁적이며 여자아이에게 다가갔다. 물론 방심은 하지 않았다.

"배신당했다고 했지? 하지만 그건 네가 봉인될 이유가 되지 않아. 그 이야기가 진짜라면 배신한 녀석은 어째서 널 여기에 봉인한 거지?"

여자아이는 하지메가 돌아온 사실에 반쯤 멍하니 놀란 모습이었다.

풍성하지만 살짝 더러워진 금발 사이를 통해 선홍색 눈으로 하지메를 보았다. 하지메는 아무런 대답도 없이 바라만 보는 여자아이에게 짜증이 났다.

"야, 듣고 있어? 말하지 않을 거면 돌아간다."

그렇게 말하며 뒤로 돌아가려 했다. 그제야 정신을 차린 여자아이는 다급히 봉인된 이유를 말하기 시작했다.

"난 격세유전의 흡혈귀…… 굉장한 힘을 갖고 있어……. 그래서 나라를 위해 노력했어. 하지만…… 그날…… 가신들이…… 넌 이제 필요 없다고……, 삼촌은…… 앞으로 자신이 왕이라고……. 난…… 그래도 괜찮았어. 하지만 난 너무 강하니까 위험하다고……, 죽일 수 없으니까…… 봉인한다고……. 그래서 여기에……."

메마른 목으로 열심히 띄엄띄엄 말하는 여자아이의 이야기를 들은 하지메는 신음했다. 정말이지 파란만장한 인생이었다. 하지만 중간에 신경 쓰이는 말이 나와서 뭐라 말하기 힘든 복잡한 마음을 억누르고 물었다.

"넌 어딘가의 왕족이었어?"

"……(끄덕)."

"죽일 수 없다는 건 무슨 말이지?"

"……멋대로 치유돼. 다쳐도 금방 나아. 목을 잘라도 얼마 지나면 나아."

"……그, 그거 굉장하네. ……굉장한 힘이라는 게 그거야?"

"그것도 있지만…… 마력, 직접 다룰 수 있어. ……마법진도 필요 없어."

"그렇구나."

하지메는 이해했다.

그도 마물을 먹고 나서 『마력 조작』을 사용할 수 있게 됐
다. 신체 강화에 대해선 영창이나 마법진이 필요 없고 다른
여성에 관련된 것도 영창은 필요 없다.

하지만 하지메의 경우 마법 적성이 제로였기 때문에 마력을
직접 다룰 수는 있어도 거대한 마법진이 필요했다. 제대로 마
법을 쓸 수 없다는 건 변하지 않았다.

하지만 이 여자아이처럼 마법 적성이 있다면 반칙에 가까운
힘을 발휘할 수 있을 것이다. 무엇보다 주변 사람들이 느긋하
게 영창과 마법진을 준비하고 있을 때 혼자서 마법을 마구 쏴
댄다면 솔직히 상대가 안 된다. 게다가 불사신. 아마도 절대적
인 건 아니겠지만 용사조차 능가할 법한 사기적인 능력이다.

"……구해줘……."

하지메가 혼자서 생각에 잠긴 것을 가만히 바라본 여자아
이가 그렇게 애원했다.

"……."

하지메는 가만히 여자아이를 보았다. 여자아이도 가만히 하
지메를 보았다. 그렇게 얼마나 서로 마주보고 있었을까…….

결국 하지메는 머리를 긁적이며 한숨을 쉰 뒤 여자아이를
구속한 정육면체에 손을 올렸다.

"아."

여자아이가 그 의미를 깨달았는지 눈을 크게 떴다. 하지메는 그것을 무시한 채 연성을 시작했다.

마물을 먹고 나서 변질된 검붉은, 아니 짙은 붉은색 마력이 방전되는 것처럼 흘렀다.

하지만 상상하던 대로 변형해야 할 정육면체가 마치 하지메의 마력에 저항하려는 듯 연성을 튕겨냈다. 미궁의 위와 아래의 암반과 비슷한 반응이었다. 하지만 전혀 통하지 않는 건 아닌지 조금씩이지만 하지메의 마력이 정육면체를 침식했다.

"큭, 저항이 강해! ……하지만 지금의 나라면!"

하지메는 마력을 더욱 쏟았다. 영창을 했더라면 여섯 구절을 읊어야 하는 마력량이었고 그렇게까지 해서야 마력이 정육면체에 침투하기 시작했다. 하지메가 내뿜는 마력의 빛은 방 전체를 진한 붉은색으로 물들였다.

하지메는 더욱 마력을 높였다. 일곱 구절…… 여덟 구절……. 여자아이를 봉인한 주변의 돌이 서서히 떨리기 시작했다.

"아직이야!"

하지메는 기합을 넣으며 아홉 구절만큼 마력을 쏟았다. 속성 마법이라면 이미 상위 주문급, 아니 그러고도 남을 정도의 마력량이었다. 점점 빛을 늘려가는 붉은 빛에 여자아이는 눈을 크게 뜨고 그 광경을 조금이라도 놓치지 않겠다는 것처럼 가만히 바라보았다.

하지메는 처음 사용해보는 대규모의 마력에 식은땀을 흘렸다. 조금이라도 제어에 실패하면 폭주할 것 같았지만 이만큼 해도 아직 정육면체는 변하지 않았다. 하지메는 이제 될 대로 되라는 생각으로 마력을 전부 방출했다.

어째서 처음 만나는 소녀를 위해 이렇게까지 하는지 하지메 자신도 알 수 없었다.

하지만 내버려둘 수 없으니 어쩔 수 없다. 방해하는 건 모두 없애고 철두철미하게 자신의 목적을 위해 살기로 정했건만……. 하지메는 다시 한번 자신에게 어이없어 하면서도, 무슨 일에도 예외란 있는 법이라며 하고 싶은 대로 하겠다고 생각했다.

지금은 하지메 자신이 붉은 빛을 뿜었다. 말 그대로 온힘을 다한 마력 방출. 가지고 있는 모든 마력을 쏟아 넣을 기세로 연성했다.

그 직후 여자아이의 주변 정육면체가 녹는 것처럼 걸쭉하게 흘러내려 그녀를 가둔 우리를 조금씩 풀었다.

나름대로 부푼 가슴이 드러나고 뒤이어 허리, 두 팔, 허벅지 순으로 그녀를 감싸던 정육면체가 흘러내렸다. 실오라기 한 올 걸치지 않은 그녀의 알몸은 조금 야위어 있었지만 그래도 신비한 느낌이 들 정도로 아름다웠다. 그대로 온몸이 해방된 그녀는 땅 위에 털썩 주저앉았다. 아무래도 일어날 힘도 없는 모양이다.

하지메도 주저앉았다. 어깨로 거칠게 숨을 몰아쉬며 텅 빈 마력 때문인지 엄청난 권태감이 밀려들었다.

거친 숨을 내쉬며 떨리는 손으로 신수를 꺼내려 할 때였다.

갑자기 그 여자아이가 손을 꼭 잡았다. 약하디약한, 힘없는 손이었다. 작은 그 손이 바들바들 떨리고 있었다. 하지메가 곁눈질로 모습을 지켜보니 여자아이가 똑바로 하지메를 바라보고 있었고 얼굴엔 표정이 없었지만 그 붉은 눈동자의 안에는 그녀의 마음이 넘치듯 깃들어 있었다.

그리고 떨리는 목소리로 작게, 하지만 뚜렷하게 말했다.

"……고마워."

하지메는 그 말을 들었을 때의 심정을 어떻게 표현해야 좋을지 알 수 없었다. 하지만 모든 것을 버렸던 마음에 아주 약간, 하지만 분명 사라지지 않은 불빛이 지펴진 것만 같았다.

꽉 붙잡은 손을 아직도 놓지 않았다. 대체 얼마나 여기에 있었을까. 적어도 하지메의 지식에 있는 흡혈귀족은 수백 년 전에 멸망했을 터였다. 이 세계의 역사를 배웠을 때 그렇게 기록됐던 것을 봤다.

이야기를 나누는 사이에도 그녀의 표정은 변하지 않았다. 그것은 말하는 방법, 표정을 바꾸는 방법을 잊어버릴 정도로 오랜 세월 동안 이 어두운 곳에서 혼자 고독한 시간을 보냈다는 뜻이다.

게다가 아까 한 이야기로 볼 때 신뢰하던 상대에게 배신당했는데 용케 그러고도 미치지 않았다. 어쩌면 아까 말했던 자동 재생의 힘 때문일지도 모른다. 그렇다면 그건 반대로 고문이리라. 미치는 것조차 허락되지 않는다는 뜻이니까.

신수는 조금 후에 마시자고 생각한 하지메는 쓴웃음을 지

으며 나른한 팔에 힘을 주어 그녀의 손을 쥐었다. 그녀는 그
것에 움찔 반응하더니 다시 손을 꼭 쥐었다.

"……이름, 뭐야?"

여자아이가 속삭이듯 작은 목소리로 물었다. 그러고 보니
아직 서로의 이름도 몰랐다는 사실에 더욱 쓴웃음이 떠올랐
다. 하지메는 그녀의 질문에 답한 뒤 자신도 물었다.

"하지메. 나구모 하지메. 넌?"

여자아이는 하지메, 하지메 하고 중요한 것을 외우려는 것
처럼 반복해서 중얼거렸다. 그리고 자신의 이름을 말하려다
생각을 바꾼 것처럼 하지메에게 부탁했다.

"……이름, 지어줘."

"뭐? 지어달라니. 설마 잊어버린 거야?"

오랫동안 유폐됐기 때문에 그럴 수도 있겠다 싶어 물어봤지
만 여자아이는 도리도리 고개를 저었다.

"이제, 예전 이름은 필요 없어. ……하지메가 붙여준 이름이
좋아."

"……하아, 아무리 그래도."

아마도 하지메가 마음을 바꾼 것과 같은 이유일 것이다. 예
전의 자신을 버리고 새로운 자신과 가치관으로 살아간다. 하
지메는 고통과 공포, 배고픔 속에서 강제적으로 바뀌었지만
이 여자아이는 자신의 의지로 변하려고 했다. 그 첫 걸음이
새로운 이름이었다.

여자아이는 기대에 찬 눈으로 하지메를 보았다. 하지메는

뺨을 긁고서 잠시 생각에 잠긴 뒤, 어쩔 수 없다는 듯 그녀에게 새로운 이름을 말했다.

"『유에』라는 건 어때? 센스가 없으니까 마음에 들지 않으면 다른 걸 생각해보겠지만……."

"유에? ……유에 ……유에."

"그래. 유에라는 말은 내 고향에서 『달』을 의미해. 처음에 이 방에 들어왔을 때 네 금발머리와 붉은 눈이 밤에 떠오른 달처럼 보였거든. ……어때?"

여자아이는 예상 밖에 제대로 된 이유가 있어서 놀랐는지 눈을 깜박였다. 그리고 여전히 무표정하지만 기쁜 것처럼 눈을 반짝였다.

"……응. 오늘부터 유에. 고마워."

"그래, 우선은……."

"응?"

고맙다는 말을 하는 여자아이, 아니 유에는 자신의 손을 잡고 있던 하지메가 손을 놓고서 외투를 벗는 모습을 신기하게 바라보았다.

"이거 입어. 계속 알몸이면 안 되니까."

"……."

그렇게 말하며 내민 옷을 반사적으로 받아든 유에는 자신을 내려다보았다. 확실히 아무것도 없었다. 중요한 부분까지 훤히 보였다. 유에는 새빨개진 얼굴로 하지메의 외투를 꼭 안고 조심스럽게 올려다보며 말했다.

"하지메는 저질."

"......"

하지메는 무슨 말을 해도 지뢰를 밟게 될 것 같아 묵비권을 행사했고 유에는 주섬주섬 외투를 걸쳤다. 유에의 키는 140 센티미터 정도밖에 안 됐기 때문에 옷이 헐렁헐렁했다. 오른팔 부근의 소매를 열심히 접고 있는 모습이 흐뭇했다.

하지메는 그러는 사이에 신수를 마셔 회복했다. 활력이 돌아오고 뇌가 회전하기 시작했다. 그리고 『기적 감지』를 사용해…… 얼어붙었다. 어처구니없는 마물의 기척이 바로 근처에 존재하고 있다는 사실을 깨달은 것이다.

장소는…… 바로 위!

하지메가 그 존재를 깨달은 것과 그것이 천장에서 내려온 것은 거의 동시였다.

하지메는 순간적으로 유에에게 달려들어 한쪽 손으로 안은 뒤 전력을 다해 『축지』를 사용했다. 순식간에 이동한 하지메가 돌아보니 방금까지 있던 곳에 쿵 소리와 함께 그것이 모습을 드러냈다.

그 마물은 몸길이 5미터 정도, 네 개의 긴 팔에 거대한 집게를 가졌으며 여덟 개의 다리를 바삐 움직이고 있었다. 그리고 두 개의 꼬리 끝에는 날카로운 침이 달려 있었다. 가장 알기 쉬운 비유를 하자면 전갈과 가까웠고 두 개의 꼬리는 독을 가졌다고 생각하는 편이 현명할 것이다. 지금까지의 마물과는 확연하게 다른 강한 기운이 느껴졌고 자연스럽게 하지메의 이마에 땀이 흘렀다.

방에 들어온 직후 전개했던 『기적 감지』에는 아무런 반응도 없었지만 지금은 『기적 감지』로 확실하게 느낄 수 있었다.

그렇다는 건 적어도 이 유사 전갈은 유에의 봉인이 풀린 뒤에 나타났다는 뜻이다. 즉, 유에를 도망치지 못하도록 하는 최후의 장치이리라. 그것은 유에를 두고 간다면 도망칠 수 있는 가능성이 있다는 뜻이다.

팔 안의 유에를 슬쩍 보았다. 그녀는 유사 전갈에겐 눈길도 주지 않고 줄곧 하지메를 보고 있었다. 잔잔한 수면처럼 조용한, 각오를 다진 눈동자. 그 눈동자가 무엇보다도 강하게 그녀의 생각을 전하고 있었다. 그녀는 자신의 운명을 하지메에게 맡긴 것이다.

그 눈동자를 본 순간, 하지메의 입가가 올라가더니 평소처럼 대담한 미소가 떠올랐다.

하지메는 타인이 어떻게 돼도 상관없지만 유에에게 공감하고 말았다. 붕괴해 많은 것을 잃었던 마음에 빛이 들기 시작했다. 그리고 심한 배신을 당했던 이 소녀가 다시 한번 그 몸을 타인에게 맡기려는 것이다. 그것에 답하지 않는다면 남자 체면이 말이 아니다.

"좋아. ……죽일 수 있다면 해봐라."

하지메는 유에를 어깨에 들치고 빠르게 파우치에서 신수를 꺼내 그녀의 입에 찔러 넣었다.

"읍?!"

시험관 모양의 용기에 담긴 신수가 유에의 몸 안으로 흘러들었다. 유에는 갑자기 입으로 이상한 물건이 들어오자 눈물이 찔끔 났지만 쇠약해졌던 몸에 활력이 돌아오는 것을 느끼고 깜짝 놀라 눈을 크게 떴다.

하지메는 그대로 한쪽 팔을 돌려 유에를 등에 업었다. 쇠약해진 그녀는 걸림돌이나 마찬가지였지만 내버려뒀다간 먼저 처리될 것이다. 지키면서 유사 전갈과 싸우는 건 피하고 싶었다.

"잘 붙잡고 있어, 유에!"

완전히 회복되기까진 한참 멀었지만 손발에 힘이 돌아온 유에는 하지메의 등에 꼭 달라붙었다.

유사 전갈은 삐걱삐걱 소리를 내며 천천히 다가왔다. 하지메는 등에 업은 유에를 느끼며 당당한 미소와 함께 선언했다.

"방해한다면…… 잡아먹어주지."

그런 하지메의 선전포고를 받은 전갈이 공격을 날렸다. 순간 거대해진 꼬리의 침에서 보라색 액체를 엄청난 기세로 뿜었다. 하지메는 상당한 속도로 날아드는 그것을 재빨리 물러나 피했고 땅에 떨어진 보랏빛 액체는 슈왁 소리를 내며 순식간에 바닥을 녹였다. 아무래도 용해액처럼 보였다.

하지메는 그것을 곁눈질로 확인하며 돈나를 뽑아 발포했다.

투쾅!

최대 위력이었다. 초속 3.2킬로미터의 탄환이 전갈의 머리에 작렬했다.

하지메의 등에 매달린 유에가 깜짝 놀라는 기적이 전해졌다. 하지메는 오른손에 약간의 전격을 띤 모양이었지만 마법진이나 영창을 사용하지 않았다. 그것을 본 유에는 그가 자신과 마찬가지로 마력을 직접 조작할 수 있다는 것을 깨달았다.

자신과 『마찬가지』, 그리고 어째서인지 이 나락에 있다. 유에는 그럴 때가 아니라는 걸 알고 있었지만 전갈보다 하지메를 의식했다.

한편 하지메는 발을 멈추지 않고 『공력』을 사용해 도약을 반복했다. 그 표정은 지금까지와 다르게 험악했다. 하지메는 『기척 감지』와 『마력 감지』로 전갈과 비슷한 녀석이 조금도 움직이지 않는다는 것을 알고 있었기 때문이다.

그것을 증명하려는 듯 유사 전갈의 또 하나의 꼬리에 달린 침이 하지메를 조준했다. 그리고 꼬리의 끝이 거대해지는가 싶더니 엄청난 속도로 침이 발사됐다. 하지메는 피하려 했지만 날아오던 침이 도중에 갈라져 산탄처럼 광범위하게 덮쳐왔다.

"큭!"

하지메는 신음하며 돈나로 쏘고 『호각』으로 걷어내고 『바람의 손톱』으로 베어냈다. 어떻게든 견뎌낸 뒤 반격을 위해 돈나를 발포. 직후에 공중으로 돈나를 던진 뒤 파우치에서 꺼낸 수류탄을 던졌다.

유사 전갈은 돈나의 일격을 다시 견디고서 산탄침과 용해액을 쏘려했다. 하지만 그 전에 데굴데굴 굴러온 직경 8센티미터 정도의 수류탄이 펑 터졌다. 그 수류탄은 폭발과 동시에 안에서 불타는 검은 진흙을 흩뿌리며 유사 전갈에게 부착됐다.

이른바 『소이 수류탄』이라는 거다. 타르 계층에서 손에 넣은 플람 광석을 이용한 것으로 부착하는 성질이 있는 섭씨 3000도의 불꽃을 뿜는다.

역시나 이건 아픈지 유사 전갈이 공격을 중단하고 자신에게 붙은 불꽃을 털어내려 발버둥 쳤다. 그 틈을 노려 하지메가 미리 잡아두었던 돈나를 빠르게 장전했다.

그것이 끝났을 때쯤엔 『소이 수류탄』의 타르가 전부 불타서 대부분 진화된 뒤였다. 하지만 여기저기 연기를 뿜는 것을 보면 분명 대미지를 입었는지 강렬한 분노가 전해졌다.

"키샤아아아아아!"

절규를 지른 유사 전갈은 여덟 개의 다리를 맹렬히 움직이며 하지메 일행을 향해 돌진했다. 네 개의 집게가 대포처럼 바람을 가르며 갑자기 뻗어왔다.

첫 번째를 『축지』로 피한 뒤 두 번째를 『공력』으로 도약해 피했다. 하지메가 세 번째를 『호각』으로 걷어차 자세가 무너지자 네 번째 집게가 다가왔다.

하지메는 순식간에 돈나를 쏘아 그 격발의 충격을 이용해 자신을 날려버리며 몸을 틀어 간신히 피하는 데 성공했다. 등에 업힌 유에가 격렬한 움직임에 신음했지만 어떻게든 버티고 있었다.

하지메는 그대로 공중으로 도약해 유사 전갈의 등 부분에 내려왔다. 그리고 날뛰는 전갈 위에서 중심을 잡으며 단단한 껍질에 총구를 가져가 제로 거리에서 돈나를 쏘았다.

카앙!

엄청난 소리를 내며 유사 전갈의 동체가 충격으로 지면에 납작해졌다.

하지만 충격을 받은 껍질은 약간의 상처가 남았을 뿐 대미지다운 대미지는 주지 못했다. 하지메는 그 사실에 이를 악물며 돈나를 휘둘러 『바람의 손톱』를 발동했지만 캉 하는 금속이 부딪히는 소리만 울리고 마찬가지로 껍질을 부수진 못했다.

유사 전갈이 적당히 좀 하라고 말하는 것처럼 자신의 등을 향해 산탄침을 쏘았다.

하지메는 서둘러 그 자리에서 물러나며 공중에서 몸을 틀었다. 그리고 산탄침을 쏘는 꼬리를 향해 발포했다. 초속의 탄환이 꼬리 끝부분의 옆을 맞춰 방향을 크게 틀었지만…… 꼬리 끝의 날카로운 부분까지 단단한 껍질로 뒤덮인 모양인지 대미지가 없었다. 완전히 공격력 부족이다.

공중에 뜬 하지메를 향해 다시 네 개의 거대한 집게가 폭풍처럼 계속해서 몰아쳤다. 난처해진 하지메는 『소이 수류탄』을 유사 전갈의 등에 던지고 뒤로 크게 도약했다. 사방으로 튄 타르가 다시 유사 전갈을 공격했지만 결국 시간 끌기 정도밖에 안 될 것이다.

유사 전갈에게서 떨어진 하지메가 어떻게 해야 할지 잠시 생각하고 있을 때, 갑자기 지금까지 들어본 적 없는 절규가 들렸다.

"키이이이이이이이!"

그 절규를 듣고서 온몸에 오한이 난 하지메는 서둘러 『축지』로 거리를 벌리려 했지만…… 이미 늦었다.

절규가 울려 퍼짐과 동시에 갑자기 주위의 지면이 물결치더니 굉음을 울리며 원뿔 모양의 가시가 무수히 튀어나왔다.

"제길!"

이 공격에는 완전히 의표를 찔렸다.

하지메는 필사적으로 공중으로 도망치려 했지만 뒤에서 다가오는 원뿔 모양의 가시를 깨닫고 유에를 감싸기 위해 몸을 틀다 자세가 무너졌다. 돈나와 『호각』으로 간신히 피했지만 그런 그의 시선 끝에서 산탄침과 용해액 꼬리가 자신을 조준하는 것이 보였다.

하지메의 얼굴이 굳어졌다.

다음 순간 두 꼬리에서 산탄침과 용해액이 공중의 표적을 격추하려 발사됐다. 하지메는 각오를 다졌다. 이 상황에선 양쪽 다 피하는 건 무리라고 판단해 이를 악물었다.

『공력』으로 어떻게든 용해액을 피한 뒤 팔꿈치까지밖에 없는 왼팔과 오른팔을 힘껏 교차시켜 급소를 지키고, 동시에 돈나의 총신으로 얼굴을 가렸다. 그리고 마력 직접 조작으로 몸을 한계까지 강화한 뒤 근육을 조였다.

그 직후 강렬한 충격과 함께 날카로운 침 몇십 개가 하지메의 몸에 깊숙이 박혔다.

"크아아아악!"

비명을 지르며 어떻게든 치명상만큼은 피했고 등에는 유에가 있기 때문에 자신의 몸으로 침을 받아 관통되지 않도록 힘을 주었다.

하지메는 충격으로 날아가서 엄청난 통증과 함께 지면으로 떨어져 그대로 굴렀다. 유에도 그 충격으로 등에서 떨어지고 말았다.

하지메는 몸에 무수히 많은 침이 찔린 채로 이를 악물고 동증을 견디며 파우치에서 『섬광 수류탄』을 꺼내 유사 전갈에게 던졌다. 포물선을 그리며 날아간 『섬광 수류탄』은 유사 전갈의 눈앞에서 강렬한 섬광을 뿜었다.

"키샤아아아아!"

갑작스러운 섬광에 비명을 지른 유사 전갈은 자신도 모르게 뒤로 물러섰다. 아무래도 처음부터 하지메의 움직임을 눈으로 확인했기 때문에 먹힐 거라 판단해 던졌는데 그 추측은 틀리지 않았다.

하지메는 어금니에 설치한 신수를 깨물어 마신 뒤 단 번에 침을 뽑았다.

"크으으으!"

엄청난 통증에 악물었던 이빨 사이로 신음 소리가 흘러나왔다. 하지만 견디지 못할 정도는 아니었다. 하지메는 지금 것보다 몇 배는 더 큰 고통을 견디고 여기까지 왔다. 이 정도로는 마음이 꺾이지 않는다.

하지메는 침을 뽑으며 시선을 돌려 유에를 찾았다. 하지만 그가 발견하는 것보다 먼저 유에가 하지메에게 다가왔다.

"하지메!"

걱정스러운 표정으로 하지메에게 달려온 유에. 무표정했던 얼굴이 당장에라도 울 것처럼 보였다.

"괜찮아. 그보다 저 녀석 너무 단단하잖아. 공략법이 보이지 않아. 눈이나 입을 노리려 해도 네 개의 집게가 방해돼서 안통하고…… 대미지를 각오하고 돌격해볼까?"

하지메는 유에의 걱정을 제쳐놓고 유사 전갈을 공략하기 위한 방법을 고민했다. 유에는 그런 그의 모습을 보고 중얼거렸다.

"……어째서?"

"응?"

"어째서 도망치지 않았어?"

자신을 두고 도망쳤다면 살았을 지도 모른다. 유에는 하지메라면 그것을 알고 있을 거라고 확신하며 물은 것이다. 하지메는 그 질문에 어이없다는 시선을 보냈다.

"이제 와서 무슨. 조금 강한 적이 나타난 정도로 버리고 갈 만큼 타락하지 않았어."

하지메는 살기 위해서라면 야습이든 기습이든 속임수든, 아니면 불법이나 거짓말, 허풍도 사용할 것이다. 발톱 곰과의 싸움은 유일한 예외로 기본적으론 정정당당한 것은 개나 주라는 생각이었다. 이곳은 그런 여유를 부릴 만큼 어수룩한 곳이 아니고 그 사실에 죄악감도 없다. 그런 식으로 바뀌고 말았다.

하지만 원해서 독해진 것은 아니다. 지켜야 할 인정 정도는 분별한다. 그 사실을 떠올리게 해준 건, 되찾게 해준 건 다름 아닌 유에였다.

그렇기 때문에 여기서 도와준 유에를 버린다는 선택은 없었다. 그녀가 하지메에게 자신을 맡겼을 때, 하지메가 한 결단이야말로 그가 길에서 어긋날지 아닐지를 정하는 터닝 포인트였다.

유에는 하지메에게 말 이상의 무언가를 봤는지 결심한 표정으로 고개를 끄덕이며 갑자기 껴안았다.

"으, 응? 왜 그래?"

상황이 상황인 만큼 갑자기 뭐 하는 건지 알 수 없어 살짝 당황한 하지메. 슬슬 유사 전갈이 돌아올 것이다. 하지메의 상처는 이미 나았다. 서둘러 전투 태세로 들어가야만 한다.

하지만 유에는 그런 건 모른다는 듯이 하지메의 목으로 손을 가져갔다.

"하지메…… 믿어줘."

그렇게 말한 유에는 하지메의 목덜미에 키스했다.

"큭?!"

아니, 키스가 아니다. 깨물었다.

하지메는 근육에 따끔한 통증을 느꼈다. 그리고 몸에서 힘이 빠져나가는 위화감을 느꼈다. 그는 서둘러 떨쳐내려 했지만 유에가 자신을 흡혈귀라고 소개했던 것을 떠올리고 지금은 피를 빨리고 있는 거라는 사실을 깨달았다.

믿어줘, 라는 말은 분명 흡혈귀에게 피를 빨리는 행위를 당해도 공포와 혐오로 도망치지 말아달라는 뜻일 것이다.

그렇게 생각한 하지메는 쓴웃음을 지으며 메달린 유에의 몸을 안아 지탱했다. 순간 유에의 몸이 움찔 떨렸지만 더욱 꼭 안으며 목덜미에 얼굴을 묻었다. 무척이나 기뻐하는 것처럼 느껴지는 건 기분 탓일까.

　"키샤아아아아!"

　유사 전갈의 포효가 울렸다. 아무래도 『섬광 수류탄』의 충격에서 회복한 모양이다. 이쪽의 위치를 파악했는지 다시 지면이 물결쳤다. 이것은 유사 전갈의 고유 마법으로 주변 지형을 마음대로 다룰 수 있는 것이리라.

　"하지만 그거라면 내 전문이지."

　하지메가 지면에 오른손을 얹고서 연성하니 주변 3미터 이내로는 물결이 오지 못 했다. 대신 돌벽이 하지메와 유에를 감싸듯 생겨났다.

　주위에서 원뿔 모양의 가시가 날아들어 하지메 일행을 공격했지만 모두 하지메가 만든 방벽에 막혔다. 한 번 맞을 때마다 부서졌지만 금방 새로운 벽을 만들었다.

　지형을 다루는 규모와 강도, 공격성은 유사 전갈이 위였지만 연성 속도는 하지메가 위였다. 연성 범위는 3미터에서 늘어나지 않아 골치를 앓았고 가시는 만들 수 있어도 위력이 없는데다 날릴 수도 없었지만 수비는 적성에 맞았다.

　하지메가 연성으로 방어에 전념하고 있을 때, 드디어 유에가 입을 뗐다.

　그녀는 어딘가 열이 오른 표정으로 혀를 할짝거렸다. 그 행동과 맞물려 어린 모습인데도 어딘가 요염함이 느껴졌다. 어떻게 된 일인지 아까까지 야위었던 느낌은 온데간데없이 사라지고 매끄럽고 탄력 있는 도자기 같은 하얀 피부로 돌아와 있었다. 뺨은 꿈을 꾸는 것처럼 장밋빛이었고 붉은 눈동자는 따뜻한 빛을 어스름하게 내고 있었다. 그 가늘고 작은 손이 살짝 쓰다듬듯 하지메의 뺨 위에 놓였다.

"……잘 먹었습니다."

그렇게 말한 유에는 천천히 일어나 유사 전갈을 향해 한손을 들었다. 동시에 그 가녀린 몸에선 상상도 할 수 없는 막대한 마력이 솟구쳤다. 아마도 그녀의 마력색인…… 황금색 빛이 어둠을 물리쳤다.

그리고 신비롭게 물든 유에는 마력색과 같은 황금색 머리카락을 하늘하늘 나부끼며 한 마디 중얼거렸다.

"『창천(蒼天)』."

그 순간 유사 전갈의 머리 위에 직경 6, 7미터는 될법한 푸른 불꽃의 구체가 생겨났다.

유사 전갈은 직격한 것이 아닌데도 상당히 뜨거웠는지 비명을 지르며 도망치려 했다.

하지만 나락의 바닥에 사는 흡혈 공주는 그것을 허락하지 않았다. 척하니 뻗은 아름다운 손가락을 지휘봉처럼 우아하게 휘둘렀고 푸른 불꽃 구체는 지휘자의 지시를 충실히 실행해 도망치려는 유사 전갈을 따라가…… 직격했다.

"크갸아아아아아아아?!"

유사 전갈은 지금까지 낸 적 없는 비명을 질렀다. 분명 고통의 비명이었다. 공격을 맞음과 동시에 푸른 섬광이 주변을 채워 아무것도 보이지 않게 됐다. 팔로 눈을 가린 하지메는 그저 그 엄청난 마법을 멍하니 바라볼 뿐이었다.

이윽고 마법 효과 시간이 끝났는지 푸른 불꽃이 사라졌다. 나머진 붉게 변한 등껍질 표면이 걸쭉하게 녹아 고통에 신음하는 유사 전갈의 모습이 있었다.

그 섭씨 3000도의 『소이 수류탄』으로도 녹일 수 없고, 제로 거리에서 레일건을 쏘아도 미동조차 하지 않았던 괴물의 방어를 약간이라도 부순 유에의 마법을 칭찬해야 할지, 그게 아니면 고온의 직격을 받고도 표면이 녹은 정도로 끝난 유사 전갈의 방어력을 칭찬해야 할지 고민스러운 상황이었다.

풀썩 소리가 나서 경이로운 광경을 보던 하지메가 시선을 돌려 그쪽을 보니, 유에가 어깨를 들썩이며 주저앉아 있었다. 아무래도 마력이 고갈된 모양이다.

"유에, 괜찮아?"

"응…… 최고로…… 지쳤어."

"하하, 제법이잖아. 살았어. 나머진 내가 할 테니까 쉬고 있어."

"응, 힘내……."

하지메는 손을 흔들흔들 저으며 『축지』로 단번에 거리를 좁혔다. 유사 전갈은 아직까지 건재했다. 껍질 표면이 녹으면서도 분노를 감추지 않고 포효하며 접근한 하지메에게 산탄침을 쏘려 했다.

하지메는 재빨리 파우치에서 『섬광 수류탄』을 꺼내 머리 위로 높게 던졌다. 뒤이어 돈나를 뽑아 날아든 산탄침이 분열하기 전에 쏘았다. 그리고 전자 가속 시키지 않은 탄환으로 떨어지는 『섬광 수류탄』을 쏘아 터뜨렸다.

유사 전갈도 두 번째는 역시 익숙해졌는지 성가셔 했지만 동요하지는 않았다. 빛으로 가득한 공간에서 하지메의 기척을 찾는 모양이었다.

하지만 아무리 찾아도 하지메의 기척이 없었다. 유사 전갈이 하지메의 기척을 잃고 당황하고 있을 때, 하지메는 유사 전갈의 등에 착지했다.

"키샤아아?!"

유사 전갈을 큰 소리를 내며 놀랐다. 그야 어쩔 수 없다. 찾고 있던 기척이 자신의 감지망을 빠져나와 등 뒤에 나타났으니까.

하지메는 『기척 차단』으로 섬광과 함께 기척을 없애 유사 전갈의 등에 착지했다.

붉게 변한 유사 전갈의 껍질이 하지메의 피부를 태웠다. 하지만 그런 건 신경도 쓰지 않고 표면이 녹아 얇아진 껍질에 총구를 가져가 연속으로 방아쇠를 당겼다. 원래의 내구력을 잃은 유사 전갈의 껍질은 제로 거리 사격의 연속 공격을 받아 그 절대적인 방패의 돌파를 허락하고 말았다.

유사 전갈은 자신이 다칠 가능성도 무시한 채 두 개의 꼬리로 하지메를 때려 떨어뜨리려 했지만 그보다 먼저 하지메가 움직였다.

"이거나 먹어라."

파우치에서 꺼낸 『수류탄』을 돈나로 벌려둔 살점 구멍에 팔과 함께 깊숙이 찔러 넣어 체내에 두고 나왔다. 하지메의 팔이 그을리고 짓물러졌지만 신경 쓰지 않았다.

그리고 유사 전갈에게 공격받기 전에 『축지』를 이용해 물러났다. 유사 전갈이 등 뒤에서 떨어진 하지메를 공격하기 위해 몸을 돌렸다.

하지만 거기까지였다.

투팍!

그런 둔탁한 폭발음이 주변에 울림과 동시에 유사 전갈이 움찔 떨었다. 움직임이 멎은 유사 전갈과 하지메가 마주보았고 그 주위로 정적이 감돌았다.

이윽고 유사 전갈이 천천히 기울더니 그대로 쿵 하고 땅을 울리며 넘어졌다.

하지메는 장전하며 조금도 움직이지 않게 된 유사 전갈에게 다가갔다. 그 입 안에 돈나를 찔러 넣고 만약을 위해 두세 발을 쏘고서야 안심이 됐는지 고개를 끄덕였다. 마무리는 확실하게! 그것이 최근에 생긴 하지메의 지론이었다.

돌아보니 무표정하지만 기뻐 보이는 눈빛으로 하지메를 보는 유에의 모습이 있었다. 미궁 공략이 언제 끝날지는 모르지만 아무래도 듬직한 파트너가 생긴 것 같았다.

판도라의 상자에는 재앙과 한줌의 희망이 들어 있었다고 한다. 아무래도 이 방에 들어오기 전에 떠올렸던 생각이 그럴듯하게 들어맞았다. 그런 생각을 한 하지메는 천천히 그녀에게로 다가갔다.

유사 전갈을 쓰러뜨린 하지메 일행은 유사 전갈과 사이클롭 스의 소재와 고기를 거점으로 옮겼다. 물론 몸집이 커서 옮기 기 힘들었지만 최상급 마법을 사용한 뒤 힘이 빠진 유에에게 피를 마시게 했더니, 순식간에 부활하여 신체 강화 마법으로 괴력을 발휘한 덕분에 둘이서 어떻게든 옮길 수 있었다.

참고로 봉인의 방을 사용하는 방법도 있었지만 유에가 단 호히 거부했기 때문에 포기했다.

무리도 아니다. 몇 년이나 갇혔던 곳 따윈 보고 싶지 않은 게 보통이다. 소모품 보충을 위해 한동안 움직일 수 없다는 점을 생각하면 정신건강을 위해서라도 봉인의 방에서 서둘러 나오는 편이 좋았다.

그런 이유로 지금 하지메 일행은 소모품을 보충하며 서로에 대해 이야기를 나눴다.

"그럼 유에는 적어도 3백 살 이상이라는 거야?"

"……매너 위반."

유에가 비난이 담긴 눈으로 하지메를 보았다. 여성에게 나 이를 묻는 건 어느 세계든 금기인 모양이다.

하지메의 기억에는 300년 전의 대규모 전쟁으로 흡혈귀족 은 멸망했다고 알려졌을 것이다. 실제로 유에도 오랜 세월 동 안 소리 하나 없고 어두운 방에 갇혀 있었기 때문에 시간 감각은 거의 없었지만, 그 정도 지났다 해도 이상하지 않을 정도로 긴 세월 동안 봉인됐다고 한다.

"흡혈귀는 다들 그렇게 오래 사는 거야?"

"……내가 특별. 『재생』으로 나이도 먹지 않아……."

들자니 12살 때 마력 직접 조작과 『자동 재생』의 고유 마법에 눈뜨고 난 뒤로 나이를 먹지 않았다고 한다. 평범한 흡혈귀족도 피를 빠는 것으로 다른 종족보다 오래 살 수 있는 모양이지만 그래도 200년 정도가 한계라고 했다.

참고로 인간족의 평균 수명은 70세, 마인족은 120세, 아인족은 종족에 따라 다르다고 한다. 엘프는 몇백 년 이상을 살기도 했다고.

유에는 격세유전으로 힘에 눈뜨고 난 후, 고작 몇 년 만에 당시 최강의 한 축으로 불렸으며 17세에는 흡혈귀족의 왕위에 올랐다고 한다.

유사 전갈의 껍질을 녹일 수 있는 마법을 짧은 시간 안에 쏠 만했다. 게다가 거의 불사신인 육체. 종착점은 『신』이나 『괴물』이겠지. 유에는 후자였다.

욕망에 눈이 먼 숙부는 유에를 괴물이라며 주변 사람들을 부추긴 뒤, 대의명분과 함께 죽이려 했지만 『자동 재생』으로 죽일 수 없어서 어쩔 수 없이 지하에 봉인했다고 했다. 유에는 갑작스러운 배신으로 충격을 받아 제대로 된 반격도 하지 못했다고 한다. 그렇게 혼란스러워하다 어떠한 봉인술에 걸려 깨닫고 보니 그 봉인의 방에 있었다고……

그래서 그 유사 전갈이나 봉인 방법, 어떻게 나락으로 오게 됐는지 모른다고 한다. 혹시나 돌아갈 방법을 알 수 있지 않을까 기대했던 하지메는 그 이야기를 듣고 풀썩 고개를 숙였다.

유에의 힘에 대해서도 이야기를 들었다. 그녀의 말에 의하면 유에는 모든 속성에 적성이 있다고 했다. 정말로 사기적인 능력. 하지메는 어이없어 했지만 접근전은 서툰 모양이라 혼자선 신체 강화로 도망친다거나, 『자동 재생』의 재생력을 믿고 대미지를 무시하며 마법을 연사하는 정도가 고작이라고 했다. 하긴 그 마법이 지나치게 강력하니 대단한 약점도 아니지만…….

추가로 영창 없이 마법을 발동할 수 있어도 버릇으로 마법의 이름만은 중얼거린다고 했다. 마법을 보완하는 이미지를 명확하게 하기 위해 어떠한 말을 더하는 사람은 적지 않다고 하니 이건 유에가 이상한 건 아니었다.

『자동 재생』은 일종의 고유 마법으로 분류되는지 마력이 남아 있든가 순식간에 먼지가 되지 않는 한 죽지 않지만, 반대로 마력이 고갈된 상태에서 받은 상처는 낫지 않는다고 했다. 즉, 오랫동안 봉인된 탓에 마력이 고갈됐던 유에가 유사 전갈의 공격을 받았더라면 간단히 죽었으리라.

"그리고…… 중요한 이야기인데, 유에는 여기가 어디인지 알아? 달리 지상으로 탈출할 수 있는 길이라든가."

"……모르겠어. 하지만……."

유에는 미안해하면서도 무언가 알고 있는지 말을 이었다.

"……이 미궁은 반역자 중 한 사람이 만들었다고 해."

"반역자?"

하지메는 익숙하지 않은 데다 불온한 어감의 단어를 듣고 자신도 모르게 연성 작업을 멈춘 채 유에에게 시선을 보냈다. 하지메의 작업을 가만히 보던 유에도 시선을 들어 하지메를 보고는 고개를 끄덕인 뒤 말을 이었다.

"반역자. ……신화시대에 신에게 도전한 신의 권속을 말해. ……세계를 멸망시키려 했다고 알려져 있어."

유에는 말이 적고 무표정한 아이여서 설명에도 시간이 걸렸다. 하지메는 소모품을 보충하는데 시간이 필요하고, 유사 전 갈과의 싸움으로 공격력 부족을 통감해서 새로운 병기 개발에 나섰기 때문에 작업하며 천천히 들어주었다.

유에의 말에 따르면 신화시대에 신에게 반역해 세계를 없애려 한 7대 권속이 있었다고 한다. 하지만 그 계획이 무너지자 그들은 세계의 끝으로 도망쳤으며 그 끝이라는 게 바로 7대 미궁이라 불리는 곳이라고 했다. 이【오르크스 대미궁】도 그 중 하나로, 나락 바닥의 가장 깊은 곳에는 반역자가 사는 곳이 있다고 한다.

"……거기라면 지상으로 올라갈 수 있는 곳이 있을지도……."

"그렇군. 나락 바닥에서 끙끙거리며 미궁을 올라가진 않겠지. 신화시대의 마법사라면 전이 마법으로 지상과 연결된 루트를 만들었다 해도 이상하지 않다는 거로군."

드디어 보이기 시작한 가능성에 미소가 떠오른 하지메. 시선을 손으로 내려 작업을 다시 시작했다. 유에의 시선도 하지메의 손으로 향하고 가만히 바라본다.

"······그렇게 재미있어?"

말하지 않고 고개만 끄덕인 유에. 헐렁한 외투를 입고 소매에서 자그마한 손가락이 살짝 삐져나와 무릎을 안고 있는 모습은 어딘가 애교가 있었고, 그 행동이 단정한 용모와 무척이나 잘 어울려서 자신도 모르게 안아주고 싶을 정도로 귀여웠다.

'하지만 3백 살. 역시나 이세계로군. 로리 할멈이 실제로 존재하다니······.'

마음이 바뀌어도 오타쿠 지식은 건재했다. 자신도 모르게 그런 생각을 떠올리자 유에가 날카롭게 반응했다.

"······하지메, 이상한 생각했지?"

"아니, 별생각 안 했는데?"

하지메는 시치미를 뗐지만 유에의, 아니 여자의 날카로운 감에 내심 식은땀을 흘렸다. 묵묵히 작업하는 것으로 얼버무리니 유에도 신경이 다른 데로 쏠렸는지 이번엔 반대로 하지메에게 질문했다.

"······하지메는 어째서 여기에 있어?"

당연한 의문일 것이다. 이곳은 나락 밑바닥. 진정한 마경이다. 마물 이외의 생물이 있을 곳은 아니다.

유에는 그 외에도 물어보고 싶은 것이 많았다. 어째서 마력을 직접 다룰 수 있는지, 어째서 고유 마법으로 보이는 것을 여럿 사용하는지, 어째서 마물의 고기를 먹고도 괜찮은 건지, 왼팔은 어떻게 된 건지, 애초에 하지메는 인간이 맞는지, 하지메가 사용하는 무기는 대체 무엇인지.

드문드문해도 끊이지 않고 이어지는 질문에 성실하게 대답해주는 하지메.

하지메도 대화에 굶주렸던 것인지 귀찮아하는 모습도 보이지 않고 이야기에 어울렸다. 하지메가 이래저래 유에에게 무르다는 점도 있었고, 그가 목적을 위해 수단을 가리지 않는 불한당이 되지 않기 위한 마지막 방파제가 유에 일지도 모른다, 라는 느낌을 받았기 때문이다.

하지메가 동료와 함께 이쪽 세계로 소환된 것을 시작으로 무능으로 불렸던 것, 베헤모스와의 싸움에서 반 아이들 중 누군가에게 배신당해 나락으로 떨어진 것, 마물을 먹고서 변한 것, 발톱 곰과의 싸움을 원했던 것, 포션(나중에 유에가 신수라고 알려주었다)에 대한 것, 고향의 병기에서 힌트를 얻어 현대 병기와 비슷한 개발을 시작했다는 것을 주절주절 이야기했다. 그러다보니 어느새 유에 쪽에서 콧물을 훌쩍이는 소리가 들렸다.

궁금증에 다시 시선을 들어 유에를 보니 눈물을 뚝뚝 흘리고 있었다. 깜짝 놀란 하지메는 자신도 모르게 손을 뻗어 흐르는 유에의 눈물을 닦아주며 물었다.

"갑자기 왜 그래?"

"……훌쩍…… 하지메…… 괴로워…… 나도 괴로워……."

아무래도 하지메를 위해 울어준 모양이다. 살짝 놀란 하지메는 쓴웃음을 지으며 유에의 머리를 쓰다듬었다.

"신경 쓰지 마. 이제 같은 반 아이에 대해선 아무래도 좋아. 그런 별것 아닌 일에 집착해봤자 소용없으니까. 여기서 나가 복수하러 간다 해도 어떻게 되는 것도 아니고. 그런 것보다 살아남는 방법을 갈고닦는 것과 고향으로 돌아갈 방법을 찾는 것에 온힘을 쏟아야겠지."

머리를 쓰다듬어주는 것이 기분 좋았는지 고양이처럼 눈을 가늘게 뜨고 있던 유에가 고향에 돌아간다는 하지메의 말에 움찔 반응했다.

"……돌아갈 거야?"

"응? 예전 세계 말이야? 그야 돌아가야지. 돌아가고 싶어. ……많은 것들이 변했지만…… 고향으로…… 집으로 돌아가고 싶어……."

"……그래."

유에는 침울한 표정으로 고개를 숙였다. 그리고 불쑥 중얼거렸다.

"……난 이제 돌아갈 곳이…… 없어……."

"……."

그런 유에의 모습에 그녀의 머리를 쓰다듬던 손을 뗀 하지메는 자신의 머리를 긁적였다.

하지메는 딱히 둔감한 성격이 아니다. 그래서 유에가 자신을 새로운 안식처를 보고 있다는 사실도 어렴풋이 알고 있었다. 새로운 이름을 바라던 것도 그런 뜻이겠지. 그렇기 때문에 하지메가 예전 세계로 돌아간다는 건 다시 자신이 있을 곳을 잃게 된다고 생각해 슬퍼하는 것이리라.

하지메는 내심 『철두철미하게 자신의 바람을 위해』 행동하겠다고 결심했는데 왜 이렇게 무른지 생각하면서 다시 유에의 머리를 쓰다듬었다.

"아~, 그럼 너도 갈래?"

"어?"

하지메의 말에 깜짝 놀라 눈을 크게 뜬 유에. 눈물로 젖은 붉은 눈동자가 자신을 가만히 들여다보자 마음이 진정되지 않은 하지메는 약간 빠르게 말을 더했다.

"아니, 그러니까 내 고향에 말이야. 뭐, 평범한 인간밖에 없는 세계고 호적 같은 문제도 있고 사람이 아니면 여러모로 불편한 세계일지도 모르지만…… 지금은 나도 비슷한 입장이니까. 어떻게든 될 거라고 생각해…… 그러니 네가 바란다면 말이야."

유에는 한동안 멍하니 있었지만 드디어 이해했는지 조심스럽게 물었다.

"괜찮아?"

하지만 그 눈동자에는 숨길 수 없는 기대감이 담겨 있었다.

유에의 반짝이는 눈동자를 본 하지메는 살짝 미소를 지으며 끄덕였다. 그러자 유에는 지금까지 무표정했던 것이 거짓말이었던 것처럼 꽃을 피우듯 미소 지었다. 자신도 모르게 넋을 놓고 보게 된 하지메는 얼빠진 자신의 모습을 깨닫고서 다급히 고개를 저었다.

하지메는 어쩐지 유에를 똑바로 바라볼 수 없게 되어 작업에 몰두했다. 유에도 흥미진진하게 들여다보았다. 단, 아까보다 가까운 거리에서 거의 밀착하듯이…….

하지메는 신경 써선 안 된다며 자신을 타일렀다.

"……이거, 뭐야?"

하지메의 연성으로 조금씩 완성되어가는 어떤 부품. 1미터를 가볍게 넘는 원통 모양의 막대기와 12센티미터(세로 길이)나 되는 붉은 탄환, 그 외에 세세한 부품이 널브러져 있었다. 그것은 돈나의 부족한 위력을 보완하기 위해 개발한 새로운 비장의 카드가 될 병기였다.

"이건 말이지…… 대전차 라이플…… 레일건 버전이야. 내 총은 봤지? 그러니까 그것의 강화판이야. 탄환도 특수 제작이고."

하지메의 말대로 그 부품들을 조합하면 길이 1.5미터 가량의 라이플이 됐다. 총의 위력을 올리기 위해 어떡할지 고민한 하지메는 작약의 양과 전자 가속이 한계치인 돈나로는 더 이상 위력을 올릴 수 없다는 결론을 내리고 새로운 총을 만들기로 했다.

당연히 위력을 올리기 위해선 구경을 키우고 가속 영역을 길게 만들어야 한다.

그래서 생각한 것이 대전차 라이플이다. 장탄수가 한 발밖에 안 되고 들고 다니기도 불편하지만 이론상의 위력은 절대적이었다. 무엇보다 돈나의 최대 출력도 일반적인 대전차 라이플을 가볍게 능가하는 파괴력을 지녔다. 평범한 인간이 쏜다면 반동 때문에 몸에 있는 뼈의 절반정도가 으스러질 것이다.

이 새로운 대전차 라이플, 슈라겐은 이론상 최대 위력이 돈나의 몇 배나…… 되었다.

소재는 무려 유사 전갈이었다. 하지메가 그 단단함의 비밀을 찾기 위해 유사 전갈의 껍질을 조사해보니 『광물계 감정』을 할 수 있었다.

─────────────────

슈타르 광석
마력과의 친화성이 높으며 마력을 담은만큼 단단해지는 특수한 광석.

─────────────────

아무래도 유사 전갈의 단단함은 슈타르 광석의 특성 덕분이었으리라. 아마도 유사 전갈 자신의 방대한 마력을 담았을 것이다.

하지메는 광석이라면 가공할 수 있지 않을까 싶어 시범삼아 연성해보니 간단히 할 수 있었다. 연성으로 껍질을 부쉈으면 쉽게 이겼을 거라 생각하니 침울해졌다.

좋은 소재를 손에 넣어 결과적으로 다행이라고 마음을 다잡은 하지메는 보다 튼튼한 총신을 만들기 위해 슈라겐 개발에 착수했다. 돈나를 제작했을 때보다 실력이 많이 늘어서 원활하게 작업이 진행됐다.

탄환에도 신경을 썼다. 타우르 광석의 탄환을 슈타르 광석으로 코팅했다. 이른바, 풀 메탈 자켓……과 비슷한 것이다. 연소 가루도 최적의 조합으로 압축해 탄피 안에 담았다. 한 발 완성하고 나니 연성 기능인 [+복제 연성]을 이용해 소재가 준비된 만큼 같은 것을 만드는 것은 쉬웠다. 덕분에 빠르게 탄환을 양산할 수 있었다.

하지메는 그런 일을 유에에게 이야기하며 드디어 슈라겐을 완성했다.

제법 흉악한 형태로 박력이 있었고 하지메는 만족스러워하며 작업을 마쳤다. 대충 마무리 지은 하지메는 배가 고픈 것을 깨닫고 사이클롭스와 유사 전갈의 고기를 구워 식사 준비를 마쳤다.

"유에, 밥이야……. 아, 유에가 먹는 건 안 되려나? 그런 고통을 맛보게 할 수는 없으니까……. 아니지, 흡혈귀라면 괜찮지 않을까?"

하지메는 마물의 고기를 먹는 게 일상이었기 때문에 가볍게 유에에게 식사를 권했지만 과연 먹어도 괜찮은 건가 싶어 먼저 그녀에게 시선을 보냈다. 유에는 하지메의 발명품을 만지던 손을 멈추고 몸을 돌리더니 식사는 필요 없다며 고개를 저었다.

"하긴, 300년이나 봉인되고도 살았으니 먹지 않아도 괜찮 겠지만…… 배고픔이라든가 그런 건 없어?"

"있어. ……하지만 이제 괜찮아."

"괜찮다고? 뭔가 먹은 거야?"

배가 고팠지만 이젠 괜찮다는 유에의 말을 들은 하지메는 의아한 눈빛을 보냈다. 유에는 똑바로 하지메를 가리켰다.

"……응. 하지메의 피."

"아, 내 피. 그렇다는 건 흡혈귀는 피를 마시면 달리 식사는 필요 없어?"

"식사로도 영양을 섭취할 수 있어. ……하지만 피가 효율적."

흡혈귀는 피만 있으면 괜찮은 모양인지 하지메에게서 흡혈 한 것으로 지금은 괜찮다고 했다. 하지메가 고개를 끄덕이고 있자 유에가 가만히 바라보며 혀를 할짝거렸다.

"……어째서 입맛을 다시는 거야?"

"……하지메…… 맛있어……."

"마, 맛있다니. 내 몸은 마물의 피와 고기를 먹어서 맛없을 것 같은데……."

"……숙성된 맛……."

"……."

유에의 말에 따르면 몇 종류의 채소와 고기를 넣고 천천히 끓인 스프처럼 진하고 깊은 맛이라고 했다.

그러고 보니 처음 흡혈했을 때 유난히 황홀한 표정을 했었 던 건 기분 탓이 아니었나. 배고픔으로 괴로워하고 있을 때 최고의 요리를 먹은 거나 마찬가지니 무리도 아니다.

하지만 하지메는 혀를 핥으며 요염한 분위기를 내는 건 그만뒀으면 좋겠다고 생각했다. 이럴 때 유에가 연상이라는 걸 실감하게 되지만 어린 용모 때문인지 배덕적인 느낌이 들어 진정되지 않았다.

"……맛있어."

"……좀 봐줘라."

하지메는 다양한 의미로 이 파트너는 위험할 지도 모른다고 생각하며 식은땀을 살짝 흘렸다.

하지메가 유에와 만나고 유사 전갈과의 사투에서 살아남은 날.

코우키를 포함한 용사 일행은 다시 【오르크스 대미궁】으로 찾아왔다. 그러나 이번에 온 사람은 코우키를 포함한 용사 파티와 히야마를 포함한 악당 파티, 그리고 나가야마 쥬고라는 몸집이 큰 유도부 남학생이 이끄는 남녀 다섯 명으로 구성된 파티뿐이었다.

이유는 간단하다. 말로 꺼내지는 않아도 하지메의 죽음으로 많은 학생들의 마음에 깊고 무거운 그림자가 응어리졌기 때문이다. 『싸움 끝의 죽음』이라는 것을 강하게 실감하게 된 나머지 제대로 전투를 할 수 없게 됐다. 일종의 트라우마였다.

당연히 성교 교회 관계자의 표정은 좋지 않았다. 실전을 되풀이해 시간이 지나면 다시 싸울 수 있을 거라고 생각했는지 매일 완곡하게 복귀를 재촉했다.

하지만 그것에 맹렬히 항의하는 사람이 있었다. 아이코 선생님이다.

아이코는 당시 원정에 참가하지 않았다. 작농사는 특수하면서도 엄청나게 희귀한 천직이기 때문에 교회 입장에선 실전 훈련을 하는 것보다 농지 개척에 힘을 실어주었으면 했기 때문이다. 아이코가 있으면 식량 문제가 해결될 가능성이 무척 높았다.

그런 아이코는 하지메의 사망을 알고 충격에 빠져 드러눕고 말았다. 자신이 안전한 곳에서 느긋하게 있는 사이에 학생이 죽었다는 사실과 학생 모두를 일본으로 데리고 돌아갈 수 없게 됐다는 사실에 책임감이 강한 아이코는 큰 충격을 받았다. 그렇기 때문에 싸울 수 없다는 학생을 전장에 보내는 건 결코 허락하지 않았다.

이 세계의 식량 체계를 바꿀 가능성이 있는 아이코가 물러서지 않고 항의했기 때문에 관계가 악화되는 것을 피하고 싶은 교회 측은 항의를 받아주었다.

그 결과 스스로 전투 훈련을 바란 용사 파티와 악당 파티, 나가야마 쥬고 파티로만 훈련을 지속하기로 했고 다시 【오르크스 대미궁】에 도전하게 됐다. 이번에도 멜드 단장과 몇 명의 기사단원이 함께 했다.

오늘로 미궁 공략 6일째.

지금 계층은 60계층이었다. 확인된 최고 도달 계층까지 앞으로 다섯 계층 남았다.

하지만 코우키는 쩔쩔매고 있었다. 정확하게는 앞으로 갈 수 없는 게 아니라 언젠가의 악몽을 떠올리고 자신도 모르게 멈춰서고 말았다.

그렇다. 그들의 눈앞에는 그때와는 다른 곳이지만 마찬가지로 절벽이 펼쳐져 있었다. 다음 계층으로 가기 위해 절벽에 걸린 현수교를 건너는 것은 문제가 없었지만 역시 과거 일이 떠올랐다. 특히 카오리는 나락으로 이어진 것처럼 보이는 절벽 아래의 어둠을 가만히 바라본 채 움직이지 않았다.

"카오리……."

시즈쿠의 걱정스러운 부름에 강한 눈빛으로 아래를 바라보던 카오리는 천천히 고개를 흔든 뒤 시즈쿠에게 미소 지었다.

"괜찮아, 시즈쿠."

"그래……. 무리하지 마. 나한테까지 사양할 필요 없으니까."

"하하. 고마워, 시즈쿠."

시즈쿠도 친구에게 미소 지었다. 카오리의 눈동자는 강한 빛을 내고 있었고 거기엔 현실도피와 절망감은 보이지 않았다. 통찰력이 뛰어나고 사람의 낌새에 민감한 시즈쿠는 카오리가 진심으로 괜찮다는 것을 알았다.

'역시 카오리는 강해.'

하지메의 죽음은 거의 확정된 사실이다. 그 생존이 절망적이라 말하는 것도 좋게 봐주는 정도였다. 하지만 도피나 부정이 아닌, 스스로 받아들이기 위해 앞으로 나아가려는 카오리를 본 시즈쿠는 친구로서 한껏 자랑스러운 기분이 들었다.

하지만 그런 분위기도 파악하지 못하는 용사 코우키의 눈에는, 아래를 내려다보는 카오리의 모습이 하지메의 죽음을 떠올리고 한탄하는 것처럼 보였다. 같은 반 아이의 죽음에 자상한 카오리가 아직까지 괴로워한다고 결론지었다. 착각이라는 필터 때문에 미소 짓는 카오리의 모습도 무리하는 것으로만 보였다.

그는 카오리가 하지메를 특별하게 생각하며 아직까지 생존 가능성을 믿고 있다는 건 조금도 고려하지 않았다. 그래서 그는 카오리에게 틀어진 위로의 말을 하고 말았다.

"카오리…… 난 네 자상한 점을 좋아해. 하지만 계속 같은 반 아이의 죽음에 얽매여 있어선 안 돼! 앞으로 나가야지. 분명 나구모도 그걸 바라고 있을 거야."

"야, 코우키……"

"시즈쿠는 아무 말 하지 말아줘! 엄격한 말이지만 소꿉친구인 내가 하지 않으면 안 돼. ……카오리, 괜찮아. 내가 곁에 있어. 난 죽지 않아. 이제 아무도 죽게 하지 않을 거야. 카오리를 슬프게 하지 않겠다고 약속할게."

"하아~, 또 폭주하네…… 카오리……"

"아하하, 괜찮아, 시즈쿠. ……저, 코우키도 무슨 말을 하고 싶은 건지 알고 있으니까 괜찮아."

"그래, 이해해줬구나!"

카오리는 코우키의 틀어져도 한참 틀어진 말에 쓴웃음을 지었다.

아마 카오리의 지금 마음을 솔직하게 이야기해도 코우키에 겐 전해지지 않을 것이다.

코우키의 안에서 하지메는 이미 죽었다. 그래서 카오리의 훈련에 대한 열의와 미궁 공략의 목적이 하지메의 생존을 믿기 때문이라고는 생각하지 않았다. 자신이 믿는 것을 의심하지 않고 뚝심을 지키는 성격은 카오리가 현실도피하고 있거나 마음의 병이 들었다고 해석할 것이다.

오랫동안 알고 지낸 만큼 코우키의 생각을 알고 있어서 카오리는 아무 말 하지 않았다.

참고로 완벽하게 작업을 거는 말이었지만 본인은 정말 아무런 사심 없이 이야기한 것이다. 코우키의 화법에 익숙해진 시즈쿠와 카오리는 평범하게 넘겼지만 다른 학생들이라면 달콤한 얼굴과 분위기로 한 방에 나가떨어질 것이다.

미남에다 성격도 좋고 공부와 운동까지 잘하면 소꿉친구 여자아이가 반할 법도 했지만 시즈쿠는 어렸을 때부터 본가의 도장에서 어른 문하생과 알고 지냈던 것과 엄격한 아버지의 영향, 그리고 천성의 통찰력 덕분에 코우키의 결점이라고도 할 수 있는 정의감을 알고 있었다. 그래서 그것에 휘말리는 일이 많았던 소꿉친구로서 그 이상의 감정은 품지 않았다. 물론 다른 사람보다야 소중하다는 건 변함없지만…….

카오리는 타고난 연애 둔감 스킬과 시즈쿠에게 많은 이야기를 들었기 때문에 코우키의 말에 두근거릴 수 없었다. 좋은 사람이라고 생각하고, 소꿉친구로서 소중히 여기고 있지만 연애 감정으론 이어지지 않았다.

"카오리, 응원할 테니까 내가 할 수 있는 일이 있으면 말해줘."

"그래~. 난 항상 카오링 편이니까!"

옆에서 코우키와의 대화를 듣고 참가한 사람은 나카무라 에리와 타니구치 스즈였다.

두 사람 모두 고등학교에 들어온 뒤긴 하지만 카오리 일행의 친구라고 할 수 있을 만큼 사이가 좋았고 코우키가 이끄는 용사 파티에도 참가한 실력자다.

나카무라 에리는 자연스러운 검은색 단발머리에 안경을 낀 미인이었다. 온화한 성격에 어른스럽고 한 발 뒤로 물러나 전체를 바라보는 성격이다. 책을 좋아해서 전형적인 도서위원 느낌의 여자아이로 실제 도서위원이었다.

타니구치 스즈는 키가 142센티미터인 작은 아이다. 하지만 그 작은 몸 어디에 숨겨진 건지 활기가 넘쳤고 항상 즐거운 듯 뒤로 땋은 머리를 한 채 총총 뛰어 다녔다. 그 흐뭇한 모습은 반의 마스코트와 같은 존재였다.

그런 두 사람도 하지메가 나락에 떨어진 날 카오리가 보여준 모습에 그 마음을 깨닫고 그녀를 도와주고 있었다.

"응. 에리, 스즈, 고마워."

카오리는 고등학교에서 생긴 친구 두 사람에게 기쁜 표정으로 미소 지었다.

"으으~ 카오링은 너무 갸륵하다니까~. 나구모 이 녀석! 내 카오링을 이렇게 슬프게 하다니! 살아 있지 않으면 내가 죽여

줄 거야!"

"스, 스즈. 살아 있지 않으면 저기, 주, 죽일 수도 없는데?"

"그런 건 됐어! 맞다, 죽었으면 에리링의 강령술로 카오링을 받들게 하자!"

"스, 스즈, 말조심 해야지! 카오리는 나구모가 살아 있다고 믿고 있잖아! 그리고 난 강령술은……."

스즈가 폭주하고 에리가 말린다. 평소와 같은 흐름이었다.

떠들썩한 두 사람에게 카오리와 시즈쿠는 즐거운 표정을 보였다. 참고로 코우키 일행은 조금 떨어진 곳에 있어서 듣지 못했다. 코우키는 중요한 이야기와 단어가 안 들리는 난청 스킬을 당연한 듯 갖고 있었다.

"에리, 난 신경 쓰지 않으니까 괜찮아."

"스즈도 적당히 해. 에리가 곤란해 하잖아."

카오리와 시즈쿠의 말에 스즈는 뺨을 부풀리며 뾰로통한 표정을 지었다. 에리는 카오리가 스즈의 말에 신경 쓰지 않는 것 같아 안심하면서도 강령술이라는 말에 얼굴이 새파랗게 변했다.

"에리링, 역시 강령술은 거북해? 모처럼 얻은 천직인데……."

"……응, 미안. 제대로 사용한다면 도움이 될 텐데……."

"에리, 누구한테나 적성이라는 게 있잖아. 마법 적성도 높으니까 신경 쓸 것 없어."

"그래, 에리. 천직이라고 해도 그 분야의 재능이 있다는 것뿐이지 취향과는 다르잖아. 에리의 정확한 마법에는 다들 큰 도움을 받고 있어."

"응. 하지만 역시 힘내서 극복할래. 더욱 다른 사람의 도움이 되고 싶으니까."

에리가 살짝 주먹을 쥐며 결의를 나타냈다.

"그런 마음가짐이야, 에리링!

스즈는 그런 에리를 보고서 총총 뛰어올랐다. 카오리와 시즈쿠는 친구의 노력에 미소 지었다.

에리의 천직은 『강령술사』였다.

어둠 계열 마법은 정신과 의식에 작용하는 계통 마법으로 실전 등에선 상대에게 배드 스테이터스를 주는 효과가 있었다.

강령술은 그 어둠 계열 마법 중에서도 초 고난도 마법으로 죽은 자의 잔류 사념에 작용하는 마법이다. 성교 교회의 사제 중에서도 사용할 수 있는 사람은 얼마 안 되고 죽은 자의 잔류 사념을 불러내 유족 등에게 유언을 전하는 등 정말이지 성직자다운 방법으로 사용된다.

하지만 이 마법의 진수는 그것이 아니었다. 이 마법의 진정한 사용 방법은 유체의 잔류 사념을 마법으로 감싸 실체화 능력을 부여해 사역하거나, 빙의시켜 조종할 수 있다는 점이었다. 즉 열화판이긴 해도 생전의 기능과 실력을 발휘하는 죽은 사람을 사역할 수 있었고, 살아 있는 사람에게 빙의시켜 그 기술과 능력을 어느 정도 투영시키는 것도 가능했다.

하지만 어느 정도의 대화는 할 수 있어도 그 모습은 창백한 얼굴에 생기가 없는, 말 그대로 유령이었다. 또한 죽은 사람을 사역하는 것으로 윤리적인 혐오감이 생기기 때문에 에리는 이 술법의 재능이 있어도 전혀 사용하지 않았다.

그때였다. 그런 여자아이들의 모습을, 정확하게는 카오리를 어두운 눈으로 바라보는 사람이 있었다.

히야마 다이스케였다. 그날 왕도로 돌아온 뒤 시간이 흘러 학생들이 안정됐을 때, 예상대로 그 위기를 부른 히야마에겐 엄격한 비난이 기다리고 있었다.

당연히 히야마도 예상했었는지 계속해서 무릎을 꿇고 사과하기만 했다. 이럴 때 반론하는 건 좋지 않은 선택이라는 걸 알고 있었다. 특히 사과하는 타이밍과 장소가 중요하다.

히야마가 노리는 건 코우키 앞에서 무릎을 꿇는 것이었다. 코우키라면 분명 사과하는 자신을 용서해 반 아이들을 달래 줄 거라고 예상했다.

그 예상은 적중했고 코우키의 용서로 히야마에 대한 비난은 줄어들었다. 천성이 자상한 카오리도 눈물을 흘리며 사과하는 히야마를 탓하지 않았다. 히야마의 계획대로였다.

하지만 시즈쿠는 어렴풋이 히야마의 계략을 알고 있었고 소꿉친구를 이용한 것에 혐오감을 품었다.

또한 그 인물의 명령도 묵묵히 따랐다. 무척이나 무서운 명령이었고 전율할만한 명령이었다. 강렬한 혐오감이 들었지만, 이미 선을 넘고 만 히야마는 이제 멈출 수 없었다.

하지만 히야마는 반 아이들 사이로 자연스럽게 녹아들어 뒤에선 무서운 계획을 꾸미고 있는 그 인물에게 두려움과 환희를 느꼈다.

'그 녀석은 미쳤어. 하지만 그 녀석을 따르면 카오리는 ……'

그의 말을 들으면 카오리가 손에 들어온다. 그 말에 시커먼 기쁨을 느낀 히야마는 자신도 모르게 입가에 미소가 떠올랐다.

"야, 다이스케. 무슨 일 있어?"

히야마의 이상한 모습을 콘도와 나카노, 사이토가 의아한 표정으로 보고 있었다. 이 세 사람은 지금도 히야마와 함께 하고 있다. 원래부터 유유상종이라는 말처럼 비슷한 네 사람이었고 한때는 서먹했지만 히야마의 태도에 우정을 되찾았다.

그것이 진정한 우정이라 할 수 있는지는 미묘하지만…….

"아, 아니. 아무것도 아니야. 벌써 60계층을 넘었다고 생각하니 기뻐서."

"아, 그렇겠다. 이제 다섯 계층을 더 가면 역대 최고 기록이잖아~."

"우리도 제법 강해졌고. 정말이지 훈련에 나오지 않는 녀석들은 근성이 없다니까."

"너무 그러지 마. 우리가 특별한 경우니까."

히야마의 능청을 아무런 의문도 없이 받아들이는 세 사람.

계속해서 싸우는 자신들을 특별하다고 생각하며 뻐기는 건 작은 악당의 소양이겠지. 왕궁에서도 훈련을 거부한 아이들에게 실로 거만한 태도를 보였고 그 태도에 불만이 나올 정도였다. 하지만 60계층을 돌파할 만큼 확실한 실력이 있기 때문에 강하게 불만을 터트릴 수도 없었다.

하지만 용사 파티보단 부족했기 때문에 그들도 코우키 일행의 옆에선 정말로 얌전했다. 정말이지 잔챙이다웠다.

일행은 큰 문제없이 드디어 역대 최고 도달 계층인 65계층에 도착했다.

"주의해라! 이곳의 지도는 아직 완전하지 않아. 무슨 일이 일어날지 모른다!"

함께 온 멜드 단장의 목소리가 울렸다. 코우키 일행은 다부진 표정으로 미지의 영역에 발을 내디뎠다.

한동안 나아가고 있을 때 거대한 방이 나왔다. 어쩐지 나쁜 예감이 들었다.

그 예감은 적중했다. 넓은 방에 침입함과 동시에 방의 중앙에는 마법진이 떠올랐다. 검붉은 맥을 뛰는 직경 10미터 정도의 마법진. 그것은 본 적 있는 마법진이었다.

"서, 설마…… 그 녀석인가?!"

코우키가 이마에 식은땀을 흘리며 외쳤다. 다른 멤버들에게도 긴장의 기색이 뚜렷이 떠올랐다.

"뭐야, 녀석은 죽었던 거 아니었어?!"

류타로도 경악하며 외쳤다. 그 질문에 답한 것은 험악한 표정으로 냉정한 음색을 낸 멜드 단장이었다.

"미궁의 마물 발생 원인은 해명되지 않았다. 한번 쓰러뜨린 마물과 몇 번이고 만나는 일도 평범하지. 주의해라! 퇴로 확보를 잊지 말아라!"

멜드 단장은 여차할 때 확실히 도망칠 수 있게 먼저 퇴로를 확보하도록 지시를 내렸다. 그 말에 부하들이 따랐다. 하지만 코우키는 불만스러운 표정으로 말했다.

"멜드 씨. 우리는 이제 그때와 달라요. 몇 배는 강해졌어요! 이제 지지 않습니다! 반드시 이기겠습니다!"

"헹, 그 말이 맞아. 계속 지고 있어서야 성미에 안 맞거든. 이쯤에서 리벤지 매치다!"

류타로도 당당한 미소를 떠올리며 호응했다. 멜드 단장은 어쩔 수 없다는 듯 어깨를 으쓱인 뒤, 확실히 지금의 코우키 일행이라면 괜찮을 거라고 생각해 당당한 미소를 떠올렸다.

마법진이 폭발한 것처럼 빛을 내고 예전의 악몽이 코우키 일행의 앞에 다시 나타났다.

"쿠가아아아아아!"

포효를 지르며 땅을 울리는 괴물. 베헤모스는 엄청난 살기가 담긴 눈빛으로 코우키 일행을 노려보았다.

모두가 긴장한 와중, 그런 것과는 관계없이 결연한 표정으로 똑바로 노려보는 여자아이가 있었다.

카오리였다. 그녀는 누구에게도 들리지 않을 정도로, 하지만 확실한 의지의 힘이 담긴 목소리로 선언했다.

"이제 아무도 빼앗기지 않겠어. 난 너를 넘고 그에게 갈 거야."

지금 과거를 넘어서려는 싸움이 시작됐다.

시작은 코우키였다.

"날개를 펼치고, 하늘에 이르러라, 『천상섬』!"

곡선형의 빛이 굉음을 울리며 베헤모스에게 직격했다.

전에는 『천상섬』의 상위 기술인 『신위』로도 상처를 줄 수 없었다. 하지만 예전과 다르다는 코우키의 선언은 결과적으로 증명됐다.

"크르아아아아?!"

비명을 지르고 지면과 함께 뒤로 밀려난 베헤모스의 가슴에는 비스듬하게 베인 상처가 선명하게 벌어져 검붉은 피를 흘리고 있었다.

"할 수 있어! 우리는 분명 강해졌어! 나가야마 일행은 왼쪽에서, 히야마 일행은 뒤를, 멜드 씨는 오른쪽에서! 후방은 마법 준비! 상급 마법을 부탁해!"

코우키가 재빨리 지시를 내렸다. 멜드 단장이 직접 가르친 지휘관 훈련 덕분이었다.

"호오, 망설이지 않고 좋은 지시를 내리는군. 다들 들었지? 코우키의 지휘를 따른다!"

멜드 단장은 그렇게 외친 뒤 기사단원을 데리고 베헤모스의 오른쪽으로 달려갔다. 그것을 시작으로 모두가 일제히 움직여 베헤모스를 포위했다.

전방에 선 사람들은 날뛰는 베헤모스를 후방으로 보내지 않겠다는 듯 필사적으로 방위선을 펼쳤다.

"크르아아아아!"

베헤모스가 땅을 부수며 돌진을 시작했다.

"그렇겐 안 되지!"

"보내줄 수 없다!"

반에서 2대 거한인 사카가미 류타로와 나가야마 쥬고가 연계해 베헤모스에게 달라붙었다.

""성난 대지를 가르는 힘을 여기에! 『강력(剛力)』!""

신체 능력, 특히 완력을 강화하는 마법을 사용해 베헤모스의 돌진을 막아냈다.

"카아아아!"

"하아아아압!"

"오오오오오!"

저마다 다른 외침을 올리며 힘을 쥐어 짜냈다. 베헤모스는 완전히 막힌 건 아니더라도 약소한 인간에 의해 기세가 줄어들었다는 사실이 짜증난 듯 발을 굴렀다.

다른 멤버는 그 틈을 놓치지 않았다.

"모든 것을 가르는 극상의 일섬, 『절단』!"

시즈쿠의 발도술이 베헤모스의 뿔에 직격했다. 자신의 마력색인 청자색을 둘러 더욱 날카로워진 아티팩트 검. 그러나 절반 정도 파고들었지만 절단하지는 못했다.

"큭, 정말 단단하네."

"나한테 맡겨라! 분쇄하라, 파쇄하라, 폭쇄하라, 『호격(豪擊)』!"

멜드 단장이 뛰어들어 반쯤 파고든 시즈쿠의 검 위로 자신의 기사검을 때렸다. 마법으로 속도를 올림과 동시에 완력을 강화한 묵직한 일격이 시즈쿠의 검에 더욱 큰 힘을 주었다. 그리고 드디어 베헤모스의 뿔 중 하나가 중간 정도에서 잘렸다.

"가아아아아아?!"

베헤모스는 뿔을 잘린 충격으로 혼신의 힘을 다해 날뛰어 나가야마, 류타로, 시즈쿠, 멜드 단장 네 사람을 날려버렸다.

"자상한 빛은 모든 것을 감싸니,『광륜(光輪)』!"

큰 충격에 지면으로 떨어지게 된 네 사람을 빛의 고리가 무수히 펼쳐져 만들어진 그물이 자상하게 감쌌다. 카오리가 사용한 형태를 바꿔 충격을 상쇄하는 빛의 방어 마법이었다.

카오리는 자신의 아티팩트인 흰 지팡이에 연보라색 마력광을 담고서 곧바로 회복계 주문을 외웠다.

"천혜여, 아이들에게 널리 치유를,『회천(回天)』."

카오리의 영창이 끝나고 접촉하지도 않은 네 사람이 동시에 치유됐다. 멀리 떨어진, 게다가 여러 사람을 동시에 치유할 수 있는 중급 회복 마법이었다. 예전에 사용했던『천혜』의 상위 마법이다.

코우키가 자세를 잡고 아직까지 날뛰는 베헤모스를 향해 똑바로 돌진했다. 그리고 아까 난 상처에 검을 찌른 채, 돌진 중에 영창을 마쳐두었던 마법 발동의 마지막 방아쇠를 당겼다.

"『광폭(光爆)』!"

성검에 머금었던 막대한 마력이 상처를 통해 베헤모스의 안으로 흘러들어가 큰 폭발을 일으켰다.

"카아아아아!"

상처가 후벼져 대량의 피를 뿜은 베헤모스는 기술이 끝나 약간의 경직이 생긴 코우키를 노리고 날카로운 발톱을 휘둘렀다.

"크으으으!"

신음을 지르며 뒤로 날아간 코우키. 발톱 자체는 아티팩트인 성스러운 갑옷이 막아주었지만 충격이 내부로 이어져 격렬하게 기침했다. 하지만 그 고통도 순간이었다. 곧바로 카오리의 회복 마법이 발동했다.

"천혜여, 저 자에게 다시 한번의 힘을, 『초천(焦天)』."

아까의 회복 마법은 여러 사람을 대상으로 동시에 회복할 수 있는 대신 효과가 낮았지만, 이건 개인을 대상으로 회복 효과를 높인 마법이어서 코우키는 빛에 휩싸여 순식간에 회복됐다.

베헤모스는 코우키가 날아간 사이에 분투하던 다른 멤버들을 포효와 도약으로 충격파를 일으켜 날려버린 뒤, 부러진 뿔도 신경 쓰지 않고 붉은 열기를 둘렀다.

"……뿔이 부러져도 쓸 수 있는 모양이네. 그게 온다!"

시즈쿠의 경고와 베헤모스의 도약은 동시였다.

베헤모스의 고유 마법은 이미 경험했기 때문에 모두 일제히 자세를 잡았다. 하지만 이번 베헤모스의 도약 거리는 예상 밖이었다. 무려 코우키 일행을 포함한 전방을 제쳐놓고 그 머리 위를 가볍게 뛰어넘어 후방으로 다가갔다. 다리에서 싸웠을 땐 가까운 거리로만 도약했는데 그 거대한 몸으로 여기까지 도약할 줄은 꿈에도 몰랐다. 전방에 선 사람들의 얼굴에서 초조한 표정이 엿보였다.

하지만 후방에 있던 한 사람이 주문 영창을 중단하고 한 발 자국 앞으로 나왔다. 타니구치 스즈였다.

"이곳은 성역이 되어, 신의 적을 보내지 않으리, 『성절』!"

주문의 영창으로 빛의 돔이 생긴 것과 베헤모스가 운석처럼 떨어진 것은 동시였다. 엄청난 충격음과 충격파가 주변으로 퍼져 주변 돌바닥을 거미줄 모양으로 부쉈다.

그래도 스즈가 발동한 절대적인 방벽은 제대로 베헤모스의 필살기를 막아냈다. 하지만 원래의 네 구절 영창이 아닌, 두 구절로 생략하여 억지로 전개한 『성절』이기 때문에 충분한 힘을 발휘하지 못했다.

실제로 이미 장벽에 균열이 일기 시작했다. 『결계사』 천직을 가진 스즈가 아니었다면 버티기는커녕 발동조차 할 수 없었을 것이다.

스즈는 어금니를 꽉 물고 두 구절밖에 쏟을 수 없는 마력을 주입하며 절대적인 장벽을 떠올렸다. 갈라진 장벽은 존재하지 않는다. 자신의 장벽은 절대 방어라고……

"으으으으! 지지 않아!"

장벽 너머의 베헤모스가 살의로 가득한 눈빛으로 스즈를 바라보자 공포와 불안이 온몸을 엄습해 두 손이 떨렸다. 스즈의 아티팩트인 팔찌가 두른 주황색 마력광이 점멸하는가 싶더니 곧바로 강한 빛을 되찾았다. 약한 마음을 떨쳐내고 필사적으로 외쳤다.

하지만 한계가 얼마 남지 않았다. 베헤모스의 공격은 아직도 계속되고 있었고 이제 10초도 버틸 수 없었다.

부서진다! 스즈가 내심 그렇게 비명을 지른 순간이었다.

"천혜여, 신비를 여기에,『양천(讓天)』."

스즈의 몸이 빛에 감싸이고『성절』에 부을 수 있는 마력량이 비약적으로 상승했다. 카오리의 회복계 마법이었다.

본래 다른 사람의 마력을 회복시키는 마법이었지만 마법진에 쏟는 마력에 맞춰 발동하는 것으로 유입량을 원래의 양까지 증폭할 수 있었다.『양천』의 응용 기술이었다. 천직이『치유사』인 카오리이기에 가능한 마법이다.

"이거라면! 카오링, 사랑해~!"

스즈는 충분한 마력이 흘러들자 완벽한『성절』을 펼칠 수 있었다. 팡 하고 메마른 소리를 울리며 장벽의 균열이 순식간에 회복됐다. 베헤모스는 장벽을 돌파할 수 없는 것에 짜증과 분노를 표출하며 건방진 술자를 노려보았지만 스즈도 당당히 노려보면서 한 발도 물러나지 않았다.

그리고 드디어 베헤모스의 타올랐던 머리가 효과를 잃기 시작했다. 베헤모스가 돌진력을 잃은 채 땅으로 떨어졌고 동시에 스즈의『성절』도 사라졌다.

베헤모스는 어깨를 들썩이며 숨을 몰아쉬는 스즈를 노리기 시작했지만 이미 전방 인원이 되돌아왔다.

"후방은 물러나!"

코우키의 지시에 후방 인원들이 단번에 물러나고 전방 인원들이 다시 포위했다. 치고 빠지며 베헤모스를 농락하고 있을 때 기다리고 기다리던 후방의 영창이 완료됐다.

"피해!"

후방의 대표인 에리가 신호를 보냈다. 코우키 일행은 혼신의 일격을 베헤모스에게 날리면서 그 반동을 이용하여 단번에 거리를 벌렸다.

그 직후, 화염계 상급 공격 마법의 방아쇠가 당겨졌다.

""""""『염천(炎天)』.""""""

술사 다섯 사람이 사용한 상급 마법. 초고온의 불꽃이 구체가 되어 태양처럼 주변 일대를 불태웠다. 베헤모스의 바로 위에 만들어진 『염천』은 순식간에 직경 8미터로 부풀어 베헤모스에게 떨어졌다.

절대적인 열량이 베헤모스를 덮쳤다. 너무나도 큰 위력에 아군까지 충격을 받을 것 같아 서둘러 결계를 펼쳤다. 『염천』은 베헤모스가 도망칠 시간도 주지 않고 그 견고한 껍질을 녹였다.

"크르아아아아아아아아!"

베헤모스의 단말마가 울렸다. 언젠가 들었던 그 절규였다. 고막이 찢어질 만큼 커다란 비명은 조금씩 작아지더니 결국엔 그 외침조차 불타버린 것처럼 사라졌다.

그리고 검게 그을린 광장의 벽과 베헤모스로 보이는 약간의 잔해만이 남았다.

"이, 이긴 건가?"

"이겼지⋯⋯."

"이겨버렸어⋯⋯."

"진짜?"

"정말로?"

다들 멍하니 베헤모스가 있던 곳을 바라보며 승리를 확인하려는 듯 중얼거렸다. 마찬가지로 멍하니 바라보던 코우키가 제정신을 차리고 등줄기를 쭉 편 뒤 성검을 머리 위로 들어 올렸다.

"그래! 우리의 승리다!"

반짝이는 성검을 들며 승리의 말을 외치는 코우키. 그 목소리에 간신히 승리를 실감했는지 일제히 함성이 올랐다. 남자들은 서로의 어깨를 두드리고 여자들은 서로를 껴안아 기뻐했다. 멜드 단장 일행도 감개무량한 표정이었다.

그런 도중 아직까지 베헤모스가 있던 곳을 멀뚱히 바라보던 카오리에게 시즈쿠가 말을 걸었다.

"카오리? 왜 그래?"

"어? 아, 시즈쿠. ⋯⋯아니, 아무것도 아니야. 그냥 여기까지 왔구나 싶었을 뿐이야."

카오리는 쓴웃음을 떠올리며 시즈쿠에게 답했다. 예전의 악몽을 쓰러뜨릴 수 있을 정도로 강해졌다는 사실에 느끼는 바가 있었으리라.

"그러게. 우리는 분명 강해졌어."

"응. ⋯⋯시즈쿠, 앞으로 나아가면 나구모도⋯⋯."

"그걸 확인하러 갈 거지? 그러기 위해서 노력했잖아."

"에헤헤, 그러게."

앞으로 나아간다. 그것은 하지메의 안부를 확인할 구체적인 가능성이 있다는 것을 나타낸다. 답이 나와버릴지도 모른다는 공포에 무의식적으로 약한 마음이 얼굴에 드러났을 것이다. 그것을 알아차린 시즈쿠는 힘을 주어 카오리의 손을 꼭 쥐었다. 그 강한 힘에 카오리도 약한 마음을 털어낸 모양인지 미소를 보여주었다.

그런 두 사람에게 코우키 일행이 다가왔다.

"무사해? 카오리, 최고의 회복 마법이었어. 카오리가 있으면 아무것도 두렵지 않아."

코우키는 산뜻한 미소를 떠올리며 카오리와 시즈쿠를 격려했다.

"그래, 괜찮아. 코우키는…… 뭐, 괜찮은 모양이네."

"응, 괜찮아. 도움이 돼서 다행이야."

두 사람도 마찬가지로 미소로 답했다. 하지만 뒤이은 코우키의 말은 그녀들의 마음에 먹구름을 끼게 했다.

"이걸로 나구모도 편히 눈을 감겠지. 자신을 떨어뜨린 마물을, 자신이 지킨 반 아이들이 물리쳤으니까."

""…….""

코우키는 감회에 젖은 표정으로 먼 곳을 보느라 시즈쿠와 카오리의 표정을 깨닫지 못했다. 아무래도 코우키의 안에서 하지메를 나락으로 떨어뜨린 건 베헤모스뿐인 모양이다. 확실히 틀리진 않았다. 직접적인 원인은 베헤모스의 고유 마법에 의한 충격으로 다리가 무너진 것이었다. 하지만 보다 정확한 원인은 퇴각하던 하지메에게 마법이 떨어진 것이다.

지금은 암묵적으로 그때의 이야기를 하지 않고 있지만 사실은 달라지지 않는다. 하지만 코우키는 그 사실을 잊어버렸는지, 아니면 의식하고 있지 않은 건지, 베헤모스만 쓰러뜨리면 하지메가 편히 눈을 감을 수 있을 거라고 생각한 모양이다.

기본적으로 사람의 선의를 무조건 믿는 코우키는 실수를 계속 책망하지는 않을 거고 하물며 고의로 했다고는 꿈에도 생각하지 않을 것이다.

하지만 카오리는 신경 쓰지 않으려 하면서도 잊을 수 없었다. 『누구』인지 알 수 없기 때문에 참고 있을 뿐, 그것을 알면 분명 책망할 것이라고 말할 수 있었다. 그래서인지 없었던 일인 것처럼 말하는 코우키에게 약간의 충격을 받았다.

시즈쿠가 한숨을 쉬었다. 불평을 하고 싶지만 코우키에게 악의가 없다는 건 평소와 다름없었다. 오히려 열심히 하지메와 카오리를 배려한 말이었다. 그래서 더 악질이지만……

그리고 주위에 기뻐하는 반 아이들이 있다. 시즈쿠는 이 상황에서 그때의 일을 꺼낼 정도로 분위기 파악을 못하는 사람은 아니었다.

약간 미묘한 분위기가 감돌고 있을 때 반에서 제일 기운 넘치는 아이가 뛰어들었다.

"카오링~!"

그런 기괴한 목소리와 함께 스즈가 카오리를 꼭 안았다.

"흐앗?!"

"헤헤, 카오링, 진짜 사랑해~! 카오링이 도와주지 않았더라면 납작해졌을 거야~."

"에, 에이, 스즈도 참. 아, 근데 어딜 만지는 거야!"

"크헤헤, 여기가 좋은 게냐? 여기가 좋은 게푹?!"

스즈의 말에 카오리가 부끄러워하자 스즈는 변태처럼 카오리의 몸을 주무르기 시작했다. 변태가 출몰하자 시즈쿠가 손날을 세웠고 다소 격렬한 태클이 스즈의 정수리에 작렬했다.

"적당히 해. 누가 스즈 거라는 거야. ……카오리는 내 거라고."

"시즈쿠?!"

"훗, 그렇게 두진 않겠어~, 시즈시즈. 카오리와 삐하고 삐한 일을 하는 건 바로 나라고!"

"스즈?! 대체 뭘 할 생각이야?!"

카오리를 둘러싼 시즈쿠와 스즈의 장난에 카오리가 바삐 항변했다. 어느새 미묘했던 분위기가 걷히고 사라졌다.

이 앞은 완전한 미지의 영역. 코우키 일행은 과거의 악몽을 떨쳐내고 앞으로 나아갔다.

"아~, 제기이이일!"

"……하지메, 힘내…….."

"넌 편해서 좋겠다!"

지금 하지메는 유에를 업고서 맹렬하게 덤불속을 도망치고 있었다. 주변은 160센티미터 이상인 잡초가 무성히 자라 하지메의 어깨 부근까지 가리고 있었다. 유에의 모습은 완전히 보이지 않을 것이다.

하지메가 그렇게 무성한 잡초를 성가시게 걷어내며 도망치는 이유는—.

"""""""""""샤아아아!""""""""""""

2백 마리에 가까운 마물에게 쫓기고 있기 때문이었다.

하지메 일행이 준비를 마치고 미궁 공략에 나선 뒤로, 10계층 정도는 순조롭게 내려갈 수 있었다. 하지메의 장비와 기량이 충실하고 숙달됐기 때문이라는 점도 있지만 유에의 마법이 엄청난 활약을 했다.

모든 속성의 마법을 시간을 들이지 않고 사용해 정확하게 하지메를 원호했다.

하지만 회복이나 결계 관련 마법은 그다지 익숙하지 않았다. 『자동 재생』이 있기 때문에 무의식중에 필요 없다고 판단했을지도 모른다. 하긴 하지메에겐 신수가 있기 때문에 아무런 문제가 없었지만…….

그런 두 사람이 도착한 곳이 지금 계층이다. 먼저 보인 것은 광대한 삼림이었다. 10미터를 넘는 나무들이 울창하게 자랐고 공기는 어딘가 습했다. 하지만 예전에 지났던 밀림 계층과는 다르게 그다지 덥지 않은 것이 다행이었다.

하지메와 유에가 지하로 통하는 계단을 탐색하고 있을 때 갑자기 땅을 울리는 소리가 들렸다. 무슨 일인가 싶어 경계하는 두 사람의 앞에 나타난 것은 티라노사우루스를 닮은 마물이었다.

단, 어째서인지 머리에 한 송이의 가련한 꽃을 피우고 있었다.

날카로운 이빨과 끓어오르는 살기가 이 마물의 강력함을 나타냈지만 시선을 위로 올리면 해바라기와 비슷한 꽃이 하늘하늘 흔들리고 있었다. 지금껏 마주하지 못한 비현실적인 광경이었다.

티라노사우루스가 포효를 지르며 하지메 일행에게 돌진했다.

하지메는 서둘러 돈나를 뽑으려 했지만…… 그것을 제지하고 앞으로 나온 유에가 슥 손을 들었다.

"『비창(緋槍)』."

유에의 손에 나타난 불꽃이 소용돌이쳐 원뿔 모양의 창이 되더니 직선으로 티라노의 입을 향해 날아가 그대로 관통하고 주위 살점을 가차 없이 녹이며 순식간에 목숨을 앗아갔다. 땅을 울리며 옆으로 쓰러지는 티라노.

그리고 머리의 꽃이 땅 위로 풀썩 떨어졌다.

"……."

다양한 의미로 입을 다물고 만 하지메.

요즘 유에의 활약이 대단했다. 처음엔 하지메의 원호에 전념했지만 도중부터는 하지메에게 대항하려는 것처럼 선제공격으로 마물을 순식간에 없앴다.

그 탓에 요즘 하지메가 나설 일이 많이 줄었고 자신이 쓸모없는 것 같은 기분마저 들었다. 설마 자신이 걸림돌이라 곧바로 끝내는 건 아닐까? 그렇게 내심 불안해했다. 만약 그런 말을 진짜로 듣게 된다면 온종일 침울해질 자신이 있었다.

하지메는 뽑았던 돈나를 홀스터에 되돌려 넣고는 쓴웃음을 지으며 유에게 말을 걸었다.

"아~, 유에. 열심히 하는 건 좋은데…… 요즘 내가 거의 움직이지 않은 것 같은 기분이 드네……."

유에는 몸을 돌려 하지메를 보고 무표정하지만 어딘가 득의양양한 얼굴을 했다.

"……나, 도움이 될 거야. ……파트너니까."

아무래도 하지메의 원호만 하는 것이 참을 수 없었나 보다.

분명 얼마 전에 끝까지 함께할 파트너니까 의지하겠다는 말을 했었다.

그때는 유에가 마력이 고갈될 때까지 마법을 사용해서 전투 중에 쓰러져 약간의 위험에 처했었다. 그 상황을 어떻게든 모면한 다음 그 일을 무척이나 신경 쓰는 것 같아서 위로하려고 했던 말이지만…… 생각 이상으로 마음에 남았던 걸까. 파트너로서 도움이 되는 모습을 보여주고 싶은 모양이다.

"하하. 아니, 충분히 도움이 된다니까. 유에는 마법이 강력한 만큼 접근전에 약하니까 후방을 부탁해. 전방은 내 역할이야."

"……하지메…… 응."

유에는 하지메에게 주의를 받아 약간 주눅 든 모습이었다.

하지메는 어떻게든 도움이 되고 싶어 하는 유에를 보고 쓴웃음을 지으며 그녀의 부드러운 머리카락을 쓰다듬었다. 유에는 그것만으로 환한 표정을 짓고 마음을 풀었다. 하지메로서는 그 이상 할 말이 없었다.

의존해줬으면 하는 건 아니기 때문에 이따금 주의가 필요하겠지. 그렇게 생각하면서 자신도 모르게 응석을 받아주고 만다. 하지메는 사실 그런 자신이 제일 황당했다.

어떤 의미론 두 사람이 시시덕대고 있을 때, 하지메의 『기적 감지』에 계속해서 마물이 모여드는 것이 느껴졌다.

열 마리 정도의 마물이 포위하듯 하지메 일행이 있는 곳으로 다가왔다. 체계가 잡힌 움직임이라서 두 꼬리 늑대처럼 무리를 이루는 마물인가 싶어 유에를 재촉해 서둘러 현장을 이탈했다. 수가 많으니 조금이라도 유리한 곳으로 이동하기 위해서였다.

마물들은 원형으로 포위하려 했지만 하지메는 그중 한 마리를 향해 직접 돌진했다. 무성한 나뭇가지를 젖히고 뛰어든 그곳에는 신장이 2미터가 넘는 파충류, 비유하자면 랩터 계열 공룡과 비슷한 마물이 있었다.

머리에는 튤립처럼 생긴 꽃을 하늘하늘 피우고선…….

"……귀여워."

"……유행인가."

유에가 불쑥 그렇게 중얼거리자 하지메는 진지하지 못한 마물을 차갑게 바라보며 있을 수 없는 추측을 했다.

랩터는 티라노와 마찬가지로 꽃 따윈 모른다는 것처럼 살기를 풍기며 낮은 소리로 으르렁댔다. 꽃은 하늘하늘 흔들리고 있지만 전투 준비였다.

"샤아아아아!"

랩터가 꽃을 보느라 멈춰선 하지메 일행에게 달려들었다. 그 강인한 다리에는 20센티미터 정도의 갈고리 발톱이 반짝이며 흉악한 빛을 뿜고 있었다.

하지메와 유에는 좌우로 나뉘어 회피했다.

하지메는 그것만으로 끝내지 않고 『공력』을 이용해 삼각 뛰기 요령으로 랩터의 머리 위를 포착했다. 그리고 시범삼아 머리의 튤립을 쏘았다.

발포음과 함께 튤립의 꽃잎이 흩어졌다.

랩터는 순간 움찔 경련하더니 착지를 실패한 것처럼 지면을 구르다 나무에 부딪히고 나서야 멈췄다. 조용히 정적이 흘렀다. 유에도 하지메에게 총총 다가와 랩터와 지면 위로 흩어진 튤립 꽃잎을 번갈아 보았다.

"……죽었어?"

"아니, 살아있는 것 같은데……."

하지메의 생각대로 랩터는 움찔 경련한 뒤 벌떡 일어나 주변을 둘러보기 시작했다. 그리고 지면에 떨어진 튤립을 보더니 성큼성큼 다가가 원수인 것처럼 짓밟기 시작했다.

"어? 저 반응은 뭐야?"

"……누가 장난쳤나?"

"아니지, 등에 종이를 붙여서 놀리는 초등학생도 아니고……."

랩터는 한동안 밟다가 만족했는지 속이 시원하다는 것처럼 하늘을 올려다보며 울음소리를 냈다. 그리고 문득 알아차렸는지 하지메 일행 쪽으로 고개를 돌려 움찔했다.

"이제야 알아차린 거냐. 얼마나 열심히 밟아댄 거야."

"……역시 괴롭힘 때문에?"

하지메가 태클을 걸자 유에가 랩터에게 동정의 눈빛을 보냈다. 랩터는 잠시 굳어 있었지만 이내 낮은 자세를 잡고 이빨을 드러내 으르렁 거리다 단번에 달려들었다.

하지메는 돈나를 꺼내 크게 벌린 랩터의 입을 겨냥해서 전자 가속된 타우르 광석 탄환을 쏘았다.

한 줄기 섬광이 되어 랩터의 입안을 유린한 후 뒤통수를 뚫고 튀어나온 탄환은 등 뒤의 나무도 관통하며 밀림의 안쪽으로 사라졌다.

랩터는 도약했던 기세 그대로 땅에 미끄러지며 목숨이 멎었다. 하지메와 유에도 무어라 말할 수 없는 표정으로 랩터의 시체를 보았다.

"대체 뭐였던 거지?"

"……괴롭힘을 당하다, 총을 맞아서…… 불쌍해."

"아니, 괴롭힘이라는 생각에서 벗어나. 그건 분명 아니니까."

하지메는 영문을 몰라 하면서도 애초에 미궁의 마물 자체가 영문을 알 수 없는 존재이기 때문에 신경 쓰길 관뒀다. 포위망이 상당히 좁혀졌기에 서둘러 이동하면서 유리한 장소를 찾았다.

얼마 후 직경 5미터 정도 될법한 나무가 무수히 뻗은 곳이

나왔다. 나란히 선 두꺼운 나무 가지가 얽혀 마치 공중 회랑 같았다.

하지메는 『공력』으로, 유에는 바람계 마법으로 머리 위의 두꺼운 나무에 올랐다. 하지메는 거기서 다가온 마물들을 쏘아 섬멸할 생각이었다.

5분도 지나지 않아 랩터가 계속해서 나타났다. 『소이 수류탄』이라도 던질까 생각했던 하지메는 동작을 멈췄다. 옆에서 유에도 마법을 쏘기 위해 손을 내민 모습으로 굳어버렸다.

그 이유는…….

"어째서 다들 꽃을 달고 있는 거야!"

"……응, 꽃밭."

그들의 말대로 열 마리 이상의 랩터가 나타났지만 모두가 머리에 꽃을 달고 있었다. 그것도 형형색색의 꽃을…….

하지메가 큰 소리를 내자 그것에 반응한 랩터들이 일제히 시선을 보냈다. 그리고 당장에라도 도약하려고 했다.

하지메는 『소이 수류탄』을 던짐과 동시에 그 효과 범위 밖에 있는 녀석들을 우선해서 돈나로 저격했다. 연속으로 발포음이 울리고 그때마다 붉은 섬광이 랩터의 머리를 정확하게 날려버렸다. 유에도 마찬가지로 『비창』을 사용해 주변의 개체부터 처리했다.

약 3초 후, 랩터 무리의 중앙에서 『소이 수류탄』이 폭발해 섭씨 3000도의 열기를 가진 타르가 튀어 주변의 랩터를 불태웠다. 이 계층의 마물에게도 충분히 통하는 것을 본 하지메는 안도했다. 역시 그 유사 전갈이 특별히 강했던 모양이다.

결국 10초도 걸리지 않고 섬멸했지만 하지메의 표정은 어두 웠다. 유에가 그것을 깨닫고 고개를 갸웃하며 물었다.

"……하지메?"

"……유에, 이상하지 않아?"

"응?"

"너무 약해."

하지메의 말에 유에가 깜짝 놀랐다.

분명 랩터와 그보다 먼저 만났던 티라노도 움직임이 단순하 고 특수한 공격도 하지 않았기 때문에 간단히 쓰러뜨릴 수 있 었다. 아니, 살기는 뿜어도 어딘가 기계적이고 부자연스러운 움직임이었다. 꽃이 떨어진 랩터가 화를 내며 꽃을 짓밟았던 광경을 본 뒤라서 더욱 꽃을 단 랩터에게 위화감을 느꼈다.

신중하게 가자. 하지메가 유에에게 그렇게 말하려 할 때 『기 척 감지』가 다시 마물의 접근을 포착했고 사방에서 엄청난 수 의 마물이 모여들었다. 지금 하지메의 감지 범위는 반경 20미 터 정도지만 그 범위 안에서 이미 수를 셀 수 없을 정도의 마 물이 일직선으로 다가오고 있었다.

"유에, 큰일이다. 서른, 아니 마흔 마리 이상의 마물이 빠르 게 접근하고 있어. 마치 누군가가 지시를 내리는 것처럼 사방 을 포위하도록 모이고 있군."

"……도망칠까?"

"……아니, 이 밀도라면 이미 도망칠 길이 없어. 가장 높은 나무 꼭대기에서 처리하는 게 가장 좋겠지."

"응. ……큰 걸로 갈래."

"그래. 한 방 먹여줘라!"

하지메와 유에는 빠르게 이동하며 주변에서 제일 높은 나무를 발견했다. 그리고 그 가지로 뛰어올라 아래의 발판이 될법한 두꺼운 가지들을 부숴 마물이 올라오기 힘들게 만들었다.

하지메는 돈나를 꺼내며 조용히 때를 기다렸다. 유에가 가만히 하지메의 옷자락을 잡는 게 느껴졌다. 손을 쓸 수 없었기에 대신 살짝 몸을 기댔다. 붙잡고 있는 유에의 손에 살짝 힘이 들어갔다.

그리고 제1진이 등장했다. 랩터뿐만 아니라 티라노도 있었다. 티라노는 나무에 몸을 부딪치기 시작했고, 랩터는 발톱을 사용해 나무를 올랐다.

하지메는 돈나의 방아쇠를 당겼고 총성과 함께 계속해서 섬광이 쏟아지자 발톱으로 나무에 오르던 랩터는 한 마리도 남지 않았다.

총알을 모두 쓴 하지메는 돈나의 실린더를 노출시킨 뒤 손에서 한 바퀴 돌려 탄피를 배출했다. 그리고 왼쪽 옆구리에 껴서 장전을 마쳤다. 여기까지 걸린 시간이 5초.

그 빈틈을 보완하기 위해서 발포 직전에 떨어뜨렸던 『소이수류탄』이 폭발해 주변으로 불꽃을 튀겼다. 그리고 다시 돈나를 연사했다. 그것만으로 이미 열다섯 마리는 처리했다. 하지만 하지메는 만족할 수 없었다.

이미 바로 아래에는 서른 마리를 넘는 랩터와 네 마리의 티라노가 북적거리며 하지메 일행이 있는 나무를 꺾으려거나 오르려고 몰려들었기 때문이다.

"하지메?"

"아직이야……. 조금 더."

유에의 부름에 랩터를 쏘아 떨어뜨리며 대답한 하지메. 유에는 하지메를 믿고 계속해서 마력을 모으는 데 의식을 집중했다.

그리고 드디어 아래로 몰린 마물이 쉰 마리를 넘었다. 지나치게 많아 구분하기 어려웠지만 사전에 『기척 감지』로 파악해 둔 마물의 수에 이르렀다고 판단했을 때, 하지메는 유에에게 신호를 보냈다.

"유에!"

"응! 『동옥(凍獄)』!"

유에가 마법을 발동시킨 순간, 하지메 일행이 있는 나무를 중심으로 아래 지역이 단번에 얼어붙었다. 쩌적 소리를 내며 순식간에 푸른 얼음으로 뒤덮이더니 마물을 감싸고 꽃을 피우듯 얼음이 솟아올라 얼음 꽃을 만들었다.

마물은 순식간에 저항도 못하고 그 얼음 꽃의 우리에 갇혀 절명했다. 빙결 범위는 지정 좌표를 중심으로 50미터. 말 그대로 『섬멸 마법』이라 부르기에 어울리는 위력이었다.

"하아…… 하아……."

"수고했어. 역시 흡혈 공주네."

"……후후……."

주변 일대가 빙결 지옥으로 변한 광경을 본 하지메는 순수하게 유에를 칭찬했다. 유에는 최상급 마법을 사용한 영향으로 마력이 단번에 소비되어 어깨를 들썩이며 숨을 몰아쉬었다. 아마도 무척이나 심한 권태감을 느끼고 있겠지.

하지메가 곁으로 다가가 주저앉은 유에의 허리에 손을 감고서 목덜미를 내밀었다. 피를 빨게 해 회복시킬 생각이었다. 신수로도 어느 정도 회복하지만 흡혈귀라는 종족의 특성인지 전부 회복하기까지 많은 시간이 걸렸다. 역시 피를 마시는 게 제일 빨랐다.

유에는 하지메의 칭찬에 입가를 누그러뜨리고 부끄러웠는지 살짝 웃었다. 그리고 자신에게 다가온 목덜미를 보고 뺨을 붉히며 입을 가져가려 했다.

하지만 그것을 막듯 갑자기 하지메가 험악한 표정으로 일어섰다. 하지메의 『기척 감지』가 백 마리 이상의 마물을 포착했기 때문이다.

"유에, 아까의 두 배가 왔어."

"응?!"

"이건 아무리 생각해도 이상하잖아. 지금 막 전멸시킨 뒤인데? 그런데도 다시 덤벼들다니…… 마치 무언가가 강제로 시키는 것 같잖아. ……그 꽃…… 혹시."

"……기생."

"유에도 그렇게 생각해?"

하지메의 추측을 긍정하듯 유에가 고개를 끄덕였다.

"……본체가 있을 거야."

"그렇겠지. 그 꽃을 이식하는 녀석을 죽이지 않는 이상, 우린 이 계층의 마물 전체를 상대하게 될 거야."

하지메는 물량으로 밀리기 전에 마물들을 조종하고 있는 마물의 본체를 찾기로 했다. 그러지 않으면 아래층으로 연결된 계단을 찾을 여유가 없었다.

주저앉은 유에에게 피를 마시게 할 시간이 없어서 하지메는 그녀에게 신수를 건네려 했지만 유에는 그것을 거절했다. 의아해하는 하지메에게 유에가 두 손을 뻗으며 말했다.

"하지메. ……어부바."

"너 몇 살이야?! 아, 설마 흡혈하면서 갈 생각이야?!"

하지메의 추측에 유에는 정답이라는 것처럼 고개를 끄덕였다. 확실히 만약의 사태를 대비해 유에의 마력을 회복시키고 싶지만 신수론 시간이 오래 걸린다. 하지만 자신이 필사적으로 달리고 있을 때 쭉쭉 피를 빨린다는 상상을 하니 약간 거부감이 들었다. 하긴 이것저것 따지고 있을 때가 아니라는 건 알고 있지만…….

결국 하지메는 그녀의 의견을 받아들였다. 앞으로 안고 이동하기엔 움직임에 방해가 되기에 뒤로 업고서 본체를 찾으러 뛰어나갔다.

이것이 바로 지금까지의 줄거리.

하지메 일행은 지금 2백 마리에 가까운 마물에게 쫓기고 있었다. 유에는 이미 흡혈이 끝났음에도 수풀이 성가시다며 하지메의 등에서 내려오려 하지 않았다.

뒤에선 마물들이—

두두두두두두두두두두두두두!

땅을 울리며 쫓아오고 있었다. 키가 큰 수풀에 숨은 랩터가 사방팔방에서 공격해왔다. 하지메는 그것을 물리치면서 탐색 결과 가장 수상한 곳을 향해 계속해서 달렸다. 유에도 마법을 쏴 치명적인 포위망에 걸리지 않도록 했다.

덥석, 쪽.

하지메 일행이 노린 건 울창한 밀림을 지난 곳으로 지금 지나는 수풀 너머에 보이는 미궁의 벽, 그 중앙 부근에 동굴로 보이는 곳이었다.

어째서 그곳을 수상하게 여겼는가 하면 습격해오는 마물의 움직임에 일정한 습성이 있었기 때문이다. 하지메 일행이 요격하며 달리고 있을 때 어느 방향으로 도망치려고 할 때만 유난히 움직임이 격렬해졌다. 마치 그 방향으로는 보내지 않겠다는 것처럼. 이대로 정처 없이 계속 찾아봤자 마물이 늘어날 뿐이라서 도박에 가까운 심정으로 그곳을 향해 돌진했다.

아무래도 수풀에 숨는다는 건 이미 실패한 모양이다. 하지메는 『공력』으로 도약해 『축지』로 가속했다.

덥석, 쪽.

"유에 씨?! 아까부터 찔끔찔끔 빠는 것 좀 그만두시면 안 될까요?!"

"……불가항력."

"거짓말! 마력도 거의 쓰지 않았잖아!"

"……녀석의 꽃이…… 내게도…… 큭."

"어째서 뻔하게 신음하는 거야. 남 탓 하지 마, 바보야. 그보다 너무 여유로운 거 아니야?"

유에는 이런 상황인데도 하지메의 피에 열중했다. 예전 왕족이었던 만큼 배짱이 두둑했다. 그런 식으로 장난치면서도 제대로 요격한 하지메 일행은 2백 마리 이상의 마물을 이끈 채 동굴로 뛰어들었다.

세로로 갈라진 동굴은 어른 두 사람이 나란히 서면 갑갑하다고 느낄 정도로 좁았다. 당연히 티라노는 들어올 수 없었고 랩터도 한 마리씩만 들어왔다. 그렇게 침입한 랩터 중 한 마리가 어떻게든 하지메 일행을 찢어버리려 갈고리 발톱을 뻗었지만 그 전에 하지메의 돈나가 불을 뿜어 날려버렸다. 그리고 곧바로 연성을 이용해 갈라진 곳을 막았다.

"후우~, 이걸로 당분간은 괜찮겠지."

"……수고했어."

"그렇게 생각한다면 슬슬 내려올래?"

"……음, ……어쩔 수 없네."

유에는 하지메의 말에 어쩔 수 없이, 정말 불만인 모습으로 등에서 내려왔다. 어지간히 하지메의 등이 편했던 모양이다.

"저 녀석들이 유난히 필사적이었던 걸 보면 여기가 맞겠지. 방심하면 안 돼."

"응."

연성으로 입구를 막았기 때문에 두 사람은 어두워진 동굴을 신중하게 걸었다.

한동안 길을 따라 걷고 있으니 커다란 방에 도착했는데 방 안쪽에 다시 갈라진 길이 이어졌다. 어쩌면 지하로 이어지는 계단일지도 모른다고 생각한 하지메는 주변을 살폈다. 『기척 감지』에는 아무런 반응이 없지만 어쩐지 나쁜 예감이 들어 경계를 게을리 하지 않았다. 이 미궁엔 『기척 감지』를 속이는 마물이 잔뜩 있었다.

하지메 일행이 방의 중앙까지 왔을 때 이변이 생겼다.

모든 방향에서 녹색 비눗방울처럼 생긴 것이 무수히 날아왔다. 하지메와 유에는 순식간에 등을 맞대고 날아드는 녹색 방울을 요격했다.

하지만 그 수는 가볍게 백을 넘겼고 지금도 계속해서 늘어나고 있어서 하지메는 연성으로 돌벽을 만들어 막았다. 녹색 구슬은 큰 위력은 없는지 돌벽에 가로막혀 그대로 터졌고 유에도 문제없이 바람계 마법으로 요격했다.

"유에, 아마도 본체의 공격일 거야. 어디에 있는지 알겠어?"

"……."

"유에?"

하지메가 유에에게 본체의 위치를 파악할 수 있는지 물었다. 유에는 『기척 감지』와 같은 색적(索敵)계 기능은 없지만 흡혈귀의 날카로운 오감은 하지메와는 다른 관점에서 유용한 탐색 수단이었다.

하지만 하지메의 질문에 유에는 대답하지 않았다. 하지메는 의아해하며 다시 한번 유에의 이름을 불렀지만, 그 대답은—.

"……도망쳐. ……하지메!"

어느새 바람이 집중된 유에의 손이 하지메를 향하고 있었다. 본능이 격렬하게 경종을 울리자 하지메는 그 자리에서 온 힘을 다해 물러났다. 그 순간 하지메가 있던 곳에 강력한 바람 칼날이 지나가 뒤쪽 돌벽을 깨끗하게 양단했다.

"유에?!"

예상치 못했던 공격에 하지메는 경악한 목소리를 냈다. 하지만 유에의 머리 위에 있는 것을 보고서 상황을 이해했다. 그렇다, 유에의 머리 위에도 꽃이 피어 있었다. 그것도 유에에게 맞춘 건가 의심할 정도로 잘 어울리는 새빨간 장미가…….

"제길, 아까 그 녹색 방울인가?!"

하지메는 자신의 부주의함에 스스로를 때리고 싶었지만 참고서 유에의 바람 칼날을 피했다.

"하지메……. 윽…….."

유에의 무표정했던 얼굴이 비통한 표정이 됐다. 랩터의 꽃을 쐈을 때 랩터는 꽃을 증오스럽게 짓밟았었다. 그것은 즉, 꽃이 매달려 조종당할 때도 의식은 있다는 것이리라. 몸의 자유만을 빼앗기는 모양이다.

그렇다면 속박에서 해방할 방법도 이미 알고 있었다. 하지메는 유에의 꽃을 겨냥해 방아쇠를 당기려 했다.

하지만 조종하는 쪽도 하지메의 원거리 공격 수단을 알고 있는지 간단히 풀리지 않았다.

유에를 조종해 꽃을 감싸려는 행동을 보였다. 상하 운동을 반복하고 있어 어긋나면 유에의 얼굴에 총알이 날아가버릴 것이다. 접근해서 떨어뜨리려 하자 갑자기 유에가 한손을 자신의 머리로 가져갔다.

"……성가시게 구는군……."

즉, 하지메가 접근하면 유에를 마법의 표적으로 삼겠다는 행동이었다.

유에는 분명 불사신에 가깝다. 하지만 상급 이상의 마법을 사용해 순식간에 먼지가 될 경우 『재생』하지 못할 수도 있다. 그리고 유에는 최상급 마법도 시간을 들이지 않고 사용할 수 있으므로 돌격 같은 승산이 낮은 도박은 피하고 싶었다.

하지메의 망설임을 알아차렸는지 그것이 안쪽의 갈라진 틈에서 모습을 드러냈다.

RPG게임에선 아르라우네와 드리아드처럼 인간 여자와 식물이 융합한 형태의 마물이 자주 등장한다. 하지메의 앞에 나타난 마물은 정확히 그것이었다. 하긴 신화에선 아름다운 여성의 모습으로, 적대하지 않거나 소중히 여기면 행운을 가져다준다는 전승도 있었지만 눈앞에 있는 가짜 아르라우네에게 그런 인상은 조금도 없었다.

분명 생김새는 인간 여자였으나 추한 내면이 드러난 것처럼 추악한 얼굴을 했고 무수히 많은 줄기가 촉수처럼 꿈틀거리고 있어 실로 기분 나빴다. 그 입가는 뭐가 그리 즐거운지 히죽이고 있었다.

하지메는 곧바로 가짜 아르라우네에게 총구를 돌렸다. 하지만 발포하려고 하면 유에가 사선 안에 들어와 방해했다.

"하지메…… 미안해……."

유에는 분한 표정으로 이를 악물었다. 자신이 걸림돌이라는 사실이 견디기 힘든 모양이다. 지금도 필사적으로 저항하고 있을 것이다. 입은 움직이는지 사과하면서도 다물어진 입가에서 피가 흘렀다. 날카로운 송곳니가 입술을 깨문 것이리라. 분해서인지, 주박을 풀기 위해서인지, 아니면 양쪽 다 인지…….

유에를 방패로 삼은 가짜 아르라우네는 녹색 방울을 하지메에게 쏘았다.

하지메는 그것을 돈나의 총신으로 터뜨렸다. 아마도 구슬이 부서질 때 눈에 보이지 않는 포자가 퍼지는 모양이다.

하지만 유에처럼 하지메의 머리엔 꽃이 필 느낌이 없었다. 가짜 아르라우네는 히죽거리던 미소를 멈추고 의아한 표정을 떠올렸다. 하지메에겐 포자가 통하지 않았다.

'아마도 내성계 기능 덕분이겠지.'

하지메의 추측대로 가짜 아르라우네의 포자는 일종의 신경독이었고 그래서 『독 내성』을 가진 하지메에게 효과가 없었다. 즉, 하지메가 지금까지 괜찮은 건 순전히 우연이었고 유에를 방심했다고 책망할 수 없었다. 유에가 분해할 필요가 없는 것이다.

가짜 아르라우네는 하지메에게 포자가 통하지 않는다는 걸 깨달았는지 불쾌한 표정으로 유에에게 명령을 내려 마법을 발동시켰다. 이번에도 바람 칼날이었다. 랩터들의 움직임이 단순했던 걸 생각해보면 조종하는 대상의 실력을 충분히 발휘할 수 없는 걸지도 모른다.

'불행 중 다행이로군.'

바람 칼날을 회피하려 하니 보란 듯이 유에가 머리에 손을 가져갔다. 결국 그 자리에 멈춰 사이클롭스에게서 빼앗은 고유 마법『금강(金剛)』으로 견뎌냈다.

이 기능은 마력을 몸의 표면에 둘러서 굳히는 것으로 이름처럼 금강과 같은 방어력을 발휘하는 듬직한 기능이었다. 아직 미숙하기 때문에 사이클롭스의 10분의 1정도 방어력이지만 바람 칼날이 날카롭긴 해도 위력은 낮아서 견딜 수 있었다.

'일단 빠르게 처리할 수 있는 방법도 있지만…… 뒤가 무섭지.『소이 수류탄』이라도 던질까?'

하지메가 이 상황을 어떻게 타개할지 고민하고 있을 때 유에가 비통한 비명을 질렀다.

"하지메! ……난 괜찮으니까…… 쏴!"

아무래도 각오를 다졌는지 유에가 하지메에게 쏴달라고 소리쳤다. 하지메의 걸림돌이 되는 정도가 아니라 공격까지 하는 이상, 차라리 자신과 함께 쏴주었으면 좋겠다는 뜻이 담긴 붉은 눈동자가 똑바로 하지메를 바라보았다.

그럴 수 없어! 반드시 구해줄게! 보통은 이런 뜨거운 말이 튀어나와 히로인과의 인연을 확인하는 장면이었고 예전의 하지메라면 그렇게 했을 것이다. 하지만 그런 기대를 배신하는 것이 바로 지금의 하지메였다.

"어, 그래도 돼? 고마워."

투팡!

방 안에 총성이 울렸다.

유에의 말을 들은 순간, 하지메는 아무런 주저 없이 방아쇠를 당겼다. 방 안에 차가운 공기가 감돌며 정적이 지배했다. 그런 도중 빙글빙글 공중을 나부끼던 장미꽃잎이 땅 위로 사뿐 내려앉았다.

유에가 눈을 깜박였다. 가짜 아르라우네도 깜박였다.

유에가 살짝 두 손을 들어 머리 위를 확인하니 그곳엔 꽃이 사라지고 대신 얽히고설킨 자신의 금발이 있었다. 가짜 아르라우네도 사태를 파악한 건지 비난 섞인 눈으로 하지메를 노려보았다.

"아니, 너는 그런 눈을 하면 안 되지."

투팡!

하지메가 그렇게 주장하며 발포하니 가짜 아르라우네의 머리가 녹색 액체를 뿌리며 부서졌다. 그대로 몸이 기울어지고 손발을 움찔움찔 경련하다 쓰러졌다.

"유에, 괜찮아? 이상한 덴 없어?"

가볍게 유에의 안부를 확인하는 하지메. 하지만 유에는 아직까지 머리를 만지며 차가운 눈으로 하지메를 노려보았다.

"……쐈어."

"어? 네가 쏴도 된다고 해서."

"……망설이지도 않고……."

"그야 결국엔 쏠 생각이었으니까. 조준엔 자신 있지만 말도 없이 쏘면 유에가 화낼 것 같았거든. 나중을 위해서 나름대로 배려한 거야."

"……두피가 살짝 벗겨졌을……지도……."

"그 정도는 금방 재생하지? 괜찮아."

"으으~."

유에는 그 말이 맞긴 하지만! 이라고 말하는 표정으로 하지메의 배를 투닥투닥 때렸다.

확실히 쏘라고 말한 건 자신이며 걸림돌이 될 바에야 그러는 편이 낫다고 각오를 다진 것도 사실이다. 하지만 유에도 여자. 다소의 꿈은 꾼다. 적어도 조금 더 망설여줬으면 했다. 아무리 그래도 지나칠 정도로 가벼운 반응에 너무한 것 아니냐며 분풀이했다.

하지메는 조종당한 상태에서 상급 마법을 사용할 위험이 낮다고 판단한 시점에, 이미 유에를 걱정하는 마음이 거의 사라졌다. 유에의 죽지 않는 성질을 뛰어넘는 공격은 그리 많지 않기 때문이다.

하지만 주저하지 않고 쏴버려 관계가 서먹해지는 것도 싫었다. 그래서 전투 중에 주저한다는 최대의 금기를 저지르면서까지 참았는데 대체 뭐가 불만인 건지 알 수 없었다. 그런 하지메의 모습에 점점 더 토라진 유에는 고개를 획 돌려버렸다.

하지메는 내심 한숨을 쉬며 어떻게 기분을 풀어줄지 생각했다. 그건 가짜 아르라우네를 공략하는 것보다 훨씬 어려울 것 같았다.

가짜 아르라우네를 순식간에 쏴버리고 유에가 토라진 날로부터 상당한 시간이 지났다.

그 이후 하지메는 기절할 때까지 피를 빨렸다. 그 덕분인지 어떻게든 유에의 기분을 풀어주는 데 성공하고 다시 미궁 공략에 나설 수 있었다.

그리고 다음 계층이 하지메가 처음 있던 계층에서 백 계층째가 되는 곳까지 오게 됐다.

99계층에서 하지메는 장비를 확인하고 보완했다. 여전히 유에는 질리지도 않고 하지메의 작업을 바라보았다. 아니, 정확하게는 작업하는 하지메를 보는 것을 좋아했다. 지금도 하지메의 바로 옆에서 손과 하지메를 번갈아 바라보며 느긋하게 있었다. 그 표정은 미궁과는 어울리지 않게 부드러웠다.

시간 감각이 없었기 때문에 유에와 만나고서 얼마나 지났는지 정확히는 알 수 없지만, 최근 들어 유에는 이렇게 부드럽다고 할지 편안한 표정을 보였다. 하지메에게 노골적으로 어리광 부리게 됐다.

특히 거점에서 쉴 땐 반드시 밀착한다. 누우면 함께 자려는 것처럼 팔에 안겼으며 앉아 있으면 뒤에서 껴안았다. 흡혈할 땐 정면에서 안는 자세를 했지만 흡혈이 끝난 뒤에도 떨어지지 않으려 했다. 하지메의 가슴에 얼굴을 비비며 만족스러운 표정으로 느긋하게 쉬었다.

하지메도 남자다.

유에의 외모는 열두세 살 정도다보니 흐뭇함이 앞서 간단히 욕정이 생기진 않았지만 실제론 훨씬 연상이었다. 그런 모습을 이따금 보여줄 때마다 상당히 요염해지는 게 곤란했다. 아직 미궁 안이다 보니 항상 긴장하고 있어서 견디고는 있지만, 지상으로 나와 긴장이 풀린 뒤에 유에가 어른스러운 모습으로 다가온다면 이성을 유지할 자신이 없었다. 억지로 유지할 필요는 없을지도 모르지만…….

"하지메…… 평소보다 신중해……."

"응? 아, 다음이 100계층이잖아. 어쩌면 뭔가 있을지도 몰라. 일반적으로 확인된 위쪽 미궁도 100계층이라고 하니까…… 만약을 위해서지."

하지메가 떨어진 계층으로부터 80계층을 돌파한 시점에서 이곳이 통상의 【오르크스 대미궁】일 가능성은 사라졌다. 나락으로 떨어진 느낌과 각 계층을 돌파할 때의 감각으로 볼 때, 일반적인 미궁보다 훨씬 지하에 있는 게 확실했다.

총술, 체술, 고유 마법, 병기, 그리고 연성. 모두 상당히 연마했다는 자부심이 있었다. 그리 쉽게 당하지는 않을 것이다. 하지만 그런 실력과는 관계없이 간단히 치명상을 입기 쉬운 게 미궁의 무서운 점이다. 따라서 시간이 될 때 할 수 있는 준비를 해둔다. 참고로 하지메의 현재 스테이터스는 이렇다.

나구모 하지메　17세　남자　레벨: 76

천직: 연성사

근력: 1980

체력: 2090

내성: 2070

민첩: 2450

마력: 1780

마력 내성: 1780

기능: 연성[+광물계 감정][+정밀 연성][+광물계 탐사][+광물 분리][+광물 융합][+복제 연성], 마력 조작[+마력 방사][+마력 압축][+원격 조작], 위산 강화, 전기 두르기, 천보[+공력][+축지][+호각], 바람의 손톱, 밤눈, 멀리 보기, 기척 감지, 마력 감지, 열원 감지, 기척 차단, 독 내성, 마비 내성, 석화 내성, 금강, 위압, 염화, 언어 이해

스테이터스는 처음 보는 마물을 먹을 때마다 상승하고 있지만 고유 마법은 그다지 오르지 않았다. 마물끼리 서로를 먹어도 상대의 고유 마법을 습득하지 않는 것처럼 스테이터스가 올라 육체가 변질된 것으로 습득하기 어려워진 것인지도 모른다.

잠시 후 모든 준비를 마친 하지메와 유에는 아래로 통하는 계단으로 향했다.

그 계층은 무수히 많은 거대한 기둥으로 지탱된 넓은 공간이었다. 기둥 하나하나가 직경 5미터 정도이며 하나하나에 나선 모양과 넝쿨이 감긴 것처럼 조각이 새겨져 있었다. 기둥은 일정 간격으로 규칙적인 배열이었고 천장까지는 30미터 정도 될 것 같았다. 지면도 거친 곳 없이 평평하고 깔끔해서 어딘가 장엄함이 느껴지는 공간이었다.

하지메 일행이 그 광경을 바라보며 발을 디디자 모든 기둥이 옅게 빛나기 시작했다. 깜짝 놀란 하지메와 유에는 정신을 차리고 경계했다. 기둥은 두 사람을 기점으로 안쪽까지 차례차례 빛을 냈다.

일행은 한동안 경계했지만 아무 일도 일어나지 않았기에 감지계 기능을 풀가동하며 안으로 들어갔다.

200미터정도 나아갔을 때 앞에 막다른 길이 나왔다. 아니, 막다른 길이 아니라 거대한 문이었다. 높이가 10미터 정도의 거대한 문으로 여기에도 아름다운 조각이 새겨져 있었다. 특히 칠각형의 각 꼭짓점에 그려진 어떠한 문양이 인상적이었다.

"……이거 굉장하네. 혹시……."

"……반역자의 거처?"

정말이지 마지막 보스의 방이라는 분위기였다. 실제로 감지계 기능에는 아무런 반응이 없었지만 하지메의 본능이 이 앞은 위험하다며 경종을 울리고 있었다. 그건 유에도 느끼고 있는지 이마 위로 살짝 땀을 흘리고 있었다.

"하하, 그럼 최고네. 이제야 목적지에 도착했다는 거잖아?"

하지메는 본능을 무시하고 대담한 미소를 지었다. 설령 무엇이 기다리고 있다 해도 들어갈 수밖에 없다.

"……응!"

유에도 각오를 다진 표정으로 문을 노려보았다.

그리고 두 사람이 문 앞으로 다가가기 위해 마지막 기둥 사이를 넘은 순간—.

문과 하지메 사이 30미터 정도의 공간에 거대한 마법진이 나타났다. 검붉은 빛과 함께 맥을 뛰는 것처럼 두근두근 소리가 났다.

하지메는 그 마법진을 본 적이 있었다. 잊을 수도 없는 그날, 하지메가 나락으로 떨어질 때 봤던 자신들을 궁지에 내몰았던 함정과 같은 것이다. 하지만 베헤모스의 마법진이 직경 10미터 정도였던 것에 비해 눈앞의 마법진은 그 세 배의 크기였고 구성된 술식도 더욱 복잡하고 정교했다.

"뭐야, 이 크기는. 진짜로 마지막이라는 건가."

"……괜찮아. ……우리는 지지 않아……."

하지메가 뻣뻣한 웃음을 떠올리자 유에는 결연한 표정을 무너뜨리지 않고 하지메의 팔을 꼭 안았다.

"그래."

유에의 말에 고개를 끄덕인 하지메는 쓴웃음을 지으면서도 마법진을 노려보았다.

마법진은 한층 더 빛나더니 드디어 터지는 것처럼 빛을 뿜었다. 순간 하지메와 유에는 팔을 들어 눈을 가렸다. 빛이 사라지고 거기에 나타난 것은—.

신장 30미터, 각각 색이 다른 문양이 이마에 새겨진 여섯 개의 머리와 긴 목, 날카로운 이빨과 검붉은 눈동자의 괴물. 비유하자면 신화의 괴물…… 히드라였다.

"""""크르아아아아아아아앙!"""""

신기한 음색의 절규를 지르며 여섯 쌍의 눈빛이 하지메와 유에를 노려보았다. 주제를 모르는 침입자에게 벌을 내린다는 것인지, 평범한 사람이라면 보기만 해도 심장이 멎을 것 같은 엄청난 살기가 쏟아졌다.

동시에 붉은 문양이 새겨진 머리가 입을 크게 벌리고 불을 뿜었다. 그건 정말 불꽃의 벽이라는 표현이 어울리는 규모였다.

하지메와 유에는 동시에 좌우로 갈라져 피하고 반격을 시작했다. 하지메의 돈나가 붉은색 불똥을 튀기며 불을 뿜었고 전자 가속된 탄환이 엄청난 속도로 붉은 문양 머리를 향해 날아갔다. 정확하게 날아간 탄환은 붉은 문양 머리를 날려버렸다.

하지메가 하나 처리했다고 내심 좋아하고 있을 때 하얀 문양이 새겨진 머리가 소리치더니 날아갔던 붉은 문양 머리가 하얀 빛에 감싸였다. 그러자 마치 시간이 돌아가는 것처럼 붉은 문양의 머리가 원래대로 돌아왔다. 하얀 문양 머리는 회복 마법을 사용하는 모양이다.

하지메보다 조금 늦게 유에의 얼음이 녹색 문양 머리를 날렸지만 마찬가지로 하얀 문양 머리의 외침이 회복시켰다.

하지메는 혀를 차며 『염화』로 유에에게 전했다.

『유에! 저 하얀 머리를 노리자! 끝이 없겠어!』

『응!』

파란 문양 머리가 입에서 산탄처럼 얼음 조각을 토했고 하지메와 유에는 그것을 피하며 하얀 문양 머리를 노렸다.

투팡!

"『비창』!"

섬광과 타오르는 창이 하얀 문양 머리를 향해 날아갔다.

하지만 직격했다고 생각한 순간, 노란 문양 머리가 사선에 들어와 그 머리를 코브라처럼 부풀렸다. 그리고 노란색의 옅은 빛을 내며 하지메의 레일건과 유에의 『비창』을 몸으로 직접 막았다. 직격과 폭염 뒤엔 상처 하나 없는 노란 문양 머리가 태연히 하지메와 유에를 노려보았다.

"칫! 방패 역할인가. 공격에 방패에 회복이라니 정말로 밸런스가 좋군!"

하지메는 머리 위를 향해 『소이 수류탄』을 던졌고 동시에 돈나의 최대 출력으로 하얀 문양 머리를 공격했다. 유에도 그에 맞춰 『비창』을 연발했다. 유에의 『창천』이라면 노란 문양 머리를 뚫고 하얀 문양 머리에 닿을지도 모르지만 최상급 마법은 마력이 대량으로 고갈된다. 피를 마시게 하면 곧바로 회복하지만 그 빈틈을 다른 머리가 허락해줄 것 같지 않았다. 그리고 히드라가 최상급 마법을 능가하는 비장의 수단을 갖고 있지 않다는 보장이 없었다. 따라서 적어도 머리가 절반 정도 줄기 전에는 최상급 마법을 사용할 수 없었다.

노란 문양 머리는 하지메와 유에의 공격을 모조리 받아냈지만 역시 버티기 힘들었는지 군데군데 상처가 있었다.

"크르아앙!"

곧바로 하얀 문양 머리가 노란 문양 머리를 회복했다. 정말로 우수한 회복 담당이다.

하지만 그 직후, 하얀 문양 머리 위에 『소이 수류탄』이 작렬했다. 섭씨 3천도의 뜨거운 타르가 작렬하는 비가 되어 쏟아졌다. 하얀 문양 머리에도 쏟아지자 고통에 비명을 지르며 몸부림쳤다.

하지메는 이 기회를 놓칠 수 없다고 생각해 『염화』로 신호를 보내서 동시에 공격하려 했다. 하지만 그 전에 몸이 찢어지기라도 한 듯한 엄청난 절규가 울렸다.

……유에의 목소리였다.

"싫어어어어어!"

"어?! 유에!"

하지메는 서둘러 유에에게 다가가려 했지만 그것을 방해하려는 것처럼 붉은 문양 머리와 푸른 문양 머리가 불꽃과 바람을 무수히 쏘았다. 유에는 계속 비명을 질렀다. 하지메는 이를 악물며 대체 무슨 일이 생긴 건지 생각했다. 그리고 검은 문양 머리가 아직까지 아무것도 하지 않았다는 것을 떠올렸다.

'아니야. 혹시 이미 무언가 했다면!'

하지메는 『축지』와 『공력』을 사용해 필사적으로 공격을 피하며 검은 문양 머리 쪽에 돈나를 발포했다. 총성과 함께 유에를 가만히 바라보던 검은 문양 머리가 날아갔다. 동시에 유에가 맥없이 쓰러졌고 그녀의 얼굴은 멀리서 봐도 창백했다.

그 유에를 잡아먹으려는 건지 파란 문양 머리가 입을 크게 벌리고 긴 목을 뻗어 유에를 향해 다가왔다.

"그렇게 둘 수 없지!"

하지메는 대미지를 각오하고 불꽃과 바람이 몰아치는 안을 『축지』로 돌파했다.

치명상이 될법한 공격만 돈나의 총신과 『바람의 손톱』으로 막으며 아슬아슬한 타이밍에 유에와 파란 문양 머리 사이로 들어갔다. 하지만 반격할 시간이 없었던 하지메는 서둘러 『금강』을 발동했다. 『금강』은 이동하면서 쓸 수 없었고 묵직하게 유에의 앞을 가로막을 뿐이었다.

마력이 하지메의 몸을 감싼 것과 파란 문양 머리가 문 것은 동시였다.

"크르르르!"

"크으윽!"

낮게 신음하며 파란 문양 머리가 하지메를 통째로 삼키려는 듯 그 턱을 닫으려 했지만 하지메는 앞으로 몸을 숙여 등과 다리로 버텼다. 그리고 총구를 파란 문양 머리의 위턱에 가져가 방아쇠를 당겼다.

총성과 함께 분화라도 일어난 것처럼 파란 문양 머리가 바

로 위로 튀어 올랐다. 하지메는 힘을 잃은 파란 문양 머리에
『호각』으로 발차기를 날렸다. 그리고 몸을 흔들어 떨어뜨린
『섬광 수류탄』과 『음향 수류탄』을 발로 차 히드라에게 날렸다.

『음향 수류탄』은 80계층에서 발견한 초음파를 내는 마물에
게서 채집한 소재로 만들었다. 체내에 특수한 기관을 갖고 있
어 소리로 공격하는 마물이었다. 이 마물을 쓰러뜨려도 고유
마법은 늘지 않았지만 대신 그 특수한 기관이 광물이었기 때
문에 음향 수류탄으로 가공했다.

두 개의 수류탄이 강렬한 섬광과 음향으로 히드라를 움츠
러들게 했다. 그 틈에 하지메는 유에를 안아 올려 기둥 뒤로
숨었다.

"야! 유에! 정신 차려!"

"……."

하지메의 부름에도 반응을 보이지 않은 유에는 새파래진
얼굴로 바들바들 떨고 있었다.

"검은 머리 녀석은 대체 뭘 한 거야!"

그렇게 욕설을 뱉은 하지메는 유에의 뺨을 찰싹찰싹 때렸
다. 『염화』로도 이름을 불렀고 신수도 마시게 했다. 잠시 지나
자 멍했던 유에의 눈동자에 빛이 돌아오기 시작했다.

"유에!"

"……하지메?"

"그래, 하지메다. 괜찮아? 무슨 짓을 당한 거야?"

눈을 깜박인 유에는 하지메의 존재를 확인하려는 것처럼

그 작은 손을 뻗어 하지메의 뺨을 만졌다. 그제서야 하지메가 거기에 있다고 실감한 건지 안도의 한숨을 쉬며 눈가에 눈물이 맺히기 시작했다.

"다행이다. ······버림받았다고. ······다시 어둠 속에 혼자······."

"응? 대체 무슨 말이야?"

유에의 모습에 하지메는 당황했다. 유에의 말에 따르면 갑자기 강력한 불안감이 들었고 정신이 들자 하지메에게 버림받아 다시 봉인되는 광경이 머리에 가득 떠올랐다고 한다. 그리고 아무것도 생각할 수 없게 되어 공포에 사로잡혀 움직일 수 없었다고 했다.

"칫! 배드 스테이터스 마법인가? 검은 머리는 상대를 공황 상태로 만들 수 있다는 거로군. 정말로 밸런스가 좋은 괴물이야, 빌어먹을!"

"······하지메."

하지메가 성가신 적에게 욕설을 퍼붓자 유에는 불안한 눈동자를 보내왔다. 하지메에게 버림받는 것은 정말로 무서운 광경이었을 것이다.

무엇보다 자신을 300년의 봉인에서 목숨을 걸고 풀어준 인물이자, 흡혈귀라는 것을 알고도 변함없이 대해주고 매일 피를 빨게도 해준다. 그러니 마음을 허락하는 것도 어쩔 수 없으리라.

그리고 지금 유에는 하지메의 곁이 유일하게 안주할 수 있는 곳이다. 함께 하지메의 고향으로 간다는 약속이 얼마나 기뺐는지, 다시 혼자가 된다는 건 상상하기도 싫었다.

그래서 주입된 악몽이 뇌리에 달라붙어 유에를 격렬하게 갉아먹었다. 히드라가 혼란에서 회복한 기척이 들자 하지메는 일어났지만 유에는 그런 하지메의 옷자락을 자신도 모르게 단단히 거머쥐었다.

"……난……."

울 것 같은, 불안한 표정을 한 유에가 몸을 떨었다. 하지메는 어쩐지 유에가 봤던 악몽을 떠올리고 지금 유에가 무슨 생각을 하는지 알아차렸다. 그리고 평소 태도로 유에의 마음도 알고 있었다. 일본으로 데리고 돌아간다는 약속도 했기 때문에 이제 와서 모르는 척해도 의미가 없을 것이다.

위로의 말이라도 건네야겠지만 지금은 시간이 없었다. 그리고 어중간한 말로는 다시 검은 문양 머리의 먹잇감이 될 것이다. 하지메가 당할 가능성도 있기 때문에 그땐 유에가 도와줘야 했다.

그런 생각을 빠르게, 마치 변명처럼 생각하던 하지메는 머리를 긁적이며 유에의 앞에 앉아 눈높이를 맞췄다.

그리고—.

"응? ……읍?!"

고개를 갸웃한 유에에게 입을 맞췄다.

아주 잠시 닿았을 뿐이지만 유에의 반응은 극적이었다. 빤히 하지메를 바라보았다. 하지메는 약간 부끄러운 듯 시선을 피하며 유에의 손을 당겨 일으켰다.

"녀석을 죽이고 살아남자. 그리고 지상으로 나가 고향으로 돌아가야지. ……함께."

유에는 아직까지 멍하니 하지메를 보고 있었지만 이내 무표정을 부수고 활짝 꽃을 피운 것처럼 아름다운 미소를 떠올렸다.

"응!"

하지메는 헛기침을 하며 마음을 다잡고는 유에에게 작전을 설명했다.

"유에, 슈라겐을 쓸 거야. 연속해서 쏠 수 없으니까 엄호를 부탁해."

"……맡겨줘!"

유에는 평소보다 훨씬 의욕에 넘친 모습이었고 조용히 중얼거리는 말투가 아닌 패기에 넘친 대답이었다. 아까까지의 불안이 송두리째 날아가 모든 걸 털어낸 모양이었다. 하지메는 평소에도 자신에게 어리광부리는 것을 떠올리고 나중을 생각하면 조금 빨랐던 걸지도 모른다고 생각해서 얼굴이 굳었다.

그런 일행에게 히드라는 연애 따윈 개나 줘! 라고 말하려는 것처럼 포효한 뒤 불꽃과 바람, 물 등을 쏘았다. 두 사람은 빠르게 기둥 뒤에서 튀어나와 이번에야말로 반격에 나섰다.

"『비창』! 『포황(砲皇)』! 『동우(凍雨)』!"

연달아 빠르게 마법을 발동했다. 있을 수 없는 속도로 마법을 구축해 불꽃 창과 나선으로 소용돌이치는 진공 칼날을 동반한 용권, 날카로운 송곳과 같은 얼음의 비가 일제히 히드라를 향해 날아갔다.

공격 직후라 자세가 무너진 붉은 문양 머리, 파란 문양 머리, 푸른 문양 머리의 앞에 노란 문양 머리가 나오려 했지만 하얀 문양 머리를 하지메가 노리고 있다는 것을 깨달았는지 그 자리에서 움직이지 않고 포효를 질렀다.

"크르아앙!"

그러자 가까운 기둥이 물결치더니 모습을 바꿔 곧바로 방패가 됐다. 이 노란 문양 머리는 규모는 조금 작아도 유사 전갈과 비슷한 기술을 사용했다.

유에의 마법은 그 돌벽에 닿아 벽을 부수고 뒤이은 마법이 세 개의 머리에 직격했다.

""""크르으으으으!""""

비명을 지른 세 개의 머리. 검은 문양 머리가 마법을 사용한 직후의 유에를 다시 바라보며 공황 마법을 발동했다.

유에의 안에 다시 불안감이 솟아났지만 정신이 짓눌리기 전에 아까 하지메에게서 받은 키스를 떠올렸다. 그러자 몸에 열이 오르는 것처럼 마음이 고양되어 불안을 떨쳐냈다.

"……이제 안 통해!"

유에는 하지메를 원호하기 위해 위력보다 수를 중시한 마법을 계속해서 구축해 탄막처럼 쏘아댔다. 회복을 받은 붉은 문양 머리, 파란 문양 머리, 푸른 문양 머리가 각각 공격을 다시 시작했지만 유에는 혼자서 그것과 맞붙었다. 모조리 상쇄하고 빈틈이 있으면 공격에 나섰다.

한편 하지메는 세 개의 머리가 유에에게 신경이 팔린 사이 단번에 접근했다. 만에 하나 빗나가서 상대가 대책을 세운다면 곤란하기 때문에 일격필살이 필요한 상황이었다.

검은 문양 머리가 유에에게 공황 마법이 통하지 않는다는 것을 깨달았는지 이번엔 하지메에게 그 시선을 보냈다. 하지메의 가슴속에 불안이 솟구쳐 나락에 막 떨어졌을 때의 고통과 공복감이 되살아났다.

하지만—.

"그게 어쨌다고!"

그렇다. 그건 이미 견뎌냈던 과거다. 이제 와서 그 나날을 다시 맛본다 해도 별거 아니었다. 하지메는 돈나로 검은 문양 머리를 날려버렸다.

하얀 문양 머리는 곧바로 회복하려 했지만 그 전에 하지메가 『공력』과 『축지』로 뛰어올라 등에 짊어지고 있던 대전차 라이플, 슈라겐을 옆구리에 낀채 공중에서 자세를 잡았다.

노란 문양 머리가 하얀 문양 머리를 지키기 위해 막아섰지만 그러건 이미 예상해뒀다.

"한꺼번에 부숴주지!"

하지메가 『전기 두르기』를 사용하자 슈라겐에 붉은 스파크가 일었다. 탄환은 타우르 광석을 유사 전갈의 껍질인 슈타르 광석으로 코팅한, 지구에서 말하는 풀 메탈 자켓이었다. 슈타르 광석은 마력과 친화성이 높아 『전기 두르기』와도 상성이 좋았다. 통상적인 탄환의 몇 배의 양을 압축한 연소 가루는 공이가 일으킨 불꽃에 인화되어 크게 폭발했다.

투쾅!

대포라도 쏜 것처럼 엄청난 소리와 함께 풀 메탈 자켓의 붉은 탄환이 약 1.5미터의 총열을 따라 전자 가속이 더해져 발사됐다. 그 위력은 돈나 최대 위력의 몇 배에 이른다. 전함의 포격조차 장난감처럼 느껴질 파괴력. 이세계의 특수한 광석과 고유 마법이 없었더라면 실현할 수 없었던 괴물 병기였다.

발사 광경은 두꺼운 레이저 병기와도 같았다. 똑바로 발사된 탄환이 주변 공기를 태우며 노란 문양 머리에 직격했다.

노란 문양 머리도 『금강』과 비슷한 방어를 했겠지만…… 탄환은 아무것도 없었던 것처럼 뒤쪽의 하얀 문양 머리에 도달했다. 그리고 마찬가지로 아무것도 없었던 것처럼 그대로 관통해 뒤쪽 벽을 파괴했다. 계층 전체가 지진이라도 난 듯 격렬하게 흔들렸다.

이제 남은 건 머리가 깔끔하게 사라지고 엄청난 열로 질척하게 녹아서 단면이 보이는 두 개의 머리와 주위로 부서진 벽, 어디까지 이어졌는지 알 수 없을 정도로 깊은 구멍뿐이었다.

한 번에 절반에 가까운 머리가 사라지자 남은 세 개의 머리가 유에를 상대하는 것을 잊고 멍하니 하지메 쪽을 보았다.

하지메는 지면에 착지한 뒤 연기를 내뿜는 슈라겐에서 탄피를 배출했다. 탄피가 떨어지는 소리로 세 개의 머리가 정신을 차렸다. 하지메에게 증오를 담은 눈빛을 보냈지만 그들이 상대하는 적은 눈을 떼도 괜찮은 상대가 아니었다.

"『천작(天灼)』."

황금의 마력을 난무하는 흡혈 공주. 그 타고난 재능 때문에 동족에게까지 두려움을 사고 나락에 봉인된 존재. 그 힘이 자신에게 적대한 천벌이라고 말하려는 것처럼 쏟아졌다.

세 개의 머리 주변으로 여섯 개의 방전하는 전구가 포위하듯 공중을 떠돌았다. 다음 순간 구체에서 전기가 뻗어 나와 서로를 연결해서 그 중앙에 거대한 번개 구슬이 생겨났다.

그것은 마치 전기로 만들어진 파르테논 신전과 하늘에 빛나는 태양 같았다.

그 직후 번개의 신전과 태양은 굉음과 함께 내포한 힘을 해방했다.

투콰콰콰콰콰콰콰콰쾅!

가운데의 번개 구슬이 튕겨지자 여섯 개의 구체로 감싼 범위 안에 절대적인 위력을 자랑하는 번개가 쏟아졌다. 세 개의 머리가 도망치려 했지만, 마치 벽이라도 있는 것처럼 번개 구슬이 감싼 범위에서 빠져나갈 수 없었다. 하늘에서 내려온 신의 분노처럼 굉음과 섬광이 광대한 공간으로 퍼져나갔다.

그리고 10초 이상 지속된 최상급 마법에 손쓸 방법도 없이 세 개의 머리는 단말마를 지르며 드디어 재가 됐다.

평소처럼 유에가 풀썩 주저앉았다. 마력 고갈로 거친 숨을 몰아쉬며 무표정하지만 만족스러운 듯이 하지메에게 엄지를 들어 보였다. 하지메도 미소 지으며 엄지를 들어 대답하고는 슈라겐을 고쳐 멘 뒤 얼마 남지 않은 히드라의 잔재를 등지고 유에에게 다가갔다.

그 직후였다.

"하지메!"

유에의 절박한 목소리가 울렸다. 하지메가 무슨 일인가 싶어 유에의 시선을 따라 고개를 돌리자 그곳엔 소리도 없이 일곱 번째 머리가 몸에서 튀어나와 하지메를 노려보고 있었다. 하지메는 자신도 모르게 굳어 버렸다.

직후, 은색 문양이 새겨진 일곱 번째 머리가 하지메에게서 시선을 돌려 유에를 날카로운 눈빛으로 바라보고 예비 동작도 없이 오로라를 뿜었다. 아까 하지메가 쏜 슈라겐처럼 순식간에 유에에게 날아갔다. 유에는 마력이 고갈된 탓에 움직일 수 없었다.

하지메는 은색 문양 머리가 시선을 유에에게 돌린 순간 온몸에 오한이 들어 곧바로 달리기 시작했다.

파란 문양 머리 때의 재현일까. 오로라가 유에를 통째로 날려버리기 전에 하지메가 다시 막아서는 데 성공했다.

하지만 그 결과는 전혀 달랐고 오로라가 하지메를 집어삼켰다. 뒤에 있는 유에도 직격은 받지 않았지만 여파를 받아 몸이 멀리 날아갔다.

오로라가 사라지자 유에는 온몸에서 나는 통증에 신음하며 몸을 일으켰다. 오로라에 삼켜지기 전에 하지메가 끼어든 광경을 떠올리며 초조하게 그를 찾았다.

하지메는 처음 끼어들었던 곳에서 움직이지 않고 두 팔을 벌리고 선 채 온몸에서 연기를 뿜고 있었다. 지면에는 녹아버린 슈라겐의 잔해가 굴러다녔다.

"하, 하지메?"

"……."

하지메는 대답하지 않았고 그대로 휘청 기울어져 앞으로 고꾸라졌다.

"하지메!"

유에는 초조한 나머지 통증도 무시한 채 달려가려 했다. 하지만 마력 고갈로 힘이 들어가지 않아 넘어지고 말았다. 답답한 마음을 억누르고 신수를 꺼내 단번에 들이켰다. 다소 활력이 돌아오자 자리에서 일어나 이번에야말로 하지메에게 달려갔다.

엎드려 쓰러진 하지메의 아래로 피가 흘러나왔다. 하지메의 『금강』을 깨트리고 대미지를 준 모양이다. 만약 유사 전갈의 껍질이 재료인 슈라겐을 방패로 삼지 않았더라면 즉사했을지도 모른다.

하지메의 몸을 돌려보니 상태는 심각했다. 손가락, 어깨, 옆구리가 불에 타 일부의 뼈가 드러났다. 얼굴도 오른쪽 절반이 불타버렸고 오른쪽 눈이 있던 구멍에선 피가 흘렀다. 각도로 볼 때 다리에 영향이 적었던 것은 불행 중 다행이었을 것이다.

유에는 서둘러 신수를 마시게 하려 했지만 적이 그런 시간을 줄 리 없었다. 이번엔 직경 10센티미터 정도의 빛의 탄환을 개틀링 건처럼 무수히 쏘았다.

유에는 하지메를 안고서 힘을 쥐어짜 그곳을 이탈해 기둥 뒤에 숨었다. 그러자 기둥을 깎아내리듯 계속해서 탄환이 날아들었다. 이대로 있다간 아마 1분도 버틸 수 없을 것이다. 빛의 탄환 하나하나에 엄청난 에너지가 담겨 있었다.

유에는 서둘러 신수를 하지메의 상처에 뿌리고 한 병을 더꺼내 마시게 하려 했다. 하지만 마실 힘도 없는 건지 하지메는 기침하며 토해내고 말았다. 유에는 자신의 입에 신수를 머금고 그대로 하지메에게 입을 맞춘 뒤 기침하는 하지메를 억누르고 억지로 마시게 했다.

하지만 지혈 효과는 있었지만 상처는 쉽게 사라지지 않았다. 평소라면 곧바로 치유될 텐데 무언가에 방해받고 있는 것처럼 느렸다.

"어째서?!"

유에는 반쯤 패닉에 빠져 가지고 있던 신수를 모두 꺼냈다.

실은 히드라의 오로라에는 육체를 녹이는 독 효과도 포함되어 있었다. 보통은 손쓸 방법도 없이 녹아 끝나고 만다.

하지만 신수의 회복력이 굉장해서 용해속도를 상회하며 치유하고 있었다. 속도는 느리지만 마물의 고기를 먹어 강인해진 하지메의 육체는 시간을 들이면 완전히 치유될 것이다. 물론 오른쪽 눈은 오로라의 빛으로 증발해버려 신수로는 회복시킬 수 없겠지만…….

기둥은 이제 거의 부서져 하지메가 움직일 때까지 버틸 수없었다. 유에는 결연한 표정으로 하지메를 바라보며 살짝 입을 맞췄다. 그리고 하지메의 돈나를 들고서 일어났다.

"……이번엔 내가 도울 거야……."

유에는 그런 결심과 함께 기둥에서 뛰쳐나왔다.

마력은 얼마 남지 않았고 신수는 모두 써버렸다. 기댈 수 있는 건 신체를 강화할 수 있는 흡혈귀의 육체와 마냥 의지할 순 없는 『자동 재생』의 고유 마법, 그리고 하지메의 돈나뿐이다.

기둥에서 뛰어나온 유에를 히드라의 은색 문양 머리가 노려보며 빛의 탄환을 연사했다. 유에는 마력이 얼마 남지 않아 마법으로 상쇄할 수 없고 하지메처럼 돈나로 격추할 수도 없기 때문에 오로지 달려서 피했다. 하지만 원래 체술을 기본으로 하는 접근전은 익숙하지 않아 금방 내몰리게 됐다.

그리고 결국 탄환 한 발이 유에의 어깨에 직격했다.

"아윽?!"

아픔에 비명을 지르면서도 공격에 날아간 기세를 이용해 바로 일어나 다시 달렸다. 통증으로 움직임이 멈추면 적에게 당할 거라는 것을 알고 있었기 때문이다.

유에의 『자동 재생』이 시작됐지만 평소보다 느렸다. 오로라의 부가 효과는 『자동 재생』에도 효과적인지 마력이 계속해서 깎여나갔다. 이대로 가다간 신체 강화에 사용할 마력도 금방 사라질 것이다.

유에는 어떻게든 접근하려 했지만 탄막의 밀도가 높아 좀처럼 다가갈 수 없었다. 다가가지 않으면 돈나를 맞출 수 없다는 건 유에도 알고 있었다. 그래서 어떻게든 빈틈을 노려 접근하려 했지만 빛의 탄환은 가차 없이 유에를 공격해 구석으로 내몰았다.

유에는 조금이라도 상황을 타개하기 위해 돈나의 방아쇠를 당겼다. 『전기 두르기』는 사용할 수 없지만 번개 계열 마법을 쓸 수 있기 때문에 어떻게든 전자 가속시킬 수 있었다. 그리고 초보자의 운인지 탄환은 탄막의 빈틈을 지나 은색 문양 머리의 관자놀이에 맞았다.

하지만—.

"아."

유에가 무심코 소리를 냈다.

충분하진 않아도 전자 가속으로 어느 정도 위력을 가진 공격이었는데 은색 문양 머리는 살짝 다쳤을 뿐 큰 대미지를 받지 않았다.

유에의 표정에 절망의 그림자가 드리웠다. 하지만 자신의 패배는 곧 하지메의 죽음을 의미한다. 유에는 이를 악물며 다시 회피에 전념했다.

그러나 원 패턴이 계속 이어질 리가 없었다. 은색 문양 머리의 눈이 반짝이더니 두 번째 오로라가 공간을 가르며 쏘아졌다. 빛의 탄환의 영향으로 회피할 수 있는 길이 한정됐던 유에는, 스스로 탄환에 뛰어드는 것으로 간신히 오로라가 가져올 파멸로부터 몸을 지킬 수 있었다.

하지만 그 대가로 복부에 빛의 탄환을 정통으로 받아 지면에 쓰러졌다.

"으으…… 으으……"

몸이 움직이지 않는다. 바로 움직이지 않으면 빛의 탄환에 농락당할 것이다. 유에는 그것을 알고 있었기에 필사적으로 발버둥 쳤지만 몸이 말을 듣지 않았다. 『자동 재생』이 따라잡지 못하게 된 것이다.

유에는 언제부턴가 눈물을 흘렸다. 분하고 분해서 어쩔 수 없었다. 자신은 하지메를 지킬 수 없는 건가, 하고…….

"크르아앙!"

은색 문양 머리가 쓰러진 유에를 보고 승리를 확신한 것처럼 울부짖으며 빛의 탄환을 쏘았다.

탄환이 유에에게 다가왔다. 유에는 눈을 감지 않았다. 적어도 마음은 지지 않겠다는 것처럼 은색 문양 머리를 노려보았다.

빛의 탄환이 다가와 시야가 섬광으로 가득해졌다. 직격이다. 죽는다. 지키지 못한 것과 먼저 죽는 것, 유에는 마음속으로 하지메에게 사과하려 했다.

순간…… 한줄기 바람이 불었다.

"어?"

정신이 들고 보니 유에는 누군가에게 안겨져 있었고 빛의 탄환이 옆을 지나가는 광경을 보았다. 그리고 자신을 안은 사람을 믿기지 않는 표정으로 올려다보았다.

그것은 분명 하지메였다. 만신창이로 거친 숨을 내쉬며 한쪽 눈을 꼭 감고서 유에를 안고 있었다.

"울지 마, 유에. 네 승리다."

"하지메!"

유에는 넘치는 감동에 하지메에게 안겼다. 상처는 아직 거의 낫지 않았다. 실제로 하지메는 기력만으로 일어선 거나 마찬가지였다.

하지메는 은색 문양 머리를 보았다. 주위에 빛의 탄환을 띄우고 여유로운 표정으로 노려보더니, 죽다 만 녀석이 뭘 할 수 있겠느냐는 것처럼 탄환을 쏘았다.

"……느리군."

하지메는 아슬아슬해질 때까지 움직이지 않다가 탄환이 직격하기 직전에 쓰러지듯 움직여 피했다.

은색 문양 머리의 눈이 가늘어지며 무수히 많은 탄환을 단번에 쏘았다.

"하지메, 도망쳐!"

유에가 필사적인 표정으로 하지메에게 말했지만 그는 그녀의 말을 듣지 않았다. 유에를 안은 채 춤이라도 추는 것처럼 빙글빙글 돌며 보기에 따라선 비틀비틀 쓰러질 듯 움직여 빛의 탄환을 피했다. 마치 탄환이 하지메를 피했다는 착각이 들 정도였다.

유에가 눈을 동그랗게 떴다.

"유에, 피를 마셔."

조용한 눈, 조용한 목소리로 유에를 재촉했다. 유에는 그렇지 않아도 피를 많이 흘린 하지메를 걱정해 주저했다. 하지메는 휘청휘청 탄환을 피하며 유에를 단단히 안아 목덜미를 내밀었다.

"마지막은 네 마법에 의지할게. ……해보자, 유에. 우리가 이긴다!"

"……응!"

하지메의 강렬한 의지가 담긴 말에 유에도 강하게 끄덕였다.

하지메를 믿고서 목덜미에 얼굴을 묻고 이빨을 세웠다. 하지메의 힘이 직접 흘러드는 것처럼 유에의 몸이 급속도로 치유됐다. 두 사람은 서로를 안은 채 유성군처럼 쏟아지는 빛의 탄환 사이를 춤추듯 빙글빙글 움직였다.

지금 하지메의 눈에는 세계의 색이 바래보였다. 회색빛 세계에서 모든 것이 천천히 움직였다. 그 안에서는 하지메만이 평소처럼 움직일 수 있었다.

하지메는 보고 있었다. 흔들리는 의식을 필사적으로 붙들며 유에가 혼자서 싸우는 광경을, 한손에 하지메의 총을 들고서 필사적으로 싸우다 농락당하듯 내몰리는 모습을, 그리고 오로라가 발사된 지면에 쓰러져 최후의 일격을 받으려는 순간을…….

하지메의 가슴속에서 격렬한 분노가 끓어올랐다. 자신은 무엇을 하고 있는가? 언제까지 누워있을 생각인가? 이런 곳에서 파트너를 빼앗기는 불합리한 상황을 허락할 건가? 저런 괴물 따위에게 굴복할 건가?

아니! 결코 아니다! 자신의, 자신들의 생존을 위협하는 것은 적이다! 적은…….

"죽인다!"

그 순간, 머릿속에 전기가 흐르는 느낌이 들었다. 동시에 기능 하나를 익혔다. 『천보』의 최종 파생 기능 [+순광(瞬光)]. 지각 기능을 확대함과 동시에 『천보』의 모든 능력을 상승시킨다. 하지메는 또 다시 『벽을 넘은』 것이다.

이 기능으로 하지메는 순식간에 유에에게 다가가 느릿느릿 날아드는 것처럼 보이는 빛의 탄환을 아슬아슬하게 피했다.

이윽고 유에가 흡혈을 마친 뒤 완전히 힘을 되찾았다.

"유에, 신호를 보내면 『창천』을 부탁해. 그때까지 회피에 전념해."

"응. ……하지메는?"

"난 사전 준비를 할게."

하지메는 그렇게 말한 뒤 유에를 기둥 뒤에 내려주고는 은색 문양 머리 쪽으로 달려갔다.

다가오는 빛의 탄막을 종이 한 장으로 피한 하지메는 『축지』로 자리를 이동하며 돈나를 발포했다. 은색 문양 머리는 아까 유에의 총격에 약간의 상처를 입은 것이 마음에 안 들었는지 머리를 휘둘러 피했다. 총탄이 빗나가 천장에 구멍을 뚫고 끝났다.

하지메는 신경 쓰지 않고 계속해서 자리를 바꾸며 총을 쐈지만 역시 모두 빗나가 허무하게 천장에 구멍을 뚫을 뿐이었다.

은색 문양 머리의 눈에 조롱의 기색이 담겼다. 유에도 평소의 하지메라면 있을 수 없는 사격에 잠시 불안해졌지만 하지메를 믿고 기다렸다.

하지메는 돈나를 전부 쏘자 『공력』을 사용해 공중으로 뛰어올랐다. 지금까지와 비교할 수 없을 정도로 세세한 스텝이 가능해져 천장 부근의 공중을 헤엄치듯 도약해 적의 탄환을 피했다.

슬슬 짜증이 나는지 은색 문양 머리가 마구잡이로 오로라를 뿜었다. 그것을 간단히 피한 하지메는 히죽 웃었다. 하지메는 은색 문양 머리가 오로라를 쏠 때 경직된다는 사실을 간파하고 있었다.

"유에를 농락한 보답이다. 마음껏 먹어라."

그런 말과 함께 재장전한 돈나를 여섯 곳을 향해 쏘았다.

그러자 갑자기 천장에 강렬한 충격이 일었고 잠시 동안 정적이 흐른 뒤 단번에 붕괴하기 시작했다. 그 범위는 직경 10미터, 무게는 수 톤. 엄청난 질량이 붕괴해 바로 아래에 있던 은색 문양 머리에게 쏟아졌다.

"크르아아아아?!"

은색 문양 머리는 경악과 초조함이 담긴 비명을 질렀다. 타이밍은 완벽했다. 기술 후 경직된 상태라 제대로 피할 수도 없어서 붕괴되는 천장에 짓눌리고 말았다.

하지메는 천장에 돈나로 구멍을 뚫고 공중에서 빛의 탄환을 피하며 수류탄을 설치했다. 추가로 천장의 각 부위를 약하게 만들어둔 다음 여섯 군데를 거의 동시에 쏘아 폭발을 일으켰다.

하지메는 공격을 멈추지 않았다. 그저 질량으로 쓰러뜨릴 수 있었다면 고생도 하지 않았으리라. 천장 파편에 파묻혀 움직일 수 없는 은색 문양 머리를 향해 『축지』로 단번에 접근했다. 붕괴한 암반의 위를 달리며 연성을 이용해 은색 문양 머리를 구속했고 동시에 그 주변을 감싸도록 용광로를 만들었다.

그리고 그 자리를 이탈하며 『소이 수류탄』 등이 담긴 파우치를 통째로 용광로에 던져 넣으며 외쳤다.

"유에!"

"응! ……『창천』!"

푸르게 타오르는 태양이 용광로 안에 나타나 움직일 수 없는 은색 문양 머리를 연옥 속으로 집어 삼켰다. 안에 던졌던 폭약 등도 연쇄적으로 폭발해 은색 문양 머리의 방어력을 뚫고 적지 않은 대미지를 주었다.

"크르아아아아아아!"

은색 문양 머리가 울부짖은 뒤 어떻게든 도망치려고 날뛰며 빛의 탄환을 마구잡이로 쏘았다. 벽이 부서졌지만 하지메가 연성으로 곧바로 수리했기 때문에 도망칠 수 없었다. 오로라도 사용한지 얼마 안 되기 때문에 당장 쓸 수 없었다. 은색 문양 머리는 손 쓸 방법도 없이 지옥의 가마에 처박힌 죄인처럼 고열에 녹아내려 소멸했다.

감지계 기능에서 히드라의 반응이 사라졌다. 이번에야말로 히드라의 죽음을 확신한 하지메는 곧장 뒤로 쓰러졌다.

"하지메!"

당황한 유에는 힘이 들어가지 않는 몸을 채찍질하며 하지메에게 기어갔다.

"이제…… 더는 무리야……."

어떻게든 다가온 유에가 안기는 감촉을 느낀 하지메는 천천히 의식을 잃었다.

시간은 조금 거슬러 오른다.

하지메가 히드라와의 사투 끝에 쓰러졌을 무렵, 용사 일행은 미궁 공략을 잠시 중단하고 하일리히 왕국으로 돌아갔다.

맵핑이 안 된 계층의 꼼꼼한 탐색과 강해지는 마물 때문에 멤버들의 피로가 많이 쌓여서 일단 중단하고 휴식을 취한다는 이유도 있었지만, 가장 큰 이유는 왕궁에서 부름이 있었기 때문이다. 이야기를 들어보니 지금까지 연락도 없었던 헤르샤 제국에서 용사 일행에게 회담 신청을 했다고 했다.

코우키 일행의 뇌리에 어째서 지금인지에 대한 의문이 떠오른 건 당연한 일이었다.

용사가 소환될 때 동맹국인 제국의 사람이 없었던 것은 에히트 신에 의한 『신탁』과 소환까지의 시간적 여유가 거의 없었기 때문인 것도 있지만…… 설령 용사 소환을 알렸다 해도 제국은 움직이지 않았을 것이다. 제국은 300년 전에 어떤 유명한 용병이 일으킨 나라이자 모험가와 용병의 성지라고 부를 수 있는 완전 실력주의 나라였기 때문이다.

그러므로 갑자기 나타난 용사가 인간족을 이끈다는 이야기를 들어도 받아들이지 않을 것이다. 제국에도 성교 교회가 존재하고 제국 시민들도 신자였지만 왕국에 비하면 신앙이 낮았다. 대다수의 사람들이 용병이거나 용병에서 신분이 상승한 사람들이기 때문에 신앙보다 실익을 얻고 싶어 하는 사람이 많았다. 하긴 어디까지나 둘을 비교할 때의 이야기이지, 신자임은 다름없었다.

그래서 소환되고 얼마 안 됐던 코우키 일행과 미주했다 하더라도 내심 가볍게 여겼을 가능성이 있다. 왕국이 대면 일정을 연기한 것을 빌미로 제국 측, 특히 황제 폐하는 흥미가 없었던 모양이라 지금까지 연락이 없었던 것이다.

하지만 이번 【오르크스 대미궁】 공략으로 역사상 최고 기록인 65계층이 돌파되자 제국 측도 코우키 일행에게 흥미를 가지게 됐다. 지금까지 연락이 없었던 제국 측에서 꼭 만나보고 싶다는 연락이 온 것이다. 이것에 대해 왕국과 성교 교회도 적절한 시기라고 판단했다.

코우키 일행은 돌아가는 마차 안에서 그런 이야기를 들으며 왕궁에 도착했다.

마차가 왕궁으로 들어가고 전원이 마차에서 내리니 왕궁 쪽에서 한 소년이 달려왔다. 열 살 정도의 금발과 푸른 눈을 지닌 미소년이었다. 코우키와 비슷한 분위기지만 훨씬 장난꾸러기 같았다. 그 정체는 하일리히 왕국의 왕자 란델 S.B. 하일리히였다.

란델 전하는 강아지 귀와 살랑살랑 흔들리는 꼬리가 보일 것 같은 분위기로 달려와 큰 목소리로 외쳤다.

"카오리! 잘 돌아왔구나! 기다리고 있었다!"

물론 이 자리엔 카오리만 있는 게 아니라 귀환을 마친 학생들이 많이 모여 있었다. 그런 상황에서 란델 전하가 카오리 이외엔 보이지 않는다는 태도를 보이면 어떤 감정을 품고 있는지 쉽게 상상할 수 있었다.

사실 소환된 다음 날부터 란델 전하는 카오리에게 강렬하게 어필해왔다. 하지만 그는 아직 열 살. 카오리가 보기엔 자신을 잘 따르는 어린아이 정도의 인식이라 그 마음이 결실을 맺을 가능성은 없었다. 남을 잘 돌보는 성격을 타고난 덕분에 동생처럼 귀여워하는 모양이지만…….

"란델 전하. 오랜만이에요."

카오리는 란델에게서 살랑살랑 흔들리는 꼬리가 보이는 것 같아 미소 지었다. 그런 카오리의 미소에 순식간에 얼굴이 새빨개진 란델 전하는 열심히 남자다운 표정을 지으며 카오리에게 어필했다.

"그래, 정말 오랜만이구나. 네가 미궁에 간 사이엔 사는 것 같지도 않았다. 다치진 않았느냐? 짐이 더 강했더라면 네게 이런 일을 시키지 않았을 텐데……."

란델 전하는 분한 것처럼 입술을 깨물었다. 카오리는 보호를 받기만 하는 건 사양하고 싶지만 소년의 훈훈한 마음에 자신도 모르게 미소를 지었다.

"신경 써주셔서 고맙습니다. 하지만 전 괜찮아요. 스스로 원해서 하는 거니까요."

"아니, 카오리에게 싸움은 어울리지 않다. 그, 그게, 좀 이렇게 안전한 일도 있지 않느냐?"

"안전한 일이요?"

카오리는 란델 전하의 말에 고개를 갸웃했다. 란델 전하의 얼굴은 더욱 붉어졌다. 옆에서 상황을 지켜보며 즐거워하던 시즈쿠는 소년의 갸륵한 어필에 자신도 모르게 웃음 지었나.

"으, 음. 예를 들어 시녀는 어떠냐? 그게, 지금이라면 내 전속 자리를 마련해줘도 좋다만."

"시녀요? 아니요, 죄송해요. 전 치유사라서요……."

"그, 그럼 의료원에 들어가면 된다. 미궁처럼 위험한 곳이나 전선까지 갈 필요는 없지 않느냐?"

의료원이라는 건 나라에서 운영하는 병원으로 왕궁의 바로 옆에 있었다. 즉, 란델 전하는 카오리와 떨어지는 게 싫은 것이다. 하지만 그런 소년의 마음은 둔감한 카오리에게 전해지지 않았다.

"아니요. 전선이 아니면 곧바로 치유할 수 없으니까요. 걱정해주셔서 고맙습니다."

"으으."

란델 전하는 어떻게 해도 카오리의 마음이 변하지 않는다는 것을 깨닫고 작게 신음했다. 그때 분위기 파악 못하는 성가신 선의 덩어리, 용사 코우키가 방긋 웃으며 참전했다.

"란델 전하, 카오리는 제 소중한 소꿉친구입니다. 제가 있는 한 반드시 지키겠습니다."

코우키는 연하의 소년을 안심시킬 생각으로 말한 거지만 이곳에선 부적절한 발언이었다. 사랑에 빠진 란델 전하에겐 이렇게 들렸다.

「내 여자에게 손을 대지 마. 내가 있는 한 카오리는 누구에게도 넘기지 않아! 절대로!」

친근하게 서로에게 다가간 용사와 치유사. 한 폭의 그림이었다.

분한 란델 전하는 표정을 찡그리며 원수를 만난 것처럼 날카롭게 코우키를 노려보았다. 란델 전하의 마음속에선 두 사람이 연인처럼 보였을 것이다.

"카오리를 위험한 곳으로 데려가 놓고도 아무렇지 않은 네가 무슨 말이냐! 절대로 지지 않겠다! 카오리는 짐과 있는 편이 좋은 게 당연하니 말이다!"

"저……."

카오리는 적의를 들어낸 란델 전하의 말에 어떻게 해야 할지 쓴웃음을 지었고 코우키는 깜짝 놀랐다. 시즈쿠는 그런 코우키를 보고 한숨을 쉬었다.

으르렁대는 란델 전하를 보며 기분을 상하게 했다고 생각한 코우키가 더 이상한 말을 하기 전에, 산뜻하면서도 조금 엄격한 목소리가 울렸다.

"란델, 적당히 하세요. 카오리가 곤란해 하잖아요? 코우키 씨에게도 민폐랍니다."

"아, 누님?! ……하, 하지만."

"하지만이라니요. 다들 지치셨을 텐데 이런 곳에서 붙들고 있다니…… 상대를 배려하지 않는 건 누구인가요?"

"윽…… 하, 하지만……."

"란델?"

"요, 용무를 떠올렸습니다! 실례하겠습니다!"

란델 전하는 자신의 잘못을 인정하고 싶지 않았는지 갑자기 뒤로 돌아 달려가고 말았다. 왕녀 릴리아나는 그 등을 바라보며 한숨을 쉬었다.

"카오리, 코우키 씨, 동생이 실례했습니다. 제가 대신 사과드립니다."

릴리아나는 그렇게 말하며 고개를 숙였다. 아름다운 금발 스트레이트가 살랑 흘러내렸다.

"아니, 괜찮아, 릴리. 란델 전하는 마음을 써주셨을 뿐인걸."

"그래. 어째서 화가 난 건지는 모르겠지만…… 뭔가 실례되는 말을 했다면 나야말로 사과해야지."

릴리아나는 카오리와 코우키의 말에 쓴웃음을 지었다. 언니로서 동생의 연심을 깨닫고 있었기 때문에 카오리가 조금도 의식하지 않는 란델 전하에게 조금이나마 동정했다. 하물며 란델 전하의 원수는 다른 곳에 있다는 것을 알고 있기에 더욱 그랬다.

참고로 란델 전하가 그 원수와 만났을 때 소동이 벌어지게 되지만…… 그건 또 별개의 이야기.

릴리아나는 지금 열네 살의 재녀였다. 그 용모도 상당히 뛰어나 국민에게 많은 인기를 얻고 있는 금발의 푸른 눈 미소녀이다. 성격은 착실하고 온화하고 고지식한 것도 아니다. 때와 장소를 가릴 줄 알며 하인들에게도 사근사근 대하는 됨됨이를 갖고 있었다.

코우키를 포함해 소환된 사람들에게도 왕녀로서의 입장뿐만 아니라 개인적으로도 친근하게 대했다. 그들에겐 아무런 관계없는, 자신들 세계의 문제에 말려들게 했다는 죄악감도 있는 모양이었다.

그러므로 솔선해서 학생들과 어울리는 릴리아나와 그들이 친해지는 건 오랜 시간이 걸리지 않았다. 특히 동년대의 카오리와 시즈쿠와의 관계는 상당히 좋아서 지금은 서로를 애칭으로 부르며 반말을 사용하는 사이가 됐다.

"아니요, 코우키 씨. 란델에 대해선 신경 쓰실 필요 없습니다. 그 아이가 조금 지나친 경향이 있을 뿐이니까요. 그보다…… 잘 돌아오셨습니다, 여러분. 무사히 돌아오셔서 진심으로 기쁩니다."

릴리아나는 그렇게 말하며 부드럽게 미소 지었다. 반 아이들도 카오리와 시즈쿠와 같은 미소녀에 익숙해졌을 테지만 그 미소를 보면 모두 얼굴을 붉혔다. 릴리아나의 아름다움에는 두 사람에겐 없는 세련된 왕족으로서의 기품과 우아함이라는 것이 있어서 미소녀에게 익숙한 정도로는 상대할 수 없었다.

실제로 나가야마 일행과 악당 일행 남자들은 새빨간 얼굴로 마음을 빼앗긴 모습이었고 여자 멤버들조차 뺨을 살짝 물들였다. 이세계에서 만난 진짜 공주님을 현대의 일반 학생이 평범하게 대하려고 하는 편이 무모한 것이다. 오랜 친구처럼 대할 수 있는 카오리 일행이 더 이상했다.

"고마워, 릴리. 네 미소를 보고 피로도 날아가버렸어. 나도 다시 너를 만날 수 있어 기뻐."

그런 닭살 돋는 말을 산뜻하게 웃으면서 하는 코우키. 반복해서 말하지만 코우키에게 흑심은 일절 없었다. 살아 돌아와 다시 친구를 만나게 돼 기쁘다. 정말 그뿐이었다. 단순히 자신의 용모와 말투가 미치는 효과에 대해 병적인 수준으로 둔감할 뿐이다.

"어, 그, 그런가요? 저, 저기."

릴리아나는 왕녀라는 입장 때문에 나라의 귀족, 각 도시와 제국의 사자들로부터 아첨 섞인 칭찬을 받는 일에 익숙했다. 그러다 보니 미소라는 가면 아래 숨겨진 속마음을 알아보는 눈도 자연스럽게 갖추게 됐다.

그래서 코우키가 약간의 흑심도 없이 진심으로 그렇게 말한 것도 알고 있었다. 그런 경험은 가족 이외엔 거의 없었기 때문에 뺨이 붉어지고 어떻게 대답해야 할지 허둥대고 말았다. 그녀의 이런 모습도 인기가 많은 요인 중 하나였다.

코우키는 여전히 생글생글 웃으며 자신의 말이 발생시키는 영향을 깨닫지 못했다. 그래서 깊은 한숨을 쉬는 건 역시 시즈쿠였다. 코우키는 결코 인정하지 않겠지만 이미 고생길이 몸에 배어있었다.

"저기, 어쨌든 수고하셨습니다. 식사와 목욕 준비도 되어 있으니 편히 쉬세요. 제국의 사신이 올 때까지 아직 며칠은 걸리니까 신경 쓰지 마시고요."

어떻게든 흐트러진 정신을 다잡은 릴리아나는 코우키 일행을 재촉했다.

코우키 일행은 미궁에서 쌓였던 피로를 풀며 남아있던 아이들에게 베헤모스 토벌을 알렸다. 소식을 들은 아이들은 크게 기뻐하며 전선에 복귀하는 멤버가 늘어났다. 그리고 아이코 선생님을 주변에서 『풍작의 여신』이라 부르기 시작했다는 것이 화제가 됐지만 정작 당사자인 그녀는 몸부림칠 뿐이었다. 이렇게 많은 일이 있는 와중 코우키 일행은 미궁 공략으로 지친 몸을 치유했다. 그러나 카오리는 내심 미궁 공략으로 돌아가고 싶어 안절부절못했다.

그로부터 사흘, 드디어 제국의 사신이 찾아왔다.

지금 알현의 방에는 레드 카펫 중앙에 제국의 사신 다섯 명이 서서 에리히드 전하와 마주하고 있었다. 코우키를 포함한 미궁 공략에 나섰던 멤버와 왕국의 중진들, 그리고 이슈타르가 이끄는 사제 몇 명도 자리를 함께 했다.

"사신들이여, 잘 와주었다. 용사님들의 뛰어난 무용을 마음껏 확인해보아라."

"폐하, 이번에 급한 방문 요청을 들어주셔서 진심으로 감사드립니다. 그럼 어느 분이 용사님이신가요?"

"음, 먼저 소개해두지. 코우키 님, 앞으로 나와주겠나?"

"네."

폐하와 사신의 전형적인 인사가 끝나자마자 코우키 일행의 피로연이 시작됐다. 코우키는 폐하에게 불려 앞으로 나섰다. 2개월 정도밖에 지나지 않았는데도 소환됐을 때와는 다르게 제법 다부진 얼굴이 됐다.

여기엔 없는 왕궁의 시녀와 귀족 아가씨, 왕궁에 남은 코우키의 팬이 봤더라면 분명 뜨거운 숨을 내쉬며 멍하니 바라볼 것이다. 코우키에게 어필하고 있는 아가씨들만 해도 이미 두 자릿수를 넘었지만…… 그녀들의 어필조차 친절하고 마음씨가 좋구나 라고 느끼는 걸 보면 코우키의 둔감함은 상식을 넘었다. 정말이지 전형적인 둔감계 주인공이었다.

"호오, 당신이 용사님이신가요. 제법 젊으시군요. 실례지만 정말로 65계층을 돌파하셨는지요? 아마 그곳엔 베헤모스라는 괴물이 나온다고 알고 있습니다만……."

코우키를 관찰하듯 바라본 사신은 이슈타르 앞이라 노골적인 태도를 보일 순 없어서 약간 의심스러운 눈초리를 보냈다. 사신 호위 중 한 사람은 값을 매기려는 것처럼 위에서 아래로 훑어봤다.

코우키는 시선이 거북했는지 몸을 살짝 움직이며 답했다.

"저, 그럼 이야기해드릴까요? 어떻게 쓰러뜨렸는지를. 아, 66계층의 맵을 보여드리는 건 어떨까요?"

코우키는 믿어달라고 여러 가지를 제안했지만 사신은 간단히 고개를 저으며 대담한 미소를 떠올렸다.

"아니요, 이야기는 됐습니다. 그보다 더 빠른 방법이 있지요. 제 호위 중 한 사람과 모의전을 해보시겠습니까? 그걸로 용사님의 실력도 확실해지겠지요."

"아, 저는 상관없습니다만……."

코우키는 약간 당황하듯 에리히드 폐하를 돌아보았다. 에리히드 폐하는 코우키의 시선을 받고 이슈타르를 확인했다. 이슈타르는 고개를 끄덕였다. 신의 위광을 사용하면 제국에게 코우키를 인간족 리더로서 인정받는 것은 간단하지만, 실력지상주의인 제국이 진심으로 인정하게 만들려면 실제로 싸우게 하는 편이 빠르다고 판단했다.

"상관없다. 코우키 님, 그 실력을 마음껏 보여주시게."

"정해졌군요. 그럼 장소를 준비해주시지요."

이렇게 용사와 제국 사신의 호위가 모의전을 펼치게 됐다. 일행은 줄줄이 다른 곳으로 이동했다.

코우키의 대전 상대는 평범해 보이는 남자였다. 너무 크거나 작지 않은 키, 특징다운 특징이 없으며 사람들 사이에 섞이면 금방 놓치고 말 것 같은 평범한 얼굴. 얼핏 보면 전혀 강할 것 같지 않았다. 날이 서지 않은 대형 검을 무뚝뚝하게 내려놓고는 자세다운 자세도 잡지 않았다.

코우키는 얕보는 건가 싶어 약간의 분노를 품었다. 첫 공격으로 놀라게 해주면 진지하게 대할 거라고 생각해 진심을 다해서 공격하기로 했다.

"갑니다!"

코우키가 바람이 됐다. 『축지』를 이용해 파고들어 강풍을 동반한 직선 내리치기로 검을 휘둘렀다.

평범한 전사라면 눈으로 보는 것조차 어려울지도 모른다. 물론 코우키는 닿기 직전에 멈출 생각이었다.

하지만 그것은 괜한 걱정이었다. 오히려 얕보고 있던 건 코우키 쪽이라는 것이 증명되었다.

"앗?!"

갑작스러운 충격에 짧은 비명을 지르며 날아간 것은 코우키 쪽이었다.

호위 쪽은 검을 들어 올리듯 휘두른 채로 코우키를 노려보고 있었다. 코우키가 직전에 멈추려고 잠시 힘을 뺀 순간 아무렇지도 않게 내려놓았던 검을 위로 올려 코우키를 날려버린 것이다.

코우키는 지면 위를 미끄러지며 어떻게든 자세를 고치고 경악한 얼굴로 호위를 보았다. 멈추는 것에 집중했다고는 하나 호위의 공격을 거의 볼 수 없었다.

호위는 다시 힘을 빼고 들었던 검을 자연스러운 자세로 내렸다. 그렇다. 아까의 공격도 움직임이 지나치게 자연스러워서 위기감이 발동하지 않아 반응할 수 없었던 것이다.

"……이봐, 용사. 원래 싸움과는 인연이 없었나?"

물리적이나 정신적으로도 충격에서 깨어 나오지 않는 코우키에게, 눈을 가늘게 뜨며 생각하던 호위 남자가 갑자기 불손한 태도와 음색으로 물었다. 갑작스러운 질문에 코우키는 말문이 막히면서도 답했다.

"어? 아, 네, 그렇습니다. 전 원래 평범한 학생이었으니까요."

"……그런데 지금은 『신의 사자』라."

호위 남자는 살짝 이슈타르를 포함한 성교 교회 관계자를 보더니 불만스러운 것처럼 콧방귀를 뀌었다. 그리고 무척 자연스러운 걸음으로 코우키와의 거리를 좁히기 시작했다.

"자세를 잡아라, 용사. 이 이상 얼빠져 있을 거면……."

코우키의 등줄기에 닭살이 돋았다. 뒷말을 꺼내지도 않았지만 그 뜻은 강렬한 살기와 함께 충분히 전해졌다. 위험하다는 본능에 따라 서둘러 성검을 머리 위로 든 것이 행운이었다.

"크으윽?!"

캉! 성대한 불꽃이 튀기며 엄청난 소리가 울렸다. 무릎을 꿇은 상태로 바로 위에서 휘둘러진 투박한 검을 받은 코우키는 경악했다. 언제 이렇게 거리가 좁혀졌는지 알 수 없었다. 그렇게 다른 생각을 하고 있을 때 가까운 거리에서 내려다보는 호위 남자와 눈이 마주쳤다. 갑자기 더 짙은 살기가 코우키의 몸을 꿰뚫듯 밀려들었다.

"아, 크, 으아아아아아아아악!"

코우키는 무의식중에 비명이나 외침이 아닌 절규를 질렀다. 온몸에서 엄청난 마력이 솟구쳤다.

호위 남자가 그 힘에 떠밀려 자세가 무너졌고 코우키는 그 빈틈을 노려 성검을 휘둘렀다. 하지만 상대에게 닿기 직전에 성검의 움직임이 둔해졌다. 그것은 모의전이기 때문이라는 생각보다 더 무의식적인 것이었다. 호위 남자의 눈이 가늘어졌다. 그리고―.

"관뒀다."

그런 차가운 중얼거림과 동시에 무너졌던 자세를 금세 고친 뒤, 간단히 코우키의 공격을 피하고 거리를 벌렸다. 그 사이에 검까지 칼집에 넣었다.

"어? 어?"

갑작스러운 일에 당황할 수밖에 없는 코우키에게 호위 남자는 차가운 눈빛을 보내며 입을 열었다.

"이봐, 넌 무엇하고 싸우는 건지 알고는 있나?"

"아, 그게, 그야 당연히 마물이나 마인족과…… 그런 사람들을 괴롭히는 존재입니다."

"『마물이나 마인족』이라. ……그런 얼빠진 검으로 할 수 있겠어? 난 도저히 안 될 것 같은데. 하물며 우리를 이끌고 싸운다니, 마치 잠꼬대를 듣는 것 같은 기분이군."

코우키의 대답을 반복해서 말하며 조롱하거나 얕보는 게 아니라, 담담하게 사실을 말하는 것처럼 혹평하는 호위 남자. 그 말엔 코우키도 화가 났는지 반론하기 시작했다.

"얼빠졌다든가 잠꼬대라든가…… 실례 아닙니까? 전 진심으로―."

"다치게 하거나 다치는 걸 두려워하는 애송이가 뭘 할 수 있지? 검에 살기가 하나도 담기지 않은 녀석이 거창한 말 말라고. 『진심』이라는 말은 조금 더 현실을 보고나서 말해라."

자신의 말을 가로막은 용병이 한 말에, 코우키는 자신도 모르게 입을 다물었다. 곧장 두려워하지 않는다고 반론하려 했지만 그 전에 호위 남자가 뒤로 돌아버렸다.

용사에게 불손한 말을 하는 것뿐만 아니라, 자신들이 모의전을 요청하고선 제대로 싸우지도 않고 일방적으로 종료를 선언한 태도에 왕국과 교회 측의 관계자들도 수군대기 시작했다. 그것에 떠밀린 것처럼 코우키가 항의하려 했지만 그 전에 나이든 목소리가 호위 남자에게 말했다.

"흠. 용사님은 아직 발전 도중. 경험이 부족한 건 어쩔 수 없는 일. 그리 결론을 서두를 필요 없겠지요. 우선 지금 발언은 용사님을 걱정했기 때문에 나온 것으로 받아들이겠습니다. 그렇지 않다면 아무리 당신이라 해도 성교 교회의 교황으로서 신앙심을 확인해야만 할 테니까요. 알고 계시겠지요. ……가할드 황제 폐하."

"……칫, 역시 알고 있었군. 여전히 방심할 수 없는 영감이야."

호위 남자가 주위에 들리지 않도록 작은 목소리로 투덜거렸다. 그리고 돌아보며 오른쪽 귀에 걸었던 귀걸이를 풀었다. 그러자 마치 연기가 깔린 것처럼 호위 남자의 주위 공기가 뿌옇게 되더니 그것이 걷혔을 땐 전혀 다른 사람이 나타났다.

40대 정도의 야성미 넘치는 남자였다. 짧게 자른 은발에 늑대가 떠오르는 날카로운 푸른 눈. 날씬하지만 그 몸은 극한까지 단련된 것처럼 근육이 꽉 차 있다는 것을 옷 너머로도 알 수 있었다. 그 모습을 본 순간 주위가 일제히 시끄러워졌다.

"가, 가할드 님?!"

"황제 폐하?!"

그렇다. 이 남자는 헤르샤 제국의 현 황제, 가할드 D. 헤르샤였다. 예상치 못한 사태에 에리히드 폐하가 미간을 만지작거리며 물었다.

"어떻게 된 일인지 물어도 되겠습니까, 가할드 님."

"이거 에리히드 님. 제대로 된 인사도 하지 않아 미안했소. 그냥 어차피 볼 거라면 스스로 확인하는 게 빠를 거라고 생각해서 연기 좀 해봤지. 앞으로 있을 전쟁에 대한 중요한 일이니. 무례는 용서해주었으면 하오."

사과한다며 전혀 반성하는 모습이 보이지 않는 가할드 황제. 그것을 본 에리히드 폐하는 한숨을 쉬고 이제 됐다며 고개를 저었다. 코우키는 전혀 끼어들 수 없었다. 이야기를 듣자니 이 황제 폐하는 발걸음이 무척이나 가벼워 이런 일은 일상다반사라고 한다.

"이슈타르 님. 물론 당신의 말대로 방금 발언은 위험한 모습을 한 용사님에 대한 조언이었소. 우리가 신의 사자를 얕볼리가 없지. 거친 말투는 나라의 환경 때문이니 용서를."

가할드는 어딘가 뻔뻔하기까지 한 음색으로 이슈타르에게 사과인지 뭔지 알 수 없는 느낌으로 대답했다. 그 말을 들은 이슈타르는 살짝 눈을 가늘게 뜨면서도 온화한 표정을 무너뜨리지 않고 알고 있다는 듯 고개를 끄덕였다.

그 후, 미묘한 분위기를 지우려는 것처럼 장소를 바꾸어 형식적인 회담이 이뤄졌다. 제국도 장래성을 보고 용사를 인정한다는 기계적인 대답을 한 것으로 이번 방문 목적은 달성된 모양이었다.

그날 밤, 왕궁의 어떤 방에서 부하가 본심을 묻자 가할드는 콧방귀를 뀌며 답했다.

"저건 글렀어. 그냥 어린애지. 이상이라든가 정의라는 걸 아무런 의심도 없이 믿는 녀석이야. 어중간하게 실력과 카리스마가 있으니 질이 나쁘지. 자신의 이상으로 주변을 죽게 만드는 타입이군."

"그렇군요. 그리고 마물과 마인을 똑같이 이야기 하더군요. 일부러 그러는 거라면 문제없습니다만……."

"분명 무의식중이겠지. 그것도『무지한 것을 그대로 받아들이기 때문』인 거야. 어떤 의미론 잘도 저렇게 사는군. 그런 세계였는지, 능력이 높기 때문인 건지. 어쨌든 성가신 녀석이라는 건 분명하지만『신의 사도』인 이상 무시할 수도 없어. 일단은 적당히 맞춰줄 수밖에 없겠지."

황제 폐하의 안에서 용사 코우키의 평가는 낙제점이었다. 하지만 수개월 전까지 싸움과는 인연이 없던 평범한 학생이었다는 점과 그 높은 능력을 떠올린 가할드는 어깨를 으쓱이며 평가를 유보했다.

"뭐, 마인들과 본격적으로 싸우게 되면 변할지도 모르지. 확인한다 해도 그때부터일 거다. 지금은 애송이들에게 말려들지 않도록 잘 행동하는 게 중요하지. 교황에겐 주의해라."

"예."

그런 평가를 받았다는 것을 전혀 모르는 코우키 일행은 다음 날에 귀국하는 황제 폐하 일행을 마중하게 됐다. 볼일은 이미 끝났으니 더 이상 머무를 이유도 없다고 했다. 정말로 발걸음이 가벼운 황제다.

참고로 아침 훈련하는 시즈쿠를 보고 마음에 든 황제가 애인이 되는 게 어떻겠느냐고 의외로 진지하게 묻는 해프닝이 있었다. 시즈쿠는 정중하게 거절했고 황제 폐하도 너무 대답을 서두르지 말라며 대담하게 웃고 물러났기 때문에 딱히 큰 문제는 되지 않았다. 하지만 그때 황제가 자신을 보며 코로 웃는 것을 본 코우키는 이 남자와는 친해질 수 없다 느끼고 한동안 언짢은 모습이었다.

시즈쿠의 한숨이 늘은 것은 말할 것도 없었다.

하지메는 몸 전체가 따뜻하고 부드러운 것으로 감싸인 것을 느꼈다. 상당히 익숙한 감촉이었다. 이건, 그렇다. 침대의 감촉이다. 머리와 등을 부드럽게 받쳐주는 쿠션과 몸을 감싸는 깃털의 부드러움이 느껴지자 하지메의 몽롱한 의식이 혼란에 빠졌다.

'뭐지? 여긴 미궁이었을 텐데……. 어째서 침대에…….'

아직 의식이 전부 깨지 않은 상태에서 손으로 더듬으려 했지만 오른손은 그 의사를 따르지 않고 움직이지 않았다. 그보다 침대와는 다른 부드러운 감촉에 감싸여 움직일 수 없었다.

'이건 뭐지?'

하지메는 멍한 상태로 손을 조물조물 움직였다. 손을 끼고 있는 탄력이 있고 매끄러운 무언가가 손의 움직임을 따라 말랑말랑한 감촉을 전해왔다. 어쩐지 중독될 것 같은 감촉에 자신도 모르게 푹 빠져 만지고 있자니―.

"……아앙……."

'응?!'

갑자기 요염한 신음이 들렸다. 그 순간 몽롱했던 하지메의 의식이 단번에 깨어났다. 다급히 몸을 일으킨 하지메는 자신이 정말로 침대에서 자고 있었다는 사실을 깨달았다. 새하얀 시트에 화려한 캐노피가 달린 고급스러움이 넘치는 침대였다.

장소는 돌출된 발코니 같은 곳에서 가장 높은 돌판 위였다. 산뜻한 바람이 캐노피와 하지메의 뺨을 쓰다듬었다. 주변은 두꺼운 기둥과 얇은 커튼으로 감싸여 있었다. 건물이 병설된 파르테논 신전의 중앙에 침대가 놓였다는 게 적당한 표현일 것이다. 공간 전체가 오랫동안 보지 못했던 따뜻한 빛으로 가득했다.

아까까지 어두운 미궁 안에서 사투를 벌이고 있었던 하지메는 혼란에 빠졌다.

'어디지, 여긴…… 설마 저세상은 아니겠지…….'

어딘가 장엄하기까지 한 분위기 탓에 하지메의 뇌리에 불길한 생각이 떠올랐지만 그 생각은 옆에서 들려온 요염한 목소리에 중단됐다.

"……음……하지메……아으……."

"음?!"

하지메가 황급히 시트를 걷어차자 옆에는 실오라기 한 올 걸치지 않은 인형처럼 아름다운 소녀가 있었다. 그리고 이제야 깨달았지만 하지메도 알몸이었다.

"그렇군. ……이게 필름이 끊긴 아침이라는 건가…… 아니, 그게 아니지!"

혼란에 빠진 나머지 자신도 모르게 멍청한 말을 하고서 스스로 정신을 차린 하지메. 약간 허무했지만 유에를 깨웠다.

"유에, 일어나. 유에."

"으음~."

말을 걸었지만 유에는 떼를 쓰듯 웅얼거리며 몸을 웅크렸다. 오른손이 위험한 곳에 가까워지고 있었다.

 "큭. ……설마 정말로 저세상……. 천국인가?"

 계속해서 멍청한 말을 한 하지메는 어떻게든 오른손을 빼내려 움직였지만, 그때마다…….

 "……음~ 으……아."

 유에는 실로 요염하게 신음했다.

 "큭, 침착하자. 아무리 연상이라고 해도 생김새는 어린애. 동요해선 안 돼! 난 결코 로리콤이 아니야!"

 하지메는 변태 신사인지 아닌지의 갈림길에서 전율하는 표정을 한 채 자신을 타일렀다. 오른손을 빼는 것은 포기하고 어떻게든 말을 걸어 깨우려했지만 유에는 기분 좋은 것처럼 음냐음냐 웅얼거릴 뿐 일어나지 않았다.

 그러는 사이에 하지메는 점점 짜증이 났다. 가뜩이나 상황을 이해할 수 없어 혼란스러운데 뭘 느긋하게 잠든 건가 싶어 이마에 힘줄이 튀어나왔다.

 그리고 결국 짜증이 정점에 달했다.

 "적당히 좀 일어나! 이 백치 에로 흡혈 공주야!"

 『전기 두르기』를 발동하니 오른손에 찌릿찌릿 전류가 흘렀다.

 "아?! 아가가가가가가아가가가!"

 움찔거리며 감전된 유에. 하지메가 놓아주자 움찔움찔 몸을 떨며 이제야 눈을 떴다.

 "……하지메?"

"그래. 하지메 씨다. 이 잠꾸러기, 이제 일어……."

"하지메!"

"응?!"

눈을 뜬 유에가 잠시 멍한 눈으로 하지메를 보더니 갑자기 눈을 확 뜨고 하지메에게 안겼다. 물론 알몸으로. 말랑말랑한 감촉이 전해지고 달콤한 향기가 코를 간질였다. 하지메는 격렬하게 동요했다.

하지만 유에가 자신의 목덜미에 얼굴을 묻은 채 코를 훌쩍이고 있는 것을 깨닫고 곤란한 듯 미소를 떠올리며 그 머리를 자상하게 쓰다듬었다.

"미안, 많이 걱정한 모양이네."

"응…… 걱정했어……."

한동안 달라붙은 채 떨어지지 않으려 했다. 자신이 쓰러진 뒤 돌봐준 건 유에이기 때문에 마음이 내킬 때까지 놔두자고 생각한 하지메는 자상하게 유에를 계속 쓰다듬었다. 참고로 유에는 제대로 시트를 걸치고 있었다.

"그래서 그 뒤로 무슨 일이 있었어? 여긴 어디지?"

"……그 후에……."

유에가 말하길 쓰러진 하지메의 곁으로 마력이 고갈되어 휘청거리던 유에가 다가가니 갑자기 문이 저절로 열렸다고 한다. 새로운 적이 나타나는가 싶어 경계했지만 아무리 지나도 변화가 없었고 시간이 지나 조금 회복된 유에가 확인을 위해 문 안으로 들어갔다고 했다.

신수의 효과로 조금씩 회복되고 있었지만 중상을 입은 하지메가 위독한 상황인 것은 변함이 없었다. 강인한 육체가 목숨을 붙들고 있었으나 오로라의 독소가 언제 성수를 뛰어넘을지 알 수 없었다. 그런 상황에서 새로운 적이 나타난다면 바로 끝이다. 그래서 확인하지 않을 수 없었다.

　그렇게 들어간 문 안쪽에선—

　"……반역자의 거처."

　안에는 넓은 공간에 살기 좋은 방이 있었다고 했다. 그 뒤에 위험하지 않은 걸 확인하면서 침실을 발견한 유에는 하지메를 옮겨 침대에 눕힌 뒤, 최근 들어 나오는 양이 줄어든 신수를 추출해 하지메에게 계속해서 먹였다고 한다. 그 결과 신수의 효과가 오로라의 독소를 능가해 평소의 회복을 보이기 시작했을 때 유에도 힘이 다했다고…….

　"……그렇군. 정말 신세졌어. 고마워, 유에."

　"응!"

　하지메가 고맙다는 말을 전하자 유에는 정말 기쁜 표정으로 눈을 반짝였다. 무표정하지만 눈동자가 많은 것을 말해주고 있었다.

　"그런데…… 어째서 내가 벗고 있어?"

　하지메는 궁금했던 점을 물었다. 진짜로 필름이 끊긴 사이에 무슨 일이 있었다는 건 사양하고 싶다. 딱히 유에가 싫은 건 아니지만…… 왜 마음의 준비라는 게 있잖아? 그렇게 내심 중얼거렸다.

"……더러웠으니까…… 깨끗하게 했어……."

"……어째서 혀를 날름거려?"

유에는 하지메의 질문에 흡혈 행위를 한 후처럼 요염한 미소를 지으며 혀를 날름 핥았다. 하지메의 몸이 부르르 떨렸다.

"그런데 어째서 유에가 옆에서 자고 있던 거야? 게다가…… 옷도 안 입고……."

"……후후……."

"잠깐. 그 웃음은 뭐야! 뭘 한 거야! 그보다 입맛 좀 그만 다셔!"

하지메는 집요하게 물었지만 유에는 즐거워하는 표정으로 아무 말도 하지 않았다. 결국 그는 많은 걸 포기하고 반역자의 거처를 탐색하기로 했다.

유에가 어디서 찾아온 건지 남자용 고급 옷을 가져왔다. 반역자는 남자였던 모양이다. 그것을 입은 하지메는 몸 상태를 확인한 뒤 문제가 없다고 생각해서 장비도 갖췄다. 어떤 장치가 있을지도 모르기에 만약을 위해서다. 마찬가지로 뒤에서 옷을 갈아입던 유에도 준비를 마쳤다. 그것을 낌새로 알아챈 하지메가 돌아봤다.

그 시선 끝의 유에는…… 와이셔츠 한 장 차림이었다.

"유에……. 일부러 그러는 거야?"

"응? ……사이즈가 안 맞아."

하긴 신장이 140센티미터 정도인 유에에겐 남자 사이즈가 맞지 않을 것이다. 하지만 어려보이는 생김새와는 반대로, 봉긋한 가슴과 매끄럽게 뻗은 새하얀 다리가 무척이나 선정적이어서 하지메로서는 눈을 어디에 둬야할지 곤란했다.

"……의도한 게 아니라면 반대로 무섭네……."

노렸던 건지 아닌지는 알 수 없지만 어쨌든 많은 의미로 두려운 상대였다.

침실에서 나온 하지메는 주위 광경에 압도되어 멍하니 섰다.

먼저 눈에 들어온 것은 태양이었다.

물론 이곳은 지하 미궁이기 때문에 진짜가 아니다. 머리 위에는 원뿔 모양의 물체가 천장 높이 떠 있으며 그 바닥에 환하게 빛나는 구체가 존재했다. 약간 온기를 느끼는데다 형광등처럼 무기질 같지도 않아서 자신도 모르게 『태양』이라고 생각했다.

"……밤이 되면 달처럼 돼."

"굉장하네……."

경악에서 깨어나기도 전에 귀에 편안한 물소리가 들렸다.

이 공간은 작은 운동장 정도의 크기였지만 한쪽 벽에는 폭포가 흐르고 있었다. 천장에 가까운 벽에서 대량의 물이 떨어져 물가와 합류해 안쪽 동굴로 흘러들고 있었다. 폭포 특유의 마이너스 이온이 넘치는 시원한 바람이 기분 좋았다. 물고기도 헤엄치고 있는 것을 보면 지상의 강에서 물고기도 함께 흘러들었는지도 모른다.

물가에서 조금 떨어진 곳에는 커다란 밭도 있었다. 지금은 아무것도 심어져 있지 않았지만…… 그 주위로 보이는 것은 분명 축사였다. 동물은 보이지 않지만 물, 물고기, 고기, 채소와 소재가 있다면 여기서 얼마든지 생활할 수 있을 것 같았다. 자연도 풍부해 여기저기 다양한 종류의 나무가 보였다.

하지메는 물가와 밭과는 반대 방향, 침실에 인접한 건축물 쪽으로 걸어갔다. 건축했다기보다 암벽을 그대로 가공해 만든 느낌이었다.

"……조금 조사해봤는데 열리지 않는 방도 많았어."

"그래. ……유에, 조심해서 가자."

"응."

석조 건물은 전체적으로 하얀 석회 같은 감촉이었다. 전체적으로 청결했으며 출입구의 홀에는 온기와 빛을 내는 구체가 천장에서 튀어나온 곳에 달려 있었다. 어스름한 곳에서 오래 있던 하지메와 유에에겐 조금 눈부실 정도였다. 3층 구조로 위까지 뚫려 있었다.

우선 1층부터 살피기로 했다.

난로와 부드러운 융단, 소파가 있는 거실, 부엌, 화장실을 발견했다. 전부 오랫동안 방치된 것 같지 않았다. 인기척은 느껴지지 않았는데……. 여행에서 돌아온 집 같다고 해야 할까. 한동안 사람이 사용하지 않은 분위기였다. 마치 사람은 살지 않지만 관리되고 있던 것 같은…….

하지메와 유에는 보다 경계하며 나아갔다.

더욱 안쪽으로 들어가니 다시 밖으로 나왔다. 그곳은 커다란 원 모양의 구멍이 있고 그 테두리에 사자로 보이는 동물

조각이 입을 벌린 상태로 앉아 있었다. 그리고 조각의 옆에는 마법진이 새겨져 있었다. 시범삼아 마력을 주입해보니 사자의 입에서 뜨거운 물이 세차게 쏟아져 나왔다. 어느 세계든 물을 뿜는 건 사자라는 규칙이라도 있나 보다.

"욕실이군. 이거 잘됐네. 몇 달 만에 목욕하는 건지."

하지메는 자신도 모르게 미소가 떠올랐다. 처음엔 여유도 없어 몸이 더러운 건 신경 쓰지 않았지만, 여유가 생기니 온몸의 가려움이 신경 쓰여 거창한 마법진을 그려서 물을 만든 뒤 몸을 닦았었다.

하지만 하지메도 일본인이다. 다른 사람들처럼 목욕을 무척 좋아했다. 안전 확인이 끝나면 만끽해야겠다는 생각에 미소가 떠오르는 것도 어쩔 수 없었다.

그런 하지메를 본 유에가 한 마디—

"……할 거야? 같이……."

"……혼자서 느긋하게 하면 안 될까?"

"으음……."

온수를 첨벙첨벙 맨발로 차는 유에의 모습을 본 하지메는 함께 들어간다면 느긋하게 있을 수 없을 거라고 생각해 거절했다. 유에는 입을 삐죽 내밀며 불만스러운 얼굴이 됐다.

그 뒤로 2층에서 서재와 공방으로 보이는 방을 발견했다. 하지만 책장과 공방의 안쪽 문이 봉인됐는지 열 수 없었다. 어쩔 수 없이 포기하고 탐색을 계속했다.

두 사람은 3층 안쪽 방으로 이동했다.

3층은 방이 하나밖에 없었다. 안쪽 문을 여니 직경 7, 8미터에 지금까지 본 적이 없을 정도로 정교하고 섬세한 마법진이 방의 중앙 바닥에 새겨져 있었다. 하나의 예술이라 해도 과언이 아닐 정도로 훌륭한 기하학 문양이었다.

하지만 그것보다 주목해야 할 것은 그 마법진 건너편의 화려한 의자에 앉은 인물이었다.

그 인물은 해골이었다. 이미 백골만 남은 모습으로 검은 바탕에 금색 자수가 들어간 로브를 걸치고 있었다. 더러운 인상이 아니라 유령의 집 등에 있을 법한 장식품 같았다.

그 해골은 의자에 걸터앉아 고개를 숙이고 있었다. 그 자세로 죽어 그대로 백골이 됐으리라. 마법진밖에 없는 이 방에서 해골은 무슨 생각을 했을까. 침실이나 거실이 아닌, 이곳을 골라 죽은 의도가 무엇일까.

"……수상해. ……어떡할 거야?"

유에도 이 해골에 의문을 품은 모양이다. 아마도 반역자라고 불린 인물들 중 한 사람이겠지만 편안하게 앉은 채 죽은 모습은 마치 누군가를 기다리는 것 같았다.

"뭐, 지상과 연결된 길을 찾기 위해선 이 방이 열쇠겠지. 내 연성도 통하지 않는 서재와 공방의 봉인…… 조사해볼 수밖에 없겠네. 유에는 기다리고 있어. 무슨 일이 있으면 부탁할게."

"응. ……조심해."

하지메는 그렇게 말한 뒤 마법진으로 다가갔다.

그리고 하지메가 마법진 중앙에 발을 디딘 순간 환한 태양과 같은 빛이 터져 나와 방을 빛으로 가득 메웠다.

하지메는 눈을 감았다. 그 직후 무언가가 머릿속을 침입하더니 나락에 떨어지고서 지금까지 있었던 일들이 주마등처럼 뇌리를 스쳐 지나갔다.

이윽고 마법진을 발동시킨 마력광의 빛이 약해졌다. 눈을 뜬 하지메의 앞에는…… 어느샌가 아무런 기척도 없이 검은 옷을 입은 청년이 서 있었다.

아직 방은 마법진에서 나오는 아련한 빛으로 신비한 분위기를 내고 있었다. 청년을 본 하지메는 서둘러 자세를 잡았지만 이내 경계를 풀었다. 눈앞에 있는 청년에게선 적의와 악의는 물론 존재감 그 자체가 느껴지지 않았기 때문이다. 그리고 자세히 보니 뒤의 해골과 같은 로브를 걸치고 있었기 때문에 하지메는 청년의 정체를 알아차렸다.

하지메가 말없이 상대를 관찰하고 있을 때 청년이 천천히 입을 열었다.

"시련을 넘어 여기까지 잘 왔네. 내 이름은 오스카 오르크스. 이 미궁을 만든 사람이지. 반역자라고 하면 알 수 있겠나?"

말하기 시작한 그는 자신을 오스카 오르크스라고 소개했다. 【오르크스 대미궁】의 창조자였다. 하지메와 유에는 놀라움 반, 역시 그랬다는 생각 반으로 그의 이야기를 들었다.

"아, 질문은 참아주게. 이건 평범한 기록 영상이라 아쉽게도 자네의 질문에 답할 수 없지. 하지만 이곳에 도착한 자에게 세계의 진실을 아는 사람으로서 우리가 무엇을 위해 싸웠는지…… 메시지를 남기고 싶어 이런 것을 남겼지. 부디 들어주었으면 한다. ……우리는 반역자이자 반역자가 아니라는 것을."

그렇게 시작된 오스카의 이야기는 하지메가 성교 교회에서 배웠던 역사와 유에게 들었던 반역자의 이야기와는 많이 다른, 경악할만한 내용이었다.

그것은 미친 신과 그 자손들이 싸운 이야기.

신화시대보다 조금 뒤의 시대. 세계는 다툼으로 가득했다. 인간과 마인, 다양한 아인들이 끊이지 않고 전쟁을 반복했다. 싸우는 이유는 다양했다. 영토 확장, 종족 간 가치관, 지배욕, 외에도 다양하지만 가장 큰 이유는『신의 적』이기 때문에…….

지금보다 훨씬 종족과 나라도 작게 나뉘었던 시대, 저마다의 종족과 나라가 저마다의 신을 섬기고 있었다. 그 신이 내린 신탁으로 사람들은 계속해서 싸웠던 것이다.

하지만 그런 몇백 년이나 이어온 전쟁에 종지부를 찍으려는 사람들이 나타났다. 그건 당시에『해방자』라고 불렸던 집단이다.

그들에겐 공통된 연결이 있었다. 그것은 그들이 신화시대에서 이어진 신들의 직계 자손이라는 것이다. 그래서인지『해방자』의 리더는 어느 날 우연히 신의 진의를 알게 됐다. 무려 신은 인간들을 장기짝 삼아 놀 생각으로 전쟁을 벌이고 있었다. 『해방자』의 리더는 신이 사람들을 교묘하게 조종해 놓고 있다는 사실에 참을 수 없어서 같은 뜻을 가진 동료를 모았다.

그들은 신이 있다고 알려진『신역(神域)』이라 불리는 곳을 밝혀냈다.『해방자』의 멤버 중에서도 격세유전으로 강력한 힘을 이어받은 일곱 명을 중심으로 신에게 싸움을 걸었다.

하지만 그 계획은 싸우기도 전에 파탄이 났다. 신은 사람들을 조종해서 『해방자』들은 세계에 파멸을 가져오려 하는 신의 적이라 알리고 사람끼리 상대하게 한 것이다.

그 과정에도 우여곡절은 있었지만 지켜야 할 사람들에게 힘을 휘두를 수는 없었다. 결국 신의 은혜를 잊고 세계를 멸망시키려한 『반역자』라는 꼬리표가 붙은 『해방자』들은 그대로 패배하고 말았다.

끝까지 남은 것은 중심이었던 일곱 사람뿐이었다. 세계를 적으로 돌린 그들은 이제 신을 쓰러뜨릴 수 없다고 판단했다. 그리고 뿔뿔이 흩어져 대륙의 끝에 미궁을 만들어 잠복하기로 했다. 시련을 마련해 그것을 돌파한 강자에게 자신들의 힘을 건네고 언젠가 신의 장난을 끝낼 사람이 나타나기를 바라며…….

긴 이야기가 끝나고 오스카는 온화하게 미소 지었다.

"자네가 누구이며 어떤 목적으로 여기에 도착했는지는 모르지. 자네에게 신을 죽이라고 강요할 생각은 없어. 하지만 알아주었으면 했다네. 우리가 무엇을 위해 일어선 건지. ……자네에게 내 힘을 맡기지. 어떻게 사용할지는 자네의 자유다. 하지만 바라건대 악한 욕망을 채우기 위해서는 쓰지 않았으면 좋겠군. 내 이야기는 여기까지라네. 들어줘서 고맙군. 자네의 앞길에 자유로운 의지가 함께 하기를."

그렇게 이야기가 끝나고 오스카의 기록 영상이 사라졌다. 동시에 하지메의 뇌리에 무언가가 침입했다. 욱신욱신 아팠지만 그것은 어떤 마법을 새기기 위해서였기 때문에 얌전히 견 뎠다.

이윽고 아픔이 사라지고 마법진의 빛도 사라졌다. 하지메는 천천히 숨을 내쉬었다.

"하지메. ……괜찮아?"

"그래, 괜찮아. ……그런데 뭔가 엄청난 이야기를 들었네."

"……응. ……어떡할 거야?"

유에가 오스카의 이야기를 듣고서 어떡할지 물었다.

"응? 딱히 아무것도 하지 않을 건데? 원래 멋대로 소환되어 전쟁을 벌이라는 신은 성가시다고밖에 생각하지 않았으니까. 이 세계가 어떻게 되든 알 바 아니고. 지상으로 나가 고향으로 돌아갈 방법을 찾을 거야. 그것뿐이야. ……유에는 신경 쓰여?"

1년 전의 하지메라면 어떻게든 하려고 일어섰을지도 모른 다. 하지만 변심한 가치관이 오스카의 이야기를 잘라버렸다. 자신들의 세계에 대한 일은 자신들이 알아서 하라고……

하지만 유에는 이쪽 세계 사람이다. 그래서 그녀가 내버려 둘 수 없다고 한다면 하지메도 여러모로 생각해야만 한다. 하 지메에게 있어서 유에와의 인연은 오스카의 바람처럼 간단히 잘라버릴 정도로 가볍지 않았다.

그렇게 생각하고 물었지만 유에는 조금도 망설이지 않고 고 개를 저었다.

"내가 있을 곳은 여기……. 다른 건 몰라."

그렇게 말하며 하지메에게 다가가 그 손을 잡았다. 꼭 붙든 손이 진심이라는 것을 여실히 이야기해주었다.

유에는 과거에 나라를 위해 자신의 모든 것을 바쳤다. 그럼에도 믿었던 자들에게 배신당하고 아무도 도와주지 않았다. 300년이나 흘렀으니 아는 사람은 모두 죽었을 것이다. 유에가 세계에 미련을 가질 이유는 하나도 없었다. 오히려 하지메와 마찬가지로 이미 이 세계를 감옥처럼 느끼고 있었다. 그리고 감옥에서 구해준 것은 하지메였기 때문에 하지메의 곁이야말로 유에의 전부였다.

"……그래."

하지메는 약간 부끄러워했다. 그것을 얼버무리려는 듯 헛기침을 한 번 하고 충격적인 사실을 간단히 알려주었다.

"아~, 그리고 새로운 마법…… 신대 마법을 익힌 모양이야."

"……정말?"

믿기지 않는다는 표정을 한 유에. 그것도 어쩔 수 없을 것이다. 무엇보다 신대 마법이란 말 그대로 신화시대에 사용되던 것으로 지금은 사라진 마법이기 때문이다. 하지메 일행을 이쪽 세계로 소환한 전이 마법도 신대 마법이었다.

"뭔가 이 바닥의 마법진이 신대 마법을 쓸 수 있도록 머릿속을 만진 모양이야."

"……괜찮아?"

"그래, 문제없어. 게다가 이 마법은…… 나를 위한 마법 같아."

"……어떤 마법?"

"음, 생성 마법이라는 거야. 마법을 광물에 부가해 특수한 성질을 가진 광물을 생성하는 마법이야."

유에는 하지메의 말에 입을 벌리고 경악했다.

"……아티팩트를 만들 수 있어?"

"그래, 바로 그거지."

그렇다. 생성 마법은 신화시대에서 아티팩트를 만들기 위한 마법이었다. 정말이지 『연성사』를 위한 마법이다. 사실 오스카의 천직도 『연성사』였다고 한다.

"유에도 배우는 게 어때? 뭔가 마법진에 들어가면 기억을 살피는 모양이더라고. 오스카도 시련이 어떻다고 했으니, 시련을 돌파했다고 판단되면 배울 수 있지 않을까?"

"……연성할 줄 몰라."

"뭐, 그렇긴 한데……. 모처럼 신대 마법이잖아. 배워둬서 손해 볼 건 없지 않아?"

"……응. 하지메가 그렇게 말한다면."

유에는 하지메의 추천을 듣고서 마법진의 중앙에 들어갔다. 마법진이 빛나더니 유에의 기억을 살폈다. 그리고 시련을 클리어 했다고 판단했는지—.

"시련을 넘어 여기까지 잘 왔네. 내 이름은 오스카……."

다시 오스카가 나타났다. 여러모로 분위기가 엉망이었다. 하지메와 유에는 주절주절 같은 말을 반복하는 오스카를 무시한 채 이야기를 계속했다.

"어때? 습득했어?"

"응. ……했어. 하지만…… 아티팩트는 어려워."

"음~ 역시 신대 마법도 상성이라든가 적성이라는 게 있나 보다."

그런 말을 나누는 옆에서 오스카가 아무것도 없는 공간을 보며 미소 지은 채 말하고 있었다. 무척이나 허무했다. 어쩐지 뒤의 해골이 쓸쓸하게 보인 건 기분 탓이 아닐지도 모른다.

"아~ 우선 여긴 이제 우리 거니까 저 시체를 정리할까."

하지메는 자비가 없었다.

"응⋯⋯. 밭의 비료로⋯⋯."

유에도 자비가 없었다.

바람도 불지 않는데 오스카의 해골이 달그락 고개를 숙였다.

오스카의 해골을 밭 옆에 묻고 묘비도 세웠다. 역시 비료로 삼기엔 불쌍하다.

매장이 끝난 뒤 하지메와 유에는 봉인됐던 곳으로 돌아갔다. 그러는 김에 오스카가 끼고 있던 반지도 받아뒀다. 유물 훼손이라고 하진 말자. 그 반지엔 십자와 원이 겹쳐진 문양이 새겨져 있었고 그건 서재와 공방에 있던 봉인의 문장과 같은 것이었다.

먼저 서재로 갔다.

첫 번째 목적인 지상으로 돌아갈 길을 찾아야 한다. 하지메와 유에는 서재에 걸렸던 봉인을 풀고 그럴듯한 것을 조사했다. 그러자 이 거주 시설의 설계도로 보이는 것을 발견했다. 일반적인 설계도만큼 자세한 것은 아니지만 어디에 무엇을 만들었는지, 어떤 구조인지가 적혀 있었다.

"이거다! 유에, 찾았어!"

"응."

하지메가 기뻐하자 유에도 기뻐했다. 설계도에 따르면 3층에 있던 마법진이 그대로 지상에 마련해둔 마법진과 이어져 있었다. 오르크스의 반지가 없으면 기동하지 않는 구조였다. 훔쳐서…… 아니, 받아둬서 다행이다.

계속 설계도를 조사해보니 일정 기간마다 청소하는 자율형 골렘이 공방의 작은 방에 하나 있고, 천장의 구체가 태양광과 같은 성질을 가져서 작물의 육성이 가능하다는 것도 알게 됐다. 인기척이 없는데 깨끗했던 건 청소 골렘 덕분이었다.

공방에는 생전에 오스카가 제작했던 아티팩트와 소재 등이 보관되어 있었다. 이건 훔쳐…… 아니, 받아둬야겠다. 도구는 사용하라고 있는 거니까.

"하지메. ……이거."

"응?"

하지메가 설계도를 체크하고 있을 때 다른 자료를 찾던 유에가 책 한 권을 가져왔다. 오스카의 일기 같았다. 예전 동료, 특히 중심이었던 7인과의 별것 아닌 일상이 적혀 있었다.

그 안에 다른 여섯 미궁에 대한 정보가 적혀 있었다.

"……그러니까 이 말이야? 다른 미궁도 공략하면 창설자의 신대 마법을 손에 넣을 수 있다는 거지?"

"……그럴지도."

일기에 의하면 오스카와 마찬가지로 여섯 사람의 『해방자』들도 미궁의 가장 깊은 곳에서 공략자에게 신대 마법을 전수하는 준비를 해둔 모양이다. 아쉽게도 어떤 마법인지 적혀 있지 않았지만…….

"……돌아갈 방법을 찾을 수 있을지도."

유에의 말대로 그럴 가능성은 충분했다. 실제로 소환 마법처럼 세계를 넘는 전이 마법은 신대 마법이니까.

"그래. 이걸로 목표가 정해졌어. 지상으로 돌아가면 7대 미궁을 공략하자."

"응."

하지메는 명확한 목표가 정해지자 웃음이 나왔다. 자신도 모르게 유에의 머리를 쓰다듬었고 그녀도 기쁜 듯 눈을 가늘게 떴다.

그 뒤로 한동안 살펴봤지만 정확한 미궁의 장소를 가리킨 자료는 발견할 수 없었다. 지금 확인된【그류엔 대사막의 대화산】,【하르치나 수해】, 점찍어둔【라이센 대협곡】,【슈네 설원의 빙설 동굴】부근부터 조사해야겠지.

서재 뒤지기에 만족한 두 사람은 공방으로 이동했다.

공방에는 작은 방이 몇 개 있었고 모두 오르크스의 반지로 열 수 있었다. 안에는 다양한 광석과 본 적도 없는 작업 도구, 이론서 등이 빼곡히 보관되어 있어 연성사에게는 낙원처럼 보일 정도였다.

하지메는 그것들을 보며 팔짱을 끼고 잠시 생각에 잠겼다.

그런 하지메의 모습을 본 유에가 고개를 갸웃하며 물었다.

"……왜 그래?"

하지메는 잠시 생각에 잠긴 뒤 유에에게 제안했다.

"음, 저기, 유에. 한동안 여기에 머물지 않을래? 나도 빨리 지상으로 나가고 싶지만…… 모처럼 배울 것들이 많고, 여긴 거점으로 최고야. 다른 미궁 공략을 생각해도 여기서 할 수 있는 준비를 해두고 싶어. 어때?"

유에는 300년이나 지하 깊은 곳에 봉인되어 있었기 때문에 1초라도 빨리 밖으로 나가고 싶을 거라 생각했지만 하지메의 제안에 살짝 놀란 뒤 금방 승낙했다. 하지메가 신기하게 여기고 있을 때 유에가 말했다.

"……하지메와 함께라면 어디라도 좋아."

그렇다고 한다. 유에의 이런 기습은 어떻게 안 되는 걸까. 하지메는 뺨을 긁적이며 부끄러움을 얼버무렸다.

결국 두 사람은 여기서 가능한 단련과 장비를 충실하게 갖추기로 했다.

그날 밤, 하지메는 욕탕에 잠겨 온몸의 긴장을 풀고 천장의 태양이 달로 바뀌어 어스름한 빛을 내기 시작한 것을 멍하니 바라보았다. 나락에 떨어지고 나서 이렇게 느긋하게 있는 건 처음이었다. 목욕이 마음을 깨끗하게 한다는 말은 괜한 것이 아니었다.

"하아~ 좋다~."

방금 하지메가 했다고 생각할 수 없을 정도로 얼빠진 목소리가 욕실에 울렸다. 온몸을 늘어트리고 멍하니 있는데 갑자기 첨벙첨벙 발소리가 들렸다. 완전히 방심하던 하지메는 전율했다. 혼자서 들어가겠다고 말했는데!

  첨벙 소리를 내며 욕탕에 들어온 것은 물론—.

  "음…… 기분 좋아……."

  유에였다. 실오라기 한 올 걸치지 않은 모습으로 하지메의 바로 옆에 앉았다.

  어스름한 달빛이 예술품과도 같은 하얀 살결을 비췄다. 부드러운 머리카락을 위로 말아 올린 모습은 하지메도 처음 봤다. 여태껏 머리카락에 가려져 보이지 않았던 희고 매끄러운 목덜미가 유난히 요염했다.

  "……유에 씨, 내가 혼자서 들어간다고 말했지?"

  하지메는 온천의 열기와는 다른 이유로 몸이 불이 붙은 것처럼 뜨거워진 것을 느끼며 살짝 비난하는 목소리로 말했다.

  그에 대해 유에는 마치 하지메의 속마음을 알아차린 것처럼, 남자라면 자신도 모르게 움찔할 만큼 요염한 시선을 보내며 단적인 대답을 했다.

  "……허나 거절한다[#4]."

  "잠깐! 어째서 그걸 알고 있는 거지?!"

  "……."

#4 허나 거절한다 「죠죠의 기묘한 모험」에서 등장한 대사. 독특하면서 강렬한 문구로 인기를 끌었다.

그만 성대하게 태클을 걸었다. 피했던 시선도 그녀에게 돌리고 말았다. 그 눈에 들어온 것은 살짝 상기되기 시작한 유에의 피부와 붉게 물든 뺨. 그녀는 무어라 말할 수 없는 색기를 뿜고 있었다. 어린 용모와의 차이가 하지메의 여기저기를 공격했다. 이미 일어설 수 없는 상태였지만 히드라와 싸웠을 때 이상으로 냉정함을 가장했다.

"……적어도 앞 좀 가려. 수건은 많이 있었잖아."

"오히려 봐줘."

"……."

설마 했던 대답에 하지메는 말문이 막혔다. 목소리에 담겼던 열기가 하지메를 뜨겁게 했다. 그의 아들이 『부르셨습니까?』하고 진지한 표정으로 일어섰다.

"……응. 하지메…… 여길 봐."

유에의 공격! 어리광부리듯 하지메의 머리를 목소리만으로 격렬하게 뒤흔들었다. 이때 아들은 『반격 준비 OK!』라며 시퍼런 기세를 드러냈다.

"저, 저기, 유에. 그런 건……."

"……난 취향이 아니야?"

하지메는 우선 유에를 달래려 했지만 유에가 무척이나 슬픈 목소리를 내어 다시 말문이 막히고 말았다. 자신도 모르게 시선을 맞춰보니 눈동자가 슬픔으로 촉촉해져 있었다.

"그렇지 않아. 무척 좋아해."

깨닫고 보니 목소리에 힘을 주어 역설하고 있었다. 말을 마치고 제정신으로 돌아온 뒤엔 소동이 일어났다. 유에의 표정이 다시 엄청나게 요염해졌다.

"……응. 기뻐. 전부 하지메 거니까. 잔뜩 봐줘."

"……."

유에가 천천히 일어났다. 그리고 물 안을 천천히 걸어 하지메의 정면에 섰다.

물방울이 피부를 타고 흘렀다. 형태가 좋은 봉긋함을 따라, 잘록하게 조여진 허리를 지나, 특별한 존재 이외엔 결코 보여줘선 안 되는 곳에서 아름다운 다리를 거친 뒤 다시 물속으로 흘러들었다.

얼룩 하나 없이 하얗고 옅은 분홍으로 채색된 가슴과 귀여운 배꼽, 탄력 있는 작은 엉덩이. 말처럼 모든 것을 봐달라는 듯 매끄러운 두 팔을 뒤로 돌려 맞잡고 있었다. 떨리는 속눈썹과 청초한 표정은 소녀의 부끄러움과 어른의 요염함을 절묘하게 섞어 두어 매력적이었다.

뒤로 보이는 인공 달이 위로 말아 올린 금발 머리카락에 엔젤 링을 만들었다. 신성할 정도의 아름다움과 가련함이었다. 조형을 다스리는 신이 정성을 다해 만들어낸 최고의 인형이라고 말해도 의심하지 않을 것이다.

하지메는 그저 말없이 바라보았다. 일심분란하다는 말이 딱 들어맞을 만큼 유에가 바라는 대로 그 몸을 남김없이 뇌리와 마음에 담았다.

"후후……."

"헉?!"

유에의 요염한 웃음에 제정신을 찾은 하지메. 그리고 유에의 시선이 하지메의 심정을 여실하게 나타내는 곳으로 향하고 있다는 사실을 깨달았다. 마음속에서 『돌격하시겠습니까?!』라고 외치는 아들을 진정시키고 전략적 후퇴를 선택했다.

어쩐지 이대로라면 손도 못쓰고 잡혀 살 것 같은 기분이 들었다. 유에를 소중히 여기기에 『기세』로 일을 저지르는 건 내키지 않았다. 남자로서 깊은 관계가 된다면 정확한 책임을 지고 싶다.

하지만 그런 하지메의 후퇴 의지는 눈앞의 흡혈 공주에게 통하지 않았다. 퇴각은 허락하지 않겠다는 것처럼 선수를 치고 하지메에게 뛰어들었다.

"……에잇."

"……다, 닿고 있는데?"

"대고 있는 거야#5."

"그러니까 어디서 그런 말을 배웠어?! 에잇, 난 나갈 거야!"

정면에서 안은 유에의 부드러운 감촉과 귀여운 엉덩이 라인을 본 하지메의 이성이 와해되기 시작했다. 이대로 가다간 이성을 잃은 짐승이 되어 눈앞의 소중한 여자아이를 탐할지도 모른다.

하지만—

#5 대고 있는 거야 『타카야 —섬무학원 격투전』에서 히로인이 주인공의 등에 가슴을 대면서 한 대사.

"놓치지 않아!"

"잠깐, 기다려, 앗, 아아~!"

흡혈 공주에게선 도망칠 수 없었다.

그 후 무슨 일이 있었는지는…… 모두가 상상하는 그대로다.

하지메가 유에에게서 연상의 관록을 보고 많은 것을 잃은 밤부터 두 달이 흘렀다.

나락의 바닥에서 상식을 벗어난 괴물을 상대로 몸과 마음이 바뀔 때까지 승리한 하지메도 유에의 맹렬한 공격엔 손쓸 방법이 없어 승률 제로를 기록했다. 그래서 하지메는 차라리 받아들이기로 했다.

원래부터 유에의 호의는 알고 있었던 데다가 같이 예전 세계로 돌아간다는 약속까지 했다. 그리고 유에의 어필에 견뎌 왔던 것도 목적을 달성할 때까지 긴장을 풀 수 없다는 이유 때문이었다.

그래서 미궁 공략과 안전한 거처의 입수, 귀환을 위한 명확한 행동 방침이 정해져 마음에 여유가 생긴 만큼, 취약한 이유로 유에의 어필에 저항할 수 없었고 그럴 이유도 없었다.

그런 두 사람은 거점을 최대한 활용하면서 옆에서 본다면 자신도 모르게 닭살 그만! 하고 외칠 만한 일상을 보냈다. 멀리서 어떤 여학생이 등 뒤에 한냐를 스으드#6처럼 떠올려 친구

#6 스으드 스탠드. 『죠죠의 기묘한 모험』에서 등장하는 인물들의 능력. 사용자의 분신이 등 뒤에 나타나 강력한 힘을 발휘하는 것으로 유명하다.

가 겁을 먹는 사태가 빈번히 발생했지만 그건 또 다른 이야기. 가까운 미래에 아수라장의 예감이 든다.

"……하지메, 기분 좋아?"

"음~ 기분 좋아~."

"후후…… 그럼 여긴?"

"아, 거기도 좋다~."

"더…… 기분 좋게 해줄게……."

지금 유에는 하지메에게 마사지하는 중이었다. **지금**은 야한 짓을 하지 않았다. 제대로 옷까지 입고 있었다. 오스카의 의상을 고쳐 만든 여성스러운 의상이었다.

짧은 스커트로 선정적인 맨발을 드러내며 하지메의 위에 올라탄 유에가 왜 마사지를 하고 있는가 하면, 하지메의 **왼팔** 때문이었다. 팔꿈치 아래로 사라진 하지메의 왼팔. 거기에 어깨 부근까지 딱 맞는 의수를 붙여두었다. 그 의수와 몸이 익숙해지도록 정기적으로 마사지를 하는 것이다.

그 의수는 아티팩트로 마력 직접 조작을 사용해 진짜 팔과 똑같이 움직일 수 있었다. 가짜지만 신경 기구도 갖춰져 있기 때문에 마력을 넣으면 감촉도 뇌에 전달되도록 만들어졌다. 또한 검정을 기본으로 말끔한 외형에 은색 선이 몇 가닥 나 있고 군데군데 마법진이나 어떠한 문양이 새겨져 있었다.

실제로 많은 장치가 설치되어 있었고 공방의 보물창고에 있던 오스카가 만든 의수에 하지메만의 요소를 넣어 만들었다. 생성 마법으로 만들어낸 특수한 광석을 잔뜩 사용하여 세상에 내놓으면 분명 국보급 아티팩트로 귀중하게 보관될만한 물건이었다. 하긴 마력을 직접 조작할 수 없으면 전혀 움직이지 않기 때문에 일반적인 사람은 사용할 수 없겠지만……

두 달 동안 두 사람의 실력과 장비는 전과 비교할 수 없을 정도로 충실해졌다. 예를 들어 하지메의 스테이터스는 이렇게 됐다.

나구모 하지메　17세　남자　레벨: ???

천직: 연성사

근력: 10950

체력: 13190

내성: 10670

민첩: 13450

마력: 14780

마력 내성: 14780

기능: 연성[+광물계 감정][+정밀 연성][+광물계 탐사][+광물 분리][+광물 융합][+복제 연성][+압축 연성], 마력 조작[+마력 방사][+마력 압축][+원격 조작], 위산 강화, 전기 두르기, 천보[+공력][+축지][+호각][+순광], 바람의 손톱, 밤눈, 멀리 보기, 기척 감지[+특정 감지], 마력 감지[+특정 감지], 열원 감지[+특정 감지], 기척 차단[+환답], 독 내성, 마비 내성, 석화 내성, 공황 내성, 모든 속성 내성, 예측, 금강, 호완, 위압, 염화, 추적,

고속 마력 회복, 마력 변환[+체력][+치유력], 한계 돌파, 생성 마법, 언어 이해

여 레벨은 100을 성장 한계로 보고 그 인물의 현재 성장 정도를 나타낸다. 하지만 마물의 고기를 너무 먹어 몸이 지나치게 변질됐는지 어느 시기부터 스테이터스는 올라도 레벨은 변하지 않더니 표시도 안 되기 시작했다.

마물의 고기를 먹은 하지메의 성장은 초기 수치와 성장률을 생각해보면 명백하게 이상했다. 스테이터스가 오르는 것으로 육체의 변질을 동반해 성장 한계도 같이 오른다면, 이제 스테이터스 플레이트로는 하지메의 한계를 계측할 수 없게 된 걸지도 모른다.

참고로 용사인 아마노가와 코우키의 한계는 모든 스테이터스가 1500 정도였다. 한계 돌파 기능으로 그 세 배까지 상승할 수 있지만 그래도 약 세 배의 차이가 있다. 게다가 히드라에게서 빼앗은 『한계 돌파』로 하지메도 스테이터스를 세 배까지 올리는 게 가능하기 때문에 얼마나 사기적인 존재가 됐는지를 알 수 있을 것이다.

일단 비유하자면 **평범**한 인간의 한계가 100에서 200, 천직을 가지면 300에서 400, 마인족과 아인족은 종족 특성으로 일부 스테이터스가 300에서 600 정도가 한계다. 용사가 사기적이라면 하지메는 괴물이라고밖에 할 수 없다. 육체와 정신

도 변질됐으니 완전히 틀린 말도 아니지만……

　하지메는 의수 외에도 새로운 장비를 다수 손에 넣었다. 그중 하나가 『보물 창고』라는 편리한 도구였다. 이것은 오스카가 보관하던 반지 모양 아티팩트로, 반지에 달린 1센티미터 정도의 붉은 보석 속의 공간 안에 물건을 보관할 수 있는 것이다. 말하자면 용사의 인벤토리 같은 것이다. 공간의 크기는 정확하게 알 수 없지만 상당히 컸다. 모든 장비와 도구, 소재를 모조리 집어넣어도 아직 여유가 있었다. 그리고 이 반지는 새겨진 마법진에 마력을 흘러 넣는 것만으로 물건을 자유롭게 담을 수 있으며 반경 1미터 이내라면 원하는 곳에 꺼낼 수 있었다.

　무척이나 편리한 아티팩트지만 하지메는 무장의 하나로 유용하게 사용했다. 임의의 장소에 임의의 물건을 전송할 수 있다는 점에서 장전에 도움이 될 거라고 생각했다.

　결과적으론 절반의 성공이었다. 역시 탄환을 직접 탄창에 전송할 정도로 정교한 조작은 할 수 없었지만 탄환의 방향을 맞추고 일정 범위 안에서 규칙적으로 전송할 수 있었다. 그래서 하지메는 공중으로 전송한 탄환을 자신의 기술로 장탄할 수 있도록 단련했다. 즉, 공중에서 장전하려는 것이다.

　그런 점에서 공중 장전에 어울리는 건 중절식 리볼버였다. 하지만 반을 꺾어야 하는 중절식은 구조상 스윙아웃 실린더에 비해 강도가 떨어졌다. 그렇다고 스윙아웃으로 공중에서 재장전하는 건 어려웠다.

　그래서 하지메가 한 것은 실린더 부분만이 위로 튀어나오는 변칙적인 스윙아웃이었다. 마력 직접 조작으로 장치를 움직여 동시에 탄피도 빼낸다. 나머지는 건 스핀 요령으로 공중에 전송한 탄환을 장전하는 방법이었다.

결론부터 말하자면 한 달 동안의 특훈으로 공중 리로드를 습득했다. 고작 1개월 만에 어떻게 말도 안 되는 이 기술을 손에 넣었는가. 그 비밀은 『순광』이었다. 『순광』은 사용자의 지각 능력을 끌어올리는 고유 마법이다. 이것으로 느려진 세계에서 공중 리로드를 할 수 있게 되었다.

그 외에도 마력 구동 이륜 『슈타입』과 사륜 『브리제』를 만들었다.

이건 문자 그대로 마력을 동력으로 삼는 이륜과 사륜이었다. 아잔티움 광석이라는, 세계 최고의 경도를 자랑하는 광석을 사용한 장갑으로 어느 스파이처럼 많은 장비가 장착되어 있었다. 하지메도 남자다. 밀리터리엔 자꾸 열중하게 되는 법. 지나치게 빠져들어 유에가 토라지기도 했다. 기분을 풀기 위해 이것저것 했지만…….

그리고 『마안석(魔眼石)』이라는 것도 개발했다.

하지메는 히드라와의 싸움에서 오른쪽 눈을 잃었다. 오로라의 열로 안구의 수분이 증발해 신수를 사용하기 전에 결손되어 치유되지 않았다. 그것을 신경 쓴 유에가 고안해 만든 것이 『마안석』이다.

아무리 생성 마법이라도 평범한 『안구』를 만드는 건 불가능했다. 하지만 생성 마법을 사용해 신결정에 『마력 감지』, 『예측』을 부여하는 것으로 특수한 시야를 얻을 수 있는 마안을 만드는 데 성공했다.

의수에 사용된 유사 신경 장치를 이것에 이식하는 것으로 마안이 받아들인 영상을 뇌에 전송할 수 있게 됐다. 마안으론 일반적인 시야를 얻을 수 없었지만 그 대신 마력의 흐름과 강약, 속성을 색으로 인식할 수 있게 된 데다 발동한 마법의 핵이 보이게 됐다.

마법의 핵이란 마법 발동을 유지하고 조작하기 위한 것이다. 발동한 후의 마법 조작은 마법진의 술식에 의한 것이라는 건 알고 있었지만 그 술식이 떨어진 마법과 어떻게 연결됐는지는 생각해본 적도 없었다. 사실 하지메가 이용한 서적과 교관의 가르침에서는 그런 이야기가 전혀 나오지 않았다. 아마도 새로운 발견이 아닐까. 마법의 전문가인 유에도 몰랐던 걸 보면 그럴 가능성이 높았다.

통상적인 『마력 감지』로는 『기척 감지』와 마찬가지로 막연하게 어느 정도의 위치에 몇 마리가 있는지 정도만 알 수 있었고 기척을 숨기는 마물에게 유효하다는 정도였다. 하지만 이 마안을 사용하면 상대가 어떤 마법을 어느 정도의 위력으로 사용할지를 미리 알 수 있는데다 발동한 뒤에도 핵을 부수는 것으로 마법을 파괴할 수 있게 됐다. 다만 핵을 조준하기엔 바늘구멍을 꿰는 듯한 정밀 사격이 필요하겠지만……

신결정을 사용한 것은 신결정 이외의 광물은 복수 부여가 안 되기 때문이다. 하지메는 막대한 마력을 내포할 수 있는 성질이 원인이라고 추측했다. 아직 생성 마법이 미숙해서 두 개 이상의 동시 부여는 불가능했지만 신결정의 능력이라면 숙련도에 따라 더 많은 동시 부여가 가능할지도 모른다고 기대했다.

참고로 이 마안은 신결정을 사용한 탓에 항상 희미한 푸른 빛을 냈다. 하지메는 어쩔 수 없이 검은 천을 사용한 안대를 착용했다.

하얀 머리, 의수, 안대…… 하지메는 완전히 중2병 캐릭터가 됐다. 조만간 「진정해라, 내 왼팔!」 하고 외칠 것 같았다. 거울로 자신의 모습을 본 하지메가 절망에 빠져 무릎과 두 손을 땅에 대고 엎드려 좌절했다. 그렇게 온종일 드러눕자 유에가 다양한 방법으로 위로해줬지만…… 그건 또 다른 이야기.

새로운 병기에 대해선 히드라의 오로라로 파괴된 대전차 라이플, 슈라겐도 부활했다. 아잔티움 광석을 사용해 강도를 높이고 옮기기 쉬워졌으므로 총신을 늘려 사정거리와 위력을 대폭 높였다.

또한 랩터 무리에게 쫓겼을 때 무기가 부족해 고전했던 것을 떠올려 전자 가속식 기관포인 메체라이도 개발했다. 구경 30밀리, 회전식 6포신으로 분당 만2천 발을 발사할 수 있는 괴물이다. 총신의 소재엔 생성 마법으로 만든 냉각 효과가 있는 광석을 사용했지만, 그래도 연속 사용은 5분이 한계였다. 다시 사용하기 위해선 충분한 냉각 시간이 필요했다.

또한 광범위 공격과 하지메의 취미로 로켓&미사일런처, 오르칸도 만들었다. 정육면체의 포신을 가지고 후방으로 12연식 회전 탄창이 달려 연사도 가능. 로켓탄에도 다양한 종류가 있었다.

게다가 돈나와 짝을 이루는 리볼버식 전자 가속 총, 슈라크도 개발했다. 하지메에게 의수가 생겨서 두 손을 사용할 수 있기 때문이다. 하지메의 기본 전술은 돈나&슈라크 두 자루의 전자 가속 총을 활용한 건 카타(총을 이용한 근접 격투술과 같은 것)로 정착됐다. 전형적 후위인 유에와 연계를 고려해 접근전이 효율적이라고 생각했기 때문이다. 어차피 하지메는 무장하면 올라운드로 움직일 수 있었다.

그 외에도 하지메는 다양한 장비, 도구를 개발했다. 하지만 장비가 충실해지면서 신결정에 모인 마력이 고갈됐기 때문에 신수만큼은 시험관형 보관용기 12개로 끝나고 말았다. 고갈된 신결정에 다시 마력을 주입해봤지만 신수는 나오지 않았다. 역시 오랜 세월을 들여 농축되지 않으면 안 되는 모양이다.

하지만 하지메의 생명의 은인, 아니 은석(恩石)이었기 때문에 신결정을 버리는 건 아까웠다. 행운에 행운이 겹쳐 이 결정에 도착하지 않았더라면 확실히 죽었을 것이다. 그래서 하지메는 신결정에 적지 않은 애착이 있었다. 표현하자면 조난자가 고독을 견디지 못해 가지고 있던 물건에 그림을 그려서 이름을 붙이고 애정을 쏟는 것과 같았다.

그때 하지메는 신결정의 막대한 마력을 내포한다는 성질을 이용해 그 일부를 연성하여 목걸이와 귀걸이, 반지 등의 액세서리로 가공했다. 그리고 그것을 유에에게 선물했다.

유에는 강력한 마법을 행사할 수 있지만 영창이 필요 없으므로 사용하려면 얼마든지 마력을 쏟아낼 수 있다. 따라서 경우에 따라 빠르게 마력 고갈에 내몰리고 만다. 하지만 건전지처럼 외부에 마력을 저장해두면 강력한 마법이라도 연속으로 사용할 수 있고 마력 고갈로 움직이지 못하는 일도 사라진다.

그렇게 생각한 하지메는 유에에게 『마정석 시리즈』라고 이름 지은 액세서리 세트를 선물했다. 그때 유에의 반응은ㅡ.

"……프러포즈?"

"그게 뭐꼬."

유에의 모든 것을 건너 뛴 말에 자신도 모르게 사투리가 나왔다.

"이걸로 마력 고갈을 막을 수 있잖아? 이번엔 제대로 유에를 지켜줄 거라고 생각해."

"……역시 프러포즈."

"아니, 그게 아니라. 그냥 새로운 장비라고."

"……하지메, 부끄럼쟁이."

"……요즘 너 남의 말을 안 듣지?"

"……침대 위에서도 부끄럼쟁이."

"그런 말은 그만 해주실래요?!"

"하지메……."

"하아~, 왜?"

"고마워. ……좋아해."

"······그래."

정말로 그냥 폭발해버려라! 라고 말할 것 같은 분위기를 연출한 두 사람. 여러 의미로 완벽하게 준비를 마쳤다.

그로부터 열흘 후, 드디어 하지메와 유에는 지상에 나가기로 했다.

3층의 마법진을 기동하고 나서 하지메는 유에에게 조용한 목소리로 알렸다.

"유에······. 내 무기와 우리의 힘은 지상에선 이단이야. 성교 교회나 각국이 조용히 있지 않겠지."

"응······."

"병기류와 아티팩트를 요구하거나 전쟁 참가를 강제할 가능성도 무척 높아."

"응······."

"교회와 나라뿐만 아니라 배후에서 신을 자칭하는 정신 나간 녀석까지 적대할지도 모르지."

"응······."

"세계를 적으로 돌릴지도 모르는 위험한 여행이야. 명줄이 아무리 질겨도 부족할 정도로."

"이제 와서 뭘······."

하지메는 유에의 말에 자신도 모르게 쓴웃음이 나왔다. 똑바로 자신을 바라보는 유에의 풍만한 머리카락을 자상하게 쓰다듬었다. 기분 좋은 것처럼 눈을 가늘게 든 유에의 반짝반짝 빛나는 붉은 눈동자를 바라본 하지메는 한 박자 쉬고서 자신의 바람과 각오를 말과 함께 영혼에 새겨 넣었다.

"내가 유에를, 유에가 나를 지킨다. 그걸로 우린 최강이야. 모든 것을 쓰러뜨리고 세계를 뛰어넘자."

유에는 하지메의 말을 품에 안 듯, 두 손을 가슴 앞에서 꼭 쥐었다. 그리고 무표정을 무너뜨리고 꽃이 활짝 핀 듯, 분명 세계에서 제일 가련한 미소를 떠올렸다.

대답은 언제나와 같이—.

"응!"

대지에 새겨진 상흔이라고 말할 수 있는 깊은 협곡의 바닥, 물 한 방울 흐르지 않는 건조한 그곳은 크고 작은 바위가 굴러다니고 있었다. 귀를 기울일 필요도 없이 항상 어디선가 흉악한 마물의 으르렁대는 소리가 들리거나 약육강식의 음색이 울렸다.

이곳에선 인류의 강력한 무기인『마법』을 쓸 수 없고 식량 같은 것도 거의 없었다. 골짜기 위로 올라가 협곡을 빠져나가기 위해선 몇백 미터나 되는 절벽을 스스로 올라야만 한다. 그렇게 눈에 띄는 짓을 했다간 십중팔구 마물의 먹잇감이 된다.

일단 동서쪽 끝에 골짜기에서 나가기 위한 계단이 건설되어 있지만 시력이 좋은 마물은 모처럼 골짜기 밑바닥에 떨어진 먹잇감을 놓치지 않을 것이다.

그래서 그곳은 사람들에겐 지옥과 같았다. 혹은 편리한 처형장이기도 했다.

그렇게 사람의 생존이 무척이나 어려운 곳에서 그림자 하나가 움직였다.

커다란 바위와 바위 사이에서 불쑥 튀어나온 토끼 귀였다.

지옥의 밑바닥과 어울리지 않는 귀여운 토끼 귀는 한동안 우로 좌로 기적을 찾는 것처럼 쫑긋쫑긋 움직였다.

이윽고 주위에 위험이 없다고 판단했는지 그 본체가 바위에서 불쑥 머리를 내밀었다. 토끼 귀의 아래는 동물이 아닌 사람이었다. 토끼 귀가 자란 10대 후반의 여자아이는 이번엔 시선을 돌려 주위의 안전을 확인했다.

아름다운 소녀였다. 계곡의 열악하고 가혹한 환경 탓에 더러워지고 복장도 넝마를 엮었을 뿐인 초라한 것이지만, 남자라면 누구나 시선을 빼앗길 정도였다. 푸른 기운이 감도는 백발과 창공의 눈동자는 신비하기까지 했다.

그런 신비로운 소녀는—.

"으으~, 엄청 무서워요오~. 이불 위를 굴러다니면서 간식을 먹고 싶어요오~."

어쩐지 여러모로 안타까운 성격이었다.

한동안 훌쩍훌쩍 우는 소리를 하던 유감스러운 토끼 귀 미소녀는 자신의 뺨을 찰싹찰싹 때리며 눈동자에 힘을 주어 협곡 안쪽을 보았다.

"……빨리 가야 해요. 그 미래로, 그 사람들에게로."

결연하게 일어선 토끼 귀 소녀는 자신이 바라보던 곳을 향해 달렸다.

……몇 분 후.

"히잉~! 전 맛이 없다고요오~!"

그런 무척이나 한심한 외침이 계곡을 메아리쳤다.

　광대한 지하 공간. 녹광석의 옅은 등불만이 비치는 어두운 공간에 두 그림자가 달렸다.

　지하 공간에는 장엄한 양각이 새겨진 거대한 기둥이 줄줄이 규칙적으로 세워져 있었고, 두 그림자는 두 줄로 이어진 기둥을 끼고 병행하며 달렸다.

　그때 두 사람이 기둥 뒤에 들어간 순간, 한쪽에서 엄청난 열량을 동반한 화염의 창이 쏘아졌다. 어두운 지하 공간을 선명한 주홍색으로 물들인 그것은 공중에서 유도 미사일처럼 궤도를 수정해 다른 쪽 그림자에게 육박했다.

　직후—.

　투팡!

　그렇게 메마른 폭발음이 메아리쳤다. 붉은 섬광이 어둠을 갈랐다. 그야말로 한 자루 창처럼 뻗은 섬광은 다가오는 화염 창에 정면으로 충돌해서 일반적인 사람에겐 보이지도 않는 심장, 《마법의 핵》을 쏘고 천장으로 사라졌다. 동시에 화염의 창도 아까까지의 위력이 거짓말이었던 것처럼 안개처럼 흩어졌다.

　화염 창을 쏜 사람은 그것을 신경 쓰지 않고 이번엔 얼음 창을 크게 우회하도록 쏘았다. 아름다운 곡선을 그리고 날아든 얼음 창은 두 열 너머에 있는 표적의 진로를 막아서도록 정면에서 다가왔다. 방금 전과 마찬가지로 총성과 함께 섬광이 일었다.

"……응. 이제 단발이면 닿지 않아. 그렇다면……."

기둥에 등을 기대고 가련한 목소리를 살짝 흘린 금발 붉은 눈의 인형(으로 착각할 만큼 아름다운 소녀) 유에는 압축한 불꽃 덩어리를 하나, 둘, 넷, 여덟, 두 배씩 늘려나가 최종적으론 예순네 개의 불꽃을 만들었다.

거기까지 걸린 시간은 고작 2초. 현대의 마술사가 본다면 턱이 빠지고 눈이 뒤집힐 게 분명하다. 영창과 마법진도 없이 순식간에 발동하는 마법은 현대에선 비상식을 뛰어넘는 이상한 일이었다.

그런 엄청난 마법을 아무렇지도 않은 얼굴로 간단히 발동한 유에는 매끄러운 손가락을 악단 지휘자처럼 우아하게 휘둘렀다. 그러자 갑자기 수많은 불꽃이 날아들었다. 유성군이라고 착각할 만큼 아름다운 궤적을 그리며 기둥 너머에 있는 표적, 하지메에게 쇄도했다.

"칫. 갑자기 너무 늘린 거 아니야?"

그런 투덜거림이 유에의 귀에 닿았다. 직후 연속으로 총소리가 울렸고 유에는 자신이 만들어낸 마법이 계속해서 사라지는 것을 느꼈다. 일단 동시에 착탄하지 않도록 미묘하게 타이밍을 조절했지만 그래도 다음 탄이 도착할 때까지 1초가 안 걸렸다.

그것을 제대로 요격하는 걸 보면 하지메의 기량도 상당하다. 아니, 상당하게 됐다고 해야 할까.

이 【오르크스 대미궁】에 머물며 누구에게도 지지 않기 위해 장비를 충실히 갖추고 단련할 것을 결심한 그 날로부터 한 달하고 약간의 시간이 흘렀다. 그러는 사이 하지메는 마법의 핵을 파악하는 마안석을 만들었고 두 자루의 총을 다루게 됐으며, 공중 리로드와 날아드는 바늘구멍에 실을 꿸 만큼 정밀한 사격을 연마해왔다.

파트너인 유에에게 마법을 쏘게 해서 그것을 요격하는 연습을 끈기 있게 계속해온 결과, 처음엔 정지 상태 마법의 요격에도 실패했던 하지메가 지금은 모의 전투에서 단발이라면 거의 100퍼센트, 수를 늘려도 50퍼센트는 요격할 수 있게 됐다.

거기엔 마물을 먹어 육체적인 스테이터스를 대폭 올린 것과 『순광』이라는 지각 능력을 폭발적으로 높인 반칙적인 스킬이 있었기 때문에 가능했다. 물론 엄청난 기술을 한 달 정도 만에 익힐 수 있었던 건 하지메의 기합과 끈기가 가장 큰 이유일 것이다.

그 마음을 만들어낸 근간은 말할 것도 없이 고향으로 돌아가고 싶다는 바람이었다. 그리고 그 바람 안에는 『유에와 함께』 돌아간다는 이유가 포함되어 있었다. 유에는 하지메의 노력을 가까이에서 지켜봤기 때문에 그 이유에 자신이 포함되었다는 것이 무척이나 기쁘고 행복했다.

"……음, 하지메."

뜨거운 숨과 함께 하지메의 이름을 사랑스럽게 중얼거린 유에의 표정은 실로 요염했다. 그러나 모의전이라고는 하지만 전투 도중에 제어하기 어려운 감정을 드러내는 것은 금물이었다.

빈틈이 생긴다는 의미가 아니라 감정이 격앙됨과 함께 마법이 격해진다는 의미로—.

"자, 잠깐만! 아무리 그래도 너무 많잖아!"

"……응?"

그 성난 목소리에 가벼운 환상에서 현실로 돌아온 유에. 그리고 금방 깨달았다. 어느새 자신이 백 개에 가까운 불꽃 탄을 하지메의 주변에 흩뿌리고 있었다는 것을. 탄환은 하지메를 둘러싸듯 춤추다 절묘한 타이밍에 모든 방향에서 산발적으로 하지메를 습격했다.

아무래도 하지메를 생각한 나머지 정열이 솟구쳤나 보다. 무의식중에 불꽃 탄환을 만들고 행복한 마음이 불꽃 탄환을 난무시킨 후, 하지메의 훈련을 돕는다는 사명이 절묘한 습격을 실현했다.

무의식중에 마법을 사용하는 건 제어를 실수한 것이나 마찬가지다. 하지만 마법에 대하여 천재의 칭호가 아깝지 않은 유에에게는 있을 수 없는 일이다. 그것도 전부 하지메를 생각하기 때문이리라.

"……하지메가 너무 좋아서 괴로워."

"갑작스럽잖아. 난 불꽃 탄환이 너무 많아서 괴롭다고!"

하지메는 필사적인 모습으로 불규칙하게 춤추는 탄환을 요격했다. 그러다 요격만으로 처리할 수 없었는지 피하거나 돈나&슈라크의 총신으로 막아내기도 했다. 이 훈련은 마법의 핵을 쏘는 정밀 사격 훈련이 메인이었지만, 다른 기술과의 복합적인 단련도 중요하기 때문에 어떤 의미론 좋은 훈련이었다.

"큭, 이런!"

그러나 훈련이 열 시간 가까이 이어졌다는 점과 규칙이 없는 불꽃 탄환 백 발이 난무하는 상황에선 실수가 나올 수밖에 없었다.

찰랑 소리와 함께 여섯 발의 탄환이 공중으로 날아올랐다. 하지메의 손에는 총알이 남지 않은 돈나가 한 바퀴 돈 상태에서 원래 위치로 돌아오는 참이었다. 하지메가 공중 리로드에 실패한 것이다.

요격 수단을 잃어버린 하지메에게 수많은 불꽃 탄환이 날아들었다. 요격을 의식하던 하지메는 서둘러 몸을 틀었지만 완전히 피하는 것은 불가능이라고 판단해 『금강』으로 방어를 꾀했다.

그러자 그때―.

"응. 잠깐 휴식."

유에가 그런 중얼거림과 함께 손가락을 튕기자 탄환이 간단히 사라졌다.

"크, 후우~. 하아, 제길. 아직 실수를 완전히 없앨 순 없네."

하지메는 돈나와 슈라크를 홀스터에 넣고는 두 손을 무릎에 올리고 거친 숨을 반복했다. 그리고 분한 표정으로 이를 꽉 물었다. 하얀 머리 사이로 보이는 외눈은 새빨갛게 충혈됐고 관자놀이에선 당장에라도 혈관이 파열할 것처럼 맥을 뛰었다.

유에는 그런 상황이 될 때까지 힘낸 것을 칭찬해주고 싶었지만 그런 말이 하지메의 마음에 닿지 않는다는 건 알고 있었다. 그래서 유에는 하지메에게 다가가 그 옆에 앉아서 자신의 무릎을 탁탁 쳤다.

지금 유에는 프릴이 달린 드레스 셔츠에, 프릴이 달린 미니스커트와 니 삭스를 신었다. 즉, 어필하는 부분은 흔히 말하는 『절대영역(絕對領域)#7』이었다. 니 삭스가 조여서 허벅지가 살짝 튀어나온 것이 유난히 매력적이었다.

유에에게 욕실에서 동정을 빼앗긴 뒤로 여자의 몸을 알게 된…… 아니, 유에의 몸을 다양한 의미로 알게 된 그가 무릎베개 정도로 당황할 리 없었다.

하지만, 하지만 말이다…….

"덮칠 생각이지?"

그렇다. 그것이 걱정이었다. 지금은 오랫동안 단련하느라 피폐해진 상태. 이 상황에서 덮친다면 아무리 하지메라 하더라도 몸이 남아나지 않을 것이다! 가까이에 늑대가 있다면 경계하는 것이 당연하다! ……보통은 성별이 반대겠지만.

"……너무해. 마치 내가 난폭한 사람처럼."

"내 처음은 그런 느낌이었던 것 같은데……. 아니, 그만두

#7 절대영역(絕對領域) 숏팬츠나 미니스커트 등과 니 삭스를 착용했을 때 허벅지의 맨살이 노출되는 부분을 말하는 은어.

자. 스스로의 목을 조이는 꼴이 될 테니까."

하지메가 무언가를 떨쳐내려는 것처럼 고개를 저은 뒤 그대로 유에의 무릎 위에 누웠다. 뒤통수로 행복이 퍼졌고 유에의 부드러운 손이 하지메의 머리카락을 자상하게 쓰다듬었다. 뇌수까지 행복했다.

유에는 늘어진 하지메를 부드럽게 바라보면서도 그의 말이 신경 쓰였는지 불안한 목소리로 물었다.

"……싫었어?"

"그럴 리가. 정말로 싫었다면 저항했겠지. 그, 뭐냐. 남자의 자존심이라든가, 그런 별거 아닌 거야. 신경 쓰지 마."

"……응."

유에의 눈동자에서 불안이 사라지고 기쁜 기색이 감돌았다. 그대로 자연스럽게 하지메의 이마까지 입술을 가져갔다. 춥, 하고 습기가 담긴 소리가 나며 뒤이어 코, 뺨, 입술에서도 똑같은 소리가 울렸다. 혼자 사는 남자가 본다면 분명 대전차 라이플로 저격하고 싶어질 만큼 달콤한 분위기가 감돌았다.

하지메가 조금 부끄러운지 시선을 돌리자 그것을 본 유에가 장난스러운 미소를 지으며 입을 열었다.

"……그럼 기분 좋았어?"

"저기, 유에. 이 이야기는 이제 그만 됐잖아?"

"……기분 좋지 않았어?"

하지메가 화제를 돌리려 할 때 유에가 슬픈 듯한, 혹은 스스로의 미숙함을 침통해하는 듯한 표정을 지었다. 그것을 본 하지메는 큭 하고 의미를 알 수 없는 신음을 했다.

"그, 저기, 뭐냐. ……좋았을, 거야."

난 대체 무슨 말을 하는 거지……. 그렇게 생각하면서도 그녀가 원하는 말을 입에 담고 마는 걸 보면 이미 마음을 사로잡힌 것이리라.

유에는 하지메의 말을 듣고서 행복해한 다음, 조금 먼 눈을 하고 불쑥 중얼거렸다.

"응. ……선생님께 감사를."

"난 굉장히 복잡한 기분인데."

유에가 말하는 선생님이란, 먼 옛날 유에가 아직 왕녀였을 때 그녀에게 여성으로서의 이모저모를 교육했던 여성 교사였다. 숙부의 손에 의해 나락에 유폐된 후로는 행방을 알 수 없지만 마지막까지 유에를 걱정해준 은사였다.

어째서 그런 선생님께 감사를 바치는가 하면 그녀가 밤일에 대해서도 알려줬기 때문이다. 유에는 왕족이었기 때문에 혼인할 때까지 정조를 철저하게 지켜야 했다. 동시에 아이를 남길 의무도 있었다. 그래서 남편으로 맞이할 사람과 원만한 부부 관계를 위하여 그런 지식들도 잔뜩 배웠던 것이다.

아직까지 밤의 전투에서 하지메가 농락당하는 건, 분명 그 『선생님』 때문일 것이다.

참고로 혹시 경험이 있지 않을까 유에를 의심한 적이 있었다. 유에에겐 고유 마법인 『자동 재생』도 있기 때문에 혹시나 싶었던 거지만…….

그때 유에의 표정을 하지메는 평생 잊지 못할 것이다. 나락 밑바닥의 괴물, 히드라조차 겁내지 않았지만 그때만큼은 『뱀이 노려본 개구리』 상태가 됐다.

결과는 말할 것도 없었다. 처음의 증거를 보였던 유에에게, 무척 실례인 발언을 한 하지메가 「정말 죄송했습니다. 이제 용서해주세요」라고 말했다는 사실로 추측할 수 있을 것이다.

"마지막으로 한 번 더. 단련하고 나서 밥이나 먹을까."

"……응, 괜찮아?"

"괜찮지는 않아. 한계를 넘지 않으면 단련하는 의미가 없잖아. 미안하지만 조금 더 도와줘."

"……응."

유에도 아까까지의 모의전으로 상당한 마력을 소비했지만 비축해둔 마정석을 사용하면 문제 없었다. 그보다 마력은 제쳐놓고 『순광』이나 『한계 돌파』 등, 몸에 부담이 큰 기능을 연발하는 하지메가 더 문제였다. 하지만 그의 결연한 눈빛을 보면 말리는 건 무리였다.

유에의 무릎베개로부터 몸을 일으킨 하지메는 그대로 유에에게서 거리를 벌리고 마주했다. 그 후 돈나&슈라크를 뽑아 자세를 잡고 기합과 함께 큰 소리로 외쳤다.

"자, 사양할 것 없어. 사기 같은 마법을 쏴줘!"

"응. 받아라, 『수(數)의 폭력』!"

하지메는 그런 마법명이 어디에 있느냐며 투덜거렸지만 발동된 마법은 그 이름에 어울리는 폭력적인 수를 자랑하는 불꽃 탄환이었다. 참고로 비교적 안전한 물이 아닌 이유는 그래야 더 긴장된다는 하지메의 부탁이 있었기 때문이다.

벽처럼 다가오는 불꽃 탄환에 하지메는 곧장 『순광』 상태로 돌입했다. 세계의 색이 바랠 정도로 증대된 지각 능력. 안대 너머의 마안은 시간의 흐름이 느려진 세계에서 명확하게 마법의 핵을 포착했다.

그리고 순식간에 쏘아진 탄환은 조금도 틀어지지 않고 불꽃 탄환을 맞췄다. 계속해서 공중에 나타나는 탄환은 총이 돌려질 때마다 삼켜지는가 싶더니, 다음 순간 붉은 섬광이 되어 쏘아졌다. 그 직후에는 약실을 통해 배출된 탄피가 공중으로 날아오르고 곧장 다음 탄환이 장전됐다.

마치 라운드 실드를 가진 것처럼 돈나와 슈라크를 빙글빙글 돌리며 강습하는 불꽃 탄환을 계속해서 없앴다.

불꽃 탄환의 수와 속도도 점점 늘어났다. 하지메는 유에의 절대적인 마법 기량에 혀를 내두르면서도, 아프기 시작한 눈의 안쪽과 머리를 무시한 채 계속해서 가속하다가—.

"……유에, 하나 물어도 될까?"

"……응?"

이야기를 나누면서도 서로 손을 멈추지 않았다. 하지메는 다른 의미로 두통을 참는 표정을 하고, 뭐가 궁금한 건지 모르겠다는 표정의 유에에게 물었다.

"어째서, 어째서 탄환이 하트 모양인 거야?"

"……."

그렇다. 어느 틈엔가 공격해오는 모든 불꽃 탄환이 하트 모양이었다. 속도와 위력도 늘어나고 있는데 실로 선명한 모양이었다. 무척이나 깔끔한, 엄청나게 쓸데없는 기술력이다.

그리고 그런 질문을 받은 유에는─.

"……앙. 저격당했어."

한손으로 수백 개에 이르는 하트 모양 탄환을 화려하게 조종하면서 다른 한 손을 뺨에 얹고 부끄러운 듯 말했다. 그러는 사이에도 확실히 하지메의 탄환은 유에의 하트를 저격했다. 기분 탓인지 불꽃 탄환이 흩어지기 직전에 활활 타오르는 것 같았다.

"난 진지하게 단련하고 있는데."

"……나도 진지하게 하고 있어. 진지하게, 이대로 하지메를 덮치려…… 어흠, 쓰러뜨리려고."

"지, 지금 덮칠 거라고 말했지?"

"……계속 이어진 단련으로 하지메의 몸은 슬슬 한계. 조금 쉬지 않으면 안 돼. 하지만 하지메는 기절할 때까지 단련을 멈추지 않아."

"……내 말은 그냥 무시하네. 그래서?"

"응, 그러니까 내가 이겨서 강제 연행할 거야. ……침대로."

"거기서 입맛을 다시면 안 되잖아? 분명 쉴 수 없는 미래밖에 안 보인다고!"

아무리 말해도 단련을 멈추지 않는 하지메를 강제로 쉬게 하려고 공격하는 모양이다. 왜 하트 모양인지에 대한 질문에는 대답하지 않고 요염한 분위기로 혀를 날름거리는 모습을 보면 그 말은 거짓말 같았지만…….

유에는 후후후 미소를 떠올리며 더욱 강렬한 마법을 사용해왔다. 속도가 뛰어난 바람 덩어리가 예비 동작도 없이 더해지고 전기 구슬이 불규칙적인 궤도를 그리며 육박했다. 역시 그것들 모두 하트 모양이었지만…….

"큭, 설마 1주일 정도 단련한 후에 기절해 버려서 상대해주지 않았던 것을 원망하는 거야?!"

"……딱히 원망하지 않아. ……조금 쓸쓸했을 뿐."

입술을 삐죽 내민 유에를 보고 내심 두근거렸지만 이대로 가다간 격렬한 공격을 맞아 움직일 수 없게 되어 맛있게 먹힐 것이다.

하지메도 남자라서 물론 싫은 건 아니었으나…….

남자의 의지라든가 자존심이라든가, 그런 이유로 간단히 져서 먹잇감이 되는 건 싫었다. 그거야말로 남자라서 받아들이기 힘들었고 더욱 집중해서 요격했다. 일단 유에의 마력이 다한 시점을 1세트로 보고 있으므로 그때까지 계속 요격한다면 하지메의 자존심은 지켜질 것이다.

하지만―.

"큭, 유에! 너 진심이지?!"

"응!"

요격과 정밀 사격 훈련이라는 취지는 잊지 않는지 중급 이상의 마법은 사용하지 않았지만 그 수와 속도는 분명 진심이었다. 무엇보다 이미 어딘가의 환○향의 탄막 놀이#8와 같은 양상을 띠고 있었다. 하지메는 숨이 거칠어지기 시작했지만 요염한 미소를 떠올린 유에를 보고 식은땀을 흘리면서도 큰 소리로 외쳤다.

"매번 당할 수야 없지! 나한테도 남자의 자존심이 있어!"

과연 『당한다』는 말은 탄막에 당한다는 뜻일까, 아니면 분홍빛깔의 이런저런 일을 말하는 것일까.

하지메에게서 절대적인 마력이 붉은 나선이 되어 솟구쳤다. 히드라에게서 빼앗은 고유 마법, 『한계 돌파』의 빛이다. 하지메의 능력이 3배로 뛰었다.

"음, 역시 하지메. 진심을 다한 탄막을 정면에서 대응당한 건 처음이야."

"그거, 영광, 이군."

"……응. 하지메는 항상 내 첫 경험 상대."

"일일이 그런 말을 하지 않으면 안 되는 거야?!"

탄막 요격에 집중한 탓에 말이 끊겼지만 그래도 열심히 유에의 말에 태클을 걸었다.

유에는 정신적으로 뒤흔들 의도였지 결코 장난칠 생각은 아니었다. 하지메가 계속해서 『한계 돌파』를 사용한다면 그렇지 않아도 지친 몸에 극한의 피로가 쌓일 것이다. 이렇게 되면 단련이 끝난 뒤 신수가 필요한 기절 상태가 되므로 한계가 오

#8 환○향의 탄막 놀이 일본의 동인 서클 「상하이 앨리스 환악단」에서 만든 「동방 Project」. 무대의 배경이 되는 곳이 바로 환상향이다. 지독한 탄막을 피해야 하는 슈팅 게임으로도 유명하다.

기 전에 승부를 정해두고 싶었다.

그러나 그런 유에도 조금씩 피로해진 기색을 드러내기 시작했다. 초급 마법만 사용하니까 극한까지 마력의 효율을 올리면 상당한 시간 동안 탄막을 유지할 수 있었지만, 하지메의 단련에 어울리며 계속 마력을 사용했다. 마력 이전에 피로가 쌓이는 건 당연한 이야기다. 유에의 고유 마법인『자동 재생』은 육체적인 상처는 완전히 치유할 수 있었지만 마력이나 체력은 그렇지 않았다.

그래도 자신의 육체를 혹사하는 하지메가 괜한 무리를 하지 않았으면 하기에 더욱 힘을 쥐어짜냈다.

"여기에, 와서, 더, 많아지는 거야?!"

"응. 한계 돌파는 애정만 있으면 간단!"

"그런, 건, 너뿐, 이야!"

유에의 마법은 사기적이지만 애정도 사기적인 모양이다. 단번에 늘어난 탄막의 벽과 속도.

아직 두 자루 권총과 의수를 다루는 데 빈틈이 많다고는 하나『한계 돌파』를 사용해도 대응할 수 없게 됐다. 지각 능력은 몰라도 판단 능력의 허용치를 넘기 시작했다. 나락의 마물 중에서도 이렇게 많은 개체를 가진 존재는 없었기 때문에 경험이 부족했을 것이다. 분명 좋은 훈련이 되고 있었다.

유에는 조금씩 거리를 좁혔다. 두 손을 앞으로 내밀어 마법 탄환을 쏘면서 혀를 날름거리며 다가오는 에로 흡혈 공주. 마력 부족으로 비틀거리는 발걸음이 마치 유령 같았다.

하지메는 다양한 의미로 질 수 없다고 기세를 올렸지만 애정에 의한 한계 돌파라는 의미를 알 수 없는 스킬을 발휘한 유에는…… 멈추지 않았다!

그리고 드디어—.

"제길. 멈춰라아아아아아아아!"

"……허나 거절한다."

하지메가 요격에 실패했다. 곧바로 만회할 수 있는 실수였지만 흡혈 공주는 그 빈틈을 놓치지 않았다. 단번에 접근해 그대로 덥석 하지메를 붙잡았다.

그리고—.

"……내 승리. 그럼 잘 먹겠습니다."

"잠깐, 기…… 아앙……!"

거칠게 일던 붉은 마력이 한계와는 다른 의미로 흩어졌다. 형형색색의 탄막도 마력의 잔재를 남기며 녹아들 듯 사라졌다.

붙잡힌 나락의 괴물은 오늘도 패배 기록을 갱신했다. 단순히 요격을 버리고 회피 행동을 했더라면 유에의 손에서 도망칠 수 있었을 테지만, 그러지 않는 점이 유에에 대한 심정을 나타냈다. 요컨대 물리적, 아니 정신적으로 유에에게 거스를 수 없는 것이다.

치익 치익 고기를 굽는 소리가 맛있는 냄새와 함께 퍼졌다.

장소는 오스카 오르크스의 숨겨진 건물인 바위에 만든 집, 그 안에 있는 부엌이다. 역시 생성 마법을 사용할 수 있는 사람답게 오스카 저택의 부엌은 마치 시스템키친처럼 현대적이고 기능적인 아티팩트로 가득했다.

그런 부엌에서 프라이팬을 손에 들고 특대 스테이크를 굽고 있는 사람은 하지메였다. 옆에서 머리를 뒤로 묶은 유에가 자신이 만든 하얀 앞치마를 입고 샐러드와 구운 생선을 만들었다.

이 샐러드의 재료는 오스카의 숨겨진 집에 있던 밭에서 재배한 것이다. 아무래도 성장을 촉진하는 아티팩트가 땅속에 묻힌 모양이라 보물 창고 안에 있던 식물의 씨앗을 심으니 고작 1주일 만에 먹을 수 있을 정도로 성장했다. 물론 아티팩트를 기동하기 위해선 막대한 마력이 필요하기 때문에 그들이 아니라면 연속으로 사용할 수 없었다.

빛깔 좋게 구워진 고깃덩어리에 소금과 후추(이것도 보물 창고에 보관되어 있었다)를 뿌린 하지메는 기분 좋은 듯 콧노래를 부르며 곁눈질로 유에를 보았다.

부드러운 금발이 하늘하늘 흔들리며 그 아래로 그녀의 하얀 목덜미가 보였다. 뒤에 다 묶이지 않아 살짝 삐져나온 머리카락이 이유도 없이 선정적이었다. 그렇게 느끼는 건 『휴식』의 여운이 남았기 때문일지도 모른다.

어쩐지 『신혼』이라는 단어가 떠올랐다. 하지메는 무슨 생각을 하는 건지 스스로 어이없어하며 머리를 흔들었다.

그런 하지메의 모습을 알아차린 유에가 고개를 갸웃하고 하지메에게 시선을 보냈다. 그 후 하지메가 얼버무리듯 고개를 돌리자 갑자기 장난스러운 미소를 입가에 떠올리며 자신의 앞치마를 손가락을 사용해 살짝 들어올렸다.

"⋯⋯어울려?"

"⋯⋯좋은 것 같아."

빙그르르 한 바퀴 돌기까지 한 유에를 본 하지메에게서 부정하는 말이 나올 리 없었다. 그는 솔직한 감상을 말했다. 유에는 자신이 물어봤으면서 뺨을 붉히고 긴 속눈썹을 떨며 부끄러워했다. 칭찬받은 기쁨에 서비스 정신이 넘쳐났다.

"⋯⋯그럼 앞치마만, 입을까?"

하지메의 몸에 충격이 일었다. 그건 설마 전설로만 듣던 그걸 하려는 건가?! 그렇게 전율에 가까운 감정을 품으며 유에에게서 시선을 돌렸다. 유에는 주뼛주뼛 앞치마 자락을 손가락으로 만지작거리며 하지메를 조심스레 올려다보았다. 하지메에게 추격타가 작렬!

이대로 가다간 다시 『휴식』에 돌입하게 될 거라는 위험을 느끼고 고개를 흔들었다. 그러자 유에는 딱히 실망한 모습을 보이지 않고 「밤에 입을래」라고 말했다. 하지메는 못 들은 척했다.

그러는 동안 고기가 구워지고 하지메와 유에는 크리스털처럼 투명한 테이블에 요리를 놓은 뒤 푹신한 소파에 앉았다. 참고로 소파는 테이블을 끼고 두 개 있었지만 하지메와 유에는 나란히 앉았다. 아니, 유에는 하지메가 앉은 곳의 옆이 아니면 결코 앉으려 하지 않았다. 반드시 옆이 좋다고 한다.

"그럼 먹어볼까⋯⋯."

"응. 힘내, 하지메."

맛있어 보이는 고기를 앞에 두고 하지메는 각오를 다졌다. 유에도 옆에서 걱정스러운 눈빛을 보냈다. 유에가 보는 와중에 고기를 먹은 하지메는—.

"크으, 으…… 카아."

신음을 흘리며 몸이 굳어졌다. 고기는 물론 이빨까지 부서질 정도로 강하게 다문 입술과 부들부들 떨리는 손이 하지메의 이상을 알렸다. 유에가 걱정스러운 표정으로 하지메의 등을 쓰다듬으며 신수가 담긴 컵을 내밀었다.

"크, 정말! 한 달이나 먹었는데 아직까지 이렇게 아프다니……. 그 뱀 녀석은 대체 얼마나 강한 거야."

그렇다. 하지메가 먹은 것은 【오르크스 대미궁】 마지막 시련에서 만났던 히드라의 고기였다.

그날 눈을 뜬 뒤로 식사할 때마다 히드라 고기를 먹었다. 지금까지는 마물의 고기를 여러 번 먹어도 한 번 이상 성장하지 않았지만, 히드라만큼은 아직도 몸이 아픔과 동시에 성장하는 모양이었다. 이미 다른 마물로는 아무런 영향도 없다는 걸 생각해보면 역시 히드라가 각별했다.

"……응. 이건 진짜 특이해. 분명 오스카 혼자가 아니라 다른 『해방자』들과 같이 만들었을 거야."

"그래. 우리가 이긴 것도 일반적으론 있을 수 없는 요소가 몇 가지 겹쳐졌기 때문이었지. 원래라면 이 나락의 미궁 공략은 다른 대미궁 공략이 전제 조건 아닐까? 신대 마법을 한두 개 익히지 않으면 공략하기 너무 어려워."

하지메의 말처럼 마물의 고기를 먹고 몸을 강인하게 바꾼 것만으로 히드라에게 이기는 건 무척이나 어려웠을 것이다.

승리의 요인 중 하나는 말할 것도 없이 하지메가 만든 병기다. 레일건과 폭탄처럼 육체적 스펙을 무시하고 지나칠 정도의 파괴력을 가진 병기. 만약 하지메가 병기가 없이 평범하게 검과 마법으로 싸우는 사람이었더라면 분명 공격력이 부족해 쓰러뜨릴 수 없었으리라.

또한 큰 요인 중 하나로 신수가 있었다. 이게 없었더라면 애초에 하지메는 여기까지 도착하지도 못했을 것이다. 나락의 첫 계층에서 발톱 곰에게 당한 상처와 다음 층의 바질리스크의 석화로 죽었을 테고, 그 이후로도 몇 번이고 치명적인 공격을 신수로 버텼다.

그리고 마지막 요인은 유에였다. 영창과 마법진도 무시한 채 가지고 있는 마력의 모든 것을 쏟아 최상급 마법을 행사한다. 이것이 있었기 때문에 위력은 높아도 범위 공격 수단이 없었던 하지메의 허점이 사라지고 히드라를 포함해 수많은 마물을 쓰러뜨릴 수 있었다.

즉, 하지메가 나락의 미궁을 공략할 수 있었던 건 육체적인 능력보다 지나친 위력의 무기, 지나친 회복력을 가진 약, 지나친 섬멸력을 가진 마법이라는 외적 요인의 도움이 가장 컸다.

이윽고 히드라의 고기를 전부 먹은 뒤 몸의 통증이 줄어든 하지메는 간신히 평범한 식사를 즐겼다. 흐르는 지하수에서 떨어진 물고기와 채소에 입맛을 다셨다.

"마물 고기만 먹다보니 이런 게 상당히 맛있긴 한데……."

"……응. 역시 제대로 된 요리에 비하면 맛없어."

채소를 가득 입에 넣은 하지메가 조금 아쉬운 표정으로 중얼거리자 유에도 물고기를 우물거리며 동의했다.

하지메는 식문화가 발달한 지구 출신이고 유에는 왕족이었기 때문에 서로 맛있는 음식의 맛을 알고 있다. 그래서 어쩔 수 없다는 건 알고 있어도 이렇게 굽고 삶고 데치고 소금을 뿌린 정도의 단순한 요리론 불만이었다.

"……미안, 하지메. 내가 요리를 더 열심히 배웠더라면……."

"아니, 사과할 필요 없어. 유에는 원래 왕족이었으니까. 공주님이 직접 요리한다는 건 들어본 적이 없고. 나야말로 요리의 기본 정도는 제대로 배워둘걸 그랬어."

두 사람은 왕족이었기 때문에, 요리에 흥미가 없는 고등학생이었기 때문에 요리를 할 수 없는 사람들이었다.

유에는 연인에게 맛있는 요리를 해줄 수 없다는 사실에 침울해졌다. 선생님에게 밤 기술만이 아니라 요리도 배웠으면 좋았을 걸 그랬다며 입술을 삐죽 내민다.

하지메는 뺨을 긁적거리며 그런 유에에게 말을 걸었다.

"그, 우리 어머니는 요리를 잘 하시니까 배우면 되잖아."

"……응. ……응! 하지메 어머님과 요리. 기대돼."

하지메의 말에 유에의 눈동자가 반짝반짝 빛났다. 부엌에 자신과 하지메의 어머니가 나란히 선다. 유에는 배우면서 요리를 하고 그 모습을 거실에서 하지메와 하지메의 아버지가 바라본다. 그리고 어머니와 며느리가 만든 요리를 먹고서 맛있다고 말한다.

그것은 상상하기만 해도 마음이 들뜨는 행복한 광경이라 평소 무표정한 유에의 얼굴이 흐늘흐늘 풀어졌다.

"아, 그럼 아침하고 점심은 유에에게 맡길 수 있겠다. 어머니는 밤이 아니면 만들 수 없는 사람이니까. ……항상 아침과 점심은 적당히 하시거든."

"……응. 맡겨줘."

인기 소녀 만화가인 하지메의 어머니는 아침은 잠을 자고 낮에는 일을 하느라 음식을 할 여유가 없었다. 하지메도 게임이나 부모의 일을 돕느라 밤늦게까지 일어나 있는 경우가 대부분이었고 아침은 대충 먹는 것이 보통이었다.

하지만 유에가 요리를 배우고 해줄 수 있는 날이 온다면 그것만큼 사치스러운 일은 없을 것이다. 금발 미소녀가 직접 만드는 도시락……. 일본에 있던 시절엔 생각도 못한 일이었다.

'……아니, 미소녀가 직접 만든 도시락이라면 먹어본 적이 있지. 반쯤 억지로 먹은 거였고 바늘방석이라 맛도 기억 안 나지만.'

지구로 귀환한 뒤에 어떤 생활을 하게 될지는 아직 모르지만, 학교에서 유에의 도시락을 펼치고 입맛을 다시는 광경을 상상하면 무척이나 간질간질한 느낌이 들었다. 하지만 슬쩍 기억의 저편에서 추억을 떠올렸다.

그것은 학교에서 평소처럼 적당히 점심을 먹고 낮잠을 자려던 하지메에게 시라사키 카오리가 자신의 도시락을 먹게 했을 때의 일이었다. 소환됐을 때와 마찬가지로 피곤해서 피난이 늦었던 하지메를 카오리가 함께 먹자고 은근히 강제로 불렀다. 미소와 말이라는 폭탄을 안고서…….

그리고 경직된 표정을 한 하지메에게 자신의 도시락을 나누어주었다. 당연히 학교의 여신이라 칭송받는 그녀가 직접 만든 요리를 먹는다면 반 아이들이 아무렇지도 않게 생각할 리 없다. 하지메도 처음에 거절했지만 쓸쓸한 듯 슬픈 표정으로 주섬주섬 도시락을 넣는 카오리를 보고 반의 분위기가 험악해졌다.

나아가도 지옥, 물러나도 지옥. 그렇다면 적어도 호의는 받아들이자고 생각해 카오리의 도시락을 얻어먹었던 것이다.

생각하다보니 자신이 직접 만든 도시락을 먹는 하지메를 보며 웃음 짓는 카오리의 표정이 선명히 떠올랐다.

그때 갑자기 하지메의 등줄기에 오싹하게 오한이 들었다. 깜짝 놀라 회상에서 현실로 돌아와 옆으로 시선을 돌리니 그곳엔 표현하기 어려운 표정을 보내는 유에의 모습이 있었다.

"……하지메. 그 여자는 누구?"

"……."

분명 어째서 아느냐는 질문은 필요 없겠지. 여자의 감이라는, 이 세상의 7대 불가사의 중 하나를 앞에 두고 변명은 필요 없었다. 통하지 않으니까. 조금도 통하지 않으니까……. 그건 무척이나 뛰어난 관통 성능을 가졌으니까.

"……전에 얘기했던 같은 반 친구 중 한 사람이야."

"……그건 하지메가 떨어진 원인의 원인이 됐던 여자?"

"뭐, 거슬러 올라가면 그렇게 말할 수 있을지도 모르지만……."

유에의 말에 하지메는 무어라 말하기 힘든 표정을 지었다. 그런 하지메를 보고서 유에는 유난히 조용하고 억양이 없는 목소리로 물었다.

"……그 여자의 요리를 먹은 적이 있어?"

"뭐, 어쩌다 보니."

"……맛있었어?"

"별로 기억 안 나는데…… 뭐, 맛있었을 거라고 생각해. 요리를 잘한다는 소문이 돌았으니까."

"……그래."

가만히, 가만~히 유에가 바라본다. 그렇게 고정된 시선을 보낸 채 조금씩 몸이 다가왔다.

"유에?"

"……내가 모르는 하지메를 알고 있어. 하지메에게 직접 만든 음식을 먹었어. 갑자기 떠오를 정도로 하지메의 마음속에 살고 있어. ……질투 나."

"지, 직설적이네. 그보다 잠깐만. 어째서 다가오는 거야?!"

그대로 자신에게 올라타듯 다가온 유에의 가는 어깨를 붙들며 제지했다.

하지만 그것에 대해 유에는—.

"……응. 하지메의 안을 나로 가득하게 할래."

"아니, 시라사키는 그냥 우연히……."

"……괜찮아. 아프게 하지 않을 테니까. 잠깐 쉴뿐이니까."

"몇 번이고 말하는데! 네 말은 기본적으로 남자가 여자에게 할 소리라고 생각해! 그것도 은근히 글러먹은 남자가! 조금은 참으라고, 이 에로 흡혈 공주!"

입술을 뾰족 내밀고 키스하러 다가오는 유에를 떠밀었다.

"항상 휩쓸릴 거라고 생각하지 마! 난 NO라고 말할 줄 아는 사람이라고!"

그렇게 영문을 알 수 없는 주장을 펼쳤다. 역시 거기엔 남자의 의지라든가 자존심이라든가, 매번 줏대 없이 당해서야 참을 수 없다는 별 의미 없는 반항심이었다. 분명, 아마도 거기엔 금욕적이고 여자의 유혹을 간단히 뿌리칠 수 있는 남자라는 중2스러운 가치관이 있었겠지만 분명 본인은 인정하지 않을 것이다.

애초에 이미 받아들인 이상, 허무한 저항인 것은 명백했다.

그 증거로 욕실에서 유에 습격 사건이 있고나서 한 달 동안, 하지메는 허무한 싸움을 반복할 뿐 아직까지 유에의 공세를 막아낸 적이 없었다.

예를 들어 『기척 차단』과 『기척 감지』의 훈련을 할 때의 일이었다.

진심으로 숨었던 하지메를 몇 시간이 지나도 발견할 수 없자 나락의 어둠과 그 안에서 혼자 남은 상황의 쓸쓸함, 그리움, 많은 감정이 흘러넘친 유에가 훌쩍이기 시작한 적이 있었다. 「하지메~, 어디 있어~」 하고 마치 어린아이와 같은 목소리로 눈을 비비며 터벅터벅 미궁을 헤매던 유에의 모습에, 상당히 진지하게 훈련하고 있었음에도 곧바로 멈추고 뛰어나왔다.

어떤 의미로 이것도 패배라고 한다면 패배지만, 진정한 패배는 그 뒤였다.

훈련이 끝나고 며칠 동안 엄청나게 어리광쟁이 모드에 들어간 유에의 공세. 그 결과 하지메가 비명을 지른 것은 말할 것도 없다.

또한 하지메가 연성 단련과 탄환과 새로운 병기 개발에 매진하고 있을 땐 유에도 하지메의 곁에서 부족한 의상을 제작(오스카의 의복과 마물의 가죽을 사용한 리폼)을 했지만, 하지메의 옷은 물론 자신의 옷을 만들 때도 하나하나 하지메의 취향을 확인했다.

그리고 완성된 의상을 입고서 하지메만을 위한 패션쇼를 펼쳤다. 처음엔 익숙하지 않은 작업이기 때문에 악전고투하던 유에의 봉재 기술이 경험을 쌓으면서 점점 향상되더니 더욱 복잡한 의상도 만들 수 있게 됐을 때쯤, 유에는 어른스러운 밤일 전용 의상에 손을 대고 말았다.

그것을 입고 자신이 만들었으면서 유난히 부끄러운 것처럼, 그러면서 평소처럼 패션쇼를 펼친 유에를 보고 하지메의 이성이 날아갈 뻔했다. 그 후 그런 하지메를 보고 반대로 이성이 날아간 유에에게 하지메가 「아악~!」 소리를 질렀다.

　물가의 물고기를 잡으러 갔을 때도 유에가 만든 수영복 차림을 보여주고 그 후 이러쿵저러쿵하다 「아악~!」 하게 된 일도 있었다.

　그것에 더해 처음으로 함께 목욕한 날 이후, 함께 목욕하는 것이 암묵적인 일이 되었다. 그때마다 하지메의 등을 씻겨주고 싶다는 유에의 부탁에 못 이겨 부탁하게 됐을 때, 등만으로는 끝나질 않아 마지막엔 반드시 하지메가 「아악~!」 하는 것이 습관이 되었다.

　습관이라고 하니 정기적으로 하지메의 피를 받는 유에가 흡혈할 때마다 황홀해져, 그 결과 강렬한 요염함을 뽐내고 그대로 하지메를 「아악~!」 하는 일도 일상다반사였다.

　일단 그때마다 정조를 지키려했지만⋯⋯.

　최근엔 스스로도 뭐가 하고 싶은 건지 알 수 없게 되어 저항도 하지 못하고 지는 일이 늘어났다.

　이번에도 마찬가지로 하지메의 이성 부대와 남자의 자존심 부대는 유에에게서 무한히 넘치는 정열과 애정에 휩쓸려 어디론가 떠내려간 모양이다.

　유에에게서 결정적인 말이 마왕을 토벌하는 성검처럼 쏘아졌다. 화상을 입을 정도로 뜨거운 숨결과 함께―.

　"⋯⋯키스, 하고 싶어. 부탁이야."

　"큭."

　눈동자를 촉촉하게 적시고 직구로 부탁하는 연인을 거스를 수 없어 마치 생기를 뽑힌 것처럼 힘이 빠졌다. 그 빈틈을 하지메에 대한 애정이 무한으로 넘치는 유에가 놓칠 리 없었다.

"이, 이런!"

"잘 먹겠습니다."

숨겨진 집의 어떤 방에서 「아악~!」 하는 남자의 허무한 외침이 울린 건 말할 것도 없다.

나락의 밑바닥에서 생겨난 괴물은 단 한 명의 여자아이를 상대로 승률 0퍼센트를 기록했다.

천장에 뜬 인공 달빛이 자상하게 내리쬐는 와중, 오늘도 패배를 만끽한 하지메는 베란다에 놓인 푹신푹신한 소파에 누워 느긋하게 시간을 보내고 있었다. 그 팔에는 부드러운 표정을 한 흡혈 공주가 당연한 것처럼 매달려 있었다.

유에는 하지메의 가슴에 기댄 얼굴을 살짝 움직여 그의 얼굴을 들여다보았다. 하지메는 눈을 감은 채 잠들진 않았어도 그에 가깝게 편히 쉬는 모양이었다.

그런 하지메의 얼굴을 바라본 유에는 가슴에 담긴 뜨거운 마음에 의식을 돌렸다. 그것은 자신을 불태울 것 같은 열기를 가졌음에도, 괴로움과는 반대로 편안함을 주었다. 유에는 뜨거운 숨을 내쉬어 그것을 조금이나마 발산했다.

유에에게 하지메는 기적 그 자체였다.

그날 마음에 새겨졌던 선명한 붉은색을 유에는 분명 평생 잊지 못할 것이다. 300년 동안 유폐됐던 것도, 그때 맛봤던 절망도, 하지메와 만나기 위한 것이라고 생각하면 떨쳐낼 수 있었다. 도착한 곳의 온기를 떠올리면, 앞으로 함께 느낄 행복을 떠올리면, 괴로운 추억 하나로 잘라낼 수 있었다.

옆에서 보면 의존이라든가 혹은 흔들다리 효과라든가 그런 식으로 생각하는 사람도 있을 것이다. 유에와 하지메의 만남은 그렇게 판단하는 것이 자연스러울 정도로 극적이었다.

하지만 설령 타인이 그렇게 말한다 해도 유에가 흔들릴 일은 없었다. 그런 말은, 참견은 아무래도 상관없다. 유사 전갈과의 사투 도중에 자신을 버리지 않고 생사를 함께 해준 그때, 유에는 자신의 영혼이 외치는 대로 결심했다.

……이 사람에게 자신을 바치겠노라고.

하지메의 특이성, 처해진 상황, 그것을 생각하면 곤란한 길을 걷게 될 것은 눈에 훤했다. 하지만 그래도 유에의 안쪽 깊은 곳에서 이 사람이라고 외쳤다. 자신이 놓인 상황을 벗어나기 위해 이용한다든가, 단순히 친구가 되자든가, 그런 생각은 한순간도 떠오르지 않았다.

말로 표현하자면 갑자기 진부해 질 것 같아 결코 입 밖으로 꺼내지 않았지만…… 그래도 굳이 말하자면 『운명』이었다. 이 만남은 유에에게 있어서 분명 운명이었다.

그래서 유에는 멈추지 않았다.

온힘을 다해 사랑을 표현했다. 온몸으로 호의를 전했다. 주저하지 않고 자신의 모든 것을 바쳤다. 300년을 지나 만난 소년에게 결심했던 그대로를…….

설령 하지메가 다른 누군가를 생각한다 해도, 설령 하지메가 세상을 적으로 삼는다 해도, 설령 하지메가 유에를 성가시다 생각한다 해도. ……이제 상관없었다.

"……후후, 흡혈 공주에게선 도망칠 수 없어."

즉, 그런 뜻이다.

"응? 뭐라고 했어?"

유에의 속삭임을 들은 하지메가 살짝 눈을 떴다. 그리고 가슴 부근에서 자신을 올려다보는 유에의 입가에 걸린 몇 가닥의 머리카락을 살짝 치워주었다.

"아무것도 아니야."

그렇게 대답하며 하지메의 손가락이 뺨을 쓰다듬는 감촉에 간지러운지 목을 움츠렸다.

그런 유에의 반응이 재미있어서 하지메의 손끝이 살짝살짝 유에의 뺨과 아래턱, 목덜미를 자극했다. 「음」이라든가, 「아흥」이라든가, 유에의 음색이 점점 달콤해지자 하지메는 손가락을 떼려 했지만 촉촉한 유에의 눈동자가 계속 해줬으면 한다고 호소하고 있었다.

하지메는 잠시 시선을 이리저리 굴리고 있었지만 함락되는 건 빨랐다. 고양이처럼 다가오는 가련한 미모의 소녀에게 의식보다 먼저 손이 나갔고, 그 실크처럼 부드러운 피부로 손가락을 떨어뜨렸다. 이것 또한 작은 패배였다.

분명 앞으로 얼마나 강해지든 나락의 바닥에서 태어난 괴물이 가련하며 요염한 흡혈 공주에게 이길 일은 없을 지도 모른다.

다만 『반한 사람이 패배』한다는 의미에선 흡혈 공주도 평생을 패배자로 있을 것이다.

서로가 패배자이자, 서로가 승자.

그것이 나락의 밑바닥에서 만난 괴물과 흡혈 공주의 관계였다.

■ 작가 후기

이 책을 집어주신 여러분, 처음 뵙겠습니다. 그리고 「소설가가 되자」에서 알아봐 주신 여러분, 다시 한번 감사합니다. 「흔해빠진」의 작가 시라코메 료라고 합니다.

먼저…… 이 작품은 픽션입니다. 실존 단체나 물건과는 관계가 없습니다. 지구에선 마법을 쓸 수 없고(아마도), 개인이 레일건을 쏠 수도 없습니다(아마도).

그럼 만약을 위한 주의사항도 적었으니 다시 한번 이 책을 구입해주셔서 진심으로 감사드립니다.

이 작품이 기대에서 어긋났는지, 아니면 만족하셨는지는 모르겠지만 적당히 중2 느낌을 만끽하셨다면 다행입니다.

이 작품은 앞에서 이야기했던 것처럼 소설 투고 사이트 「소설가가 되자」에서 유저명 「중2좋아」로 가끔 투고했던 것을 가필, 수정하고 단편을 추가한 것입니다.

처음 쓰기 시작했을 땐 플롯도 없고 설정도 어중간한 채로 시작해서, 길을 잃거나 떠오른 것을 설정에 추가한 시라코메의, 시라코메에 의한, 시라코메를 위한 작품이었습니다. 뭐,

지금도 제 자신이 누구보다 즐기고 있다는 점은 변하지 않습니다만……. 그래도 취미와 망상이 전개된 이 작품이 이세계에 전이될 확률을 뚫고 책으로 나올 수 있었던 것은 모두 「소설가가 되자」에서 응원해주신 여러분 덕분입니다.

다시금 계속 함께 즐겨주셔서 감사합니다. Web 판도 한동안 투고를 계속할 예정입니다. 마지막을 향해 가속할 예정이오니 서적과 함께 계속해서 응원해주시면 감사하겠습니다.

그런데 「소설가가 되자」에서 사용한 유저명을 보시면 아시겠지만, 전 중2병을 무척 좋아합니다. 자신도 모르게 소설을 투고해버릴 정도로 좋아합니다. 이 작품뿐만 아니라 하○른[#9]에도 망상을 전개해서 중2 폭발한 2차 창작 소설을 쓸 정도로 좋아합니다.

그건 저뿐만이 아닐 겁니다. 분명 일본 남자 모두가, 아니 전 세계의 남자, 아니, 아니, 전 세계의 남녀노소는 마음속 봉인된 방에 사라지지 않는 중2의 영혼을 갖고 있음이 분명합니다. 그래서 이 작품이 상식과 나이, 수치심과 세간의 평가로 억눌렸던 여러분의 그 뜨거운 영혼을 불러일으킬 수 있다면…… 좋겠다고 생각합니다.

아, 하지만 설령 뜨거운 영혼이 되살아났다 해도 공공연한 곳

[#9] 하○른 일본의 소설 투고 사이트 하멜른. 주로 원작이 있는 2차 창작 소설이 올라오는 사이트로 유명하다.

에서 표출하지 않도록 주의해주세요. 큰일이 일어나고 맙니다.

흔히 후기에서 적을 게 없다고 하시는 선생님들이 많이 계십니다만…… 네, 자신이 그 입장이 되니 이해가 됩니다. 쓸게 없네요. 아니, 곤란하네요. 마치 이력서에 자신의 장점을 적으라는 것과 비슷한 정도로 곤란합니다.

그러니 멍청한 이야기를 적기 전에(이미 멍청한 것을 역설한 기분이 듭니다만) 감사의 말을 전하려 합니다.

먼저 엄청난 일러스트를 그려주신 타카야Ki 선생님, 러프를 그려주셨을 때부터 감동의 물결이었습니다. 전 타카야Ki 선생님께서 그려주신 것만으로도 행복합니다. 감사합니다.

다음으로 개인적인 사정과 어디까지나 취미라는 입장 때문에 출판 이야기를 거절했음에도 열심히 서적화 이야기를 해주신 편집 담당 S 님, 그리고 오버랩 편집부 여러분, 그 외에 이 작품이 책으로 나오는 데까지 도와주신 여러분, 진심으로 감사 말씀드립니다.

그리고 끝으로 이 책을 구입해주신 독자 여러분. 정말로, 정말로 감사합니다.

저는 서적판, Web 판 모두 감사를 담아 계속 적어나갈 예정이오니 앞으로도 부디 잘 부탁드립니다.

그럼 다음 권에서 다시 만날 수 있기를 바랍니다.

안녕하세요. 역자 김덕진입니다. 이렇게 새로운 시리즈로 여러분께 인사드릴 수 있어 영광입니다.

작가님도 후기에서 적으셨듯이 항상 후기를 적을 시간이 되면 고민이 됩니다. 뭔가 새삼스럽기도 하고 남우세스럽기도 하고…… . 그런 의미에서 후기를 잘 적으시는 다른 작가님과 역자님. 부럽고 존경합니다.

이 작품은 일본 소설 투고 사이트에서 연재된 작품으로 상당한 인기를 자랑했던 작품입니다. 그만큼 요즘 트렌드를 잘 반영한 작품이라고 할 수 있겠지요. 우리나라에서도 많은 분들이 읽어주시고 즐거워해 주셨으면 좋겠네요.

작품을 번역할 땐 초반에 하지메와 반 아이들과의 상황을 묘사하는데 고민했던 것 같습니다. 개인적으론 이 부분에서 하지메가 반에서 어떤 입지였는지를 잘 설명하고 독자들이 그것을 어떻게 받아들이느냐에 따라서 작품의 느낌이 많이 달라질 거라고 생각해 제 나름대로 신중하게 번역했습니다.

단어 선택을 너무 무난하게 하면 주인공에게 감정이 이입되지 않을 것 같고, 그렇다고 너무 강한 선택을 하면 이질감이 느껴지고 부담스러울 테니까요. 그래서 그 적정선을 찾으며 더욱 작품에 빠져드실 수 있도록 고민했습니다. 부디 그런 부분이 독자님께 잘 받아들여졌으면 좋겠네요.

　이렇게 새로운 시리즈의 첫 발걸음을 어렵게나마 내디딜 수 있었습니다. 개인적으론 본인의 작업에 대해서 여러모로 다시 생각할 수 있었던 계기가 된 작품인 것 같습니다. 어떻게 번역해야 더 좋은 번역인지, 직역이 좋은지 의역이 좋은지. 혼자서 답이 나올 리 없는 문제를 생각하며 괴로움에 몸부림쳤네요. 뭐, 결국은 제가 아직 많이 부족한 것이겠지요.

　앞으로 더 좋은 번역을 위해 발전하는 모습을 보여드릴 수 있도록 노력하겠습니다.

　그럼 2권에서 다시 뵙기를 기다리겠습니다. 감사합니다.

김덕진

흔해빠진 직업으로 세계최강 1

1판 1쇄 발행 2016년 9월 10일
1판 18쇄 발행 2023년 11월 3일

지은이_ Ryo Shirakome
일러스트_ Takaya-ki
옮긴이_ 김덕진

발행인_ 최원영
편집장_ 김승신
편집진행_ 권세라 · 최혁수 · 김경민 · 최정민
편집디자인_ 양우연
관리 · 영업_ 김민원

펴낸곳_ (주)디앤씨미디어
등록_ 2002년 4월 25일 제20-260호
주소_ 서울시 구로구 디지털로 26길 111 JnK디지털타워 503호
전화_ 02-333-2513(대표)
팩시밀리_ 02-333-2514
이메일_ lnovellove@naver.com
L노벨 공식 카페_ http://cafe.naver.com/lnovel11

원제 ARIFURETA SHOKUGYOU DE SEKAISAIKYOU 1
ⓒ 2015 by Ryo Shirakome
First published in Japan in 2015 by OVERLAP, Inc.
Korean translation rights reserved by D&C MEDIA Co., Ltd.
Under the license from OVERLAP, Inc., Tokyo JAPAN

ISBN 979-11-278-1841-8 04830
ISBN 979-11-278-1840-1 (세트)

값 7,200원